VICTOR HUGO

O CORCUNDA DE
NOTRE DAME

Tomo II

VICTOR HUGO

O CORCUNDA DE NOTRE DAME

Tomo II

Tradução
Andréia Manfrin Alves

Principis

Esta é uma publicação Principis, selo exclusivo da Ciranda Cultural
© 2021 Ciranda Cultural Editora e Distribuidora Ltda.

Traduzido do original em francês
Notre Dame de Paris

Texto
Victor Hugo

Editora
Michele de Souza Barbosa

Tradução
Andréia Manfrin Alves

Preparação
Otacilio Palareti

Revisão
Catrina do Carmo
Fernanda R. Braga Simon
Agnaldo Alves

Produção editorial
Ciranda Cultural

Diagramação
Linea Editora

Design de capa
Ciranda Cultural

Imagens
Samuel Bono
Kevin Oke Photo/shutterstock.com

Dados Internacionais de Catalogação na Publicação (CIP) de acordo com ISBD

H895c	Hugo, Victor
	O Corcunda de Notre Dame: Tomo 2 / Victor Hugo; traduzido por: Andréia Manfrin Alves. - Jandira, SP : Principis, 2021.
	352 p. ; 15,50cm x 22,60cm. (Clássicos da literatura mundial)
	Título original: Notre Dame de Paris
	ISBN: 978-65-5552-682-0
	1. Literatura francesa. 2. Preconceito. 3. Drama. 4. Relacionamento. 5. Romance. I. Alves, Andréia Manfrin. II. Título.
2021-0275	CDD 843 CDU 821.133.1-3

Elaborado por Lucio Feitosa - CRB-8/8803

Índice para catálogo sistemático:
1. Literatura Francesa : Ficção 843
2. Literatura Francesa : Ficção 821.133.1-3

1ª edição em 2021
www.cirandacultural.com.br
Todos os direitos reservados.
Nenhuma parte desta publicação pode ser reproduzida, arquivada em sistema de busca ou transmitida por qualquer meio, seja ele eletrônico, fotocópia, gravação ou outros, sem prévia autorização do detentor dos direitos, e não pode circular encadernada ou encapada de maneira distinta daquela em que foi publicada, ou sem que as mesmas condições sejam impostas aos compradores subsequentes.

Esta obra reproduz costumes e comportamentos da época em que foi escrita.

Sumário

Livro Sete 295

    Do perigo de confiar um segredo a uma cabra.................................297

    Que um padre e um filósofo são dois................................314

    Os sinos 325

    'ΑΝΑΓΚΗ 328

    Os dois homens vestidos de preto..................................345

    Efeito que sete blasfêmias ao ar livre podem produzir 352

    O monge medonho...358

    Utilidade das janelas com vista para o rio 368

Livro Oito 379

    O escudo transformado em folha seca.............................381

    Continuação da troca do escudo por uma folha seca 392

    Fim do escudo transformado em folha seca.....................398

    Lasciate ogni speranzai 402

    A mãe..418

    Três corações humanos diferentes 424

Livro Nove 445

    Febre 447

    Corcunda, caolho, coxo...460

    Surdo..465

    Arenito e cristal 469

    A chave da porta vermelha 482

    Continuação de "A chave da porta vermelha"..................485

Livro Dez..491

Gringoire tem uma série de boas ideias enquanto caminha pela
Rua Des Bernardins...493

Transforme-se em bandido..506

Viva a alegria! 509

Um amigo desajeitado...519

O retiro onde o senhor Luís da França reza seu livro de horas.........542

Pequena flâmula em formação..579

Châteaupers em socorro! 581

Livro Onze 585

O sapatinho..587

"*La creatura bella bianco vestita*" (Dante) 625

Casamento de Phoebus 635

Casamento de Quasímodo...637

LIVRO SETE

LIVRO SETE

Do perigo de confiar um segredo a uma cabra

Passaram-se várias semanas.

Era início de março. O sol, que Dubartas, esse clássico ancestral da perífrase, ainda não tinha denominado o **grão-duque dos círios**, não estava menos alegre e radiante por isso. Era um daqueles dias de primavera que têm tanta doçura e beleza que toda Paris, espalhada pelas praças e pelos passeios, celebra-os como se fosse domingo. Nesses dias de sol, calor e serenidade, há certa hora precisa em que se deve admirar o pórtico da Notre Dame. É o momento em que o sol, já inclinado para o poente, olha quase de frente para a catedral. Seus raios, cada vez mais horizontais, lentamente retiram-se do chão da praça e sobem pela fachada vertiginosa, cujos mil relevos esculpidos eles realçam com sua sombra, enquanto a grande rosácea central flameja como um olho de ciclope inflamado pelas reverberações da forja.

Era nesse exato momento que a cena acontecia.

Victor Hugo

Em frente à alta catedral avermelhada pelo pôr do sol, no balcão de pedra acima do alpendre de uma rica residência gótica que ficava na esquina da praça com a Rua du Parvis, algumas bonitas jovens riam e conversavam com toda graça e espontaneidade. Pelo comprimento do véu, que descia do alto de seus penteados pontudos envoltos em pérolas até seus calcanhares, pela delicadeza do bordado que cobria seus ombros, permitindo entrever, segundo a moda em vigor na época, seus belos colos de virgens, pela opulência de seus saiotes, ainda mais preciosos do que suas próprias saias, especialmente (maravilhoso efeito!) as de gaze, seda e veludo, principais materiais usados na confecção dessa vestimenta, e sobretudo pela brancura de suas mãos, que atestava sua ociosidade e preguiça, era fácil identificar nobres e ricas herdeiras. Eram, de fato, a senhorita Fleur-de--Lys de Gondelaurier e suas companheiras Diane de Christeuil, Amelotte de Montmichel, Colombe de Gaillefontaine e a pequena Champchevrier, todas jovens de boa família, reunidas naquele momento na casa da viúva de Gondelaurier por causa do monsenhor de Beaujeu e da senhora sua esposa, que viriam a Paris em abril para escolher acompanhantes de honra para a senhora delfina Marguerite quando fossem buscá-la na Picardia, onde a receberiam das mãos dos flamengos. Ora, toda a pequena nobreza provinciana, até cento e cinquenta quilômetros distante de Paris, disputava esse posto para suas filhas, e um bom número dessas famílias já havia levado ou mandado levar as suas à capital. As jovens aqui citadas tinham sido confiadas por seus pais à discreta e venerável guarda da senhora Aloïse de Gondelaurier, viúva de um antigo chefe dos besteiros do rei que vivia, com sua filha, em sua casa na Praça da Notre Dame, em Paris.

A varanda onde essas jovens ficavam abria-se para uma sala ricamente estofada em couro de Flandres de cor ocre e enfeites em folhagem de ouro. Os barrotes que listravam paralelamente o teto distraíam o olhar com mil bizarras esculturas pintadas e douradas. Sobre baús esculpidos, esplêndidos

O CORCUNDA DE NOTRE DAME – TOMO 2

esmaltes brilhavam aqui e ali; uma cabeça de javali em faiança coroava um magnífico aparador cujas duas prateleiras anunciavam que a dona da casa era esposa ou viúva de um cavaleiro-chefe. Ao fundo, do lado de uma grande chaminé de armoriada e abrasonada de cima a baixo, estava sentada, em uma rica poltrona de veludo vermelho, a senhora Gondelaurier, cujos cinquenta e cinco anos transpareciam em suas vestes tanto quanto em seu rosto.

Ao lado dela estava um jovem de aparência muito altiva, embora um pouco vaidoso e bravatão, um desses belos rapazes que todas as mulheres concordam em elogiar, embora os homens sérios e pouco fisionomistas o ignorem por completo. Esse jovem cavaleiro vestia o brilhante traje de capitão dos arqueiros da ordenança do rei, que é muito semelhante ao traje de Júpiter, que já pudemos admirar no primeiro livro desta história, então não cansaremos o leitor com uma segunda descrição.

As senhoritas estavam sentadas, parte na sala, parte na varanda, algumas sobre almofadas de veludo de Utrecht com bordas douradas, outras em escabelos de madeira de carvalho esculpidos com flores e outras figuras. Cada uma tinha sobre os joelhos uma ponta de uma grande tapeçaria que elas bordavam juntas, e um bom pedaço do trabalho se estendia sobre o tapete que cobria o assoalho.

Elas conversavam entre si aos sussurros, dando risadinhas abafadas típicas de um conciliábulo de jovens moças quando há um rapaz por perto. O jovem, cuja presença era suficiente para pôr em jogo todo o amor-próprio feminino, parecia, pessoalmente, pouco se importar com tudo isso. E, enquanto as mais belas esforçavam-se para chamar sua atenção, ele parecia especialmente ocupado em polir com sua luva de camurça a fivela de seu cinturão.

De tempos em tempos, a velha senhora dirigia-lhe a palavra em voz baixa, e ele respondia da melhor forma, com uma espécie de polidez desajeitada e constrangida. Pelos sorrisos, pelos pequenos sinais de cumplicidade da senhora Aloïse, pelas piscadelas que ela dirigia a sua filha, Fleur-de-Lys, falando baixinho com o capitão, era fácil perceber que se tratava de um noivado consumado, de um casamento à vista, certamente entre o jovem rapaz e Fleur-de-Lys. E, pela frieza constrangedora do oficial, era fácil perceber que, ao menos de sua parte, não se tratava de um casamento por amor. Toda a sua expressão revelava um tédio e um aborrecimento que os subtenentes de pelotão traduziriam hoje como: "Que castigo horrível!"

A boa senhora, bastante concentrada em sua filha, como uma pobre mãe que era, não notou o pouco entusiasmo do oficial e se esforçou para enumerar as infinitas perfeições com que Fleur-de-Lys picava a agulha ou desfiava o novelo.

– Veja, querido primo – ela dizia, puxando-o pela camisa para lhe falar ao ouvido. – Observe-a! Repare como se abaixa.

– Com certeza – respondia o jovem, logo retornando ao seu silêncio distraído e glacial.

Pouco depois, era preciso inclinar-se novamente, e a senhora Aloïse lhe dizia:

– Por acaso o senhor já viu uma figura mais agradável e mais alegre que sua prometida? Existe alguém mais alva e loira? E essas mãos, não são perfeitas? O pescoço não tem as formas graciosas de um cisne? Ah, chego a invejá-lo! E o senhor tem sorte de ser homem, libertino que é! Minha Fleur-de-Lys não é adorável? O senhor não está apaixonado por ela?

– Sem dúvida – respondia ele, pensando em outra coisa.

– Fale com ela, então – disse bruscamente a senhora Aloïse, empurrando-o pelo ombro. – Diga alguma coisa. O senhor está muito tímido.

Podemos afirmar aos nossos leitores que a timidez não era nem a virtude nem o defeito do capitão. No entanto, ele tentou fazer o que lhe pediram.

– Cara prima – ele disse, aproximando-se de Fleur-de-Lys –, qual é o tema dessa tapeçaria que estão bordando?

– Caro primo – respondeu Fleur-de-Lys com um tom de ressentimento –, eu já lhe disse três vezes. É a gruta de Netuno.

Era evidente que Fleur-de-Lys percebia mais claramente que sua mãe a frieza e a distração do capitão. Ele sentiu que era necessário prosseguir a conversa.

– E para quem é todo esse netunismo? – ele perguntou.

– Para a Abadia de Saint-Antoine des Champs – respondeu Fleur-de--Lys sem levantar os olhos.

O capitão segurou em uma ponta da tapeçaria:

– Quem é, cara prima, este robusto gendarme que toca uma trombeta a todo fôlego?

– É Tritão – ela respondeu.

Sempre havia uma entoação um pouco amuada nas breves palavras de Fleur-de-Lys. O jovem entendeu que era indispensável dizer-lhe algo ao pé do ouvido, uma frivolidade, um galanteio, qualquer coisa. Ele então inclinou-se, mas não encontrou nada em sua imaginação mais terno e íntimo do que isto:

– Por que sua mãe usa sempre uma vasquinha armoriada como nossas avós do tempo de Carlos VII? Diga-lhe, bela prima, que isso já não é elegante hoje em dia e que as armas bordadas como brasão em seu vestido a fazem parecer um casaco de chaminé ambulante. Já não nos gabamos de nossos pendões dessa forma, posso assegurar-lhe.

Fleur-de-Lys ergueu seus lindos olhos sobre ele, cobertos de reprovação:

– Isso é tudo o que tem para me segredar? – ela disse em voz baixa.

Enquanto isso, a boa senhora Aloïse, encantada, vendo-os inclinados e sussurrando, dizia enquanto brincava com os fechos de seu livro de horas:

– Que bela cena amorosa!

O capitão, cada vez mais envergonhado, voltou a falar da tapeçaria:

– É realmente um trabalho adorável! – exclamou.

Victor Hugo

Aproveitando o ensejo, Colombe de Gaillefontaine, outra bela loira de pele branca, bem decotada em damasco azul, aventurou-se timidamente a dirigir uma palavra a Fleur-de-Lys, na esperança de que o belo capitão respondesse:

– Minha cara Gondelaurier, você viu as tapeçarias do Palácio de La Roche-Guyon?

– Não é o palácio onde está o jardim da Lingère do Louvre? – perguntou, sorrindo, Diane de Christeuil, que tinha belos dentes e, portanto, ria de tudo.

– E onde existe uma grande e velha torre da antiga Muralha de Paris – acrescentou Amelotte de Montmichel, uma morena bonita, encaracolada e fresca que costumava suspirar como a outra ria, sem razão aparente.

– Minha querida Colombe – respondeu a senhora Aloïse –, acaso não se refere ao palácio que pertencia ao senhor Bacqueville, sob o reinado de Carlos VI? Há realmente tapeçarias suntuosas.

– Carlos VI! O rei Carlos VI! – balbuciou o jovem capitão, enrolando o bigode. – Meu Deus! Como a boa senhora se lembra de coisas velhas!

A senhora Gondelaurier continuou:

– Belas tapeçarias, de fato. Um trabalho tão estimável que passa por singular!

Nesse momento, Bérangère de Champchevrier, uma esbelta garotinha de sete anos que olhava para a praça através dos trevos do balcão, gritou:

– Oh! Veja, bela madrinha Fleur-de-Lys, a linda dançarina dançando na praça e tocando um pandeiro no meio dos rudes burgueses!

De fato, era possível escutar o som de um pandeiro.

– Deve ser alguma egípcia da Boêmia – disse Fleur-de-Lys, virando-se de forma indolente na direção da praça.

– Vamos ver! Vamos ver! – exclamaram suas animadas companheiras, e todas se precipitaram até o parapeito do balcão, enquanto Fleur-de--Lys, pensando na frieza de seu noivo, seguia-as a passos lentos. O noivo, aliviado com o incidente que interrompeu em boa hora aquela conversa embaraçosa, voltou para o fundo do apartamento com o ar satisfeito de um soldado dispensado do serviço. Era, entretanto, um serviço agradável e gentil aquele junto da bela Fleur-de-Lys, e assim lhe parecia ser no passado. Mas o capitão tinha desvanecido gradualmente, e a perspectiva de um casamento próximo o desanimava dia após dia. A propósito, ele tinha o humor instável e – é preciso dizer? – um gosto um tanto vulgar. Embora de origem muito nobre, ele tinha contraído nas casernas o mau hábito dos baixos soldados. Gostava da taberna e de tudo o que ela tinha a oferecer. Só se sentia à vontade entre palavrões, galanterias militares, belezas frívolas e sucessos fáceis. No entanto, ele havia recebido de sua família alguma educação e algumas boas maneiras, mas tinha saído de casa muito cedo para percorrer o país, alistando-se ainda muito jovem, e todos os dias o verniz de sua fidalguia desbotava com a fricção do boldriê de gendarme. Ao visitar Fleur-de-Lys de vez em quando, pelo pouco de respeito humano que ainda lhe restava, sentia-se duplamente envergonhado. Primeiro porque, de tanto depositar seu amor em todos os tipos de lugares, ele reservava muito pouco para ela. Segundo porque, no meio de tantas belas mulheres rígidas, ajustadas e decentes, ele temia que sua boca, acostumada a dizer palavrões, de repente perdesse o controle e deixasse escapar o linguajar das tabernas. Pode-se imaginar o belo efeito que isso causaria!

Além disso, todo esse contexto misturava-se com grandes pretensões de elegância, limpeza e bela aparência. Que se imagine esse quadro como for possível. Sou apenas um contador de história.

Então ele ficou estático por algum tempo, pensando, ou não, apoiado em silêncio no lambril esculpido da lareira, quando Fleur-de-Lys voltou-se de repente e dirigiu-se a ele. Afinal de contas, a pobre moça só o evitava por despeito.

– Caro primo, você por acaso não falou de uma cigana que resgatou, há dois meses, durante a ronda noturna, das mãos de uma dúzia de ladrões?

– Acho que sim, bela prima – disse o capitão.

– Bem – ela disse –, talvez seja ela a cigana que dança na praça. Venha ver se a reconhece, caro primo Phoebus.

Ele percebeu um desejo secreto de reconciliação nesse doce convite para aproximar-se dela, e tomando o cuidado de chamá-lo pelo nome. O capitão Phoebus de Châteaupers (pois é ele que o leitor tem diante de seus olhos desde o início deste capítulo) aproximou-se lentamente do balcão.

– Ali – disse Fleur-de-Lys, colocando suavemente sua mão no braço de Phoebus –, veja aquela menina dançando ali naquele círculo. É a sua boêmia?

Phoebus olhou e disse:

– Sim, reconheço-a por causa da cabra.

– Oh! Uma bela cabra, de fato! – observou Amelotte, fazendo um gesto de admiração com as mãos.

– Os chifres dela são de ouro de verdade? – perguntou Bérangère.

Sem se levantar de sua poltrona, a senhora Aloïse disse:

– Essa não é uma daquelas ciganas que chegaram no ano passado pela Porta Gibard?

– Senhora minha mãe – disse Fleur-de-Lys –, essa porta é agora chamada de Porta do Inferno.

A senhorita Gondelaurier sabia como o capitão ficava chocado com os velhos modos de falar de sua mãe. De fato, ele começou a escarnecer, dizendo entre os dentes:

– Porta Gibard! Porta Gibard! Isso era do tempo em que o rei Carlos VI passava por ela!

– Madrinha – gritou Bérangère, cujos olhos constantemente em movimento ascenderam subitamente até o topo das torres da Notre Dame –, quem é aquele homem de preto lá em cima?

Todas as garotas olharam para cima. Havia de fato um homem inclinado sobre a balaustrada da torre norte, com vista para a Grève. Era um padre.

Suas vestes eram facilmente distinguíveis, assim como seu rosto apoiado sobre as duas mãos. Além disso, ele não se movia mais do que uma estátua. Seu olhar estava mergulhado na praça.

Era algo semelhante à imobilidade de um falcão observando um ninho de pardais que acabou de descobrir.

– É o senhor arquidiácono de Josas – disse Fleur-de-Lys.

– Você enxerga muito bem para conseguir reconhecê-lo daquela altura! – considerou Gaillefontaine.

– Como ele olha para a pequena e bela dançarina! – observou Diane de Christeuil.

– Que ela tome cuidado – disse Fleur-de-Lys –, pois ele não gosta do Egito!

– É uma pena que esse homem a olhe assim – acrescentou Amelotte de Montmichel –, porque ela dança de maneira deslumbrante.

– Caro primo Phoebus – disse de repente Fleur-de-Lys –, já que conhece essa pequena boêmia, faça sinal para que ela suba. Ela poderá nos entreter.

– Oh, sim! – exclamaram todas as jovens, batendo palmas.

– Mas isso é loucura – respondeu Phoebus. – Ela já deve ter-se esquecido de mim, e não sei o nome dela. No entanto, como vocês desejam, senhoritas, vou tentar. – E, debruçando-se sobre a balaustrada do balcão, ele começou a gritar: – Pequena!

A dançarina não tocava pandeiro naquele instante. Ela virou a cabeça para o ponto de onde vinha o chamado, seus olhos brilhantes fixaram Phoebus, e ela congelou.

– Pequena! – o capitão repetiu e fez um sinal para que ela se aproximasse.

A jovem olhou para ele novamente, depois corou como se uma chama tivesse dominado seu rosto e, guardando o pandeiro debaixo do braço, caminhou através dos atônitos espectadores até a porta da casa de onde Phoebus havia lhe chamado, com passos lentos, hesitante e com o olhar perturbado como o de um pássaro que cede ao fascínio de uma cobra.

Logo a portinhola da tapeçaria subiu, e a boêmia apareceu no limiar da sala, vermelha, tímida, ofegante, os grandes olhos abaixados e sem ousar dar mais um passo.

Bérangère bateu palmas.

A dançarina, no entanto, permaneceu imóvel no limiar da porta. Sua aparição produziu um efeito singular naquele grupo de garotas. É certo que um vago e indistinto desejo de agradar o belo oficial deixava todas muito empolgadas, que o esplêndido uniforme era o foco de todos os seus galanteios e que, desde que ele surgiu, havia entre elas uma secreta rivalidade, silenciosa, que elas mal admitiam para si mesmas e que, no entanto, entrava em erupção a todo momento através de gestos e palavras. No entanto, uma vez que elas eram dotadas de beleza semelhante, lutavam com armas iguais, o que fazia com que qualquer uma pudesse sair vitoriosa da disputa. A chegada da cigana rompeu violentamente esse equilíbrio. Ela tinha uma beleza tão rara que, quando surgiu na entrada da sala, parecia que emanava uma espécie de luz própria. Naquele cômodo apertado, sob aquele enquadramento sombrio de estofamentos e madeiramentos, ela era incomparavelmente mais bonita e radiante do que na praça pública. Era como uma tocha que iluminava de repente a sombra. As nobres donzelas ficaram deslumbradas. Cada uma sentiu sua beleza ser ofuscada pela cigana. O campo de batalha, então, que nos permitam usar a expressão, mudou imediatamente, sem que elas trocassem uma única palavra. Mas elas se entendiam muito bem. Os instintos femininos se entendem e se respondem mais rápido do que a inteligência masculina. Uma inimiga tinha acabado de chegar: todas sentiram, todas se uniram. Uma gota de vinho é suficiente para tingir um copo d'água, e, para tingir com certo tom o humor de uma assembleia inteira de belas mulheres, basta a chegada de uma mulher ainda mais bonita – especialmente quando há apenas um homem.

Então, a recepção da boêmia recebeu um tom glacial. Elas a fitaram de cima a baixo e depois se entreolharam, e tudo estava dito. Tinham chegado

O corcunda de Notre Dame – Tomo 2

a um acordo. No entanto, a jovem esperava que alguém falasse com ela, tão intimidada que não se atreveu a levantar as pálpebras.

O capitão foi o primeiro a quebrar o silêncio.

– Nossa – ele disse em seu tom de intrépida fatuidade –, eis uma criatura encantadora! O que acha, bela prima?

Essa observação, que um admirador mais delicado teria pelo menos feito em voz baixa, não era a melhor opção para dissipar o ciúme feminino que se mantinha atento diante da boêmia.

Fleur-de-Lys respondeu ao capitão com desdém:

– Nada mal.

As outras sussurravam.

Finalmente, madame Aloïse, que não era menos ciumenta, porque tinha ciúmes também por sua filha, dirigiu-se à dançarina:

– Aproxime-se, menina.

– Aproxime-se! – Bérangère repetiu com a dignidade cômica que lhe chegava até o quadril.

A egípcia avançou na direção da nobre senhora.

– Bela criança – disse Phoebus enfaticamente, dando alguns passos em direção a ela –, eu não sei se tenho a felicidade suprema de ser reconhecido por você...

Ela o interrompeu dirigindo a ele um sorriso e um olhar repletos de uma doçura infinita:

– Oh! Sim – ela disse.

– Ela tem boa memória – observou Fleur-de-Lys.

– Ora! – respondeu Phoebus. – Você partiu rapidamente na outra noite. Eu assustei você?

– Oh! Não – respondeu a boêmia.

Havia no tom desse "Oh! Não", pronunciado na sequência do "Oh! Sim", algo inefável que feriu Fleur-de-Lys.

– Você deixou em seu lugar, minha querida – continuou o capitão, cuja língua estava solta falando com uma garota da rua –, um substituto bastante curioso, caolho e corcunda, o sineiro do bispo, se eu não estiver enganado. Disseram-me que era o bastardo de um arquidiácono e filho de sangue do diabo. Ele tem um nome engraçado, o nome dele é Quatre-Temps, Pâques--Fleuries, Mardi-Gras, não me lembro mais! Enfim, o nome de alguma festa popular em que os sinos são tocados! Ele queria levá-la embora, como se fosse feita para sineiros! Essa é boa. O que é que ele queria de você, afinal, aquele coruja? Hein, alguma ideia?

– Não sei – ela respondeu.

– Imaginem que insolência! Um sineiro raptar uma garota, como se fosse um visconde! Um camponês caçar as caças dos fidalgos! Eis algo raro. Mas ele pagou caro por isso. Mestre Pierrat Torterue é o mais rígido cavalariço que já castigou um bandido, e digo mais, se isso lhe agradar, o couro do seu sineiro passou galantemente pelas mãos dele.

– Pobre homem! – disse a boêmia, em quem essas palavras reacenderam a lembrança da cena do pelourinho.

O capitão deu uma gargalhada.

– Santo Deus! Aí está um lamento tão bem justificado quanto uma pena na traseira de um porco! Quero ficar barrigudo como um papa se…

Ele parou de repente.

– Desculpem, senhoras! Eu estava prestes a dizer algo estúpido.

– Que horror, meu senhor! – disse Gaillefontaine.

– Ele está falando a língua dessa criatura! – acrescentou a meia-voz Fleur-de-Lys, cujo despeito crescia cada vez mais. Esse despeito só fez aumentar quando ela viu o capitão, encantado pela boêmia – e especialmente consigo mesmo –, rodopiar sobre os calcanhares repetindo em um tom galanteador ingênuo e soldadesco:

– Uma bela moça, por minha alma!

O corcunda de Notre Dame – Tomo 2

– Barbaramente vestida – observou Diane de Christeuil, sorrindo com seus lindos dentes.

Essa observação foi como um raio de luz para as outras, pois deixava evidente o lado vulnerável da cigana. Incapazes de desdenhar de sua beleza, elas se concentrariam nos trajes dela.

– Mas é verdade, menina – disse Montmichel –, como você teve coragem de andar assim pelas ruas, sem véu nem corselete?

– E essa é uma saia tão curta, mas tão curta, que dá arrepios – acrescentou Gaillefontaine.

– Minha querida – continuou Fleur-de-Lys com agressividade –, você será detida pelos sargentos do preboste por esse cinto dourado.

– Pequena, pequena – disse Christeuil com um sorriso implacável –, se você usasse uma blusa com mangas que cobrissem seu braço, honestamente, estaria menos queimada de sol.

Era realmente um espetáculo digno de um espectador mais esperto do que Phoebus, a ponto de perceber como essas lindas moças, com suas línguas venenosas e afiadas, serpenteavam, deslizavam e se retorciam em volta da dançarina das ruas. Eram cruéis e graciosas. Elas vasculhavam, passavam maliciosamente em revista com palavras seu pobre e roto traje de miçangas e lantejoulas. Foi uma sequência de risos, ironia e humilhações sem fim. O sarcasmo chovia sobre a egípcia, assim como uma benevolência arrogante acompanhada de olhares malignos. Pareciam jovens romanas que se divertem espetando alfinetes de ouro nos seios de uma bela escrava. Ou elegantes galgas de narinas dilatadas e olhos ardentes rodeando uma pobre corça silvestre a quem o olhar do caçador as proíbe de devorar.

O que importava, afinal, diante daquelas jovens de famílias importantes, uma miserável dançarina da praça pública? Eles pareciam ignorar sua presença e falavam dela, na frente dela e para ela, em voz alta, como se falassem de algo sujo, abjeto e, ao mesmo tempo, muito bonito.

A boêmia não estava indiferente a essas alfinetadas. De tempos em tempos, um rubor de vergonha, uma faísca de raiva iluminava seus olhos ou bochechas; uma palavra desdenhosa parecia vacilar em seus lábios; ela fazia, com desprezo, aquela pequena careta que o leitor conhece, mas estava em silêncio. Imóvel, dirigia a Phoebus um olhar resignado, triste e terno. Havia também felicidade e ternura nesse olhar. Parecia que ela estava se contendo por medo de ser expulsa.

Phoebus, por sua vez, ria e tomava partido da boêmia, com uma mistura de impertinência e piedade.

– Deixe-as falar, pequena! – ele repetia, fazendo tilintar suas esporas douradas. – Sem dúvida, suas vestes são um pouco extravagantes e selvagens, mas que diferença isso faz em uma garota encantadora como você?

– Meu Deus! – exclamou a loira Gaillefontaine, endireitando o pescoço de cisne com um sorriso amargo. – Vejo que os senhores arqueiros da ordem do rei facilmente pegam fogo pelos lindos olhos egípcios.

– Por que não? – disse Phoebus.

A essa resposta negligente do capitão, lançada como uma pedra que se joga sem ao menos ver onde cai, Colombe começou a rir, assim como Diane, Amelotte e Fleur-de-Lys, em quem, ao mesmo tempo, uma lágrima brotou dos olhos.

A boêmia, que tinha direcionado os olhos para o chão ao ouvir as palavras de Colombe de Gaillefontaine, levantou-os radiantes de alegria e orgulho e os fixou novamente em Phoebus. Ela estava muito bonita nesse momento.

A velha senhora, que assistia à cena toda, sentia-se ofendida e não compreendia a razão.

– Virgem Santíssima! – ela exclamou de repente. – O que tenho aqui se movendo nas minhas pernas? Ai! Bicho medonho!

Era a cabra, que tinha vindo procurar sua dona e que, precipitando-se na direção dela, tinha enroscado seus chifres no monte de pano que as roupas da nobre senhora empilhavam aos seus pés quando estava sentada.

Foi uma diversão. A boêmia, sem dizer uma palavra, conseguiu afastá-la.

– Oh! Aqui está a pequena cabra com as magníficas patas de ouro! – exclamou Berangère, pulando de alegria.

A cigana ficou de joelhos e colou a cabeça macia da cabra contra a sua bochecha. Parecia que ela se desculpava por tê-la abandonado.

Enquanto isso, Diane cochichou ao ouvido de Colombe.

– Ei! Meu Deus! Como é que não pensei nisso antes? É a cigana da cabra. Chamam-na de feiticeira, e a cabra faz momices milagrosas.

– Ora – disse Colombe –, então é a vez da cabra de nos entreter fazendo algum milagre.

Disseram animadas, Diane e Colombe, à cigana:

– Pequena, faça sua cabra realizar um milagre.

– Não sei do que vocês estão falando – respondeu a dançarina.

– Um milagre, uma magia, enfim, alguma bruxaria.

– Eu não sei fazer isso. – E ela começou a acariciar novamente o belo animal, enquanto repetia: – Djali! Djali!

Nesse momento, Fleur-de-Lys reparou num saquinho de couro bordado pendurado no pescoço da cabra.

– O que é isso? – ela perguntou à egípcia.

A jovem a olhou com seus grandes olhos e respondeu seriamente:

– É o meu segredo.

"Eu adoraria saber qual é o seu segredo", pensou Fleur-de-Lys.

A boa senhora levantou-se, incomodada.

– Ora essa, senhorita boêmia, se nem você nem sua cabra podem dançar para nós, o que têm a nos oferecer?

A boêmia, sem responder, caminhou lentamente até a porta. Mas, quanto mais se aproximava da saída, mais seus passos ficavam lentos. Um ímã invencível parecia segurá-la. De repente, ela voltou os olhos úmidos para Phoebus e parou.

– Em nome de Deus! – o capitão exclamou. – Não vá embora assim. Volte e dance para nós. A propósito, bela jovem, como você se chama?

– Esmeralda – disse a dançarina sem parar de olhá-lo.

À pronúncia desse estranho nome, as jovens puseram-se a gargalhar.

– É um nome horrível para uma jovem! – disse Diane.

– E ele mostra bem – retomou Amelotte – que ela é uma fazedora de encantos.

– Minha querida – disse solenemente a senhora Aloïse –, seus pais não encontraram esse nome para você no batistério.

Há alguns minutos, sem que ninguém percebesse, Bérangère tinha atraído a cabra para um canto da sala com um maçapão. Num instante, elas tinham se transformado em melhores amigas. A criança curiosa tinha desamarrado o saquinho pendurado no pescoço da cabra e esvaziado todo o seu conteúdo sobre o tapete. Era um alfabeto, e cada letra estava escrita separadamente em uma plaquinha de madeira de buxo. Assim que todas as pecinhas se espalharam pelo chão, a criança viu com surpresa a cabra, o que certamente já era um dos "milagres", selecionar certas letras com sua pata dourada e organizá-las, empurrando-as suavemente, em uma ordem particular. Um instante depois, estava formada uma palavra que a cabra parecia treinada a escrever, de tão fácil que foi formá-la, e Bérangère gritou de repente, juntando as mãos em sinal de admiração:

– Madrinha Fleur-de-Lys, venha ver o que a cabra acabou de fazer!

Fleur-de-Lys correu e estremeceu. As letras dispostas no chão formavam esta palavra:

PHOEBUS.

O corcunda de Notre Dame – Tomo 2

– Foi a cabra que escreveu isto? – ela perguntou com uma voz alterada.

– Sim, madrinha – respondeu Bérangère.

Era impossível duvidar, pois a criança não sabia escrever.

"Eis o segredo!", pensou Fleur-de-Lys.

Com o chamado da criança, todos tinham se precipitado até ela, a mãe, as meninas, a boêmia e o oficial.

A boêmia viu a tolice que a cabra tinha acabado de fazer. Ela ficou vermelha, depois empalideceu e começou a tremer como uma culpada diante do capitão, que a olhava com um sorriso de satisfação e espanto.

– *Phoebus*! – sussurravam as jovens espantadas. – Esse é o nome do capitão!

– Você tem uma memória maravilhosa! – disse Fleur-de-Lys à boêmia petrificada. Depois, irrompendo em soluços: – Oh! – ela balbuciou dolorosamente enquanto escondia o rosto sob suas lindas mãos. – Ela é uma feiticeira! – E ela ouviu uma voz ainda mais amarga dizer no fundo do seu coração: – Ela é uma rival!

E desmaiou.

– Minha filha! Minha filha! – gritou a mãe, assustada. – Vá embora, cigana dos infernos!

Esmeralda pegou as infelizes letras num piscar de olhos, acenou para Djali e saiu por uma porta, enquanto Fleur-de-Lys era carregada pela outra.

O capitão Phoebus, deixado sozinho, hesitou por um momento entre as duas portas e decidiu seguir a cigana.

Que um padre e um filósofo são dois

O padre que as meninas tinham notado no topo da torre norte, inclinado sobre a praça e tão atento à dança da cigana, era de fato o arquidiácono Claude Frollo.

Nossos leitores não se esqueceram da misteriosa cela que o arquidiácono havia reservado para si naquela torre. (Não sei, aliás, se não é a mesma cujo interior ainda pode ser visto hoje por uma pequena claraboia quadrada, aberta para o oriente, da altura de uma pessoa, sobre a plataforma da qual partem as torres: uma espelunca, atualmente vazia e em ruínas, cujas paredes mal rebocadas estão "decoradas" aqui e ali, neste momento, com algumas desagradáveis gravuras amareladas representando as fachadas das catedrais. Presumo que esse buraco seja habitado simultaneamente por morcegos e aranhas, e por isso as moscas estão envolvidas numa dupla guerra de extermínio.)

Todos os dias, uma hora antes do pôr do sol, o arquidiácono subia as escadas da torre e se trancava nessa saleta, onde às vezes passava noites inteiras. Naquele dia, no momento em que ele chegou à portinhola e colocava na fechadura a chavinha complicada que sempre carregava consigo na escarcela, um som de pandeiro e castanholas chegou aos seus ouvidos. O barulho vinha da praça. A saleta, como já dissemos, tinha apenas uma claraboia com vista para os fundos da igreja. Claude Frollo pegou apressadamente a chave e logo chegou ao topo da torre, colocando-se na posição sombria e taciturna em que as donzelas o reconheceram.

Ele estava lá, grave, imóvel, absorto em um único olhar e pensamento. Toda Paris estava sob seus pés, com as mil flechas de seus edifícios e seu horizonte circular de colinas suaves, com seu rio que serpenteia sob as pontes e seu povo que ondula pelas ruas, com a nuvem de suas fumaças e a cordilheira de telhados que circundam a Notre Dame com suas malhas cerradas. Diante de toda essa cidade, o arquidiácono olhava apenas para um ponto do pavimento, a praça da igreja; diante de toda a multidão, admirava apenas uma figura, a boêmia.

Seria difícil dizer qual era a natureza de seu olhar e de onde vinha a chama que brotava dele. Era um olhar fixo, mas perturbado e tumultuado. E, pela profunda quietude de seu corpo, agitado somente por pequenos arrepios involuntários, como uma árvore ao vento, pela rigidez de seus cotovelos – mais marmóreos do que o parapeito onde eles estavam apoiados –, pelo sorriso petrificado que contraía seu rosto, seria possível dizer que a única parte ainda viva de Claude Frollo eram os olhos.

A cigana dançava. Ela girava o pandeiro na ponta do dedo, lançava-o no ar dançando sarabandas provençais; ágil, leve, alegre, sem sentir o peso do temível olhar que pairava sobre sua cabeça.

A multidão fervilhava em torno dela. De vez em quando, um homem vestindo um casaco amarelo e vermelho reorganizava o círculo, em seguida voltava a sentar-se em uma cadeira a poucos passos da dançarina e tomava a cabeça da cabra em seu colo. Parecia ser o companheiro da boêmia. Claude Frollo, do ponto alto onde estava, não conseguia reconhecê-lo.

Assim que o arquidiácono viu esse homem, sua atenção parecia dividida entre a dançarina e ele, e o seu rosto foi ficando cada vez mais sombrio. De repente ele se endireitou, e um tremor tomou conta de seu corpo:

– Que homem é esse? – ele disse entre os dentes. – Eu a vi sempre sozinha!

Então ele recuou sob a abóbada tortuosa da escadaria em espiral e desceu novamente. Passando pela porta entreaberta da sala dos sinos, viu algo que chamou sua atenção. Quasímodo estava apoiado na abertura dessas águas-furtadas de ardósia que parecem enormes gelosias e também olhava para a praça. Ele estava em um estado tão profundo de contemplação que não percebeu a passagem de seu pai adotivo. Seu olho selvagem tinha uma expressão singular. Era um olhar encantador e doce.

– Que estranho! – Claude murmurou. – Será que é a cigana que ele olha assim? – E continuou descendo. Após alguns minutos, o ansioso arquidiácono saiu para a praça através da porta da torre.

– O que aconteceu com a cigana? – ele perguntou, misturando-se ao grupo de espectadores que o pandeiro havia reunido.

– Não sei – respondeu um de seus vizinhos –, ela simplesmente desapareceu. Acho que foi apresentar-se naquela casa do outro lado da rua, para onde a chamaram.

No lugar da egípcia, sobre o mesmo tapete cujos arabescos eram apagados, momentos antes, pelo caprichoso desenho de sua dança, o arquidiácono só via agora o homem de vermelho e amarelo que, para ganhar alguns tostões, passeava pelo círculo, os cotovelos sobre os quadris, a cabeça para trás, o rosto vermelho, o pescoço esticado, equilibrando uma cadeira entre os dentes. Na cadeira, ele tinha amarrado um gato que uma vizinha tinha emprestado e que miava muito assustado.

– Nossa Senhora! – o arquidiácono exclamou quando o saltimbanco, transpirando, passou diante dele com sua pirâmide de cadeira e gato. – O que o mestre Pierre Gringoire está fazendo aqui?

O CORCUNDA DE NOTRE DAME – TOMO 2

A voz severa do arquidiácono atingiu o pobre-diabo em cheio, e ele perdeu o equilíbrio com todo o seu edifício. A cadeira e o gato caíram sobre a cabeça dos assistentes, em meio a uma vaia incessante.

Seria provável que o mestre Pierre Gringoire (pois de fato era ele) tivesse de acertar as contas com a vizinha dona do gato e com todos os rostos feridos e arranhados que o cercavam, se ele não tivesse aproveitado o tumulto para se refugiar na igreja, para onde Claude Frollo fez sinal para ele ir.

A catedral já estava escura e deserta. Nas laterais das naves, as lamparinas das capelas começavam a estremecer, com as abóbadas mergulhadas na escuridão. Apenas a grande rosácea da fachada, cujas mil cores estavam embebidas por um raio de sol horizontal, brilhava na sombra como um punhado de diamantes e refletia na outra extremidade da nave seu espectro deslumbrante.

Depois de darem alguns passos, dom Claude se apoiou em uma coluna e olhou para Gringoire. Esse olhar não era o que Gringoire temia, envergonhado como estava por ter sido surpreendido por uma pessoa séria e instruída naqueles trajes de saltimbanco. O olhar do padre não tinha nada de zombeteiro ou de irônico. Era um olhar sério, tranquilo e penetrante. O arquidiácono rompeu o silêncio.

– Aproxime-se, mestre Pierre. O senhor tem muita coisa para me explicar. Primeiramente, de onde vem que não o víamos há dois meses e agora o encontramos no meio das praças? E em que circunstâncias! Metade amarelo, metade vermelho, como uma maçã normanda!

– Cavalheiro – disse Gringoire, envergonhado –, são realmente atributos prodigiosos, e o senhor me vê mais constrangido do que um gato com a cabeça presa num cesto. Eu sei que é muito ruim expor os senhores sargentos da vigilância a bastonar por debaixo deste casaco o úmero de um filósofo pitagórico. Mas o que quer que eu faça, meu reverendo mestre? A culpa é do meu velho gibão que me abandonou covardemente no início do inverno, sob o pretexto de ter ficado roto e de ter de ir descansar no amontoado do trapeiro. O que fazer? A civilização ainda não chegou ao ponto em que se pode sair completamente nu, como desejava o velho Diógenes. Acrescente que ventava frio, e janeiro não é o melhor mês para se arriscar nesse novo passo para a humanidade. Este casaco apareceu. Peguei-o e deixei no lugar o meu antigo preto, que, para um hermético como eu, era muito pouco hermeticamente fechado. Então, aqui estou eu, com uma veste de bufão, assim como São Genésio. O que fazer? É um eclipse. Até Apolo teve que cuidar do curral de Admeto.

– O senhor está exercendo um belo trabalho! – disse o arquidiácono.

– Concordo, meu mestre, que mais vale filosofar e poetizar, soprar a chama na fornalha ou recebê-la do céu, do que equilibrar gatos na ponta do nariz. Então, quando o senhor me reconheceu, fui tão idiota quanto um asno diante de um pedaço de carne. Mas o que o senhor quer? É necessário viver todos os dias, e os mais belos versos alexandrinos não valem um pedaço de queijo *brie* entre os dentes. Fiz aquele famoso epitálamo para a senhora Marguerite de Flandres, como o senhor bem sabe, e a cidade não me pagou por isso, a pretexto de que não ficou excelente, como se fosse possível pagar quatro escudos por uma tragédia de Sófocles. Então eu morreria de fome. Felizmente descobri que minha mandíbula é bastante resistente, e eu disse ao meu maxilar: "Faça truques de força e equilíbrio, alimente a si mesmo". *Ale te ipsam*[1]. Um bando de criminosos, que se tornaram meus bons amigos, ensinou-me vinte tipos de truques hercúleos, e agora eu dou todas as noites aos meus dentes o pão que eles ganharam durante o dia com o suor do meu rosto. Afinal, **concedo**, reconheço que é um uso deprimente das minhas faculdades intelectuais e que o homem não foi feito para passar a vida a tocar tambores e a morder cadeiras. Mas, reverendo mestre, não basta passar a vida, é preciso ganhá-la.

---

[1] "Alimenta-te a ti mesmo". (N.T.)

Dom Claude ouvia em silêncio. De repente, seu olhar profundo assumiu uma expressão tão sagaz e penetrante que Gringoire sentiu-se, por assim dizer, penetrado por ele até o fundo de sua alma.

– Muito bem, mestre Pierre, mas por que o senhor agora está na companhia daquela dançarina do Egito?

– Por Deus! – exclamou Gringoire. – Ela é minha esposa, e eu sou marido dela.

O olhar tenebroso do padre incendiou-se.

– Você teve esse atrevimento, miserável? – ele bradou, agarrando o braço de Gringoire com fúria. – Você foi a tal ponto abandonado por Deus que teve coragem de pôr as mãos nessa moça?

– Pela minha parte do paraíso, senhor – respondeu Gringoire, tremendo dos pés à cabeça –, eu juro que nunca a toquei, se é isso que o preocupa.

– Então que história é essa de marido e mulher? – perguntou o padre.

Gringoire apressou-se em contar o mais sucintamente possível tudo o que o leitor já sabe, de sua aventura no Pátio dos Milagres ao seu casamento com a moringa quebrada. Tudo indicava que esse casamento ainda não tinha sido consumado e que todas as noites a boêmia se esquivava de sua noite de núpcias, como no primeiro dia.

– É um dissabor – disse ele, concluindo –, mas foi porque tive a infelicidade de desposar uma virgem.

– O que o senhor está dizendo? – perguntou o arquidiácono, que havia se acalmado um pouco com o relato.

– É muito difícil de explicar – respondeu o poeta. – É uma superstição. Minha esposa é, ao que me foi dito por um velho patife que é chamado por nós de duque do Egito, uma criança encontrada, ou perdida, que é a mesma coisa. Ela usa um amuleto no pescoço que, segundo dizem, um dia vai fazê-la reencontrar seus pais. Mas esse amuleto perderia sua virtude se a menina perdesse a dela. Por conseguinte, ambos permanecemos muito virtuosos.

Victor Hugo

– Então – respondeu Claude, cujo semblante tornava-se mais sereno –, o senhor acredita, mestre Pierre, que essa criatura não foi tocada por nenhum homem?

– O que quer, dom Claude, que um homem faça contra uma superstição? Ela tem isso na cabeça. Estimo que seja uma raridade que esta prudência de freira permaneça tão fervorosa no meio dessas jovens ciganas geralmente tão facilmente conquistadas. Mas ela tem três coisas para se proteger: o duque do Egito, que a mantém sob sua proteção, talvez com a intenção de vendê-la para algum ilustre abade[2]; toda a sua tribo, que nutre por ela uma singular veneração, como uma Nossa Senhora; e certo punhalzinho lindo que a danada sempre carrega consigo em algum canto, apesar das interdições do preboste, e que ela empunha rapidamente se alguém a segura pela cintura. É uma vespa orgulhosa, acredite!

O arquidiácono encheu Gringoire de perguntas.

Pelo olhar de Gringoire, Esmeralda era uma criatura inofensiva e encantadora, muito bonita, apesar da careta peculiar que fazia; uma jovem ingênua e apaixonada que tudo ignorava e com tudo se entusiasmava; não sabia diferenciar uma mulher de um homem, nem mesmo em um sonho. Era sua natureza. Especialmente louca pela dança, pela música alta, pelo ar fresco, uma espécie de mulher-abelha com asas invisíveis nos pés, e vivendo em um turbilhão. Ela devia essa natureza à vida errante que sempre teve. Gringoire veio a saber que, quando criança, ela tinha viajado através da Espanha e da Catalunha, até a Sicília. Ele acreditava que ela havia sido levada, com a caravana de zíngaros da qual fazia parte, até o reino da Argélia, um país localizado na Acaia, que tem, de um lado, a Albânia e a Grécia e, do outro, o mar das Sicílias, que é o caminho para Constantinopla. Os boêmios, disse Gringoire, eram vassalos do rei de Argel, em sua condição

---

[2] Senhor. (N.T.)

O CORCUNDA DE NOTRE DAME – TOMO 2

de líder da nação dos Mouros brancos. O certo era que Esmeralda tinha vindo para a França muito jovem, seguindo pela Hungria. De todos esses países, a menina tinha trazido pedaços de jargões bizarros, cantos e ideias estrangeiras que transformavam sua linguagem em algo tão heterogêneo quanto seu traje meio parisiense, meio africano. Além disso, as pessoas dos bairros que frequentava a amavam por sua alegria, gentileza, por seus modos vivazes, suas danças e canções. Em toda a cidade, ela acreditava ser odiada por apenas duas pessoas, de quem ela falava frequentemente com horror: a *sachette* da Torre Roland, uma reclusa maldosa que nutria um inexplicável rancor pelas egípcias e que amaldiçoava a pobre dançarina toda vez que ela passava diante de sua claraboia, e um sacerdote que nunca a encontrava sem lhe lançar olhares e palavras amedrontadores. Esta última circunstância perturbou grandemente o arquidiácono, sem que Gringoire percebesse, pois dois meses tinham sido suficientes para fazer o distraído poeta esquecer os detalhes singulares daquela noite em que ele havia encontrado a cigana, com a presença do arquidiácono em tudo isso. A pequena dançarina nada temia. Ela não lia o futuro nas mãos das pessoas, o que a protegia dos processos de magia tão frequentemente aplicados contra as boêmias. Além disso, Gringoire assumiu o papel de seu irmão, se não de marido. Afinal, o filósofo suportava pacientemente esse tipo de casamento platônico. Ao menos ele tinha a garantia de um abrigo e de pão. Todas as manhãs, ele partia da terra dos bandidos, na maioria das vezes com a egípcia, e a ajudava a fazer a colheita de moedas miúdas nos cruzamentos. Todas as noites eles retornavam juntos para o mesmo abrigo, ele deixava que ela se trancasse em seu pequeno abrigo e dormia o sono dos justos. Existência muito tranquila, apesar de tudo, dizia ele, e muito propícia aos sonhos. Ademais, em sua alma e consciência, o filósofo não estava muito certo de estar irremediavelmente apaixonado pela boêmia. Ele a amava assim como à cabra. Era um belo animal, doce, inteligente, espirituoso, uma cabritinha muito instruída. Nada era mais comum na Idade Média do que esses animais inteligentes que deixam todos encantados, mas que frequentemente condenam seus donos à fogueira. No entanto, as feitiçarias da cabra de patas douradas eram bastante inocentes. Gringoire as explicou ao arquidiácono, a quem esses detalhes pareciam interessar bastante. Na maior parte das vezes, bastava apresentar o pandeiro à cabra desta ou daquela forma para obter dela a feitiçaria desejada. Ela tinha sido treinada pela boêmia, que tinha um talento tão raro para essa *finesse* que dois meses bastaram para ensinar a cabra a escrever a palavra *Phoebus* com as letras móveis.

– *Phoebus*! – disse o padre. – Por que *Phoebus*?

– Não sei – respondeu Gringoire. – Talvez seja uma palavra que ela acredita estar dotada de alguma virtude mágica e secreta. Ela repete muitas vezes essa palavra a meia-voz quando pensa estar sozinha.

– Você tem certeza – insistiu Claude com seu olhar penetrante – de que é apenas uma palavra, e não um nome?

– O nome de quem? – interrogou o poeta.

– O que sei eu? – disse o padre.

– Eis o que suponho, senhor. Esses boêmios são um pouco guebros e adoram o sol. Daí a palavra Phoebus.

– Não me parece tão claro quanto para o senhor, mestre Pierre.

– De todo modo, isso não me interessa. Deixe-a murmurar seu Phoebus à vontade. O que é certo é que Djali já me ama quase tanto quanto a ela.

– Quem é Djali?

– A cabra.

O arquidiácono pôs a mão no queixo e pareceu imerso em seus pensamentos. Então ele voltou-se abruptamente para Gringoire.

– E jura que não a tocou?

– Em quem, na cabra? – perguntou Gringoire.

O corcunda de Notre Dame – Tomo 2

– Não, nessa mulher.

– Na minha mulher! Juro que não.

– E você fica sempre sozinho com ela?

– Todas as noites, uma boa hora.

Dom Claude franziu a sobrancelha.

– Oh! Oh! *Solus cum sola not cogitabuntur orare Pater Noster.*[3]

– Pela minha alma, eu poderia dizer o *Pater*, a *Ave Maria* e o *Credo in deum patrem omnipotentem* sem que ela prestasse mais atenção a mim do que uma galinha a uma igreja.

– Jure pelo ventre de sua mãe – o arquidiácono repetiu com fervor – que o senhor não encostou sequer a ponta do dedo nessa criatura.

– Também juraria pela cabeça do meu pai, porque as duas coisas têm mais de uma relação. Mas, meu reverendo mestre, permita que lhe faça uma pergunta.

– Faça-a, senhor.

– Por que isso lhe interessa tanto?

A figura pálida do arquidiácono ficou vermelha como as bochechas de uma jovem. Ele permaneceu um momento sem responder. Então, com um visível constrangimento:

– Ouça, mestre Pierre Gringoire. Pelo que sei, o senhor ainda não está condenado. Estou interessado no senhor e lhe tenho muita estima. Mas o menor contato com essa egípcia do demônio o transformará em um vassalo de Satanás. O senhor sabe que é sempre o corpo a perdição da alma. Ai do senhor se ousar se aproximar dessa mulher! É isso.

– Eu tentei uma vez – disse Gringoire, coçando a orelha. – Foi no primeiro dia, mas fui alfinetado.

– O senhor teve esse atrevimento, mestre Pierre?

---

[3] "Ninguém vai acreditar que um homem e uma mulher sozinhos rezam o Pai-Nosso". (N.T.)

E a fronte do padre voltou a ficar sombria.

– Uma outra vez – prosseguiu o poeta, sorrindo –, eu olhei antes de ir para a cama através do buraco da fechadura e vi a mais encantadora dama de camisola que já fez ranger sob seu pé descalço a mola de um leito.

– Que o diabo o carregue! – gritou o sacerdote com um olhar terrível e, empurrando pelos ombros Gringoire, que seguia maravilhado com a lembrança, desapareceu a passos largos sob as arcadas mais sombrias da catedral.

Os sinos

Desde a manhã do pelourinho, os vizinhos da Notre Dame notaram que o ardor carrilhador de Quasímodo tinha arrefecido. Antes, os sinos tocavam, por qualquer motivo, longas alvoradas que duravam de prima a completa; revoadas de campanários anunciavam uma grande missa; ricas gamas percorriam os instrumentos menores para um casamento, um batismo, e se entrelaçavam no ar como um bordado de todos os tipos de sons encantadores. A velha igreja, toda vibrante e sonora, vivia sob uma perpétua trepidação de sinos. Era possível sentir a presença constante de um espírito de sons e caprichos que cantava por aquelas bocas de cobre. Agora esse espírito parecia ter desaparecido. A catedral parecia sombria e guardava de bom grado o silêncio. As festas e os funerais tinham uma simples badalada, seca e nua, que o ritual exigia, nada mais. Do duplo ruído característico de uma igreja, o órgão dentro, o sino fora, restava apenas o órgão. Era como se não houvesse mais música no campanário. Mas Quasímodo ainda estava lá. O que lhe teria acontecido? Será que a vergonha e o desespero do pelourinho ainda perduravam em seu coração,

VICTOR HUGO

que as chicotadas do algoz repercutiam sem cessar em sua alma e que a tristeza por tal tratamento havia extinguido qualquer sinal de vida dentro dele, incluindo sua paixão pelos sinos? Ou será que Marie tinha uma rival no coração do sineiro da Notre Dame e que o grande sino e seus catorze irmãos estavam sendo negligenciados por algo mais amável e mais belo?

Aconteceu que, nesse gracioso ano de 1482, a Anunciação caiu numa terça-feira, 25 de março. Naquele dia, o ar estava tão puro e tão leve que Quasímodo sentiu que o amor pelos sinos voltava ao seu coração. Então ele subiu a torre norte, enquanto embaixo o sacristão abria todas as largas portas da igreja, que eram enormes painéis de madeira maciça, forrados de couro, bordados com pregos de ferro dourado e emoldurados por esculturas "muito artificialmente elaboradas".

Chegando ao alto cubículo dos sinos, Quasímodo considerou por algum tempo, com um triste aceno de cabeça, os seis campanários, como se lamentasse sobre algo estranho que se havia interposto, em seu coração, entre os campanários e ele. Mas, quando os colocou em movimento, quando sentiu o conjunto de sinos se mover sob o controle de sua mão, quando ele viu, porque não podia ouvir, a pulsante oitava subir e descer a escala sonora como um passarinho pulando de galho em galho, quando o diabo música, esse demônio que agita um molho brilhante de estretos, trinados e arpejos, se apossou do pobre surdo, ele sentiu-se feliz novamente, esqueceu tudo, e seu coração, pulsando, fez seu rosto iluminar-se.

Ele ia e vinha, batia palmas, corria de uma corda para outra, animava os seis cantores com a voz e com o gesto, como um maestro que fustiga virtuoses inteligentes.

– Vá, – dizia ele –, vá, Gabrielle. Despeje todo o seu barulho sobre a praça. Hoje é dia de festa. Thibauld, não seja preguiçoso. Está diminuindo o ritmo. Vá, estou mandando, vá! Por acaso está enferrujado, preguiçoso? Ah, muito bem! Rápido! Rápido! Que não vejam o badalo. Deixe-os todos surdos como eu. Isso mesmo, Thibauld, bravamente! Guillaume! Guillaume! Você é o maior, e Pasquier, o menorzinho, está indo melhor do que você. Aposto que aqueles que escutam ouvem melhor do que você. Muito bem! Muito bem! Mais forte, minha Gabrielle! Mais forte! Então, o que vocês dois estão fazendo aí em cima, pardais? Não estou vendo vocês fazer barulho. Que bicos de cobre são esses que parecem bocejar quando precisam cantar? Vamos trabalhar! É a Anunciação. Faz um belo dia de sol. É preciso um belo carrilhão. Pobre Guillaume! Está sem fôlego, meu amigo!

Ele estava muito ocupado tocando seus sinos, que saltavam disputando o melhor desempenho uns com os outros e sacudindo seus costados brilhantes como uma barulhenta parelha de mulas espanholas, picadas aqui e ali pelas esporas do tropeiro.

De repente, direcionando seu olhar entre as largas escamas de ardósia que cobrem, a certa altura, a parede íngreme do campanário, ele viu na praça uma jovem estranhamente vestida que parou, abriu no chão um tapete onde uma pequena cabra se deitou, e um grupo de espectadores começou a rodeá-la. Essa visão mudou subitamente o curso de seus pensamentos e congelou seu entusiasmo musical como um sopro de ar congela uma resina em fusão. Ele parou, virou as costas para o carrilhão e agachou atrás do guarda-vento de ardósia, fixando na dançarina o olhar sonhador, terno e doce que já havia surpreendido o arquidiácono. Enquanto isso, os sinos esquecidos calaram-se de repente, todos de uma vez, para a grande decepção dos amantes e apreciadores, que ouviam de bom grado o carrilhão de cima da Pont-au-Change e partiram decepcionados, como um cão a quem é mostrado um osso, mas é oferecida uma pedra.

ʼΑΝΑΓΚΗ

Aconteceu que, numa bela manhã desse mesmo mês de março, creio que era sábado, 29, Dia de Santo Eustáquio, nosso jovem amigo, o estudante Jehan Frollo du Moulin, percebeu, enquanto se vestia, que seu calção, onde ficava sua bolsa, não produzia nenhum som metálico.

– Pobre bolsa! – disse ele, puxando-a do bolso. – O quê! Nem um soldo parisiense! Como os dados, as jarras de cerveja e a Vênus a esvaziaram cruelmente! Como está vazia, enrugada e flácida! Está parecendo a garganta de uma fúria! Eu pergunto aos senhores, Cícero e Sêneca, cujos exemplares vejo endurecidos e espalhados sobre a laje, de que me serve saber, melhor do que um general ou do que um judeu da Pont-aux-Changeurs, sobre moedas, que um escudo de ouro da coroa vale trinta e cinco unzains de vinte e seis sous e oito soldos parisis cada, e que um escudo do crescente vale trinta e seis unzains de vinte e seis sous e seis soldos se eu não tiver um miserável tostão para apostar no duplo-seis! Oh! Cônsul Cícero! Essa não é uma calamidade de que nos safamos com perífrases, *quemadmodum*[4] e *verum enim vero*[5]!

---

[4] "Da mesma forma". (N.T.)
[5] "Mas a verdade é que". (N.T.)

O CORCUNDA DE NOTRE DAME – TOMO 2

Ele se vestiu tristemente. Uma ideia lhe veio enquanto amarrava suas botas, mas ele primeiro a recusou. No entanto, ela voltou, e ele vestiu seu colete do avesso, sinal óbvio de uma violenta luta interior. Finalmente, atirou seu boné no chão e gritou:

– Que assim seja! Ele fará o que precisar fazer. Vou visitar meu irmão. Ouvirei um sermão, mas receberei um tostão.

Então ele vestiu apressadamente sua casaca de *mahoîtres* forrada, pegou seu boné do chão e saiu em desespero.

Jehan desceu a Rua da Harpe em direção à Cité. Passando em frente à Rua Huchette, o cheiro daqueles admiráveis espetos que giram incessantemente veio fazer cócegas em seu aparelho olfativo, e ele lançou um olhar amoroso ao ciclópico assado que um dia arrancou do sapateiro Calatagirone esta patética exclamação: *Veramente, queste rotisserie sono cosa stupenda!*[6]

Mas Jehan não tinha dinheiro para comer e, com um suspiro profundo, meteu-se sob o pórtico do Petit-Châtelet, um enorme trevo duplo de torres maciças que protegia a entrada da Cité.

Ele nem teve tempo para jogar uma pedra ao passar, como era de costume, em frente à miserável estátua de Perinet Leclerc, que havia entregado a Paris de Carlos VI aos ingleses, um crime que sua efígie, com a face dilacerada por pedras e suja de lama, expiou por três séculos na esquina das ruas da Harpe e Bussy, como se estivesse em um eterno pelourinho.

Jehan de Molendino atravessou a Petit-Pont, depois a Rua Neuve--Sainte-Geneviève, e chegou à entrada da Notre Dame. Sua indecisão então voltou, e ele passeou por algum tempo em volta da estátua do senhor Legris, repetindo para si mesmo com angústia:

– O sermão é garantido, o escudo é duvidoso!

Interpelou um sacristão de saída do claustro.

---

[6] "Realmente estes assados são estupendos!", em italiano. (N.T.)

– Onde está o senhor arquidiácono de Josas?

– Acredito que ele esteja no esconderijo da torre – disse o sacristão –, e eu não o aconselho a perturbá-lo, a menos que venha da parte de alguém como o papa ou o rei.

Jehan golpeou a própria mão.

– Diabos! Aí está uma oportunidade maravilhosa para ver a famosa fábrica de bruxarias!

Determinado por essa reflexão, ele adentrou resolutamente pela pequena porta preta e começou a subir a escada espiralada de Saint-Gilles, que dá acesso aos andares superiores da torre.

– Vou lá ver! – ele dizia no caminho. – Pelas madeixas da Virgem Santíssima! Deve ser bastante curiosa essa cela que meu reverendo irmão esconde como se fossem suas partes pudendas! Dizem que ali está o fogo do inferno e que a pedra filosofal arde sobre ele. Por Deus! Preocupo-me com a pedra filosofal como se fosse um pedregulho qualquer. Eu preferiria encontrar em seu fogão uma omelete de ovos de Páscoa com *bacon* em vez da maior pedra filosofal do mundo!

Chegando à galeria das colunatas, ele tomou fôlego e maldisse a escadaria interminável com não sei quantos milhões de apelidos para o demônio. Em seguida, retomou sua subida através do estreito portão da torre norte, atualmente interditado ao público. Depois de passar pela gaiola dos sinos, encontrou um pequeno patamar em um vão lateral e sob a abóbada, uma porta baixa pontiaguda com uma seteira, aberta na frente da parede arredondada da escadaria, que lhe permitiu observar a enorme fechadura e a poderosa estrutura de ferro. As pessoas que hoje tiverem a curiosidade de visitar essa porta a reconhecerão por esta inscrição, gravada em letras brancas na parede preta: J'ADORE CORALIE, 1829. SIGNÉ UGÈNE[7]. *Signé* faz parte do texto.

---

[7] "Adoro Coralie, 1829. Assinado Ugène". (N.T.)

– Ufa! – disse o estudante. – Sem dúvida é aqui.

A chave estava na fechadura. A porta estava apenas encostada. Ele a empurrou devagar e passou a cabeça pelo vão.

O leitor provavelmente já deve ter passado os olhos pela admirável obra de Rembrandt, o Shakespeare da pintura. Entre todas as maravilhosas pinturas, há em particular uma água-forte que representa, segundo se supõe, o doutor Fausto. É impossível contemplar essa obra sem se deslumbrar. A saleta é sombria. No meio está uma mesa repleta de objetos hediondos, crânios, esferas, alambiques, bússolas, pergaminhos hieroglíficos. O doutor está em frente a essa mesa, vestido com seu grosso sobretudo e seu gorro forrado caindo na altura da sobrancelha. Só se vê parte do corpo. Ele está levantando-se de sua imensa poltrona, os punhos crispados apoiados sobre a mesa, e considera com curiosidade e terror um grande círculo luminoso formado por letras mágicas que brilha na parede do fundo como um espectro solar dentro do quarto escuro. Esse sol cabalístico parece estremecer diante dos olhos e preenche a célula pálida com sua misteriosa radiação. É hediondo e belo ao mesmo tempo.

Algo muito semelhante à cela de Fausto apresentava-se aos olhos de Jehan quando ele passou a cabeça pela porta entreaberta. Era, da mesma forma, um reduto escuro, mal iluminado. Havia também uma grande poltrona e uma grande mesa, bússolas, alambiques, esqueletos de animais pendendo do teto, uma esfera no chão, hipocéfalos misturados com frascos de vidro em que tremiam folhas de ouro, crânios dispostos sobre pergaminhos cobertos de figuras e caracteres, grandes manuscritos empilhados e abertos sem muito cuidado com os frágeis cantos dos pergaminhos, enfim, todos os detritos da ciência, e, por toda parte, sobre esse caos, poeira e teias de aranha. Mas não havia um círculo de letras luminosas ou um médico em êxtase contemplando a deslumbrante imagem como a águia contempla o sol.

No entanto, a cela não estava deserta. Havia um homem sentado na poltrona e curvado sobre a mesa. Jehan, para quem ele estava de costas, só podia ver seus ombros e a parte posterior de seu crânio, mas ele não teve dificuldade para reconhecer a careca em que a natureza tinha feito uma eterna tonsura, como se quisesse marcar com um símbolo externo a irresistível vocação clerical do arquidiácono.

Jehan reconheceu seu irmão. Mas ele tinha aberto a porta tão cuidadosamente que nada denunciou sua presença a dom Claude. O curioso estudante aproveitou a oportunidade para examinar tranquilamente a cela por alguns instantes. Um forno grande, que ele não tinha notado no início, estava à esquerda da poltrona, abaixo da claraboia. O raio de sol que penetrava por essa abertura atravessava uma teia de aranha arredondada, que inscrevia com bom gosto sua delicada rosácea na ogiva da claraboia, e no centro da qual o inseto arquiteto permanecia imóvel como se fosse o cubo de eixo daquela roda dentada. Sobre o forno, acumulavam-se em desordem todos os tipos de frasco, garrafinhas de arenito, retortas de vidro, matrazes de carvão. Jehan suspirou ao não ver nenhum fogareiro. "São escassos os utensílios de cozinha!", ele pensou.

Além disso, não havia fogo na fornalha, e até parecia que não estava acesa havia muito tempo. Uma máscara de vidro, que Jehan notou entre os utensílios da alquimia, e que sem dúvida servia para preservar o rosto do arquidiácono quando preparava alguma substância mais perigosa, estava em um canto, coberta de pó e como se esquecida. Ao lado havia um fole não menos empoeirado e cuja folha superior trazia esta legenda incrustada com letras de cobre: *SPIRA, SPERA*[8].

Outras lendas estavam escritas, de acordo com a moda dos herméticos, em grande número nas paredes. Algumas traçadas a tinta, outras gravadas com uma ponta de metal. Além disso, letras góticas, hebraicas, gregas e

---

[8] "Respira, espera". (N.T.)

romanas se misturavam, as inscrições transbordando aleatoriamente, estas sobre aquelas, as mais frescas apagando as mais antigas, e todas entrelaçadas umas nas outras como os ramos de um arbusto ou as espadas em uma batalha. Era, de fato, uma mistura bastante confusa de todas as filosofias, todos os devaneios, todas as sabedorias humanas. Havia uma aqui, outra ali, que brilhava sobre as outras como uma bandeira entre as lanças. Eram, na sua maioria, um breve lema latino ou grego, como a Idade Média tão bem formulava: *Unde? Inde*[9]*? – Homo homini monstrum.*[10] *– Astra, castra, nomen, numen.*[11] *– Μέγα βιβλίον, μέγα κακόν.*[12] *– Sapere aude.*[13] *– Flat ubi vult.*[14] *–*, etc. Às vezes, uma palavra desprovida de qualquer significado aparente: Αναγκοφαγία[15], o que, talvez, escondesse uma amarga alusão ao regime do claustro. Outras vezes, uma simples máxima de disciplina clerical formulada em um hexâmetro regulamentar: *Coelestem dominum, terrestrem dicito domnum*[16]. Havia também *passim*[17], garranchos hebraicos que Jehan, já bem pouco dedicado ao grego, não entendia. Tudo se misturava com estrelas, figuras de homens ou de animais e triângulos que se cruzavam, o que contribuía para a parede da célula parecer uma folha de papel sobre a qual um macaco teria passeado com uma pluma embebida em tinta.

Toda a saleta, além disso, tinha um aspecto geral de abandono e decadência; e a má condição dos utensílios sugeria que o mestre estava havia muito tempo distraído de suas pesquisas por outras preocupações.

---

[9] "De onde? De lá?" (N.T.)

[10] "O homem é um monstro para o homem". (N.T.)

[11] "As estrelas são a minha tenda, e o divino é a minha luz". (N.T.)

[12] "Grande livro, grande mal". (N.T.)

[13] "Atreva-se a saber". (N.T.)

[14] "Ele sopra onde quer". (N.T.)

[15] "Regime forçado" (de alimento para os atletas). Cf. Aristóteles, *Política*, 1339A. (N.T.)

[16] "*Dominum* le seigneur du Ciel, *dominus* celui de la Terre". (N.T.)

[17] "Aqui e ali". (N.T.)

No entanto, esse mestre, debruçado sobre um vasto manuscrito adornado com pinturas bizarras, parecia atormentado por uma ideia que constantemente se misturava com suas meditações. Pelo menos é o que Jehan julgou ao ouvir suas exclamações, acompanhadas de intermitências pensativas de um sonhador que sonha alto:

– "Sim", disse Manu, e Zoroastro ensinou, "o sol nasce do fogo, a lua, do sol". O fogo é a alma do grande todo. Seus átomos elementares se expandem e fluem incessantemente pelo mundo por correntes infinitas. Nos pontos onde essas correntes se cruzam no céu, elas produzem luz; em seus pontos de intersecção na Terra, elas produzem ouro. A luz e o ouro são a mesma coisa. Fogo em estado concreto. A diferença entre visível e palpável, de fluido e sólido para a mesma substância, de vapor de água para gelo, nada mais. Não são devaneios, é a lei geral da natureza. Mas como extrair pela ciência o segredo dessa lei geral? O quê! Esta luz que inunda minha mão é ouro! Estes mesmos átomos, dilatados de acordo com uma determinada lei, só precisam ser condensados de acordo com outra lei! Como faço isso? Alguns imaginaram esconder um raio de sol. Averrois, sim, foi Averrois. Averrois enterrou um sob o primeiro pilar esquerdo do santuário do corão, na grande maomeria de Córdoba. Mas não poderemos abrir o cofre para ver se a operação foi bem-sucedida dentro de oito mil anos.

– Diabos! – resmungou Jehan instintivamente – É uma longa espera por um escudo!

– ... Outros pensaram – prosseguiu o sonhador arquidiácono – que era melhor operar a partir de um raio de Sirius. Mas é muito difícil obter esse raio puro, por causa da presença simultânea das outras estrelas que vêm intrometer-se. Flamel acredita que é mais simples operar com o fogo terrestre. Flamel! Que nome predestinado, *Flamma!* Sim, o fogo. É isso. O diamante está no carvão, o ouro está no fogo. Mas como extraí-lo? *Magistri* afirma que há certos nomes de mulheres com charmes tão doces e misteriosos que basta pronunciá-los durante a operação... Vejamos o que diz Manou: "Onde as mulheres são honradas, as divindades se alegram; onde elas são desprezadas, é inútil orar a Deus. A boca de uma mulher é constantemente pura; é uma água corrente, um raio de sol. O nome de uma mulher deve ser agradável, doce, imaginativo; terminar com vogais longas e assemelhar-se a palavras de bênção."... Sim, o sábio tem razão. De fato, Maria, Sophia, Esmeral... Maldição! Sempre esse pensamento!

E fechou o livro violentamente.

O padre passou a mão na testa como se tentasse afastar a ideia que o assombrava. Depois pegou sobre a mesa um prego e um pequeno martelo, cujo cabo estava curiosamente pintado com letras cabalísticas.

– Há algum tempo – disse ele com um sorriso amargo – eu venho falhando em todas as minhas experiências! A ideia fixa apossou-se de mim e fere meu cérebro como um trevo de fogo. Nem ao menos desvendei o segredo de Cassiodoro, cuja lamparina ardia sem pavio e sem óleo. Coisa simples, no entanto!

– Peste! – disse Jehan a si mesmo.

– ... Então – continuou o sacerdote –, um único e miserável pensamento é suficiente para deixar um homem fraco e louco! Oh! Que Claude Pernelle ria de mim, ela que não conseguiu desviar Nicolas Flamel nem por um momento de sua incessante busca pela grande obra! O quê! Tenho na minha mão o martelo mágico de Zéchiélé! Cada vez que o temível rabino, do fundo de sua cela, golpeava este prego com este martelo, aquele de seus inimigos a quem ele havia condenado, mesmo estando a duas mil léguas de distância, mergulhava um côvado na terra que o devorava. O próprio rei da França, por ter, certa noite, batido descuidadamente à porta do taumaturgo, foi enterrado até os joelhos no chão de Paris. Isso aconteceu há menos de três séculos. Pois bem! Tenho o martelo e o prego, mas não são ferramentas mais formidáveis em minhas mãos do que a serragem nas mãos de um cuteleiro. No entanto, não se trata de encontrar a palavra mágica que Zéchiélé pronunciou enquanto martelava seu prego.

"Uma ninharia!", pensou Jehan.

– Vejamos, vamos tentar – prosseguiu animado o arquidiácono. – Se eu conseguir, verei uma faísca azul brilhar na cabeça do prego. "Emen-hétan! Emen-hétan!". Não é o caso. "Sigéani! Sigéani! Que este prego abra a sepultura de alguém chamado Phoebus!". Maldição! Ainda e sempre, eternamente essa mesma ideia!

E ele lançou o martelo longe, enraivecido. Em seguida, afundou tanto na poltrona e na mesa que Jehan o perdeu de vista atrás do imenso encosto. Durante alguns minutos, ele só viu o seu punho convulsivo crispado sobre um livro. Dom Claude levantou-se de súbito, pegou um compasso e, em silêncio, gravou em maiúsculas esta palavra grega na parede:

$$\text{ΑΝΑΓΚΗ}$$

"Meu irmão é louco", pensou Jehan. "Teria sido muito mais fácil escrever *Fatum*[18]. Ninguém é obrigado a saber grego."

O arquidiácono voltou a sentar-se em sua poltrona e apoiou a cabeça nas mãos, como faz um doente que tem a fronte pesada e ardente.

O estudante observava seu irmão bastante surpreso. Ele não sabia, ele, que deixava o coração livre, que só respeitava as leis da natureza, que deixava suas emoções fluir livremente e em quem o lago das grandes emoções estava sempre seco, pois todas as manhãs ele abria novos sulcos, ele não tinha noção da fúria com que esse mar de paixões humanas fermenta e fervilha quando a passagem lhe é negada, como ela se acumula, como incha, transborda, como ela escava o coração, como explode em soluços internos e em surdas convulsões até romper seus diques e transbordar de seu leito.

---

[18] "Fatalidade". (N.T.)

O invólucro austero e gélido de Claude Frollo, aquela superfície fria de virtude escarpada e inacessível, sempre havia enganado Jehan. O alegre estudante nunca tinha imaginado que havia uma lava fervente, furiosa e profunda sob a fronte nevada do Etna.

Não sabemos se ele percebeu essas ideias subitamente, mas, por mais desatento que fosse, percebeu que tinha visto o que não deveria, que tinha surpreendido a alma de seu irmão mais velho em uma de suas atitudes mais secretas, e que Claude não deveria perceber sua presença. Vendo que o arquidiácono tinha retornado à imobilidade inicial, ele removeu sua cabeça muito calmamente e fez alguns ruídos de passos atrás da porta, como alguém que anuncia sua chegada.

– Entre! – gritou o arquidiácono de dentro da cela. – Eu estava à sua espera. Deixei a chave na porta de propósito. Entre, mestre Jacques.

O estudante entrou impetuosamente. O arquidiácono, a quem tal visita se mostrava bastante incômoda naquele ambiente, estremeceu em sua poltrona.

– O quê! É você, Jehan?

– Ainda é um J – disse o rapaz com o rosto vermelho, atrevido e jocoso.

O rosto de dom Claude retomou a expressão severa.

– O que faz aqui?

– Meu irmão – respondeu o estudante, esforçando-se para fazer uma expressão decente, piedosa e modesta e girando o chapéu nas mãos com um ar de inocência –, eu vim lhe pedir...

– O quê?

– Preciso muito de um pouco de moral. – Jehan não se atreveu a acrescentar em voz alta: "E mais ainda de um pouco de dinheiro". Esta última parte de sua sentença não chegou a ser verbalizada.

– Senhor – disse o arquidiácono com frieza –, estou muito descontente com você.

– Ai de mim – suspirou o estudante.

Victor Hugo

Dom Claude girou sua poltrona e olhou fixamente para Jehan.

– Estou muito satisfeito em vê-lo.

Foi um temível exórdio. Jehan se preparou para um choque severo.

– Jehan, todos os dias eu recebo queixas de você. Que confusão foi essa em que você feriu com um bastão o pequeno visconde Albert de Ramon-champ?

– Oh! – fez Jehan. – Não foi nada grave! Um insolente que se divertia enlameando os estudantes enquanto corria com seu cavalo sobre a lama!

– Que história é essa – continuou o arquidiácono – de rasgar o vestido de Mahiet Fargel? *Tunicam dechiraverunt*[19], diz a queixa.

– Ah, ora! Uma *cappette* de Montaigu! Uma a menos!

– A queixa diz *tunicam*, e não *cappettam*. Sabe latim?

Jehan não respondeu.

– Sim! – prosseguiu o padre, abanando a cabeça. – É a isso que chegaram os estudos e as letras. Mal se ouve a língua latina, o siríaco é desconhecido, o grego é tão odiado que não parece ignorância para os mais instruídos saltar uma palavra grega sem lê-la e dizer: *Græcum est, non legitur*[20].

O estudante levantou resolutamente os olhos.

– Senhor meu irmão, quer que eu explique em bom francês essa palavra grega escrita na parede?

– Que palavra?

– ἈΝΆΓΚΗ.

Um ligeiro rubor se espalhou pelas maçãs amareladas do rosto do arquidiácono, como uma baforada de fumaça que anuncia ao exterior as concussões secretas de um vulcão. O estudante mal reparou.

– Bem, Jehan – gaguejou o irmão mais velho com esforço –, o que essa palavra significa?

---

[19] "A túnica foi rasgada". (N.T.)
[20] "É grego, não se pode ler". (N.T.)

O corcunda de Notre Dame – Tomo 2

– FATALIDADE.

Dom Claude voltou a empalidecer, e o estudante continuou com indiferença:

– E a palavra que está embaixo gravada pela mesma mão, Άναγνεία, significa *impureza*. Vê como aprendemos grego?

O arquidiácono ficou em silêncio. Essa lição de grego o fez divagar. O pequeno Jehan, que tinha toda a astúcia de uma criança mimada, considerou o momento favorável para arriscar seu pedido. Então ele adotou uma voz extremamente doce e começou:

– Meu bom irmão, odeia-me a ponto de me dirigir esse olhar feroz por umas bofetadas e punhaladas distribuídas, por uma boa razão, a não ser que rapazes e fedelhos, *quibusdam mormosetis?* Vê, meu bom irmão Claude, como sabemos latim?

Mas toda essa carinhosa hipocrisia não teve o efeito habitual sobre o severo irmão mais velho. Cérbero não mordeu o pão de mel. A fronte do arquidiácono não perdeu um só vinco.

– Aonde você quer chegar? – ele perguntou em tom seco.

– Bem, na verdade, é o seguinte. – Jehan corajosamente respondeu. – Preciso de dinheiro!

A essa declaração descarada, a fisionomia do arquidiácono assumiu completamente a expressão pedagógica e paternal.

– Sabe, senhor Jehan, que, juntando o censo e a renda das vinte e uma casas de nosso feudo de Tirechappe, isso só nos rende trinta e nove libras, onze sous e seis denários parisis? Isso é mais da metade do que na época dos irmãos Paclet, mas não é muito.

– Preciso de dinheiro – disse Jehan estoicamente.

– Sabe também que o Santo Ofício determinou que as nossas vinte e uma casas pertencem ao feudo do bispado e que só poderíamos resgatar esse tributo pagando ao reverendo bispo dois marcos de moedas de ouro pelo preço de seis libras parisis? E eu ainda não consegui juntar esses dois marcos, como deve saber.

– O que eu sei é que preciso de dinheiro – repetiu Jehan pela terceira vez.

– E o que quer fazer com ele?

Essa pergunta fez Jehan vislumbrar uma centelha de esperança. Ele manteve sua expressão doce e afetuosa.

– Veja, querido irmão Claude, eu jamais recorreria a você com má intenção. Não se trata de me exibir em tavernas com seus cobres ou andar pelas ruas de Paris em caparação de brocado de ouro com meu lacaio, *cum meo laquasio*. Não, meu irmão, é por uma boa causa.

– Que boa causa? – perguntou Claude, um pouco surpreso.

– Dois amigos meus gostariam de comprar um enxoval para a filha de uma pobre viúva *haudriette*. É uma caridade. Vai custar três florins, e eu gostaria de contribuir.

– Como se chamam seus dois amigos?

– Pierre l'Assommeur e Baptiste Croque-Oison[21].

– Hum! – balbuciou o arquidiácono. – Esses nomes combinam com uma boa ação como uma bombarda em um altar-mor.

É certo que Jehan tinha escolhido muito mal os nomes de seus dois amigos, mas percebeu isso tarde demais.

– Além disso – continuou o astuto Claude –, que tipo de enxoval custa três florins? E tudo isso para a filha de uma *haudriette*? Desde quando as viúvas *haudriettes* têm filhos recém-nascidos?

Jehan quebrou o gelo novamente.

– Sim, é verdade! Preciso de dinheiro para ver Isabeau la Thierrye em Val-d'Amour, nesta noite!

– Seu miserável impuro! – esbravejou o padre.

---

[21] *Assommeur* significa nocauteador, e *Croque-Oison*, algo próximo de devora patos. (N.T.)

– Ἀναγνεία – disse Jehan.

Essa citação, que o estudante emprestava, talvez maliciosamente, da parede da cela, teve um efeito singular sobre o padre. Ele mordeu os lábios, e a raiva extinguiu-se num rubor.

– Vá embora – ordenou a Jehan. – Estou à espera de uma pessoa.

O estudante fez mais uma tentativa.

– Irmão Claude, dê-me ao menos um soldo parisiense para comer.

– Em que ponto está das decretais de Graciano? – questionou dom Claude.

– Perdi meus cadernos.

– Como está com as humanidades latinas?

– Roubaram meu exemplar de Horácio.

– E Aristóteles?

– Por Deus! Meu irmão! Não foi um pai da igreja quem afirmou que os erros dos hereges sempre tiveram abrigo no matagal da metafísica de Aristóteles? Maldito seja Aristóteles! Não quero sacrificar minha religião com a metafísica dele.

– Meu rapaz – retomou o arquidiácono –, havia na última vinda do rei um cavalheiro chamado Philipe de Comines, que usava seu lema bordado no arnês de seu cavalo, e eu aconselho você a refletir sobre ele: *Qui non laborat non manducet.*[22]

O estudante permaneceu em silêncio por um momento, com o ouvido tapado, o olho fixo no chão e uma expressão de raiva. De repente, ele se virou para Claude com um animado aceno de cabeça.

– Então, bom irmão, recusa-me um centavo parisiense para comprar qualquer migalha para comer?

– *Qui non laborat non manducet.*

---

[22] "Que não coma quem não trabalha". (N.T.)

A essa resposta inflexível do arquidiácono, Jehan escondeu sua cabeça entre as mãos, como uma mulher que chora, e gritou com uma expressão de desespero: *Ototototototoî!*[23]

– O que significa isso, senhor? – perguntou Claude, surpreso com a afronta.

– Bem, o quê! – disse o estudante, e olhou para Claude com olhos insolentes, que ele tinha acabado de esfregar com os punhos para dar-lhes a vermelhidão das lágrimas. – É grego! É um anapesto de Ésquilo que expressa perfeitamente a dor.

E, ao dizer isso, ele explodiu em uma gargalhada tão zombeteira, estúpida e violenta que fez o arquidiácono sorrir. A culpa era mesmo de Claude! Por que é que ele havia mimado tanto aquela criança?

– Oh! Bom irmão Claude – continuou Jehan, encorajado por aquele sorriso –, veja minhas botinas perfuradas. Há coturno mais trágico no mundo do que botinas cujo solado está com a língua para fora?

O arquidiácono retornou imediatamente à sua severidade inicial.

– Enviarei calçados novos. Mas dinheiro, não.

– Só um mísero soldo parisiense, meu irmão – insistiu o suplicante Jehan. – Aprenderei Graciano de cor, acreditarei em Deus, serei um verdadeiro Pitágoras da ciência e da virtude. Mas me dê uma moedinha, por misericórdia! Ou prefere que a fome me morda com sua boca aberta, que está bem à minha frente, mais negra, fedorenta e profunda que um tártaro ou que o nariz de um monge?

Dom Claude acenou com a cabeça enrugada. *Qui non laborat...*

Jehan não o deixou completar a frase.

– Muito bem – ele gritou –, para o inferno! Viva a alegria! Vou me enfiar em uma taverna, vou me meter em brigas, quebrar garrafas e agarrar mulheres!

---

[23] Interjeição que marca dor: "Ai de mim! Ai de mim!" (N.T.)

O corcunda de Notre Dame – Tomo 2

E, dito isso, atirou seu gorro contra a parede e estalou os dedos como castanholas.

O arquidiácono olhou para ele assombrado.

– Jehan, você não tem alma.

– Neste caso, de acordo com o Epicuro, falta-me um não sei quê feito de algo que não tem nome.

– Jehan, é preciso pensar seriamente em se emendar.

– Ah! – exclamou o estudante, olhando ora seu irmão, ora os alambiques do forno. – Então tudo é esquisito aqui, as ideias e as garrafas!

– Jehan, você está em um caminho bastante escorregadio. Sabe ao menos para onde vai?

– Ao cabaré – disse Jehan.

– O cabaré leva ao pelourinho.

– É uma lamparina como qualquer outra, e talvez seja com ela que Diógenes tenha encontrado quem procurava.

– O pelourinho leva à forca.

– A forca é uma balança que tem um homem numa ponta e toda a terra na outra. E é bom ser homem.

– A forca leva ao inferno.

– É um ardente fogo.

– Jehan, Jehan, o fim será mau.

– O início terá sido bom.

Nesse momento, sons de passos foram ouvidos nas escadas.

– Silêncio! – disse o arquidiácono, colocando um dedo na boca. – Aí vem mestre Jacques. Ouça, Jehan – ele acrescentou em voz baixa –, nunca fale sobre o que você viu ou ouviu aqui. Esconda-se depressa debaixo desse forno e não faça barulho.

O estudante enfiou-se debaixo do forno. Ali ele teve uma ideia frutífera.

– A propósito, irmão Claude, um florim para eu não me mover.

Victor Hugo

– Silêncio! Prometo.

– Precisa me dar agora.

– Tome! – disse o arquidiácono atirando furiosamente sua escarcela para o irmão.

Jehan escondeu-se debaixo da fornalha e a porta se abriu.

Os dois homens vestidos de preto

O personagem que entrou usava uma túnica preta e tinha uma aparência sombria. O que impressionou à primeira vista nosso amigo Jehan (que, é claro, tinha se organizado em seu canto de modo a conseguir ver e ouvir tudo à vontade) foi a perfeita tristeza da roupa e do rosto do recém-chegado. Havia, no entanto, alguma doçura nessa figura, mas uma doçura de gato ou de juiz, uma doçura dissimulada. Era um homem grisalho, enrugado, que estava perto dos sessenta anos, piscava muito os olhos, tinha as sobrancelhas brancas, os lábios caídos e mãos enormes. Quando Jehan viu que não era alguém importante, sem dúvida um médico ou um magistrado, e que o homem tinha o nariz muito distante da boca, um sinal de estupidez, ele se escondeu em seu buraco, desesperado por ter de perder um tempo indefinido em postura tão incômoda e em tão má companhia.

O arquidiácono não tinha sequer se levantado para recebê-lo. Ele o convidou para se sentar em um escabelo ao lado da porta, e, depois de alguns momentos de silêncio que pareciam dar prosseguimento a uma meditação anterior, falou-lhe de modo circunspecto:

– Olá, mestre Jacques.

– Saudações, mestre! – o homem sombrio respondeu.

Havia, nas duas maneiras como foram pronunciados *mestre Jacques*, de um lado, e *mestre* por excelência, do outro, uma nítida diferença de tratamento, do *domine* ao *domne*. Era obviamente a abordagem entre o mestre e seu discípulo.

– Muito bem – disse o arquidiácono após um novo silêncio que mestre Jacques teve o cuidado de não perturbar –, você conseguiu?

– Infelizmente, não, meu mestre – disse o outro com um sorriso triste –, mas continuo soprando. Obtenho as cinzas que quiser, mas nenhuma centelha de ouro.

Dom Claude fez um gesto de impaciência.

– Não estou falando disso, mestre Jacques Charmolue, mas do processo do seu mágico. Não é Marc Cenaine o nome do copeiro do Tribunal de Contas? Ele confessou ser mágico? A pergunta teve resposta?

– Infelizmente, não – respondeu mestre Jacques, sempre com o seu sorriso triste. – Não tivemos esse consolo. Aquele homem é uma pedra. Ele será escaldado no Mercado de Porcos antes que diga alguma coisa. No entanto, não poupamos nada para chegar à verdade. Ele já está todo desconjuntado. Pusemos lá todas as ervas-de-são-joão, como diz o velho cômico Plauto:

> *Advorsum stimulos, laminas, crucesque, compedesque.*
> *Nervos, catenas, carceres, numellas, pedicas, boias.*[24]

---

[24] Plauto, *Asinaria*, 549-50: "Contra más iniciativas, ferro em brasa, cepos e aguilhões, nervos, correntes, cárceres, jaulas, garrotes, entraves". (N.T.)

Nenhum efeito. Esse sujeito é terrível. Estou perdendo meu latim.

– Não encontrou nada de novo na casa dele?

– Sim – disse mestre Jacques, remexendo sua escarcela –, encontrei este pergaminho. Há nele palavras que não compreendemos. O advogado criminal Philippe Lheulier, no entanto, sabe um pouco de hebraico, que aprendeu no caso dos judeus da Rua Kantersten, em Bruxelas.

Enquanto falava, mestre Jacques desenrolou o pergaminho.

– Deixe-me ver – disse o arquidiácono. E olhando para o documento: – Pura magia, mestre Jacques! – ele disse, surpreso. – *"Emenhétan!"* é o grito das estriges quando elas chegam ao sabá. *"Per ipsum, et cum ipso, et in ipso!"* é a ordem que o diabo envia do inferno. *"Hax, pax, max!"*, isto é medicina. Uma fórmula contra a mordida de cães raivosos. Mestre Jacques! O senhor é o procurador do rei na corte da Igreja; este pergaminho é abominável.

– Vamos questionar o homem novamente. Aqui tem mais uma coisa que encontramos na casa de Marc Cenaine – acrescentou mestre Jacques, remexendo de novo em sua bolsa.

Era um vaso do mesmo tipo daqueles que estavam em cima do forno de dom Claude.

– Ah! – fez o arquidiácono. – Um cadinho de alquimia.

– Confesso – disse mestre Jacques com seu sorriso tímido e sem graça – que o utilizei em meu forno, mas não obtive melhor resultado do que com o meu.

O arquidiácono começou a examinar o vaso.

– O que é isso gravado no cadinho? *Och! Och!* A palavra que afasta as pulgas! Esse Marc Cenaine é um ignorante! Tenho certeza de que o senhor não produzirá ouro com isto! Isso só é útil para colocar em sua alcova no verão, nada mais!

– Como estamos falando dos erros – disse o procurador do rei –, acabo de estudar o pórtico lá de baixo antes de subir. Sua Reverência tem certeza de que a abertura da obra física está representada do lado do Hôtel-Dieu, e de que uma das sete figuras nuas que estão aos pés da Notre Dame, aquela com asas nos calcanhares, é Mercúrio?

– Sim – respondeu o padre. – Foi Augustin Nypho quem escreveu, um médico italiano. Havia um demônio barbudo que lhe ensinava tudo. Aliás, vamos descer e vou explicar-lhe tudo com base no próprio texto.

– Obrigado, meu mestre – disse Charmolue, fazendo uma longa reverência. – A propósito, já estava me esquecendo! Quando o senhor quer que eu prenda a pequena feiticeira?

– Que feiticeira?

– Aquela boêmia que o senhor conhece bem, que vem todos os dias dançar na praça, apesar da proibição do Santo Ofício! Ela tem uma cabra endemoniada com chifres de diabo, que lê, escreve e conhece matemática como Picatrix. Seria o bastante para levar toda a Boêmia à forca. O processo já está pronto e logo será executado, não se preocupe! Uma bela criatura, pela minha alma, essa dançarina! Os mais belos olhos negros! Dois rubis do Egito. Quando começamos?

O arquidiácono empalideceu completamente.

– Direi quando for oportuno – ele gaguejou com uma voz mal articulada. Em seguida, retomou com esforço: – Cuide de Marc Cenaine.

– Fique tranquilo – respondeu Charmolue, sorrindo. – Vou prendê-lo no novo leito de couro. Mas é um diabo de homem. Ele cansa o próprio Pierrat Torterue, que tem mãos maiores do que as minhas. Como diz o bom Plauto: *Nudus vinctus centum pondo es, quando pendes per pedes.*[25] A questão do cabrestante! É o melhor que temos. Ele não perde por esperar.

Dom Claude parecia imerso numa obscura distração. Ele virou-se para Charmolue:

---

[25] Plauto, *Asinaria*, 301: "Nu e amarrado pelos pés, você pesa cem vezes mais". (N.T.)

– Mestre Pierrat... digo, mestre Jacques, tome conta de Marc Cenaine!

– Sim, sim, dom Claude. Pobre homem! Vai sofrer como um Mummolus. Que ideia, também, de ir ao sabá! Um copeiro do Tribunal de Contas, que deveria conhecer o texto de Carlos Magno, *Stryga vel masca*![26] Quanto à moça, Smelarda, como a chamam, aguardarei suas ordens. Ah! Quando passarmos pelo pórtico, o senhor pode também me explicar o que significa o jardineiro em pintura plana que vemos na entrada da igreja? Não seria o Semeador? Então, mestre, em que o senhor está pensando?

Dom Claude, ensimesmado, já não o ouvia mais. Charmolue, seguindo a direção de seu olhar, viu que ele o havia fixado na grande teia de aranha que cobria a claraboia. Nesse momento, uma mosca atordoada à procura do sol de março tentou lançar-se através da teia e ficou presa nela. Ao sentir sua teia tremer, a enorme aranha fez um movimento brusco para fora de sua célula central e, com um salto, precipitou-se sobre a mosca, que dobrou ao meio com suas antenas dianteiras, enquanto a terrível trompa da aranha atacava sua cabeça.

– Pobre mosca! – disse o procurador do rei na corte da Igreja, e ele levantou a mão para salvá-la. O arquidiácono, como se acordasse de repente, segurou o braço do procurador com uma convulsiva violência.

– Mestre Jacques – gritou ele –, permita que a fatalidade se cumpra.

O procurador voltou-se, assustado. Parecia que uma pinça de ferro puxava seu braço. O olho do sacerdote estava congelado, selvagem, flamejante, e permaneceu colado ao horrível pequeno grupo da mosca e da aranha.

– Oh! Sim – continuou o sacerdote com uma voz que parecia vir de suas entranhas –, essa é a simbologia de tudo. Ela voa, é alegre, acaba de nascer. Ela busca pela primavera, pelo ar livre, pela liberdade. Oh! Sim, mas basta colidir com a rosácea fatal e a aranha surge, a aranha hedionda!

---

[26] "Uma estrige ou uma máscara!" (N.T.)

Victor Hugo

Pobre dançarina! Pobre mosca predestinada! Mestre Jacques, deixe acontecer! É a fatalidade! Ai de mim! Claude, você é a aranha. Claude, você é também a mosca! Você estava voando para a ciência, a luz, o sol, sua única preocupação era chegar ao ar livre, no grande dia da verdade eterna. Mas, precipitando-se para a deslumbrante claraboia que dá acesso ao outro mundo, o mundo da clareza, da inteligência e da ciência, como uma mosca cega, doutor insensato, não percebeu a sutil teia de aranha esticada pelo destino entre a luz e você. Você atirou-se nela, completamente perdido, louco, miserável, e agora você luta, a cabeça ferida e as asas partidas, entre as antenas de ferro da fatalidade! Mestre Jacques! Mestre Jacques! Deixe a aranha cumprir sua função.

– Garanto-lhe – disse Charmolue, que olhava para ele sem nada entender – que não tocarei em nada. Mas solte meu braço, mestre, por favor! O senhor tem mãos de ferro.

O arquidiácono não o escutava.

– Oh! Insensato! – ele continuava sem tirar os olhos da claraboia. – E, mesmo que você conseguisse romper essa temível teia, com suas asas de mosca, você acha que poderia alcançar a luz? Ai de mim! Esse vidro que está mais distante, esse obstáculo transparente, essa muralha de cristal mais dura do que a aranha que separa todas as filosofias da verdade, como você poderia atravessá-lo? Ó, vaidade da ciência! Quantos sábios vêm de longe, esvoaçando, e batem de cara com ela! Quantos sistemas misturados não se chocam contra essa vidraça eterna!

Calou-se. Estas últimas ideias, que insensivelmente o trouxeram de volta para a ciência, pareciam tê-lo acalmado. Jacques Charmolue o fez voltar completamente à realidade fazendo-lhe esta pergunta:

– Então, meu mestre, quando o senhor virá me ajudar a fabricar ouro? Mal posso esperar para conseguir.

O arquidiácono acenou com um sorriso amargo.

– Mestre Jacques, leia Michel Psellus, *Dialogus de energia et operatione dæmonum*. O que fazemos nunca é totalmente inocente.

– Mais baixo, mestre! Estou certo disso – disse Charmolue. – Mas é necessário fazer um pouco de hermética quando se é apenas o procurador do rei na corte da Igreja, a trinta escudos por ano. Mas falemos baixo.

Nesse momento, um barulho de mandíbula mastigando foi ouvido debaixo do forno e veio atingir a orelha preocupada de Charmolue.

– O que é isso? – ele perguntou.

Era o estudante, que, muito incomodado e muito entediado em seu esconderijo, encontrou ali uma casca de pão velho e um pedaço de queijo bolorento e começou a comer tudo, como consolo pelo almoço que não tinha vindo. Como a fome era grande, o barulho que fazia para comer também o era, e ele o acentuava ainda mais a cada mordida, o que despertou a atenção do procurador.

– É meu gato – disse o arquidiácono –, que se delicia devorando algum rato.

Essa explicação satisfez Charmolue.

– De fato, mestre – ele respondeu com um sorriso respeitoso –, todos os grandes filósofos tinham seu animal de estimação. Como disse Servius: *Nullus enim locus sine genio est.*[27]

Dom Claude, que temia uma nova algarada de Jehan, lembrou a seu digno discípulo que eles tinham algumas figuras do pórtico para estudar juntos, e ambos saíram da cela, para o grande "ufa!" do estudante, que começava a temer seriamente que seu joelho deixasse uma marca impressa em seu queixo.

---

[27] "Na verdade não há lugar que não tenha seu gênio". (N.T.)

Efeito que sete blasfêmias ao ar livre podem produzir

– *Te Deum laudamus!*[28] – exclamou mestre Jehan ao sair de seu buraco. – Finalmente aquelas duas corujas foram embora. *Och! Och! Hax! Pax! Max!* Pulgas! Cães raivosos! Diabo! Estou farto da conversa deles! Minha cabeça está zumbindo como um campanário. Queijo bolorento ainda por cima! Depressa! Vamos descer, pegar a escarcela do irmão e converter todas estas moedas em garrafas!

Ele olhou com ternura e admiração para o interior da preciosa escarcela, ajeitou a roupa, esfregou as botinas, espanou as cinzas das mangas, assobiou, ensaiou uma pirueta e uma cambalhota, examinou se não havia mais nada para levar da cela, fuçou aqui e ali e encontrou sobre o forno alguns amuletos de bijuteria que serviriam para presentear Isabeau la Thierrye como joia, e finalmente abriu a porta, que seu irmão tinha deixado

---
[28] "Nós te louvamos, Deus". (N.T.)

aberta como última indulgência, e que ele deixou aberta também como última malícia, e desceu a escadaria circular, saltitando como um pássaro.

Na escuridão da escadaria ele topou em algo que grunhiu e achou que fosse Quasímodo. Isso lhe pareceu tão engraçado que ele desceu o resto das escadas contorcendo-se de rir. Chegou à praça ainda às gargalhadas.

Bateu com os pés no chão.

– Oh! – ele disse. – Bom e honrado chão de Paris! Maldita escadaria que deixaria sem fôlego até os anjos da escada de Jacó! Onde é que eu estava com a cabeça quando decidi me enfiar naquela verruma de pedra que perfura o céu, tudo isso para comer um pedaço de queijo embolorado e para ver os campanários de Paris através de uma claraboia!

Ele deu alguns passos e avistou duas corujas, ou seja, dom Claude e mestre Jacques Charmolue, contemplando uma escultura do pórtico. Aproximou-se deles na ponta dos pés e ouviu o arquidiácono dizer muito baixo para Charmolue:

– Foi Guillaume de Paris quem mandou gravar um Jó nesta pedra lazurita, dourada nas bordas. Jó figura na pedra filosofal, que também deve ser testada e martirizada para ficar perfeita, como diz Raymond Lulle: *Sub conservatione formæ specificæ salva anima.*[29]

– Pouco me importa – disse Jehan –, eu tenho a bolsa.

Foi quando ele ouviu uma voz alta e sonora articular atrás dele uma série formidável de imprecações.

– Sangue de Deus! Barriga de Deus! Por Deus! Corpo de Deus! Umbigo de Belzebu! Nome de papa! Chifres e trovões!

– Pela minha alma – exclamou Jehan –, só pode ser meu amigo, capitão Phoebus!

O nome de Phoebus chegou aos ouvidos do arquidiácono no momento em que ele explicava ao procurador do rei sobre o dragão que esconde sua

---

[29] "Conservada em sua forma específica, a alma se salva". (N.T.)

VICTOR HUGO

cauda em uma tina de onde sai fumaça e também a cabeça de um rei. Dom Claude estremeceu, parou de falar, para grande espanto de Charmolue, virou-se e viu seu irmão Jehan aproximar-se de um grande oficial à porta da residência dos Gondelaurier.

Era de fato o capitão Phoebus de Châteaupers. Ele estava encostado em um canto da casa de sua noiva e praguejava como um pagão.

– Por Deus, capitão Phoebus – disse Jehan, segurando sua mão –, o senhor está santificando com uma admirável verve.

– Chifres e trovões! – o capitão respondeu.

– Chifres e trovões igualmente! – respondeu o estudante. – Agora me diga, caro capitão, de onde veio esse transbordamento de belas palavras?

– Desculpe-me, bom camarada Jehan – exclamou Phoebus sacudindo-lhe a mão. – Depois que a porteira se abre… os palavrões saem a galope. Acabo de sair de uma casa de pudicas e, quando isso acontece, estou sempre com palavrões presos na garganta. Preciso colocá-los para fora para não sufocar ventre e trovões!

– Quer beber alguma coisa? – perguntou o estudante.

Essa proposta acalmou o capitão.

– Eu gostaria, mas estou sem dinheiro.

– Eu tenho!

– Ah! Essa eu quero ver!

Jehan abriu a escarcela diante dos olhos do capitão, com solenidade e simplicidade. Nesse meio-tempo, o arquidiácono, que havia deixado Charmolue plantado, aproximou-se deles e parou a alguns passos de distância, observando-os sem que notassem sua presença, pois a contemplação da escarcela os absorveu.

Phoebus exclamou:

– Uma bolsa em seu bolso, Jehan, é como a lua numa poça de água. Podemos vê-la lá, mas ela não está lá. Somente sua sombra. Por Deus! Vamos apostar que são pedras!

Jehan respondeu friamente:

– Estas são as pedras com as quais eu pavimento meu bolso.

E, sem acrescentar uma palavra, esvaziou a escarcela sobre uma grande pedra que tinha ao lado, com ares de um romano que salva a própria pátria.

– Em nome de Deus! – balbuciou Phoebus. – Moedas de todos os tipos, e para todos os gostos! É deslumbrante!

Jehan permaneceu digno e impassivo. Alguns tostões rolaram e caíram na lama. O capitão, entusiasmado, inclinou-se para pegá-los. Jehan o impediu:

– Não se incomode, capitão Phoebus de Châteaupers!

Phoebus contou o dinheiro e se voltou solenemente para Jehan:

– Você sabe que há vinte e três soldos parisis aqui, Jehan? Quem você roubou nesta noite, na Rua Coupe-Gueule?

Jehan inclinou para trás sua cabeça loura e encaracolada e disse, semicerrando os olhos desdenhosamente:

– Temos um arquidiácono e irmão tolo.

– Chifre de Deus! – exclamou Phoebus. – Que homem digno!

– Vamos beber – propôs Jehan.

– Aonde iremos? – respondeu Phoebus. – Ao La Pomme d'Ève?

– Não, capitão. Vamos ao La Vieille Science. A velha que serra uma ansa. É um rébus. Gosto disso.

– Para o inferno esse rébus, Jehan! O vinho é melhor no La Pomme d'Ève. Além disso, ao lado da porta tem uma videira ao sol que me anima enquanto bebo.

– Pois bem! Vamos ao Eva e sua maçã – disse o estudante, e, tomando o braço de Phoebus: – A propósito, meu caro capitão, você disse há pouco Rua Coupe-Gueule. Não fica bem. Não somos tão bárbaros agora. Agora chamamos essa Rua de Coupe-Gorge[30].

---

[30] *Gueule* e *gorge* são palavras quase sinônimas para garganta, goela, mas a primeira é mais coloquial e geralmente empregada de modo rude, grosseiro. (N.T.)

Victor Hugo

Os dois amigos então seguiram para La Pomme d'Ève. Não é necessário dizer que primeiro eles recolheram o dinheiro e que o arquidiácono os seguiu.

O padre estava sombrio e desnorteado. Seria aquele o Phoebus cujo nome amaldiçoado, desde a conversa com Gringoire, misturava-se a todos os seus pensamentos? Ele não sabia, mas, enfim, era um Phoebus, e esse nome mágico bastava para que o arquidiácono seguisse, na surdina, os dois companheiros despreocupados, ouvindo a conversa deles e observando todos os seus gestos com atenta ansiedade. Ademais, era muito fácil ouvir tudo o que eles diziam, de tão alto que falavam, muito pouco envergonhados por colocar os transeuntes a par de suas confidências. Falavam de duelos, garotas, jarros e loucuras.

Ao virar uma esquina, ouviram o som de um pandeiro que vinha de algum cruzamento próximo. Dom Claude ouviu o oficial dizer ao estudante:

– Raios! Vamos acelerar o passo.

– Por quê, Phoebus?

– Receio que a cigana me veja.

– Que cigana?

– A pequena que tem uma cabra.

– Esmeralda?

– A própria, Jehan. Sempre me esqueço desse maldito nome. Depressa, ela vai acabar me reconhecendo. Não quero cruzar com ela no meio da rua.

– O senhor a conhece, Phoebus?

Aqui, o arquidiácono viu Phoebus escarnecer, inclinar-se ao ouvido de Jehan e lhe cochichar alguma coisa. Depois, Phoebus soltou uma gargalhada e sacudiu a cabeça com um ar triunfante.

– É verdade? – interrogou Jehan.

– Juro pela minha alma! – respondeu Phoebus.

– Nesta noite?

– Nesta noite.

– Tem certeza de que ela virá?

– Mas você enlouqueceu, Jehan? Por acaso é possível duvidar desse tipo de coisa?

– Capitão Phoebus, o senhor é um feliz gendarme!

O arquidiácono ouviu toda a conversa. Seus dentes rangiam. Um visível arrepio atravessou todo o seu corpo. Ele parou por um momento, apoiou-se em um marco de pedra como um bêbado e logo retomou a trilha dos dois alegres desavergonhados.

Quando conseguiu alcançá-los novamente, eles tinham mudado de assunto. Ele os ouviu cantar em alto e bom som o velho refrão:

> *Les enfants des Petits-Carreaux*
> *Se font pendre comme des veaux.*[31]

---

[31] "As crianças da Rua Petits-Carreaux / São enforcadas como bezerros". (N.T.)

O monge medonho

O ilustre cabaré La Pomme d'Ève ficava na Universidade, na esquina da Rua de la Rondelle com a Rua Bâtonnier. Era uma sala no térreo, bastante ampla e baixa, com uma abóbada cuja base central apoiava-se em um grande pilar de madeira pintado de amarelo. Havia mesas espalhadas, canecos de estanho reluzentes pendurados na parede, sempre muitos beberrões, garotas em abundância, uma janela que dava para a rua, uma vinha na entrada, e, acima da porta, uma nada discreta placa de metal com a ilustração de uma maçã e de uma mulher, enferrujada pela chuva e rodopiando ao vento, presa a um espeto de ferro. Essa espécie de cata-vento chamava a atenção de quem passava pela rua.

Já havia anoitecido, e a esquina estava na escuridão. O cabaré cheio de velas brilhava de longe como uma forja na sombra. Ouvia-se o barulho de copos, de patuscada, de injúrias e de brigas que vazava pelas janelas estilhaçadas. Através da bruma que o calor do salão espalhava pela janela de vidro frontal, podia-se ver uma centena de figuras confusas deslocando-se,

O CORCUNDA DE NOTRE DAME – TOMO 2

e de vez em quando uma explosão de gargalhadas destacava-se. Os transeuntes atarefados passavam sem olhar pela tumultuada vitrine. De vez em quando, algum moleque maltrapilho subia na ponta dos pés até alcançar a maçaneta da porta e lançava da porta do cabaré o velho deboche que costumava perseguir os bêbados: *"Aux Houls, saouls, saouls, saouls!"*[32]

Um homem caminhava imperturbavelmente em frente à taverna barulhenta, olhando constantemente para dentro e se afastando apenas alguns passos de sua vigília. Ele trajava um casaco que lhe cobria até o nariz e que tinha acabado de comprar em um antiquário próximo do La Pomme d'Ève, sem dúvida para se proteger do frio das noites de março e talvez para esconder suas vestes habituais. De vez em quando, ele parava em frente à vidraça turva com divisórias de chumbo, ouvia, olhava e batia os pés.

Finalmente a porta do cabaré se abriu. Era o que ele esperava. Dois beberrões saíram do recinto. O raio de luz que escapou da porta iluminou por um momento as figuras joviais. O homem de casaco atravessou a rua e se escondeu sob um alpendre para vigiá-los.

– Chifres e trovões! – disse um dos beberrões. – Já são quase sete horas. Está na hora do meu encontro.

– Estou dizendo – retomou seu companheiro com a língua amolecida – que eu não moro na Rua Mauvaises-Paroles, *indignus qui inter mala verba habitat*[33]. Minha casa fica na Rua Jean-Pain-Mollet, *in vico Johannis--Pain-Mollet*. E, se disser o contrário, é porque tem o chifre maior do que o unicórnio. Todo mundo sabe que quem uma vez sobe em um urso nunca tem medo, mas o amigo tem o nariz voltado para a gulodice, como Saint--Jacques de l'Hôpital.

---

[32] *Saul*, em francês, significa bêbado. (N.T.)

[33] Montaigne, *Ensaios*, III, 13: "Indigno quem habita entre as más palavras". (N.T.)

– Jehan, meu amigo, você está bêbado – disse o outro.

Jehan respondeu cambaleante:

– Pode dizer isso à vontade, Phoebus, mas está provado que Platão tinha o perfil de um cão de caça.

O leitor já deve ter reconhecido os nossos dois bravos amigos, o capitão e o estudante. Parece que o homem que os observava na penumbra também os havia reconhecido, pois seguiu a passos lentos todos os zigue-zagues que o estudante obrigava o capitão a fazer. Este, um bebedor mais experiente, mantinha melhor a compostura. Ouvindo-os com atenção, o homem de casaco conseguiu compreender em sua totalidade a interessante conversa que se segue:

– Chifre de Baco! Trate de andar direito, senhor bacharel. O senhor sabe que preciso deixá-lo. São sete horas. Tenho um encontro com uma mulher.

– Então deixe-me em paz! Vejo estrelas e lanças de fogo. O senhor é como o castelo de Dampmartin que explode em gargalhadas.

– Pelas verrugas da minha avó, Jehan, está delirando de obstinação. A propósito, você ainda tem algum dinheiro?

– Senhor reitor, não tem erro, o pequeno açougue, *parva boucheria*.

– Jehan, meu amigo Jehan! Sabe que marquei um encontro com aquela garota no final da Ponte Saint-Michel, que só posso levá-la ao bordel Falourdel, e que será necessário pagar pelo quarto. A velha libertina de bigodes brancos não me dá crédito. Jehan! Ajude me! Será que bebemos toda a escarcela do padre? Não sobrou nem um tostão?

– A consciência de ter gastado as outras horas proveitosamente é um condimento justo e saboroso à mesa.

– Barriga e tripas! Trégua às frivolidades! Diga-me, Jehan do diabo, ainda tem algum trocado? Dê-me algum, benza-o Deus! Ou vou ser obrigado a revistá-lo como se fosse leproso como Jó e sarnento como César!

O corcunda de Notre Dame – Tomo 2

– Senhor, a Rua Galiache fica entre as ruas Verrerie e Tixeranderie.

– Bem, sim, meu bom amigo Jehan, meu pobre camarada. A Rua Galiache é boa, realmente muito boa. Mas, em nome do céu, volte a si. Só preciso de um soldo parisiense, e é para as sete horas.

– Silêncio à ronda e atenção ao refrão:

Quand les rats mangeront les cas.
Le loi sera seigneur d'Arras;
Quand la mer, qui est grande et lée,
Sera à la Saint-Jean gelée,
On verra, par-dessus la glace,
Sortir ceux d'Arras de leur place.[34]

– Muito bem, estudante do Anticristo, então que seja estrangulado com as entranhas de sua mãe! – exclamou Phoebus, e ele empurrou o estudante bêbado com força, fazendo-o deslizar contra a parede e cair frouxamente sobre o chão de Filipe Augusto.

Por um resquício dessa piedade fraternal que nunca abandona o coração de um bêbado, Phoebus rolou Jehan com o pé até uma daquelas típicas almofadas de pobres que a providência mantém à disposição junto de todas as pedras de demarcação de Paris e que os ricos desdenham chamando-as de monte de lixo. O capitão arrumou a cabeça de Jehan em um plano inclinado de restos de repolho no exato momento em que o estudante começou a roncar com um magnífico timbre de baixo. Mas o ressentimento não havia desaparecido por completo do coração do capitão.

---

[34] Trata-se de uma canção popular da cidade de Arras, aqui foi cantada pelo personagem com algumas palavras trocadas pela embriaguez: "Quando os ratos comerem os casos (deveria ser *chats*, que significa gatos) / O lei (deveria ser *roi*, que significa rei) será senhor de Arras; / Quando o mar, que é grande e *lée* (provavelmente *salé*, que significa salgado), / Chegar a Saint-Jean gelado, / Veremos, sobre o gelo, / Os habitantes de Arras sair de seus lugares". (N.T.)

– Tanto faz se o carro do diabo o levar quando passar! – ele disse ao pobre clérigo adormecido, e foi-se embora.

O homem de casaco, que continuava a segui-lo, parou por um momento diante do estudante estirado ao chão, como se uma indecisão o dominasse. Então, com um profundo suspiro, partiu atrás do capitão.

Como eles, deixaremos Jehan dormir sob o olhar benevolente das belas estrelas, e os seguiremos, se o leitor assim concordar.

Chegando à Rua Saint-André-des-Arcs, o capitão Phoebus percebeu que alguém o seguia. Ele viu, ao virar os olhos por acaso, uma espécie de sombra que rastejava atrás dele ao longo das paredes. Parou. A sombra também parou. Ele se pôs a andar novamente. A sombra o acompanhou. Isso pouco o preocupava.

"Ah, ora!", ele pensou. "Não tenho um tostão."

Ao chegar em frente à fachada do Colégio de Autun, ele parou. Foi nesse colégio que ele delineou o que chamava de seus estudos, e, por um hábito de estudante traquinas que tinha mantido, ele nunca passava em frente à fachada sem submeter à estátua do cardeal Pierre Bertrand, esculpida à direita do portão principal, uma espécie de afronta de que Príapo tão amargamente se queixa na sátira de Horácio: *Olim truncus eram ficulnus.*[35] Ele havia se esforçado tanto que a inscrição *Eduensis episcopus* já estava quase apagada. Então ele parou na frente da estátua, como era de costume. A rua estava completamente deserta. No momento em que ele amarrava de volta, tranquilamente, os cordões de suas calças, nariz ao vento, viu a sombra se aproximar dele a passos lentos, tão lentos que teve todo o tempo para observar que ela usava um casaco e um chapéu. Ao chegar perto dele, ela parou e permaneceu mais imóvel do que a estátua do cardeal Bertrand.

---

[35] Horácio, *Sátiras*, I, 8,1: "Antigamente eu era um tronco de figueira". (N.T.)

Enquanto isso, ela mantinha os dois olhos fixos sobre Phoebus, preenchidos por essa luz vaga que sai à noite das pupilas dos gatos.

O capitão era corajoso e não se preocupava muito com um bandido empunhando uma lança. Mas essa estátua que caminhava, esse homem petrificado, congelou-o. Corriam pelo mundo não sei que histórias do monge medonho, um andarilho noturno das ruas de Paris, e elas vieram ocupar confusamente sua imaginação. Ele permaneceu atordoado por alguns minutos e finalmente quebrou o silêncio, fazendo um esforço para rir.

– Senhor, se é um ladrão, como espero, o senhor me faz o mesmo efeito que uma garça atacando uma casca de noz. Sou filho de uma família arruinada, meu caro. Olhe para o lado. Há, na capela deste colégio, lenho da verdadeira cruz, que está guardado junto da prataria.

A mão da sombra saiu de sob seu manto e se abateu sobre o braço de Phoebus com o peso das garras de uma águia. Ao mesmo tempo, a sombra falou:

– Capitão Phoebus de Châteaupers!

– Diabos! – disse Phoebus. – Como sabe meu nome?!

– Não sei apenas o seu nome – disse o homem de casaco com a sua voz grave. – O senhor tem um compromisso nesta noite.

– Sim – respondeu Phoebus, espantado.

– Às sete horas.

– Daqui a quinze minutos.

– Na Falourdel.

– Precisamente.

– O bordel da Ponte Saint-Michel.

– Do arcanjo Saint-Michel, como diz a oração.

– Ímpio! – balbuciou o espectro. – Com uma mulher?

– *Confiteor*.

– Que se chama…

– Esmeralda – disse Phoebus alegremente. Ele recuperou aos poucos toda a sua indolência.

Ao ouvir esse nome ser pronunciado, as garras da sombra sacudiram furiosamente o braço de Phoebus.

– Capitão Phoebus de Châteaupers, você está mentindo!

Quem tivesse visto naquele momento o rosto ardente do capitão, o salto que ele deu para trás, tão violento que escapou das garras que o prendiam, a expressão orgulhosa com que ele empunhou sua espada, e, diante dessa cólera, a impávida imobilidade do homem do casaco, teria ficado bastante assustado. Era algo parecido com o combate entre Don Juan e a estátua.

– Cristo e Satanás! – o capitão exclamou. – Eis uma palavra com que raramente se ataca os ouvidos de um Châteaupers! Você não se atreveria a repetir.

– Está mentindo! – disse a sombra friamente.

O capitão rangeu os dentes. Monge medonho, fantasma, superstições, ele havia esquecido tudo naquele momento e só tinha olhos para o homem e para o insulto.

– Ah! Melhor assim! – ele balbuciou, com a voz abafada pela raiva. Depois desembainhou a espada e, gaguejando, pois a raiva faz tremer como o medo: – Aqui! Já! Depressa! As espadas! As espadas! Quero ver sangue escorrer pelo chão!

Mas o outro não se movia. Quando viu seu adversário em posição de guarda e pronto para se defender:

– Capitão Phoebus – ele disse, e sua voz vibrava de amargura –, está se esquecendo de seu encontro.

Os arrebatamentos de homens como o capitão Phoebus são como o leite que ferve e que basta uma gota de água para evitar a ebulição. A simples frase fez baixar a espada que reluzia na mão do capitão.

– Capitão – continuou o homem –, amanhã, depois de amanhã, daqui a um mês, daqui a dez anos, o senhor irá me encontrar pronto para lhe cortar a garganta. Mas vá antes a esse encontro.

– De fato – disse Phoebus, como se estivesse tentando capitular consigo mesmo –, são duas coisas encantadoras para um encontro marcado, uma espada e uma garota, mas não vejo por que abrir mão de um pelo outro quando posso ter ambos.

Ele embainhou a espada novamente.

– Vá ao seu encontro – repetiu o desconhecido.

– Senhor – respondeu Phoebus com certo embaraço –, muito obrigado por sua cortesia. Amanhã teremos tempo suficiente para retalharmos o gibão do padre Adam com golpes e cortes. Agradeço que me permita passar mais quinze agradáveis minutos em sua companhia. Eu tinha a intenção de fazê-lo deitar sobre o riacho e chegar ainda a tempo para o encontro com a donzela, sobretudo porque parece de bom-tom fazer as mulheres esperar um pouco em uma situação como esta. Mas o senhor parece ser um homem vigoroso, e é mais seguro adiar a partida para amanhã. Vou ao meu encontro, então. Está marcado para as sete horas, como bem sabe. – Ao dizer isso, Phoebus coçou a orelha. – Ah! Chifre de Deus! Já estava esquecendo! Não tenho um centavo para pagar o pedágio do casebre, e a velha cafetina vai querer ser paga com antecedência. Ela não confia em mim.

– Tome, aqui tem o suficiente para pagar.

Phoebus sentiu a mão fria do desconhecido deslizar na sua uma grande moeda. Ele não se conteve em pegar o dinheiro e apertar-lhe a mão.

– Em nome de Deus, o senhor é realmente um bom sujeito! – ele exclamou, olhando-o fixamente.

– Tenho apenas uma condição – disse o homem. – Prove-me que estou errado e que você está dizendo a verdade. Esconda-me em algum lugar onde eu possa ver se essa mulher é mesmo quem você diz ser.

– Oh! – respondeu Phoebus. – Isso não é um problema. Vamos reservar o quarto Sainte-Marthe. O senhor poderá ver à vontade de um canil que fica ao lado.

– Então vamos – ordenou a sombra.

– A seu dispor – respondeu o capitão. – Não sei se não é o senhor Diabolus em pessoa, mas vamos ser bons amigos nesta noite. Amanhã pagarei todas as minhas dívidas, da bolsa e da espada.

Eles começaram a caminhar rapidamente. Depois de alguns minutos, o barulho do rio anunciou que eles estavam na Ponte Saint-Michel, então coberta de casas.

– Eu vou primeiro apresentá-lo – disse Phoebus ao seu companheiro –, depois vou encontrar a bela donzela que deve estar esperando por mim perto do Petit-Châtelet.

O companheiro nada respondeu. Desde que eles caminhavam lado a lado, ele não tinha dito uma só palavra. Phoebus parou diante da porta baixa e bateu bruscamente. Uma luz surgiu entre as frestas da porta.

– Quem está aí? – perguntou uma voz que parecia sair de uma boca desdentada.

– Corpo de Deus! Cabeça de Deus! Barriga de Deus! – respondeu o capitão Phoebus.

A porta foi aberta por completo e exibiu uma mulher idosa e uma velha lamparina, ambas trêmulas. A velha era encurvada, vestida de trapos, vacilava, tinha olhos miúdos, a cabeça enrolada em um pedaço de pano e era toda enrugada, mãos, rosto, pescoço. Seus lábios penetravam nas gengivas, e ela tinha ao redor da boca pequenos fios brancos que lhe davam a aparência nebulosa de um focinho de gato.

O interior da espelunca não estava menos deteriorado do que ela. As paredes eram de calcário, havia vigas pretas no teto, uma lareira desmantelada, teias de aranha em todos os cantos e, no meio de um amontoado de mesas e bancos defeituosos, uma criança brincando em meio às cinzas. No fundo, uma escada capenga de madeira que dava acesso a um alçapão.

Entrando nesse covil, o misterioso companheiro de Phoebus levantou seu casaco até a altura dos olhos. O capitão, praguejando como um sarraceno, apressou-se a "fazer um escudo reluzir o sol"[36], como disse nosso admirável Régnier.

– O quarto Sainte-Marthe – ele disse.

A velhota o tratou por monsenhor e trancou o escudo em uma gaveta. Era a moeda que o homem de casaco preto deu a Phoebus. Quando ela virou as costas, o menino cabeludo e esfarrapado que brincava entre as cinzas se aproximou habilmente da gaveta, pegou o escudo e colocou no lugar uma folha seca que ele tinha arrancado de um ramo.

A velha fez sinal para os dois cavalheiros, como ela os chamava, e pediu que a seguissem, subindo a escada diante deles. Chegando ao andar superior, apoiou sua lamparina em um baú, e Phoebus, frequentador da casa, abriu uma porta que dava para um antro escuro.

– Entre, meu caro – disse ele ao seu companheiro.

O homem de casaco obedeceu sem dizer uma palavra. A porta se fechou. Ele ouviu Phoebus chaveá-la e em seguida descer as escadas com a velha. A luz se apagou por completo.

---

[36] Régnier, *Sátiras*, XI, 24. (N.T.)

Utilidade das janelas com vista para o rio

  Claude Frollo (pois nós presumimos que o leitor, mais inteligente que Phoebus, sabia que em toda essa aventura não havia nenhum outro monge medonho além do arquidiácono), Claude Frollo tateou por alguns instantes o local minúsculo e tenebroso onde o capitão o havia trancado. Era um desses recantos que os arquitetos às vezes reservam na junção do telhado com a parede de apoio. O corte vertical desse canil, como Phoebus tão bem o nomeava, formava um triângulo. Além disso, não havia nenhuma janela ou claraboia, e o plano inclinado do telhado impedia que se ficasse em pé. Então Claude agachou-se na poeira e na caliça que ele esmagava com os pés. Sua cabeça fervilhava. Vasculhando ao redor com as mãos, encontrou no chão um pedaço de vidro partido que ele pressionou contra a testa e cujo frescor o aliviou um pouco.

  O que se passava naquele momento na alma obscura do arquidiácono? Somente ele e Deus sabiam.

De acordo com que ordem fatal ele organizava em sua mente Esmeralda, Phoebus, Jacques Charmolue, seu jovem irmão abandonado por ele na lama, sua batina de arquidiácono, sua reputação talvez, arrastado até a Falourdel, todas essas imagens, todas essas aventuras? Eu não saberia dizer. Mas é certo que essas ideias formavam em sua mente um conjunto pavoroso.

Ele já esperava há pelo menos quinze minutos e tinha a sensação de ter envelhecido um século. De repente, ouviu os degraus de madeira da escada estalar. Alguém subia. O alçapão reabriu, e uma luz ressurgiu. Havia na porta carcomida uma fenda bastante larga, e ele colou o rosto nela. Assim ele podia ver tudo o que se passava no quarto ao lado. A velha com focinho de gato foi a primeira a sair do alçapão, com a lamparina na mão, seguida de Phoebus, que enrolava o bigode, e depois uma terceira pessoa, uma bela e graciosa figura, Esmeralda. O padre a viu surgir do chão como uma aparição deslumbrante. Claude tremeu, uma nuvem cobriu-lhe os olhos, suas artérias pulsavam intensamente, tudo ao redor zumbia e girava. Ele não viu nem ouviu mais nada.

Quando voltou a si, Phoebus e Esmeralda estavam sozinhos, sentados sobre o baú de madeira ao lado da lamparina que fazia essas duas jovens figuras destacar-se aos olhos do arquidiácono, além de um miserável grabato no fundo do casebre.

Ao lado do grabato havia uma janela cujo vitral, estilhaçado como uma teia de aranha, com respingos de chuva, deixava ver através das suas malhas quebradas um canto do céu e a lua deitada ao longe sobre um manto de nuvens macias.

A garota estava ruborizada, tensa, palpitante. Seus longos cílios baixados sombreavam-lhe as bochechas coradas. O oficial, sobre quem ela não ousava levantar os olhos, estava radiante. Mecanicamente, e com um maljeito encantador, ela traçava linhas sinuosas no banco com a ponta dos dedos e os observava. Não era possível ver seus pés, pois a cabritinha estava deitada sobre eles.

O capitão estava muito galante. Usava passamanarias douradas em seu colo e nos pulsos: sinal de grande elegância na época.

Dom Claude tinha dificuldade para ouvir o que eles diziam um ao outro por causa do zumbido de seu sangue fervilhando em suas têmporas.

(Uma conversa entre apaixonados é algo bastante banal. É um eterno "eu a amo". É uma frase musical muito pobre e insípida para os indiferentes que a ouvem, quando não é adornada com algum floreio. Mas Claude não ouvia com indiferença.)

– Oh! – a jovem disse, sem erguer os olhos. – Não me menospreze, senhor Phoebus. Sinto que o que estou fazendo é errado.

– Menosprezá-la, bela criança! – respondeu o oficial, com ar de galanteio superior e distinto. – Menosprezá-la. Por Deus! E por quê?

– Porque eu o acompanhei.

– Não concordamos nisso, minha querida. Eu não deveria menosprezá-la por isso, mas, sim, odiá-la.

A jovem olhou para ele aterrorizada:

– Odiar-me! Mas o que eu fiz?

– Por me obrigar a insistir.

– Ai de mim – ela disse. – É que estou descumprindo uma promessa... Não encontrarei meus pais... O amuleto perderá sua virtude. Mas o que importa? Para que preciso de pai e mãe agora?

Ao dizer isso, ela olhou para o capitão com seus grandes olhos negros úmidos de felicidade e ternura.

– Raios me partam se compreendo o que você diz! – exclamou Phoebus.

Esmeralda permaneceu em silêncio por um momento. Então, uma lágrima escorreu de seus olhos, um suspiro de seus lábios, e ela disse:

– Oh, senhor, eu o amo!

Havia tal perfume de castidade ao redor da jovem, tal encanto de virtude, que Phoebus não se sentia completamente à vontade ao seu lado. No entanto, esta última palavra o encorajou.

– Então me ama! – ele disse, arrebatado, e passou seu braço pela cintura da egípcia. Ele estava só esperando por essa oportunidade.

O padre viu tudo e sentiu com o dedo a ponta de um punhal que ele escondia no peito.

– Phoebus – continuou a boêmia, retirando gentilmente a mão tenaz do capitão de junto de sua cintura –, o senhor é bom, generoso, bonito. O senhor me salvou, eu que sou apenas uma pobre criança perdida da Boêmia. Há muito tempo sonho com um oficial que salve minha vida. Sonhava com o senhor antes mesmo de conhecê-lo, meu Phoebus. Em meu sonho, havia um lindo libré como o seu, uma bela aparência, uma espada. Seu nome é Phoebus, um nome bonito. Gosto do seu nome, gosto de sua espada. Desembainhe sua espada, Phoebus, para que eu possa vê-la.

– Criança! – disse o capitão, e atendeu ao seu pedido com um sorriso.

A egípcia observou o cabo, a lâmina, examinou com adorável curiosidade o registro da guarda e beijou a espada dizendo:

– Você é a espada de um bravo homem. Amo meu capitão.

Phoebus aproveitou novamente a oportunidade para depositar em seu lindo pescoço inclinado um beijo que deixou a menina escarlate como uma cereja. O padre rangeu os dentes na escuridão.

– Phoebus – retomou a cigana –, deixe-me falar. Caminhe um pouco para que eu o veja por inteiro e o ouça bater as esporas. Como o senhor é bonito!

O capitão levantou-se para agradá-la, repreendendo-a, por diversão, com um sorriso de satisfação:

– Mas você é uma criança! A propósito, charmosa jovem, já me viu em uniforme de gala?

– Ai de mim, não! – ela respondeu.

– Mas isso, sim, é bonito!

Phoebus sentou-se perto dela, muito mais perto do que antes.

– Ouça, minha querida...

A egípcia deu alguns delicados tapas na boca do oficial com um infantil atrevimento, cheia de graça e alegria.

– Não, não, não quero ouvi-lo! Não me ama? Quero que me diga se me ama.

– Se eu a amo, anjo da minha vida! – exclamou o capitão, colocando-se de joelhos. – Meu corpo, meu sangue, minha alma, tudo é seu, tudo é para você. Eu a amo e somente a você posso amar.

O capitão havia tantas vezes repetido essa frase, em inúmeras circunstâncias semelhantes, que ele disse tudo num sopro, sem nenhuma hesitação. A essa declaração apaixonada, a cigana elevou ao teto sujo que ocupava o lugar do céu um olhar pleno de felicidade angelical.

– Oh! – ela murmurou. – Este é o momento em que devemos morrer!

Phoebus achou "o momento" ideal para roubar-lhe um novo beijo, que torturou em seu canto o miserável arquidiácono.

– Morrer! – exclamou o apaixonado capitão. – O que está dizendo, belo anjo? É o caso de viver, ou Júpiter é apenas um travesso! Morrer no início de uma história tão doce! Pelo chifre do boi, que bobagem! Não é o caso. Ouça, minha querida Similar... Esmenarda... Desculpe, mas tem um nome tão prodigiosamente sarraceno que não consigo memorizar. Faço uma enorme confusão.

– Meu Deus – disse a pobre menina –, eu que sempre achei esse nome bonito por sua singularidade! Mas, como não gosta dele, prefiro me chamar Goton.

– Ah! Não lamentemos por tão pouco, minha graciosa! É um nome a que preciso me habituar, só isso. Assim que eu conseguir decorá-lo, vai ficar mais simples. Ouça, minha querida Similar, amo-a apaixonadamente. Amo-a de um jeito quase miraculoso. Conheço uma jovem que morre de raiva...

A garota ciumenta o interrompeu:

– Quem?

– Que diferença isso faz para nós? – respondeu Phoebus. – Não me ama?

– Oh! – ela balbuciou.

– Pois bem, isso basta. Verá o quanto eu a amo também. Que o grande diabo Netuno me castigue se eu não fizer de você a criatura mais feliz do mundo. Teremos uma bela morada algures. Mandarei meus arqueiros desfilar debaixo de suas janelas. Todos a cavalo, e os do capitão Mignon não chegam aos pés dos deles. Há lanceiros, balesteiros e arcabuzeiros de mão. Vou levá-la aos grandes monstros dos parisienses na granja de Rully. É um lugar magnífico. Oitenta mil cabeças armadas; trinta mil arreios brancos, jaquetas ou brigandinas; sessenta e sete bandeiras de ofícios; estandartes do parlamento, da câmara de contas, do tesouro dos generais, dos ajudantes da Moeda, enfim, uma parafernália dos diabos! Eu a levarei para ver os leões do hotel do rei, que são feras selvagens. Todas as mulheres gostam disso.

Há algum tempo a jovem, absorvida por seus pensamentos encantadores, sonhava ao som de sua voz sem atentar aos sentidos das suas palavras.

– Oh! Como você será feliz! – prosseguiu o capitão, e ao mesmo tempo ele desabotoou o cinto da egípcia.

– O que está fazendo? – ela disse assustada. Essa **via de fato** a tinha arrancado do seu sonho.

– Nada – respondeu Phoebus. – Só estava pensando que devia deixar de lado toda essa louca vestimenta quando estiver comigo.

– Quando estiver com o senhor, meu Phoebus! – disse a jovem com ternura.

Ela voltou a ficar pensativa e silenciosa.

O capitão, encorajado por sua doçura, pegou em sua cintura sem que ela resistisse, então começou a desamarrar silenciosamente o corpete da pobre criança e deslocou tão rudemente o corselete que lhe protegia o colo que o padre, ofegante, viu pelas frestas da porta surgir o belo ombro nu da boêmia, arredondado e moreno, como a lua que desponta sob a névoa no horizonte.

A jovem permitiu que Phoebus avançasse. Ela não parecia perceber. O olhar do intrépido capitão brilhava.

De repente ela se voltou para ele:

– Phoebus – disse ela com uma expressão de amor infinito –, ensine-me sua religião.

– Minha religião! – exclamou o capitão com uma gargalhada. – Eu, ensinar minha religião a você! Chifres e trovões! O que quer fazer com minha religião?

– Para podermos nos casar – ela respondeu.

A figura do capitão tomou uma expressão mista de surpresa, desdém, descuido e paixão libertina.

–Ah, ora! – ele disse. – Vamos nos casar?

A boêmia empalideceu e deixou a cabeça cair tristemente no peito.

– Bela amada – continuou Phoebus ternamente –, que loucura é essa? Grande coisa o casamento! Amamos menos por não cuspir o latim na pocilga de um padre?

Falando assim, com uma voz doce, ele aproximou-se o máximo que pôde da boêmia, suas mãos acariciantes haviam retomado a posição anterior em torno da cintura fina e flexível, seu olho iluminava-se cada vez mais, e tudo anunciava que o senhor Phoebus aproximava-se de um daqueles momentos em que o próprio Júpiter fez tantas loucuras que o bom Homero foi forçado a convocar uma nuvem para resgatá-lo.

O CORCUNDA DE NOTRE DAME – TOMO 2

Dom Claude via tudo. A porta era feita de aduelas já podres que deixavam entre elas passagens largas para a visão do pássaro de rapina. O padre de pele morena e ombros largos, até então condenado à virgindade austera do claustro, estremecia e fervilhava diante dessa cena de amor, noturna e voluptuosa. A jovem e bela moça entregue ao ardente rapaz fazia com que corresse chumbo derretido por suas veias. Coisas extraordinárias aconteciam dentro dele. Seu olhar mergulhava com um ciúme lascivo sob todos os laços desmanchados. Quem visse naquele momento a figura do infeliz colado às barras carcomidas acreditaria estar diante de um tigre observando, do fundo de sua jaula, um chacal que devora uma gazela. Suas pupilas flamejavam como uma vela pelas fendas da porta.

De repente, Phoebus removeu com um gesto rápido o corselete da egípcia. A pobre criança, que continuava pálida e divagava, despertou num sobressalto. Ela se afastou bruscamente do oficial e, vendo seu colo e seus ombros nus, ruborizada, confusa e muda de vergonha, cruzou seus dois belos braços na frente dos seios para escondê-los. Sem a chama que lhe abrasava a face, ao vê-la assim, silenciosa e imóvel, era possível dizer que se tratava de uma estátua de pudor. Os olhos permaneciam baixados.

O gesto do capitão tinha descoberto o misterioso amuleto que ela usava no pescoço.

– O que é isso? – ele perguntou, aproveitando o pretexto para aproximar-se da bela criatura que ele tinha acabado de assustar.

– Não toque nisso! – ela respondeu vividamente. – É meu amuleto. É ele quem vai me ajudar a encontrar minha família se eu me mantiver digna. Oh! Deixe-me, senhor capitão! Minha mãezinha! Minha pobre mãe! Minha mãezinha! Onde você está? Venha me ajudar! Por favor, senhor Phoebus! Devolva meu corselete!

Phoebus recuou e disse com frieza:

– Oh! Senhorita! Percebo que não me ama!

– Eu não o amo?! – exclamou a pobre criança desafortunada e, ao mesmo tempo, ela se dependurou no pescoço do capitão, fazendo-o sentar-se ao seu lado. – Eu não o amo, meu Phoebus?! O que está dizendo, malvado? Quer me partir o coração? Oh! Vá! Tome-me, pegue tudo! Faça o que quiser de mim. Sou sua. Pouco me importa o amuleto! Pouco me importa minha mãe! Você é minha mãe, pois eu o amo! Phoebus, meu amado Phoebus, está me vendo? Sou eu, olhe para mim. Sou eu, a menina, não me rejeite, venho por conta própria buscá-lo. Minha alma, minha vida, meu corpo, minha pessoa, é tudo uma coisa única, e tudo é seu, meu capitão. E não! Não nos casemos se isso o aborrece. Quem sou eu, afinal? Uma miserável filha da sarjeta, enquanto você, meu Phoebus, é um fidalgo. Que pretensão a minha! Uma dançarina querer se casar com um oficial! Eu estava louca. Não, Phoebus, não. Eu serei a sua amante, sua diversão, seu prazer, quando você desejar. Uma moça que será sua, sou feita para isso, para ser conspurcada, desprezada, desonrada, e tudo bem! Sou amada. Serei a mais feliz e orgulhosa das mulheres. E, quando eu for velha ou feia, Phoebus, quando eu já não for boa o suficiente para amá-lo, monsenhor, ainda assim continuarei a servi-lo. Outras lhe bordarão echarpes. Eu serei a serviçal e cuidarei de tudo. Vai me deixar polir suas esporas, escovar seu sago, limpar suas botas de montaria. Não, é verdade, meu Phoebus, que vai fazer essa caridade? Enquanto isso não acontece, tome-me! Veja, Phoebus, tudo isso lhe pertence, apenas me ame! Nós, mulheres egípcias, só precisamos disso, ar puro e amor.

Falando assim, ela entrelaçou os braços em volta do pescoço do oficial e o olhava de cima a baixo, suplicante e com um belo sorriso banhado em lágrimas. Seu delicado pescoço se arranhava no gibão de lona e nos rudes bordados. Ela retorcia sobre os joelhos seu belo corpo seminu. O capitão, embriagado, colou os lábios ardentes nos belos ombros africanos. A jovem, com o olhar perdido no teto, inclinada para trás, estremecia palpitante sob esse beijo.

De repente, acima da cabeça de Phoebus, ela viu outra cabeça, uma figura lívida, verde, convulsiva, com um olhar de condenado. Perto dessa figura havia uma mão segurando um punhal. Eram a figura e a mão do padre. Ele havia arrebentado a porta e estava lá. Phoebus não o via. A jovem permaneceu imóvel, congelada, muda diante da terrível aparição, como uma pomba que levanta a cabeça no exato momento em que a águia olha para o seu ninho com os olhos arregalados.

Ela não conseguiu sequer gritar. Viu o punhal se abater sobre Phoebus e subir escaldante.

– Maldição! – disse o capitão, e caiu.

A jovem desmaiou.

No momento em que seus olhos se fechavam, quando todos os sentimentos se dispersavam, ela acreditou sentir um toque de fogo em seus lábios, um beijo mais ardente do que o ferro em brasa do carrasco.

Quando recuperou os sentidos, ela estava cercada por soldados, o capitão estava sendo levado, banhado em seu sangue, e o sacerdote tinha desaparecido. A janela do fundo da sala, que dava para o rio, estava escancarada. Um casaco, que acreditavam pertencer ao oficial, foi recolhido, e ela ouviu dizer em volta:

– Foi uma bruxa que apunhalou o capitão.

LIVRO OITO

O escudo transformado em folha seca

    Gringoire e toda a Cour des Miracles estavam mergulhados em uma inquietação mortal. Há mais de um mês não se sabia do paradeiro de Esmeralda, o que entristecia muito o duque do Egito e seus amigos bandidos, tampouco o que havia acontecido com sua cabra, o que redobrava a dor de Gringoire. Uma noite, a egípcia desapareceu e desde então não tinha dado nenhum sinal de vida. Todas as buscas foram inúteis. Alguns engraçadinhos diziam a Gringoire que ela tinha sido vista naquela noite perto da Ponte Saint-Michel na companhia de um oficial. Mas esse marido de estilo boêmio era um filósofo incrédulo; além disso, sabia melhor do que ninguém que sua esposa era virgem. Ele tinha constatado quão impenetráveis eram as duas virtudes combinadas, o amuleto e a egípcia, e tinha calculado matematicamente a resistência dessa castidade elevada à segunda potência. Então, quanto a isso, ele estava tranquilo.

    Ao mesmo tempo, não podia explicar tal desaparecimento. Era um sofrimento profundo. Ele teria perdido peso se isso ainda fosse possível. Ele tinha se esquecido de tudo, até de seus gostos literários, até de sua grande obra *De figuris regularibus et irregularibus*, que pretendia imprimir com o primeiro dinheiro que recebesse. (Porque ele estava enlouquecido com a impressão desde que tinha visto o *Didascalon*, de Hugues de Saint-Victor, impresso com célebres caracteres de Vindelin de Spire.)

Um dia, quando passava muito triste em frente à torre criminal, ele viu uma multidão em uma das portas do Palácio de Justiça.

– O que é isso? – ele perguntou a um jovem que saía da multidão.

– Não sei, senhor – respondeu o jovem. – Dizem que estão julgando uma mulher que matou um gendarme. Como parece haver bruxaria envolvida, o bispo e o Santo Ofício intervieram na causa, e meu irmão, que é arquidiácono de Josas, passa sua vida lá dentro. Eu preciso falar com ele, mas não consegui chegar até ele por causa da multidão, o que me deixa muito contrariado, porque preciso de dinheiro.

– Sinto muito – disse Gringoire –, eu gostaria de poder emprestar-lhe algum, mas, se meus calções estão furados, não é por carregar escudos.

Ele não ousou dizer ao jovem que conhecia seu irmão, o arquidiácono, com quem não havia mais falado desde a conversa da igreja, negligência, aliás, que o constrangia.

O estudante seguiu seu caminho, e Gringoire começou a acompanhar a multidão que subia as escadas da Grande Câmara. Ele acreditava que não havia nada melhor do que o espetáculo de um julgamento criminal para dissipar a melancolia, pois os juízes são normalmente de uma estupidez divertida. As pessoas com as quais ele se misturou caminhavam e se acotovelavam em silêncio. Depois de avançarem de forma lenta e fastidiosa por um longo corredor escuro, que serpenteava pelo palácio como se fosse o canal intestinal do velho edifício, ele chegou perto de uma porta baixa que dava acesso a uma grande sala que lhe permitiu explorar com o olhar por cima das cabeças que compunham a multidão.

O CORCUNDA DE NOTRE DAME – TOMO 2

A sala era de tal forma grande e escura que isso a fazia parecer ainda maior. Começava a anoitecer, e as longas janelas ogivais deixavam entrar apenas um raio pálido que se apagava antes de chegar à abóbada formada por enormes grades de madeira esculpida, cujas mil figuras pareciam agitar--se confusamente na sombra. Várias velas já estavam acesas, espalhadas em cima de mesas e realçando a cabeça dos escrivães debruçados sobre a papelada. A parte anterior da sala estava ocupada pela multidão. À direita e à esquerda estavam homens de toga sentados às mesas. Ao fundo, sobre um estrado, muitos juízes, e os das últimas fileiras, com rostos imóveis e sinistros, desapareciam na escuridão. As paredes eram semeadas por inúmeras flores-de-lis. Um grande Cristo se distinguia acima da cabeça dos juízes, e por toda parte havia espadas e alabardas nas extremidades das quais a luz das velas fazia brilhar pontas de fogo.

– Senhor – perguntou Gringoire a um de seus vizinhos –, quem são todas aquelas pessoas ali enfileiradas como prelados em concílio?

– Cavalheiro – respondeu o vizinho –, à direita são os conselheiros da Grande Câmara e, à esquerda, os conselheiros das investigações. Os religiosos são os de togas pretas; e os monsenhores, os de vermelho.

– Ali, acima deles – continuou Gringoire –, quem é aquele gordo de vermelho que transpira?

– É o senhor presidente do tribunal.

– E os carneiros atrás dele? – prosseguiu Gringoire, que, como já dissemos, não gostava da magistratura. Isso talvez se devesse ao ressentimento que ele tinha guardado do Palácio de Justiça desde seu dramático infortúnio.

– São os senhores mestres das petições do palácio do rei.

– E à frente deles, aquele javali?

– É o escrivão do tribunal do Parlamento.

– E o crocodilo à direita?

– Mestre Philippe Lheulier, advogado extraordinário do rei.

– E o gordo gato preto à esquerda?

– Mestre Jacques Charmolue, procurador do rei na corte da Igreja, junto com os cavalheiros do Santo Ofício.

– Agora me explique, cavalheiro – disse Gringoire –, o que fazem aqui todos esses bravos homens?

– Eles julgam.

– Julgam quem? Não vejo nenhum acusado.

– É uma mulher, senhor. O senhor não pode vê-la. Ela está de costas, escondida no meio da multidão. Veja, ali está ela no meio de um grupo de partasanas.

– Quem é essa mulher? – Gringoire perguntou. – Sabe o nome dela?

– Não, senhor. Acabei de chegar. Só presumo que haja bruxaria envolvida, porque o Santo Ofício participa do julgamento.

– Ora! – disse nosso filósofo. –Veremos todas estas pessoas de toga devorar uma carne humana. É um espetáculo de todo modo.

– Cavalheiro – observou o vizinho –, não acha que o mestre Jacques Charmolue tem um ar muito sereno?

– Hum! – fez Gringoire. – Desconfio de uma serenidade de nariz empinado e lábios finos.

Nesse momento, os vizinhos pediram silêncio aos dois faladores. Ouvia-se um depoimento importante.

– Senhores – dizia, no centro da sala, uma velha cujo rosto desaparecia sob suas roupas de tal modo que parecia um monte de trapos ambulantes –, a coisa é tão verídica como é verdade que me chamo Falourdel, estabelecida há quarenta anos na Ponte Saint-Michel e pagando corretamente rendas, laudêmios e taxas da porta em frente à casa de Tassin-Caillart, o tintureiro, que fica do lado do nascer do rio. Uma pobre velhota agora, mas uma linda jovem antigamente, cavalheiros! Há pouco tempo me diziam: "Falourdel, não gire muito sua roda de fiar à noite, o diabo gosta de pentear com seus chifres a roca das velhas senhoras. É certo que o monge medonho, que estava no ano passado para os lados do Templo, agora vagueia pela Cité. Falourdel, tome cuidado para ele não bater à sua porta". Uma noite, enquanto eu fiava minha roca, bateram à porta. Perguntei quem era. Praguejaram. Eu abri. Dois homens entraram. Era um homem todo vestido de preto e um belo oficial. No escuro, só se viam os olhos do homem de preto, duas brasas. O resto era casaco e chapéu. Eles disseram: "O quarto Sainte-Marthe". É meu quarto do andar de cima, meus senhores, o mais limpo. Eles me deram um escudo. Tranquei o escudo na gaveta e pensei: "Amanhã comprarei tripas no açougue da Gloriette". Subimos. Quando chegamos ao quarto do andar de cima, eu mal virei de costas e o homem sombrio havia desaparecido. Isso me deixou um pouco assustada. O oficial, que era belo como um grande senhor, desceu comigo. Ele saiu. Foi o tempo de fiar um quarto de meada e ele retornou com uma linda mocinha, uma boneca que brilharia como o sol se estivesse penteada. Ela tinha consigo um bode grande, preto ou branco, já não me lembro. Isso me deixou pensativa. A garota não é da minha conta, mas o bode!... Não gosto dessas bestas, elas têm barba e chifres. Parecem até um homem. Ademais, isso cheira a sábado[37]. No entanto, eu nada disse, pois tinha o escudo. É justo, não é, meritíssimo? Acompanhei a garota e o capitão até o quarto de cima e deixei-os sozinhos, ou melhor, com o bode. Desci e voltei a fiar. É importante dizer que minha casa tem dois andares e que os fundos dão para o rio, como as outras casas da ponte, e as janelas, tanto do andar de baixo como do de cima, abrem-se para o curso de água. Eu estava então fiando. Não sei por quê, eu pensava naquele monge medonho de quem o bode me fez lembrar. Além disso, a bela jovem estava vestida de um jeito meio estranho. De repente, ouvi um grito vindo de cima, alguma coisa caiu no

---

[37] Em referência ao sabá, ou seja, bruxaria. (N.T.)

chão e a janela se abriu. Corri para a minha janela, que fica bem embaixo, e vi diante dos meus olhos uma massa negra cair na água. Era um fantasma vestido de padre. Havia a luz do luar, e eu pude enxergar muito bem. Ele nadava em direção à Cité. Então, tremendo, chamei a vigilância. Esses senhores que andam em dúzias entraram, e num primeiro momento, sem saber do que se tratava, como estavam bêbados, começaram a me bater. Eu expliquei a eles o que havia acontecido. Subimos e o que encontramos? Meu pobre quarto todo ensanguentado, o capitão estendido com um punhal no pescoço, a garota se fingindo de morta, e o bode muito assustado. Pensei comigo mesma: "Vou levar mais de quinze dias para conseguir limpar esse chão. Vou ter que esfregar, vai ser terrível". Levaram o oficial, pobre rapaz! E a moça estava completamente descomposta. Esperem, ainda não terminei. O pior foi no dia seguinte, quando fui pegar o escudo para comprar tripas e só encontrei uma folha seca no lugar da moeda.

A velha se calou. Um murmúrio de horror tomou conta do auditório.

– Esse fantasma, esse bode, tudo isso cheira a bruxaria – disse um vizinho de Gringoire.

– E a folha seca! – acrescentou outro.

– Não resta dúvida – disse um terceiro –, é uma bruxa que tem um acordo com o monge medonho para roubar oficiais.

O próprio Gringoire não estava longe de achar todo aquele cenário assustador e verossímil.

– Senhora Falourdel – disse o presidente majestosamente –, não tem mais nada a dizer à justiça?

– Não, meu senhor – respondeu a velha –, exceto que no relatório a minha casa foi tratada como um pardieiro tortuoso e fedorento, o que é um verdadeiro ultraje. As casas da ponte não parecem bonitas, porque há uma profusão de pessoas, mesmo assim há açougueiros que moram lá, que são pessoas ricas e casadas com mulheres bonitas e muito asseadas.

O corcunda de Notre Dame – Tomo 2

O magistrado, que aos olhos de Gringoire parecia um crocodilo, levantou-se.

– Silêncio! – ele disse. – Peço que os senhores não percam de vista o fato de termos encontrado um punhal no acusado. Mulher Falourdel, a senhora trouxe a folha seca na qual se transformou o escudo que o demônio lhe deu?

– Sim, meu senhor – respondeu ela –, eu a reencontrei. Aqui está ela.

Um meirinho entregou a folha morta ao crocodilo, que fez um sinal lúgubre com a cabeça e passou-a ao presidente, que, por sua vez, enviou-a ao procurador do rei na corte da Igreja, de modo que ela percorreu toda a sala.

– É uma folha de bétula – disse mestre Jacques Charmolue. – Mais uma prova de bruxaria.

Um conselheiro assumiu a palavra.

– Testemunha, dois homens chegaram juntos à sua residência. O homem de preto, que a senhora viu desaparecer e depois nadar no Sena com roupas de padre, e o oficial. Qual deles lhe deu o escudo?

A velha pensou por um momento e disse:

– Foi o oficial.

Um rumor se espalhou pela multidão.

"Ah!", pensou Gringoire. "Isso faz a minha convicção hesitar."

Mestre Philippe Lheulier, o extraordinário advogado do rei, interveio novamente.

– Lembrem-se, senhores, de que, no depoimento dado em seu leito de morte, o oficial assassinado declarou que havia pensado vagamente, no momento em que o homem de preto o abordou, que ele poderia muito bem ser o monge medonho. Ele acrescentou, ainda, que o fantasma o incentivou a ir ao encontro que havia marcado e, após o capitão informar que estava sem dinheiro, o tal homem lhe deu o escudo com o qual o oficial pagou Falourdel. Portanto, o escudo é uma moeda do inferno.

A observação conclusiva pareceu dissipar todas as dúvidas de Gringoire e dos outros céticos do auditório.

– Os senhores têm o dossiê com as devidas peças – acrescentou o advogado do rei enquanto se sentava –, portanto podem consultar a declaração de Phoebus de Châteaupers.

Ao ouvir esse nome, a acusada levantou-se. Sua cabeça ficou mais alta do que a multidão. Gringoire, apavorado, reconheceu Esmeralda.

Ela estava pálida. Seus cabelos, outrora tão graciosamente ondulados e enfeitados com lantejoulas, agora caíam desordenados. Seus lábios estavam azuis, e seus olhos fundos eram assustadores. Que infortúnio!

– Phoebus! – ela disse, completamente desnorteada. – Onde ele está? Meus senhores, antes de me matarem, por obséquio, digam-me se ele ainda está vivo!

– Cale-se, mulher – ordenou o presidente. – Não é isso que interessa.

– Oh! Por piedade, digam-me se ele ainda está vivo! – ela repetiu, juntando suas belas mãos finas, e era possível ouvir suas correntes bater no vestido.

– Pois bem – disse secamente o advogado do rei –, ele está morrendo. Está feliz?

A infeliz mulher caiu de volta no banco dos réus, sem voz, sem lágrimas, branca como uma figura de cera.

O presidente se inclinou para um homem aos seus pés que usava um chapéu dourado e um manto negro, uma corrente em volta do pescoço e uma vara na mão.

– Meirinho, traga a segunda acusada.

Todos os olhos se voltaram para uma pequena porta que se abriu e, para grande emoção de Gringoire, deu passagem a uma bela cabra com chifres e patas de ouro. A elegante besta parou por um momento no limiar, estendeu o pescoço, como se, de pé na ponta de uma rocha, tivesse diante de seus olhos um imenso horizonte. De repente ela viu a boêmia e, saltando sobre a mesa e sobre a cabeça de um escrivão, logo se debruçou nos joelhos dela.

O CORCUNDA DE NOTRE DAME – TOMO 2

Em seguida, rolou graciosamente sobre os pés de sua dona, pedindo uma palavra ou uma carícia; mas a acusada permaneceu imóvel, e a pobre Djali não recebeu sequer um olhar.

– Mas… esse é o terrível bicho – disse a velha Falourdel –, eu reconheço muito bem as duas!

Jacques Charmolue interveio.

– Por favor, senhores, vamos prosseguir com o interrogatório da cabra.

Era de fato a segunda acusada. Nada era mais simples, naquela época, do que um processo de bruxaria impetrado contra um animal. Encontra-se, entre outras coisas, nos relatos do prebostado de 1466, um curioso detalhe dos custos do julgamento de Gillet-Soulart e sua porca, **executados por seus deméritos**, em Corbeil. Tudo está descrito: o custo do fosso para enterrar a porca, os quinhentos feixes de achas retirados do porto de Morsant, os litros de vinho e o pão, a última refeição do paciente, fraternalmente compartilhada pelos carrascos, incluindo os onze dias de guarda e a alimentação da porca a oito denários parisis por dia. Às vezes ia-se além dos animais. Os capitulares de Carlos Magno e os de Luís le Débonnaire infligiam penas severas aos fantasmas esvoaçantes que se permitiam aparecer no ar.

O procurador do tribunal da Igreja então considerou:

– Se o demônio que se apossou dessa cabra e que resistiu a todos os exorcismos persistir em seus malefícios e assustar o tribunal, prevenimos que seremos forçados a requerer contra ele o patíbulo ou a fogueira.

Gringoire suava frio. Charmolue pegou sobre uma mesa o pandeiro da boêmia e, colocando-o diante da cabra em determinada posição, perguntou:

– Que horas são?

A cabra olhou para ele com um olhar inteligente, levantou sua pata dourada e deu sete batidas no pandeiro. Eram de fato sete horas. Um movimento de terror percorreu a multidão.

Gringoire não conseguiu conter-se.

– Ela está perdida! – ele gritou alto. – Percebam que ela não sabe o que está fazendo.

– Silêncio no fundo da sala! – ordenou amargamente o meirinho.

Jacques Charmolue, usando as mesmas artimanhas do instrumento, fez a cabra realizar várias outras momices que o leitor já conhece, como responder que dia era, que mês, que ano, etc. E, por uma ilusão de ótica peculiar aos debates judiciais, esses mesmos espectadores, que talvez tivessem aplaudido mais de uma vez, nas esquinas, os inocentes truques de Djali, ficaram espantados com ela sob as abóbadas do Palácio de Justiça. A cabra era, decididamente, o diabo.

A situação ficou ainda pior quando o procurador do rei, tendo esvaziado no chão certo saco de couro cheio de letras móveis que Djali carregava no pescoço, viu a cabra extrair do alfabeto, com sua pata, o nome fatal: *Phoebus*. Os sortilégios de que o capitão tinha sido vítima pareceram irresistivelmente demonstrados, e, aos olhos de todos, a boêmia, aquela dançarina deslumbrante que tantas vezes tinha fascinado os transeuntes com sua graça, não passava de uma terrível estrige.

Além disso, ela não dava nenhum sinal de vida. Nem as graciosas movimentações de Djali, nem as ameaças dos procuradores, nem as surdas imprecisões do público, nada parecia chegar ao seu entendimento.

Foi necessário, para acordá-la, que um sargento a sacudisse impiedosamente e que o presidente elevasse solenemente a voz:

– Minha jovem, você pertence à raça boêmia, devota dos malefícios. Em cumplicidade com a cabra enfeitiçada e envolvida no julgamento, na noite do último dia 29 de março, você feriu e apunhalou, em conluio com os poderes das trevas e com a ajuda de encantos e práticas, um capitão dos arqueiros da ordenança do rei, Phoebus de Châteaupers. Persiste em negar?

– Horror! – gritou a jovem, escondendo o rosto entre as mãos. – Meu Phoebus! Oh! Isto é o inferno!

– Persiste em negar? – o presidente perguntou friamente.

– Sim, eu nego! – ela respondeu com uma entonação de voz terrível. Ela levantou-se, e seu olho brilhava.

O presidente prosseguiu:

– Então, como explica os fatos de que é acusada?

Ela respondeu com uma voz entrecortada:

– Eu já disse. Eu não sei. Foi um padre. Um padre que não conheço. Um padre infernal que me persegue!

– É isso – disse o juiz. – O monge medonho.

– Ah, cavalheiros! Tenham piedade! Sou apenas uma pobre menina…

– Do Egito – completou o juiz.

Mestre Jacques Charmolue falou gentilmente:

– Dada a dolorosa obstinação da acusada, peço a aplicação da tortura.

– Concedido – disse o presidente.

A infeliz tremia da cabeça aos pés. Mesmo assim, por ordem dos guardas armados, ela levantou-se e caminhou com passos firmes, precedida por Charmolue e por padres do Santo Ofício, entre duas fileiras de alabardas, em direção a uma porta estreita que subitamente foi aberta e logo se fechou atrás dela, o que surtiu no triste Gringoire o efeito de uma terrível bocarra que a tivesse devorado.

Quando ela desapareceu, ouviu-se um balido lamentoso. Era a pequena cabra que chorava.

A audiência foi suspensa. Um conselheiro observou que todos estavam cansados e que seria uma longa espera até o fim da tortura, e o presidente respondeu que um magistrado deve sacrificar-se por seu dever.

– Uma lastimável e desagradável leviana – disse um velho juiz –, que nos obriga à questão quando ainda não jantamos!

Continuação da troca do escudo por uma folha seca

    Depois de subir e descer alguns degraus pelos corredores, que de tão escuros eram iluminados com lamparinas mesmo durante o dia, Esmeralda, ainda cercada por uma sombria procissão, foi empurrada pelos sargentos do palácio para uma sala sinistra. Essa sala, de formas arredondadas, ocupava o rés do chão de uma daquelas grandes torres que ainda perfuram, no nosso século, a camada de edifícios modernos com que a nova Paris cobriu a antiga. Não havia nenhuma janela naquela espécie de cave, nenhuma abertura além da entrada, baixa e trancada por uma enorme porta de ferro. No entanto, não faltava claridade. Havia uma fornalha construída na espessura da parede. Uma grande chama estava acesa e preenchia o lugar com suas reverberações vermelhas, roubando todo o brilho de uma mísera vela deixada em um canto. A grade de ferro que era usada para fechar a fornalha estava levantada e só permitia entrever a extremidade inferior de suas barras, na abertura da espiral flamejante na parede escura, como uma fileira de dentes pretos, afiados e espaçados, o que fazia a fornalha parecer uma boca de dragão que cospe fogo, segundo as lendas. Pela luz que saía dela, a prisioneira viu em torno da saleta alguns instrumentos terríveis, cuja utilidade ela desconhecia. No centro havia um colchão de couro estendido no chão, acima do qual pendia uma correia afivelada presa a uma argola de cobre mordido por um monstro esculpido no centro da abóbada. Tenazes, pinças, alicates e grandes ferros de arado estavam amontoados no interior da fornalha e avermelhados em contato com a brasa. O brilho quase sangrento da fornalha só iluminava um amontoado de coisas horríveis.

Aquele inferno era chamado simplesmente de câmara da pergunta.

Pierrat Torterue, o atormentador jurado, estava sentado tranquilamente sobre o leito. Seus valetes, dois gnomos de rosto quadrado, com aventais de couro e alças de lona, remexiam os ferros sobre as brasas.

A pobre jovem tinha reunido sua coragem, mas, ao adentrar nessa sala, ficou horrorizada.

Os sargentos do bailio do Palácio alinharam-se de um lado, e os sacerdotes do Santo Ofício, do outro. Um escrivão, uma escrivaninha e uma mesa estavam num canto. O mestre Jacques Charmolue aproximou-se da egípcia com um sorriso muito gentil.

– Minha querida criança – disse ele –, você persiste em negar?

– Sim – respondeu ela com uma voz já quase extinta.

– Nesse caso – retomou Charmolue –, será muito doloroso para nós questioná-la com mais insistência do que gostaríamos. – Por gentileza, sente-se neste leito. Mestre Pierrat, dê espaço para a senhorita e feche a porta.

Pierrat levantou-se com um grunhido.

– Se eu fechar a porta – murmurou ele –, meu fogo vai extinguir-se.

– Bem, meu caro – disse Charmolue –, neste caso, deixe-a aberta.

Esmeralda permanecia de pé. Esse leito de couro onde tantos desgraçados tinham sido torturados a assustava. O terror congelava sua medula óssea. Ela se manteve lá, apavorada e estupidificada. A um leve sinal de Charmolue, os dois valetes a seguraram e a deitaram na cama. Eles não lhe fizeram nenhum mal, mas, quando a tocaram, quando aquele couro a tocou, ela sentiu todo o seu sangue fluir para o coração. Olhou em volta da sala com um olhar amedrontado e parecia que todas aquelas disformes ferramentas de tortura se moviam e caminhavam na direção dela de todos os lados, subindo por seu corpo, mordendo-lhe e beliscando. Entre os instrumentos de toda espécie que ela conhecia até então, aqueles pareciam morcegos, centopeias e aranhas no universo dos insetos e dos pássaros.

– Onde está o médico? – perguntou Charmolue.

– Aqui – respondeu uma toga preta que ela ainda não tinha visto.

Ela estremeceu.

– Senhorita – disse a voz carinhosa do procurador do tribunal da Igreja –, pela terceira vez, persiste em negar os fatos de que é acusada?

Dessa vez ela só conseguiu acenar com a cabeça. Havia perdido a voz.

– Persiste? – insistiu Jacques Charmolue. – Sinto muito, mas tenho de fazer meu trabalho.

– Senhor procurador do rei – Pierrat disse abruptamente –, por onde devemos começar?

Charmolue hesitou por um momento com a expressão ambígua de um poeta à procura de uma rima.

– Pelo borzeguim – ele finalmente disse.

A infeliz mulher sentiu-se tão profundamente abandonada por Deus e pelos homens que sua cabeça caiu sobre o peito como uma coisa inerte que não tem força para sustentar-se.

O atormentador e o médico aproximaram-se. Ao mesmo tempo, os dois valetes começaram a vasculhar o hediondo arsenal.

Ao ouvir estalar a horrível sucata, a infeliz criança estremeceu como uma rã morta que é galvanizada.

– Oh! – ela murmurou tão baixo que ninguém ouviu. – Meu Phoebus!

Depois, ela voltou à sua imobilidade e ao silêncio de mármore. Esse espetáculo teria dilacerado qualquer coração que não fosse o dos juízes. Parecia uma pobre alma pecadora questionada por Satanás sob o postigo escarlate do inferno. O miserável corpo ao qual ia se agarrar esse terrível formigueiro de serras, rodas e cavaletes, o ser que apunhalariam as ásperas mãos de carrascos e tenazes, era essa doce, branca e frágil criatura. Pobre grãozinho de milho que a justiça humana entregava para ser moído pelas terríveis mós da tortura!

Enquanto isso, as mãos calosas dos valetes de Pierrat Torterue tinham brutalmente despido suas encantadoras pernas e os pequenos pés que tantas vezes encantaram os transeuntes com sua habilidade e beleza nos cruzamentos de Paris.

– É uma pena! – balbuciou o atormentador, considerando as formas tão graciosas e delicadas da jovem. – Se o arquidiácono estivesse presente, certamente teria se lembrado, neste momento, de seu símbolo da aranha e da mosca.

Logo a infeliz viu aproximar-se, através de uma nuvem que se espalhava diante de seus olhos, o borzeguim. Seu pé desapareceu em seguida, preso entre as pranchas de ferro do assustador aparelho. Então o terror devolveu-lhe a força.

– Tirem isso de mim! – ela gritou muito exaltada. E, ficando em pé, toda desgrenhada: – Piedade!

Ela saltou da cama e tentou atirar-se aos pés do procurador do rei, mas sua perna estava presa ao pesado bloco de carvalho e de ferragens, e ela caiu sobre o borzeguim, mais despedaçada do que estaria uma abelha que tivesse chumbo em suas asas.

A um sinal de Charmolue, ela foi colocada de volta na cama, e duas enormes mãos prenderam sua fina cintura à corrente que pendia da abóbada.

– Uma última vez, confessa ser autora dos fatos? – perguntou Charmolue com sua imperturbável bondade.

– Sou inocente.

– Então como explica as circunstâncias que pesam sobre a senhorita?

– Ai de mim, meu senhor! Não sei dizer.

– Então nega?

– Tudo!

– Prossiga – disse Charmolue a Pierrat.

Pierrat girou a manivela, o borzeguim se estreitou, e a infeliz soltou um grito tão horrível que não existe ortografia para ele em nenhuma língua humana.

– Pare – disse Charmolue a Pierrat. – Confessa? – ele perguntou à egípcia.

– Tudo! – gritou a jovem miserável. – Eu confesso! Eu confesso! Piedade!

Ela não havia calculado suas forças ao confrontar a acusação. Pobre criança cuja vida até então tinha sido tão alegre, tão suave, tão doce. A primeira dor a venceu.

– A humanidade me obriga a dizer-lhe – observou o procurador do rei – que, ao confessar, é a morte que a senhorita deve esperar.

– Que seja – disse ela, e caiu na cama de couro, sofrendo, contorcendo-se, ficando pendurada pela correia que apertava seu peito.

– Coragem, minha bela, controle-se um pouco – disse mestre Pierrat, levantando-a. – Você está parecendo o carneiro de ouro que o senhor da Borgonha usa no pescoço.

Jacques Charmolue levantou a voz.

– Escrivão, anote. Jovem boêmia, confessa sua participação nos ágapes, sabás e malefícios do inferno, com larvas, máscaras e estriges? Responda.

– Sim – ela disse tão baixo que sua fala se perdia na respiração.

– Confessa que viu o bode que Belzebu fez aparecer nas nuvens, convocando para o sabá, e que é visto apenas por feiticeiros?

– Sim.

– Confessa ter adorado as cabeças de Baphomet, aqueles abomináveis ídolos dos templários?

– Sim.

– Ter mantido negócios habituais com o diabo na forma de uma cabra domesticada, que faz parte do processo?

– Sim.

– Por fim, confessa que, com a ajuda do demônio e do fantasma vulgarmente chamado de monge medonho, na noite de 29 de março passado, feriu e assassinou um capitão chamado Phoebus de Châteaupers?

Ela fixou no magistrado seus dois grandes olhos e respondeu mecanicamente, sem convulsões e sem tremer:

– Sim. – Era óbvio que tudo nela estava despedaçado.

– Anote isso, escrivão – disse Charmolue. E, dirigindo-se aos torturadores: – Libertem a prisioneira e levem-na de volta à audiência.

Quando "descalçaram" a prisioneira, o procurador do tribunal da igreja examinou seu pé ainda entorpecido de dor.

– Vamos! – ele disse. – Não é nada muito grave. Você gritou a tempo. Ainda poderá dançar, bela moça!

Então, voltou-se para seus acólitos do Santo Ofício.

– Finalmente a justiça foi esclarecida! Isso é reconfortante, cavalheiros! A senhorita há de testemunhar que agimos com toda a gentileza possível.

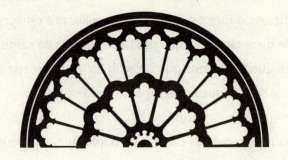

Fim do escudo transformado em folha seca

Quando ela entrou, pálida e mancando, na sala da audiência, foi recebida com um murmúrio de satisfação geral. Por parte do público, era esse sentimento de impaciência satisfeita que se experimenta no teatro, no final do último entreato da peça, quando a cortina sobe para que tenha início o ato final do espetáculo. Por parte dos juízes, era a esperança de cear em breve. A pequena cabra também baliu de alegria. Ela tentou correr na direção de sua dona, mas estava amarrada ao banco.

Já era noite. As velas, cuja quantidade não tinha aumentado, forneciam tão pouca iluminação que mal se viam as paredes da sala. A escuridão envolvia todos os objetos em uma espécie de névoa. Apenas alguns rostos apáticos de juízes se destacavam. Em frente a eles, na outra extremidade da comprida sala, podiam ver um ponto de brancura vaga se destacar sobre o fundo escuro. Era a acusada.

O coração dela apertou. Foi possível ouvir seus soluços na escuridão.

Ela se arrastou até seu lugar. Charmolue instalou-se de forma magistral em sua cadeira, depois levantou-se e disse, sem deixar transparecer a vaidade por seu sucesso:

– A acusada confessou tudo.

– Jovem boêmia – disse o presidente –, você confessou todos os atos de magia, prostituição e homicídio de Phoebus de Châteaupers?

O coração dela apertou. Foi possível ouvir seus soluços na escuridão.

– Tudo o que o senhor quiser – ela respondeu fracamente –, mas mate-me o mais rápido possível!

– Senhor procurador do rei na corte da Igreja – disse o presidente –, a câmara está pronta para ouvir suas requisições.

Mestre Charmolue exibiu um caderno assustador e começou a ler com gestos e entonação exagerada um discurso em latim onde todas as provas do processo eram arquitetadas por perífrases ciceronianas acompanhadas por citações de Plauto, seu autor cômico favorito. Lamentamos não poder oferecer aos nossos leitores esse notável discurso. O orador o apresentava com uma atuação maravilhosa. Ele ainda não tinha terminado o exórdio quando o suor começou a escorrer por sua testa e olhos.

De repente, no meio de um período, ele parou, e seu olhar, geralmente muito terno e quase bobo, estava em chamas.

– Senhores – ele exclamou (desta vez em francês, porque não estava escrito no caderno) –, Satanás está tão envolvido neste assunto que aqui ele assiste aos nossos debates e zomba de sua magnificência. Vejam!

Falando daquela maneira, ele apontou para a pequena cabra, que, vendo Charmolue gesticular, acreditou que era apropriado fazer o mesmo e sentou-se sobre as patas traseiras, reproduzindo da melhor forma que conseguia a patética pantomima do procurador do rei na corte da Igreja com as patas da frente e a cabeça barbuda. Esse era, se bem nos lembramos, um dos seus preciosos talentos. Esse incidente, essa última prova, surtiu um grande efeito. As patas da cabra foram amarradas, e o procurador do rei retomou o fio de sua eloquência.

A peroração foi muito longa, mas admirável. Eis a última frase (adicione a ela a voz rouca e os gestos ofegantes do mestre Charmolue):

> *Ideo, Domni, coram stryga demonstrata, crimine patente, inten-*
> *tione criminis existente, in nomine sanctæ ecclesiæ Nostræ-Dominæ*
> *Parisiensis, quæ est in saisina habendi omnimodam altam et bassam*
> *justitiam in illa hac intemerata Civitatis insula, tenore præsentium*
> *declaramus nos requirere, primo, aliquandam pecuniarium indem-*
> *nitatem; secundo, amendationem honorabilem ante portalium ma-*
> *ximum Nostræ-Dominæ, ecclesia cathedralis; tertio, sententiam in*
> *virtute cujus ista stryga cum sua capella, seu in trivio vulgariter dicto*
> *la Grève, seu in insula exeunte in fluvio Sequanæ, juxta pointam*
> *jardini regalis, executatæ sint!*[38]

Voltou a pôr o gorro na cabeça e sentou-se.

– Argh! – suspirou Gringoire desolado. – *Bassa latinitas!*[39]

Outro homem de vestido preto levantou-se perto da acusada. Era seu advogado. Os juízes, de estômago vazio, começaram a resmungar.

– Advogado, seja breve – disse o presidente.

– Senhor presidente – disse o advogado –, uma vez que a acusada confessou o crime, tenho pouco a dizer aos senhores. Cito um texto da lei sálica:

---

[38] "Portanto, senhores, na presença de uma estrige confessa, o crime sendo patente, a intenção criminosa evidente, em nome da santa igreja Notre Dame de Paris, idônea para todos os tipos de justiça, em nossa imaculada ilha da Cité, pelo teor de que dispomos, declaramos requerer, em primeiro lugar, alguma compensação monetária; em segundo lugar, um arrependimento honorável diante dos grandes portões da Notre Dame; em terceiro, uma sentença com a qual essa estrige e sua cabra, no local comumente conhecido como Grève, ou na saída da ilha para o rio Sena, perto da ponta do jardim real, sejam executadas!" (N.T.)

[39] "Um latim deplorável". (N.T.)

"Se uma estrige comeu um homem, e ela está convencida disso, ela pagará uma multa de oito mil denários, que correspondem a duzentos soldos de ouro". Peço que a câmara condene minha cliente à multa.

– Texto revogado – disse o advogado extraordinário do rei.

– *Nego*[40] – replicou o advogado.

– Aos votos! – disse um conselheiro. – O crime é patente e já está tarde.

O tribunal recorreu aos votos sem sair da sala. Os juízes "opinaram com o gorro", pois estavam com pressa. Viam-se as cabeças cobertas se descobrir uma após a outra, à sombra, à lúgubre pergunta que lhes fez em voz baixa o presidente. A pobre acusada parecia olhar para eles, mas seus olhos perturbados não viam mais nada.

O escrivão registrou tudo e depois entregou um longo pergaminho ao presidente.

Então a infeliz ouviu o público agitar-se, as lanças se entrechocar e uma voz glacial dizer:

– Filha da Boêmia, no dia que aprouver o rei, nosso senhor, ao meio- -dia, você será levada em uma carroça, usando somente uma túnica, des- calça, com uma corda no pescoço, até a entrada da Notre Dame, e lá fará a confissão de honra segurando uma tocha de cera que pesa duas libras. De lá, será levada à Praça da Grève, onde será enforcada e estrangulada no patíbulo da cidade. O mesmo acontecerá com sua cabra. E vai pagar ao Santo Ofício três leões de ouro em reparação pelos crimes cometidos e confessados de feitiçaria, magia, luxúria e assassinato do senhor Phoebus Châteaupers. Que Deus tenha sua alma!

– Oh! Deve ser um sonho! – ela sussurrou e sentiu mãos ásperas que a carregavam.

---

[40] "Nego-o". (N.T.)

Lasciate ogni speranzai[41]

Na Idade Média, quando um edifício ficava pronto, havia quase tanta massa no subsolo quanto na superfície. A menos que fossem construídos sobre pilares, como a Notre Dame, um palácio, uma fortaleza ou uma igreja sempre tinha um fundo falso. Nas catedrais, era de alguma forma uma segunda catedral subterrânea, baixa, escura, misteriosa, cega e muda, sob a nave superior que transbordava luz e ressoava órgãos e sinos dia e noite. Algumas vezes o espaço servia como sepulcro. Nos palácios, nas bastilhas, era uma prisão, às vezes também havia um sepulcro, outras vezes, ambos. Esses poderosos edifícios, cujo meio de formação e vegetação já explicamos, não tinham simplesmente fundações, mas, de certa forma, raízes que se ramificavam no subsolo em quartos, galerias e escadas que imitavam a construção principal. Assim, igrejas, palácios e bastilhas tinham terra até a metade do corpo. As caves de um edifício formavam outro edifício para onde se descia em vez de subir, com pisos subterrâneos sob a pilha de pisos

---

[41] Dante, *Inferno*, III, 9: "Abandone toda esperança". Frase inscrita na porta do "Inferno", de *A divina comédia*. (N.T.)

exteriores do monumento, como as florestas e montanhas às margens de lagos, cujo reflexo cintila no espelho de água abaixo delas, formando imagens invertidas.

Na bastilha Saint-Antoine, no Palácio de Justiça de Paris, no Louvre, esses edifícios subterrâneos eram prisões. Os andares inferiores dessas prisões aos poucos se estreitavam e escureciam. Eram áreas onde as nuances de horror graduavam-se. Dante não encontrou nada melhor para o seu inferno. Essas masmorras afuniladas normalmente resultavam em um buraco no fundo do poço onde Dante colocou Satã e onde a sociedade colocava o condenado à morte. Uma vez enterrada ali uma existência miserável, adeus o dia, o ar, a vida, *ogni speranza*. Ela só saía de lá para o patíbulo ou para a fogueira. Às vezes apodrecia. A justiça humana chamava isso de esquecer. Entre os homens e o condenado, este sentia uma pilha de pedras e carcereiros pesar sobre sua cabeça, e toda a prisão, a bastilha inteira, não era nada além de uma enorme e complicada fechadura que o isolava do mundo dos vivos.

Foi no fundo de um buraco como esse, nas masmorras escavadas por São Luís, no *in-pace* da Tournelle, que, certamente por medo de que ela escapasse, haviam abandonado Esmeralda, condenada à forca, com o colossal Palácio de Justiça sobre a cabeça. Pobre mosca que não poderia remover nem a menor de suas pedras!

Certamente a providência e a sociedade foram igualmente injustas, pois tal luxo de desgraça e tortura não era necessário para quebrar uma criatura tão frágil.

Ela estava lá, perdida na escuridão, enterrada, aterrorizada, emparedada. Quem a visse nesse estado, depois de vê-la rir e a dançar ao sol, estremeceria. Fria como a noite, fria como a morte, sem nenhum sopro de ar em seus cabelos, nenhum ruído humano em seu ouvido, nenhuma claridade do dia em seus olhos, quebrada ao meio, esmagada por correntes, agachada perto de uma bilha e de um pedaço de pão sobre um pouco de palha, na poça de água que se formava na ressumação do calabouço, sem movimento, quase sem fôlego, ela sequer sofria. Phoebus, o sol, o meio-dia, o ar livre, as ruas de Paris, as danças sob aplausos, as doces juras de amor com o oficial e, em seguida, o sacerdote, a cafetina, o punhal, o sangue, a tortura, o patíbulo, tudo isso ainda estava vivo em sua mente, ora como uma visão cantante e dourada, ora como um pesadelo disforme. Mas isso nada mais era do que uma horrível e vaga luta que se perdia nas trevas, ou uma música distante que era tocada lá em cima, na terra, e que não era ouvida nas profundezas onde a infeliz tinha caído.

Desde que estava ali, ela não vigiava nem dormia. Nesse infortúnio da masmorra, não mais podia distinguir a vigília do sono, o sonho da realidade, o dia da noite. Tudo isso estava misturado, despedaçado, flutuante, confusamente espalhado em seu pensamento. Ela não sentia mais, não sabia mais, não pensava mais. No máximo, devaneava. Nunca antes uma criatura viva envolveu-se tanto no vazio.

Assim entorpecida, gélida, petrificada, ela mal tinha notado duas ou três vezes o barulho de um alçapão que se abria em algum lugar acima dela, sem ao menos deixar passar um pouco de luz, e através do qual uma mão lhe atirou um naco de pão preto. Essa era a única comunicação que lhe restava com os homens, a visita periódica do carcereiro.

Apenas uma coisa ainda ocupava maquinalmente seu ouvido: acima de sua cabeça a umidade filtrava, através das pedras bolorentas da abóbada, uma gota de água que caía dela em intervalos iguais. Ela escutava estupidamente o som daquela gota de água caindo na poça ao seu lado.

Essa gota era o único movimento que ainda acontecia ao redor dela, o único relógio que marcava o tempo, o único som que chegava até ela de todo o barulho que se fazia na superfície da terra.

O CORCUNDA DE NOTRE DAME – TOMO 2

Na verdade, ela também sentia, de vez em quando, naquela latrina de lama e escuridão, algo frio que passava às vezes por seus pés ou braços e que a fazia estremecer.

Já não sabia há quanto tempo estava lá. Ela se lembrava de uma condenação à morte pronunciada algures contra alguém, depois de ter sido levada e acordar certa noite em pleno silêncio e congelada. Ela se arrastava sobre as mãos, e argolas de ferro feriam-lhe o tornozelo, fazendo as correntes vibrar. Ela tinha reconhecido que o que existia ao redor eram paredes, que havia debaixo dela uma laje coberta de água em uma braçada de palha. Mas sem lamparina nem respiradouro. Então ela ficava sentada sobre a palha e, às vezes, para mudar de posição, sentava-se no último degrau de pedra que existia em sua masmorra.

Em dado momento, ela tentou contar os negros minutos medidos pela gota de água, mas logo esse triste trabalho de um cérebro doente rompeu-se por conta própria em sua cabeça e a deixou no estupor.

Finalmente, certo dia – ou certa noite (pois meia-noite e meio-dia tinham a mesma cor naquele sepulcro) – ela ouviu um barulho mais alto do que o habitual que o carcereiro fazia quando lhe trazia seu pão e sua bilha. Ela ergueu a cabeça e viu um raio avermelhado passar pelas fendas da espécie de porta ou escotilha aberta na abóbada do *in-pace*. Ao mesmo tempo, a ferradura moveu-se, as dobradiças enferrujadas do alçapão rangeram, e ela viu uma lamparina, uma mão e a parte inferior do corpo de dois homens, pois a porta era muito baixa para que conseguisse ver-lhes a cabeça. A luz agrediu tanto seus olhos que ela teve de fechá-los.

Ao reabri-los, a porta estava fechada, o lampião tinha sido colocado em um degrau da escadaria, e um único homem estava em pé diante dela. Uma cogula preta descia até seus pés, e uma espécie de máscara da mesma cor lhe escondia o rosto. Nada se via, nem rosto nem mãos. Era um longo sudário preto que estava de pé, e debaixo do qual algo parecia se mexer.

Ela olhou fixamente para esse espectro durante alguns minutos. Nem ela nem ele falavam, pareciam duas estátuas a se confrontar. Apenas duas coisas aparentavam estar vivas naquela alcova: o pavio da lamparina, que crepitava por causa da umidade ambiente, e a gota de água da abóbada que cortava essa crepitação irregular com seu monótono gotejar e fazia estremecer a luz da lamparina em ondulações concêntricas sobre a água oleosa da poça.

Finalmente a prisioneira quebrou o silêncio:

– Quem é o senhor?

– Um padre.

A palavra, a entonação, o som da voz fizeram-na tremer.

O padre prosseguiu, articulando surdamente:

– Está preparada?

– Para quê?

– Para morrer.

– Oh! – ela disse. – Será em breve?

– Amanhã.

Sua cabeça, que tinha se erguido de alegria, voltou a cair no peito.

– Ainda está muito longe! – ela murmurou. – Por que não pode acontecer hoje?

– A senhorita sente-se tão infeliz assim? – o padre perguntou depois de um silêncio.

– Estou com muito frio – ela respondeu.

Ela segurou os pés com as mãos, gesto habitual dos infelizes que sentem frio e que já vimos a reclusa da Torre Roland fazer, e seus dentes batiam.

O padre parecia examinar a masmorra com os olhos sob o capuz.

– Sem luz! Sem fogo! Na água! É horrível!

– Sim – ela respondeu com a entonação atordoada que o infortúnio lhe deu. – O dia é para todos. Por que então só me dão a noite?

O CORCUNDA DE NOTRE DAME – TOMO 2

– Sabe por que está aqui? – perguntou o padre depois de um novo silêncio.

– Eu acho que já o soube – disse ela, passando seus dedos magros sobre as sobrancelhas como se tentasse ajudar a memória –, mas não sei mais.

De repente ela começou a chorar como uma criança.

– Eu gostaria de sair daqui, senhor. Tenho frio, medo e há bichos subindo pelo meu corpo.

– Pois venha comigo.

Falando assim, o padre lhe pegou pelo braço. A infeliz mulher estava congelada até as entranhas, mas ainda assim essa mão lhe deu uma sensação ainda mais gélida.

– Oh! – ela murmurou. – É a mão gelada da morte. Quem é o senhor?

O padre tirou o capuz. Ela olhou. Era o rosto sinistro que a perseguia há tanto tempo, aquela cabeça demoníaca que tinha aparecido na casa de Falourdel, sobre a adorada cabeça de seu Phoebus, aquele olho que ela tinha visto pela última vez brilhando junto de um punhal.

Essa aparição, sempre tão fatal e que a tinha assim levado de infortúnio em infortúnio até seu suplício, tirou-a de seu torpor. Parecia-lhe que a espécie de véu que cobria sua memória estava desfazendo-se. Todos os detalhes de sua lúgubre aventura, desde a cena daquela noite na casa da Falourdel até sua condenação na Tournelle, voltaram ao mesmo tempo à sua lembrança, não vagos e confusos como antes, mas distintos, crus, dilacerantes, latejantes, terríveis. Essas memórias, meio apagadas e quase obliteradas pelo excesso de sofrimento, foram reanimadas pela figura sombria à sua frente, como a proximidade do fogo faz surgir, frescas sobre o papel branco, as letras invisíveis nele traçadas com tinta simpática. Parecia-lhe que todas as feridas de seu coração estavam reabrindo e sangrando ao mesmo tempo.

– Ah! – ela exclamou, levando as mãos sobre os olhos e com um tremor convulsivo. – É o padre!

Seus braços então caíram, desencorajados, e ela permaneceu sentada, cabisbaixa, o olhar fixo no chão, muda e tremendo.

O padre a olhou com os olhos de um falcão que planou por um longo tempo no céu em volta de uma pobre cotovia aninhada em um trigal, estreitando silenciosamente os círculos formidáveis de seu voo para, de repente, abater-se sobre sua presa como a flecha de um raio, segurando-a ofegante com suas garras.

Ela começou a sussurrar:

– Acabe com isso! Acabe com isso! Dê o último golpe! – E enfiou a cabeça aterrorizada entre os ombros, como o bezerro à espera do golpe fatal do açougueiro.

– Eu lhe causo horror? – ele finalmente perguntou.

Ela não respondeu.

– Diga, eu lhe causo horror? – ele repetiu.

Ela contraiu os lábios como se estivesse sorrindo.

– Sim – disse ela –, o carrasco zomba do condenado. Há meses ele me persegue, ameaça, aterroriza! Sem ele, meu Deus, como eu era feliz! Foi ele quem me atirou neste abismo! Ó, céus! Foi ele quem matou... foi ele quem o matou! Meu Phoebus!

Então ela rebentou em soluços e olhou para o padre:

– Oh! Miserável! Quem é o senhor? O que eu lhe fiz? Por que me odeia tanto? Ai de mim! O que tem contra mim?

– Eu a amo! – exclamou o padre.

As lágrimas dela cessaram de repente. Ela olhou para ele com um olhar aparvalhado. Ele estava de joelhos e a observava com os olhos em chamas.

– Está me ouvindo? Eu amo você! – ele disse outra vez.

– Que amor é esse! – disse a infeliz mulher, estremecendo.

Ele prosseguiu:

– O amor de um condenado.

O corcunda de Notre Dame – Tomo 2

Ambos permaneceram em silêncio por alguns minutos, esmagados sob o peso de suas emoções, ele, insensato, ela, perplexa.

– Ouça – disse o padre, e uma singular calma havia retornado. – Você vai saber de tudo. Eu vou lhe contar o que até agora mal me atrevi a dizer a mim mesmo, quando questionei furtivamente a minha consciência naquelas horas profundas da noite em que há tanta escuridão que parece que Deus já não nos vê. Eu vou contar. Antes de conhecer você, minha menina, eu era feliz...

– E eu também! – ela suspirou, quase sem forças.

– Não me interrompa. Sim, eu era feliz, ou ao menos pensava que era. Eu era puro, minha alma era repleta de límpida claridade. Nenhuma cabeça se erguia mais orgulhosa e radiante do que a minha. Os padres me consultavam sobre a castidade, os teólogos, sobre a doutrina. Sim, a ciência era tudo para mim. Ela era uma irmã, e uma irmã me bastava. Não é como se a idade não me trouxesse outras ideias. Mais de uma vez minha carne acendeu-se com a visão de uma forma feminina. Essa força do sexo e do sangue viril, de quando adolescente insensato, que eu pensava ter sufocado para sempre, tinha mais de uma vez sacudido convulsivamente a cadeia dos férreos votos que me prendem, miserável, às frias pedras do altar. Mas o jejum, a oração, o estudo, as macerações do claustro fizeram da alma o mestre do corpo. Além disso, eu evitava as mulheres. Aliás, eu só precisava abrir um livro para que todos os vapores impuros do meu cérebro desaparecessem perante o esplendor da ciência. Em poucos minutos, eu sentia as coisas grosseiras da terra fugir, e me sentia calmo, fascinado e sereno na presença da tranquila irradiação da verdade eterna. Sempre que o demônio me enviava, para me atacar, sombras vagas de mulheres que passavam diante dos meus olhos, na igreja, nas ruas, nos prados, e que voltavam poucas vezes aos meus pensamentos, eu facilmente o derrotava. Ai de mim! Se a vitória não perdurou, a culpa é de Deus, que não fez o homem e o demônio com igual força. Ouça. Um dia...

Nesse momento, o padre parou, e a prisioneira ouviu sair suspiros de seu peito, fazendo um ruído de estertor e de dor.

Ele prosseguiu:

– Um dia eu estava encostado à janela da minha saleta... Que livro eu estava lendo? Oh! Tudo isso é um turbilhão na minha cabeça. Eu estava lendo. A janela dava para uma praça. Ouvi um som de pandeiro e música. Zangado por estar sendo perturbado em meus devaneios, olhei para a praça. O que eu vi outros também viam, no entanto não era um espetáculo feito para os olhos humanos. Ali, no meio do pavimento – era então meio--dia, o sol estava forte –, uma criatura dançava. Uma criatura tão bela que Deus a teria preferido à Virgem e a teria escolhido como sua mãe, e teria desejado nascer dela se ela tivesse existido quando ele se fez homem! Seus olhos eram negros e esplêndidos. No meio de seu cabelo preto, alguns fios penetrados pelo sol brilhavam como fios de ouro. Seus pés desapareciam em rápidos movimentos como os raios de uma roda que gira com rapidez. Em torno de sua cabeça, entre suas tranças negras, havia placas de metal que brilhavam ao sol e formavam em sua testa uma coroa de estrelas. Seu vestido semeado de lantejoulas azuis cintilantes e salpicado com mil faís-cas lembrava uma noite de verão. Os braços ágeis e morenos atavam-se e desatavam em volta da cintura como duas echarpes. A forma de seu corpo era surpreendentemente bela. Oh! A figura resplandecente destacava-se como algo mais brilhante que a própria luz do sol! Ai de mim! Menina, era você. Surpreso, embriagado, encantado, deixei-me levar observando-a. Eu a olhava tanto que de repente estremeci de medo, senti que o destino me atropelava.

O padre, sufocado, parou por um momento. Depois, continuou.

O CORCUNDA DE NOTRE DAME – TOMO 2

– Já quase dominado pelo fascínio, tentei me agarrar a alguma coisa que impedisse minha queda. Lembrei-me das armadilhas que Satanás já me havia armado antes. A criatura que estava diante dos meus olhos tinha uma beleza sobre-humana que só pode vir do céu ou do inferno. Não se tratava de uma simples jovem feita com um pouco da nossa terra e mal iluminada por dentro com o raio vacilante de uma alma feminina. Era um anjo! Mas das trevas, da chama, e não da luz. Quando pensava nisso, vi perto de você uma cabra, uma besta do sabá, que me olhava rindo. O sol do meio-dia fazia os chifres dela brilhar como fogo. Então percebi a armadilha do demônio e não duvidei mais de que você vinha do inferno e de que estava lá para minha perdição. Eu acreditei nisso.

Aqui o padre olhou nos olhos da prisioneira e acrescentou com frieza:

– Ainda acredito. Mas o encanto pouco a pouco fazia efeito. Sua dança rodopiava no meu cérebro, eu sentia o misterioso malefício se realizar em mim, fazendo adormecer na minha alma o que deveria estar vigilante, e, como aqueles que morrem na neve, encontrei prazer em deixar esse sono crescer em mim. De repente, você começou a cantar. O que poderia eu fazer, eu, miserável? Seu canto era ainda mais encantador do que sua dança. Quis fugir. Impossível. Eu estava pregado, enraizado no chão. Parecia que o mármore da laje tinha subido até meus joelhos. Tive de ficar até o fim. Meus pés estavam congelados, minha cabeça borbulhava. Enfim você talvez tenha ficado com pena de mim, parou de cantar, desapareceu. O reflexo da visão deslumbrante e o eco da música encantadora esvaneceram-se aos poucos nos meus olhos e nos meus ouvidos. Então caí junto da janela, mais rijo e mais fraco do que uma estátua que se desmonta. O sino das vésperas me despertou. Levantei-me, fugi, mas, *hélas!* Havia algo em mim que caiu e não conseguia reerguer-se, tinha acontecido algo do qual eu não mais podia escapar.

Ele fez uma nova pausa e depois prosseguiu:

– Sim, a partir desse dia, havia um homem em mim que eu não conhecia. Tentei recorrer a todos os meus remédios, ao claustro, ao altar, ao trabalho, aos livros. Loucura! Oh, como a ciência parece oca quando uma cabeça cheia de paixões choca-se contra ela! Sabe, menina, o que eu sempre via entre os livros e eu, a partir daquele dia? Você, sua sombra, a imagem da aparição luminosa que um dia tinha atravessado o espaço à minha frente. Mas essa imagem não tinha mais a mesma cor, ela era sombria, fúnebre, tenebrosa como o círculo preto que persegue muito tempo a visão do imprudente que olhou fixamente para o sol.

"Não sendo capaz de me livrar de você, ouvindo sempre sua música zumbir em minha cabeça, vendo seus pés dançar sobre meu breviário, sentindo, todas as noites, como em um sonho, sua forma deslizar sobre minha carne, eu queria revê-la, tocá-la, saber quem era, ver se eu acharia você muito parecida com a imagem ideal que tinha guardado em minha memória, talvez quebrar meu sonho com a realidade. Esperava, em todo caso, que uma nova impressão apagasse a primeira, que havia se tornado insuportável para mim. Eu a procurei. E encontrei. Maldição! Quando a vi duas vezes, quis vê-la outras mil vezes, quis vê-la sempre. Então, como interromper essa descida ao inferno? Eu perdi todo o controle. A outra ponta do fio que o demônio amarrou às minhas asas, ele atou em seu pé. Tornei-me vago e errante como você. Esperei por você sob os alpendres, espiei-a nas esquinas, observei-a do topo da minha torre. Todas as noites, eu voltava para casa mais encantado, mais desesperado, mais enfeitiçado, mais perdido!

"Eu sabia quem você era, egípcia, boêmia, cigana, zíngara. Como duvidar da magia? Eu vou contar. Eu esperava que um processo me livrasse do feitiço. Uma bruxa encantou Bruno d'Ast, ele mandou queimá-la e se curou. Eu sabia. Queria experimentar esse remédio. Tentei primeiro fazer com que fosse banida da Praça da Notre Dame, esperando esquecê-la se nunca mais voltasse. Você não se importou. Você voltou. Depois tive a ideia de sequestrá-la. Certa noite, tentei. Éramos dois. Já estávamos com você quando apareceu aquele miserável oficial. Ele a libertou. Então começou o seu infortúnio, o meu e o dele. Finalmente, sem saber mais o que fazer, eu a denunciei ao Santo Ofício. Pensei que estaria então curado, como Bruno d'Ast. Também pensei, confusamente, que um julgamento a entregaria a mim, que numa prisão eu a teria e que de lá você não me escaparia. Você me possuía há muito tempo, e então eu também poderia possuí-la. Quando se faz o mal, deve-se ir até o fim. É demência parar no meio da monstruosidade! A conclusão do crime proporciona delírios de alegria. Um padre e uma bruxa podem fundir-se em delícias no feixe de palha de uma masmorra!

"Então eu denunciei você. Foi quando a assustei com minha presença. O plano que eu tramava contra você, a tempestade que eu armava sobre sua cabeça, escapava-me com ameaças e relâmpagos. Mas eu ainda hesitava. Meu projeto tinha aspectos terríveis que me faziam recuar.

"Talvez eu tivesse renunciado a ele, talvez meu horrível pensamento murchasse em meu cérebro sem frutificar. Eu pensava que só dependeria de mim seguir ou romper com o processo. Mas todo pensamento maligno é inexorável e quer se realizar. E, onde eu me achava todo-poderoso, a fatalidade era ainda mais poderosa do que eu. Ai de mim! Ai de mim! Foi ela, sim, a fatalidade, quem a tomou e entregou à terrível engrenagem da máquina que eu tenebrosamente construí! Ouça. Estou quase no fim.

"Um dia, um outro belo dia de sol, vi passar diante de mim um homem que pronunciou seu nome sorrindo e que tinha os olhos repletos de luxúria. Maldição! Segui-o. O resto você já sabe."

Calou-se.

A jovem só conseguiu dizer:

– Ah, meu Phoebus!

– Esse nome, não! – disse o padre, agarrando o braço da jovem com violência. – Não diga esse nome! Oh! Miseráveis que somos, foi esse nome que nos perdeu! Ou melhor, perdemo-nos uns aos outros pelo inexplicável jogo da fatalidade! Você sofre, não é mesmo? Sente frio, a noite a cega, a masmorra é a única coisa que a cerca, mas talvez ainda exista alguma luz dentro de você, nem que seja esse amor infantil por esse homem frívolo que brincava com seu coração! Quanto a mim, carrego a masmorra dentro do peito, aqui dentro vivem o inverno, o gelo, o desespero. Tenho a noite na alma. Você é capaz de imaginar tudo o que eu sofri? Assisti ao seu julgamento. Estava sentado no banco do Santo Ofício. Sim, sob um daqueles capuzes de padre havia alguém se contorcendo em danação. Quando a trouxeram, eu estava lá. Quando a interrogaram, eu estava lá. Aquela caverna de lobos! Era meu crime, era meu patíbulo que eu via se erguer lentamente no seu rosto. A cada novo testemunho, a cada prova, a cada súplica, eu estava lá. Pude contar cada um dos seus passos naquele caminho doloroso. Eu estava lá também quando aquela besta feroz... Oh! Eu não tinha previsto a tortura! Ouça. Segui-a até a câmara de tortura. Vi quando você foi despida e manipulada seminua pelas mãos infames do atormentador. Vi seu pé, esse pé pelo qual eu daria um império para poder dar um único beijo e morrer, esse pé sob o qual eu sentiria tanto prazer em esmagar minha cabeça. Vi quando ele foi prensado pelo horrível borzeguim, que transforma os membros de um ser vivo em lama sangrenta. Oh! Miserável! Enquanto eu assistia a tudo isso, eu tinha sob meu sudário um punhal que me dilacerava o peito. Quando você gritou, eu o enterrei em minha carne. Se houvesse um segundo grito, ele me perfuraria o coração! Veja. Acho que ainda sangra.

Ele abriu a batina. Seu peito estava realmente rasgado como se tivesse sido atacado pela garra de um tigre, e tinha em seu flanco uma ferida grande e mal fechada.

A prisioneira recuou, horrorizada.

– Oh! – fez o padre. – Menina, tenha piedade de mim! Pensa que é infeliz, ai de mim! Ai de mim! Você não sabe o que é a infelicidade. Oh! Amar uma mulher! E ser padre! Ser odiado! Amá-la com toda a fúria da sua alma, sentir que daria, por um pequeno sorriso, seu sangue, suas entranhas, sua reputação, sua salvação, a imortalidade e a eternidade, esta vida e a outra. Arrepender-se de não ser rei, gênio, imperador, arcanjo ou Deus para colocar-se como escravo a seus pés. Abraçá-la noite e dia em seus sonhos e pensamentos. E tudo isso para vê-la apaixonada por um uniforme de soldado! E ter para lhe oferecer apenas sua suja batina de padre da qual ela sente medo e nojo! Estar presente, com o seu ciúme e raiva, enquanto ela oferece a um miserável tolo seus tesouros de amor e beleza! Ver esse corpo cujas formas o incendeiam, esses seios que têm tanta doçura, essa carne palpitar e arder sob os beijos de outro! Ó, céus! Amar seus pés, seus braços, seu ombro, pensar em suas veias azuis, sua pele morena, a ponto de se contorcer por noites inteiras no chão de sua cela, e ver todas as carícias que sonhei fazer nela terminar em tortura! Só ter conseguido deitá-la sobre o leito da tortura! Oh! Essas são as verdadeiras tenazes avermelhadas no fogo do inferno! Oh! Bem-aventurado seja aquele que é prensado entre duas tábuas e esquartejado por quatro cavalos! Você pode imaginar esse suplício a que o submetem, durante longas noites, as artérias que fervilham, o coração que explode, a cabeça que se rompe, os dentes que mordem as próprias mãos? Algozes encarniçados que nos reviram implacavelmente, como numa grelha ardente, por um pensamento de amor, de ciúme e desespero! Menina, tenha piedade! Paz por um momento! Jogue um pouco de cinzas sobre essas brasas! Eu suplico, enxugue o suor que escorre a grandes gotas da minha testa! Criança! Torture-me com uma mão, mas me afague com a outra! Tenha piedade, menina! Tenha piedade de mim!”

O padre começou a rolar sobre a poça de água da laje e a martelar a cabeça nas quinas dos degraus de pedra. A jovem o ouvia e o olhava.

Quando ele se calou, exausto e ofegante, ela repetiu a meia-voz:

– Ah, meu Phoebus!

O padre rastejou até ela de joelhos.

– Eu suplico – gritou ele –, se você tem alma, não me rejeite! Oh! Eu amo você! Sou um miserável! Quando você diz esse nome, infeliz, é como se moesse entre os dentes todas as fibras do meu coração! Piedade! Se você veio do inferno, eu vou contigo. Acredite-me, fiz tudo por isso. O inferno em que você estiver será meu paraíso, sua visão é mais encantadora do que a de Deus! Oh! Diga! Então você não me quer? Eu acreditava que, no dia em que uma mulher rejeitasse tal amor, as montanhas se moveriam. Oh! Se você quisesse!… Oh! Como poderíamos ser felizes! Nós fugiríamos! Eu ajudaria você a fugir, iríamos para qualquer lugar, procuraríamos sobre a terra o lugar onde há mais sol, mais árvores, o céu mais azul. Nós nos amaríamos, derramaríamos nossas duas almas uma na outra, com uma recíproca e inextinguível sede que satisfaríamos juntos nesse cálice de amor inesgotável!

Ela o interrompeu com um riso terrível e estridente.

– Olhe, padre! Tem sangue entre as unhas!

O padre ficou petrificado por alguns instantes, o olho fixo em sua mão.

– Sim, é verdade! – ele finalmente retomou com uma estranha doçura. – Insulte-me, ultraje-me, oprima-me! Mas venha, venha. Precisamos nos apressar. Está agendado para amanhã, estou dizendo. No patíbulo da Grève, sabe? Ele está sempre pronto. É horrível! Vê-la partir naquela carroça! Oh! Piedade! Nunca havia sentido como agora o quanto eu a amo. Oh! Siga-me. Você aprenderá a me amar depois que eu conseguir salvá-la. E poderá me odiar pelo tempo que quiser. Mas venha. É amanhã! É amanhã! O patíbulo! O seu suplício! Oh! Salve-se! Poupe-me!

O CORCUNDA DE NOTRE DAME – TOMO 2

Ele a pegou pelo braço, estava perdido, queria arrastá-la consigo.

Ela colou seu olhar sobre ele.

– O que aconteceu ao meu Phoebus?

– Ah! – fez o padre, soltando-lhe o braço. – Você é impiedosa!

– O que aconteceu a Phoebus? – ela repetiu friamente.

– Ele está morto! – gritou o padre.

– Morto! – ela repetiu, sempre glacial e imóvel. – Então por que me fala em viver?

Ele não a escutava.

– Oh! Sim – ele disse como se falasse sozinho –, deve estar morto. A lâmina penetrou profundamente. Acho que acertei o coração com a ponta do punhal. Oh! Eu afundei o punhal até o fim!

A jovem atirou-se sobre ele como uma tigresa furiosa e o empurrou contra os degraus da escada com uma força sobrenatural.

– Vá embora, monstro! Saia daqui, assassino! Deixe-me morrer! Que o sangue de nós dois deixe uma mancha eterna em sua fronte! Ser sua, padre? Nunca! Nunca! Nada nos unirá, nem mesmo o inferno! Vá embora, maldito! Nunca!

O padre tropeçou na escada. Em silêncio, ele tirou os pés das dobras da sua bata, pegou sua lamparina e começou a subir lentamente os degraus que levavam à porta. Abriu a porta e saiu.

De repente, a jovem viu a cabeça dele reaparecer. Ela tinha uma expressão aterrorizante. Ele gritou com raiva e desespero:

– Eu disse que ele está morto!

Ela caiu com o rosto no chão, e não se ouviu mais nenhum barulho na masmorra, a não ser o suspiro da gota de água que fazia a poça estremecer na escuridão.

417

A mãe

Acredito que não há nada mais risonho no mundo do que as ideias que despertam no coração de uma mãe ao ver o sapatinho do seu bebê. Especialmente se for um sapatinho de festa, dos domingos, do batizado, o sapatinho bordado até a sola, um sapatinho com o qual a criança ainda não deu um só passo. Esse sapatinho tem tanta graciosidade e delicadeza, além de não ter sido feito para andar, que, para a mãe, é como se ela visse seu filho. Ela sorri para ele, beija-o, conversa com ele. Ela se pergunta se é realmente possível existir um ser tão pequenininho; e, se a criança está ausente, basta o belo sapatinho para ela acreditar ter diante dos olhos a criatura doce e frágil. Ela acredita vê-la e vê: inteira, viva, alegre, as mãos delicadas, a cabeça redonda, os lábios puros, os olhos serenos nos quais a parte branca é azulada. Se é inverno, lá está ele rastejando no tapete, escalando laboriosamente um banquinho, e a mãe teme que ele se aproxime do fogo. Se é verão, ele se arrasta pelo quintal, pelo jardim, arranca a grama dos paralelepípedos, observa com curiosidade os grandes cães e cavalos, sem medo. Brinca com as conchinhas, com as flores e faz o jardineiro reclamar por encontrar areia nos canteiros de flores e terra nas alamedas. Tudo é engraçado, tudo brilha, tudo se move em volta da criança, assim como ela mesma, até a brisa e o raio de sol, que se agitam nos caracóis dos seus cabelos. O sapatinho mostra tudo isso à mãe e faz seu coração derreter como cera no fogo.

Mas, quando se perde a criança, essas mil imagens de alegria, charme e ternura que se acumulam em torno do sapatinho se transformam em coisas horríveis. O belo sapatinho bordado não passa de um instrumento de tortura que tritura eternamente o coração da mãe. É sempre a mesma fibra que vibra, a fibra mais profunda e sensível. Mas, em vez de um anjo que a acaricia, é um demônio que a belisca.

Uma manhã, quando o sol de maio amanhecia num daqueles céus azul-escuros onde Garofalo gosta de colocar suas descidas da cruz, a reclusa da Torre Roland ouviu um barulho de rodas, cavalos e ferragens na Praça de Grève. Ela despertou um pouco, enrolou seus cabelos por cima das orelhas para diminuir o barulho e começou a contemplar de joelhos o objeto inanimado que ela adorava há quinze anos. Esse sapatinho, como já dissemos, era para ela o universo. Seu pensamento estava concentrado nele e só se libertaria quando ela morresse. O que ela dirigia aos céus de imprecisões amargas, lamentos comoventes, orações e soluços, a respeito do encantador chocalho de cetim cor-de-rosa, somente o sombrio retiro da Torre Roland conhecia. Nunca tanto desespero se espalhou sobre um objeto mais doce e gracioso.

Naquela manhã, sua dor parecia ainda mais violenta do que o habitual, e era possível ouvir do lado de fora seu lamento em voz alta e monótona, de cortar o coração.

– Ah, minha filha! – ela dizia. – Minha filha! Minha pobre querida criancinha! Então nunca mais a verei. Tudo está acabado, então! Sempre tenho a sensação de que isso aconteceu ontem! Meu Deus, meu Deus, se fosse para levá-la assim tão depressa, seria melhor não a ter me dado. Então não sabe que nossos filhos se agarram aos nossos ventres e que uma mãe que perdeu seu filho já não consegue mais acreditar em Deus? Ah! Que miserável sou por ter saído de casa naquele dia! Senhor! Senhor! Por que tirá-la de mim dessa forma? Nunca olhou para nós quando estávamos juntas, quando eu a aquecia alegremente com meu calor, quando ela me sorria mamando, quando eu fazia seus pezinhos subir pelo meu peito até chegar a meus lábios? Oh! Se tivesse visto tudo isso, meu Deus, teria misericórdia da minha alegria e não me teria tirado o único amor que restava em meu coração! Será que sou uma criatura tão miserável, Senhor, que não pôde me olhar antes de me condenar? Ai de mim! Ai de mim! Aqui está o sapatinho, mas e o pé, onde está? Onde está o resto? Onde está a criança? Minha filha, minha filha! O que fizeram com você? Senhor, devolva minha filha. Há quinze anos meus joelhos esfolam-se rogando para o senhor, meu Deus. Isso não é suficiente? Devolva-a. Um dia, uma hora, um minuto. Um minuto, Senhor, e pode me entregar ao demônio por toda a eternidade! Oh! Se soubesse por onde se arrasta o tecido de Sua roupa, eu me agarraria a ele com as duas mãos, e o Senhor teria que me devolver minha criança! O lindo sapatinho dela. Não tem piedade dele, Senhor? Pode então condenar uma pobre mãe a esse suplício por quinze anos? Virgem Santíssima! Boa Virgem do céu! O menino Jesus foi tirado de mim, roubaram-no, comeram-no numa fogueira, beberam o sangue dele, mastigaram-lhe os ossos! Boa Virgem, tenha piedade de mim! Minha filha! Quero minha filha! Que diferença faz para mim que ela esteja no paraíso? Não quero seu anjo, quero minha filha! Sou uma leoa, quero meu filhotinho. Oh! Vou me contorcer no chão, vou partir a pedra com minha testa e vou cair em danação, vou amaldiçoá-lo, Senhor, se não me devolver minha filha! Veja como meus braços estão inteiramente mordidos, Senhor! Será que o bom Deus não tem misericórdia? Oh! Dê-me apenas

O CORCUNDA DE NOTRE DAME – TOMO 2

sal e pão preto, desde que eu tenha minha filha e ela me aqueça como um sol! Ai de mim! Deus, meu Senhor, não passo de uma vil pecadora, mas minha filha me tornava piedosa. Eu estava imbuída de religião por amor a ela e via o Senhor pelo sorriso dela, como se visse através de uma abertura vinda do céu. Oh! Que eu possa ao menos uma vez, apenas mais uma vez, uma única vez, calçar este sapatinho no lindo pé cor-de-rosa dela, e eu morro agradecida, Boa Virgem! Ah! Quinze anos! Ela estaria grande hoje! Infeliz criança! O quê! Então é verdade, nunca mais a verei, nem mesmo no céu! Porque eu não irei para o céu. Ah, que miséria! Dizer que este é o sapatinho dela e que não há mais nada!

A infeliz mulher atirou-se sobre o sapatinho, seu consolo e desespero durante tantos anos, e suas entranhas dilaceravam-se em soluços como no primeiro dia. Porque, para uma mãe que perdeu o filho, é sempre o primeiro dia. Essa dor não envelhece. As roupas do luto podem desgastar ou desbotar, mas o coração permanece negro.

Nesse momento, vozes frescas e alegres de crianças passaram em frente à cela. Sempre que as crianças chegavam ao alcance dos seus olhos ou ouvidos, a pobre mãe corria para o canto mais sombrio de seu sepulcro e parecia mergulhar a cabeça na pedra para não as ouvir. Dessa vez, ao contrário, ela se endireitou num sobressalto e ouviu com avidez. Um dos meninos tinha acabado de dizer:

– Vão enforcar uma egípcia hoje.

Com o súbito salto daquela aranha que vimos se atirar sobre uma mosca ao sentir o tremor de sua teia, ela correu para a claraboia, que, como sabemos, dava para a Praça da Grève. De fato, uma escada tinha sido erguida perto do patíbulo permanente, e o mestre das baixas obras estava ocupado ajustando as correntes enferrujadas pela chuva. Havia algumas pessoas por perto.

O grupo de crianças risonhas já estava longe. A *sachette* procurou com os olhos por algum transeunte que pudesse interrogar. Ao lado de sua cela, viu um padre que fingia ler o breviário público, mas que parecia muito menos interessado no "letreiro de ferro treliçado" do que no patíbulo, para o qual ele ocasionalmente lançava um olhar sombrio e feroz. Ela reconheceu o senhor arquidiácono de Josas, um homem santo.

– Padre, quem vão enforcar? – perguntou ela.

O padre a olhou, mas não respondeu. Ela repetiu a pergunta. Então ele disse:

– Não sei.

– Havia crianças aqui que disseram que será uma egípcia – disse a reclusa.

– Acho que sim – disse o padre.

Então a Paquette Chantefleurie explodiu numa gargalhada de hiena.

– Minha irmã – disse o arquidiácono –, a senhora odeia tanto assim as mulheres egípcias?

– Se as odeio? – disse a reclusa. – São estriges! Ladras de crianças! Devoraram minha filhinha! Minha filha, minha única filha! Não tenho mais coração. Elas o comeram!

Ela estava assustadora. O padre a olhava com frieza.

– Há uma que odeio especialmente e que amaldiçoo – disse ela. – É uma jovem, que tem a idade que minha filha teria se sua mãe não a tivesse devorado. Sempre que aquela víbora passa pela minha cela, ela faz meu sangue ferver!

– Pois bem, alegre-se, minha irmã – disse o padre, glacial como uma estátua em um túmulo –, é ela mesma que a senhora está prestes a ver morrer.

Sua cabeça caiu sobre o peito, e ele afastou-se lentamente.

A reclusa esfregou as mãos de alegria.

– Eu bem que previ que ela iria acabar ali em cima! Obrigada, padre! – ela gritou.

E começou a andar dando grandes passos em frente às barras da sua claraboia, descabelada, os olhos flamejantes, batendo com o ombro na parede, o olhar selvagem de uma loba enjaulada que há muito tem fome e que sente a hora da refeição aproximar-se.

Três corações humanos diferentes

Phoebus, no entanto, não estava morto. Homens dessa espécie são obstinados. Quando o mestre Philippe Lheulier, advogado extraordinário do rei, disse à pobre Esmeralda "Ele está morrendo", foi por engano ou por brincadeira. Quando o arquidiácono repetiu para a condenada: "Ele está morto", o fato é que ele não sabia de nada, mas acreditava, contava com isso, não duvidava e esperava que fosse verdade. Teria sido muito difícil para ele dar à mulher que amava boas notícias do seu rival. Qualquer homem no seu lugar teria feito o mesmo.

Não significa que o ferimento de Phoebus não havia sido grave, mas foi menos grave do que o arquidiácono se gabava de ter sido. O boticário a quem os soldados da guarda o levaram em um primeiro momento deu-lhe somente mais oito dias de vida e chegou a confirmar isso em latim. No entanto, a juventude impôs sua superioridade, e, o que muitas vezes acontece, apesar dos prognósticos e diagnósticos, a natureza gabou-se salvando

O CORCUNDA DE NOTRE DAME – TOMO 2

o enfermo bem debaixo do nariz do médico. Ele ainda convalescia sobre o grabato do boticário quando foi submetido aos primeiros interrogatórios de Philippe Lheulier e dos investigadores do Santo Ofício, o que o deixou bastante incomodado. Mas, numa bela manhã, sentindo-se melhor, ele deixou suas esporas douradas como pagamento ao boticário e se foi. Isso, todavia, não causou nenhum problema à investigação do caso. A justiça de então pouco se importava com a clareza e transparência de um processo criminal. Desde que houvesse um réu para ser enforcado, estava tudo bem. Os juízes já tinham provas suficientes contra Esmeralda e acreditavam que Phoebus estava morto. Tudo estava então resolvido.

Phoebus, por sua vez, não tinha precisado fazer uma grande fuga. Ele simplesmente se juntou a sua companhia, em guarnição em Queue-en-Brie, na região da Île-de-France, a poucos quilômetros de Paris.

Afinal de contas, não lhe agradava a ideia de comparecer ao julgamento. Ele tinha a vaga sensação de que faria um papel ridículo. No fundo não sabia o que pensar de tudo aquilo. Indevoto e supersticioso, como qualquer soldado que é apenas um soldado, quando ele se interrogava sobre tal aventura, não ficava tranquilo em relação à cabra, ao estranho modo como havia encontrado Esmeralda, à não menos estranha forma como ela lhe havia declarado seu amor, ao fato de ser egípcia e, sobretudo, à presença do monge medonho. Ele vislumbrava nessa história muito mais magia do que amor, provavelmente uma coisa de bruxa ou talvez do próprio diabo. Enfim, uma verdadeira comédia, ou, para falar a linguagem daquela época, um mistério muito desagradável onde ele tinha um papel bem esquisito de quem recebe as pancadas e provoca as risadas. O capitão estava muito constrangido. Sentia a espécie de vergonha que La Fontaine tão bem definiu:

Envergonhado como uma raposa caçada por uma galinha[42].

---

[42] La Fontaine, *Fábulas*, I, 18, "A raposa e a cegonha". (N.T.)

VICTOR HUGO

Além disso, esperava que o caso não se espalhasse, que seu nome, em sua ausência, não fosse pronunciado ou, pelo menos, não ecoasse para além do tribunal da Tournelle. Quanto a isso ele não estava enganado. Não existia na época uma *Gazeta dos Tribunais*, e, como não havia uma semana sequer em que um falsificador de moedas não fosse escaldado, ou uma bruxa enforcada, ou um herético queimado em uma das inúmeras "justiças" de Paris, estavam todos tão acostumados a ver, pelos cruzamentos, a velha Themis feudal de braços nus e mangas arregaçadas, fazendo seu trabalho com forquilhas, patíbulos e pelourinhos, que seu processo não chamava muita atenção. As pessoas boas daquela época mal sabiam o nome da vítima que cruzava a esquina, e o populacho regalava-se com esse tipo de banquete grosseiro. Uma execução era um incidente habitual da via pública, como o forno do padeiro ou o matadouro do curtumeiro. O carrasco era uma espécie de carniceiro um pouco mais sinistro que os outros.

Assim, Phoebus logo deixou de lado a lembrança da sedutora Esmeralda, ou Similar, como ele dizia, pouco se importando com a punhalada da boêmia ou do monge medonho, muito menos com o resultado do processo. Mas, assim que seu coração se viu livre de tudo isso, a imagem de Fleur-de-Lys voltou à sua lembrança. O coração do capitão Phoebus, como a física da época, tinha horror ao vazio.

Além do mais, a estadia em Queue-en-Brie era muito insípida. Tratava-se de um vilarejo de ferradores e de vaqueiros com mãos esfoladas, um longo cordão de casebres e choupanas beirando a estrada principal de ambos os lados por mais de dois quilômetros. Ou seja, um fim de mundo.

Fleur-de-Lys era sua penúltima paixão. Uma bonita jovem com um dote melhor ainda. Então, uma bela manhã, já completamente curado e presumindo que depois de dois meses o caso da boêmia já deveria estar concluído e esquecido, o apaixonado cavaleiro chegou sorrateiro à porta da residência dos Gondelaurier.

O CORCUNDA DE NOTRE DAME – TOMO 2

Ele não prestou atenção a uma multidão que estava reunida na praça em frente à Notre Dame. Lembrando-se de que era o mês de maio, ele assumiu que deveria ser alguma procissão, algum Pentecostes, alguma festa popular, amarrou seu cavalo na argola do alpendre e subiu alegremente à casa de sua bela noiva.

Ela estava sozinha com a mãe.

Fleur-de-Lys guardava na memória a cena da feiticeira, sua cabra, seu maldito alfabeto e a longa ausência de Phoebus. No entanto, quando viu seu capitão entrar, com tão boa aparência, vestindo um sago tão novo, um boldriê tão brilhante e um olhar tão apaixonado, ela corou de felicidade. A nobre donzela estava mais encantadora do que nunca. Seus magníficos cabelos loiros estavam lindamente trançados, ela vestia roupas de um azul--celeste que combina muito bem com peles alvas – astúcia que Colombe lhe ensinou –, e seus olhos estavam mergulhados naquela languidez amorosa que os deixa ainda mais bonitos.

Phoebus, que de fato não tinha visto nada de belo além das caipiras de Queue-en-Brie, ficou encantado com Fleur-de-Lys, o que deu ao nosso oficial maneiras tão atenciosas e galantes que sua paz foi imediatamente recuperada. A própria senhora Gondelaurier, sempre maternalmente sentada em sua grande poltrona, não teve forças nem para murmurar algo. As reclamações de Fleur-de-Lys logo se transformaram em ternos arrulhos.

A jovem estava sentada junto à janela, ainda bordando a gruta de Netuno. O capitão apoiou as mãos nas costas de sua cadeira, e ela dizia-lhe meigas reclamações a meia-voz.

– O que aconteceu com você nestes dois últimos longos meses, seu malvado?

– Eu juro – respondeu Phoebus, um pouco incomodado com a pergunta – que você é bonita a ponto de fazer sonhar um arcebispo.

Ela não pôde conter um sorriso.

– Está bem, está bem, meu senhor. Deixe minha beleza em paz e me responda. Bela beleza, realmente!

– Pois bem, cara prima, fui chamado pela guarnição.

– E onde, por favor? E por que não veio se despedir de mim?

– Em Queue-en-Brie.

Phoebus ficou feliz com o fato de que a primeira pergunta o ajudou a se esquivar da segunda.

– Mas fica muito perto, senhor. Por que não pôde me visitar ao menos uma vez?

Dessa vez Phoebus viu-se seriamente complicado.

– É que... bem, o trabalho... além disso, charmosa prima, eu fiquei doente.

– Doente! – ela repetiu, assustada.

– Sim... ferido.

– Ferido!

A pobre criança estava transtornada.

– Oh! Não se assuste com isso – disse Phoebus num tom negligente –, não é nada. Uma briga, um golpe de espada. Nada de mais.

– Nada de mais! – exclamou Fleur-de-Lys levantando seus lindos olhos cheios de lágrimas. – Oh! Não está dizendo o que pensa realmente. Que golpe de espada foi esse? Quero saber tudo.

– Pois bem, minha bela, foi uma questiúncula com Mahé Fedy, conhece? O tenente de Saint-Germain-en-Laye, e ambos perdemos alguns centímetros de pele. Só isso.

O mentiroso capitão sabia muito bem que uma questão de honra sempre engrandece um homem aos olhos de uma mulher. De fato, Fleur-de-Lys olhou nos olhos dele com um sentimento misturado de medo, prazer e admiração. No entanto, ela não estava completamente tranquila.

O corcunda de Notre Dame – Tomo 2

– Desde que esteja de fato curado, meu Phoebus! – ela balbuciou. – Não conheço esse Mahé Fédy, mas ele é um homem cruel. E como surgiu essa querela?

Nesse momento, Phoebus, cuja imaginação era muito mediocremente criativa, começou a ficar sem saída para sua proeza.

– Oh! Não me lembro exatamente... uma bobagem, um cavalo, uma palavra mal colocada! Bela prima – ele perguntou, tentando desviar a conversa –, que barulheira é essa na praça?

Ele se aproximou da janela.

– Oh! Meu Deus, bela prima, há muita gente por lá!

– Eu não sei – respondeu Fleur-de-Lys. – Ouvi dizer que uma feiticeira vai fazer a confissão de honra em frente à igreja nesta manhã, para depois ser enforcada.

O capitão acreditava com tanta veemência que o caso de Esmeralda tinha terminado que ficou muito pouco interessado pelas palavras de Fleur-de--Lys. No entanto, fez-lhe mais uma ou duas perguntas.

– Qual é o nome dessa tal feiticeira?

– Não sei – ela respondeu.

– E do que ela está sendo acusada?

Ela deu de ombros mais uma vez.

– Não sei.

– Oh! Meu santo Jesus! – disse a mãe. – Há tantos feiticeiros agora que eles são queimados, creio eu, sem que ao menos se saiba o nome deles. Valeria mais a pena tentar saber o nome de cada nuvem do céu. De todo modo, podemos ficar tranquilos. Deus mantém o seu registro.

A venerável senhora, então, levantou-se e aproximou-se da janela.

– Senhor! – ela exclamou. – Tem razão, Phoebus. É uma grande multidão. Bendito seja Deus! Há pessoas até nos telhados. Sabe, Phoebus? Isso me lembra minha boa época. A entrada do rei Carlos VII, onde havia também

429

uma multidão. Não lembro mais que ano era. Quando lhes conto essas lembranças, isso lhes causa o efeito de coisas velhas, não é mesmo? Mas para mim é justamente o contrário. Oh! Eram pessoas muito mais bonitas do que as de agora. Havia gente pendurada até mesmo nos *machicólis* de Saint-Antoine. O rei trazia a rainha na garupa, e depois de suas altezas vinham todas as senhoras na garupa de seus respectivos senhores. Lembro-me de que ríamos alto, porque, ao lado de Amanyon de Garlande, que era muito baixinho, estava o senhor Matefelon, um cavaleiro de estatura gigantesca que havia matado ingleses aos montes. Foi muito bonito. Uma procissão de todos os cavalheiros da França com suas auriflamas rubras tremulando diante de nós. Havia aqueles com o estandarte da cavalaria e aqueles com o da chamada para o combate. O que sei eu? O senhor de Calan, com o de cavalaria; os senhores Jean de Chateaumorant e de Coucy com o de combate, sendo este último mais pomposo do que qualquer um dos outros, exceto o duque de Bourbon. *Hélas!* Como é triste pensar que tudo isso existiu e que já não resta nem vestígio!

O casal apaixonado não ouvia a respeitável viúva. Phoebus tinha voltado a se apoiar na cadeira da noiva, uma posição privilegiada de onde seu olhar libertino podia mergulhar em todas as aberturas do decote de Fleur-de-Lys. O corpete se afrouxava muito convenientemente, permitindo que ele visse tantas coisas delicadas e deixando-o adivinhar tantas outras que Phoebus, deslumbrado por aquela pele de cetim, disse a si mesmo:

– Como é possível gostar de alguém que não tenha uma pele assim tão branca?

Ambos estavam em silêncio. A jovem, de tempos em tempos, lançava sobre ele olhares encantados e ternos, e os cabelos deles se misturavam com os raios de sol primaveris.

– Phoebus – de repente disse Fleur-de-Lys em voz baixa –, vamos nos casar em três meses; jure que nunca amou outra mulher além de mim.

– Juro, meu anjo lindo! – respondeu Phoebus, e seu olhar apaixonado foi em seu auxílio para convencer Fleur-de-Lys do tom sincero de sua voz. Talvez, naquele momento, ele realmente pensasse que isso era verdade.

A boa mãe, encantada em ver os noivos em tão perfeita harmonia, tinha acabado de sair da sala para resolver algum assunto doméstico. Phoebus notou que estavam a sós, e isso fez crescer na mente do aventureiro capitão algumas ideias estranhas. Fleur-de-Lys o amava, ele era seu noivo, eles estavam a sós, e sua antiga atração por ela despertou, não com todo o frescor de antes, mas com todo o ardor. Afinal, não é um crime tão grande comer um pouco do seu trigo ainda na espiga. Eu não sei se esses pensamentos passaram por sua mente, mas o certo é que Fleur-de-Lys de repente ficou assustada com a expressão do olhar dele. Olhou à sua volta e não viu a mãe.

– Meu Deus! – ela disse, ruborizada e agitada. – Estou com muito calor!

– Eu entendo – respondeu Phoebus –, estamos perto do meio-dia. O sol está muito forte. Basta fechar as cortinas.

– Não, não – gritou a pobre moça –, ao contrário, preciso de ar.

E, como uma cerva que sente o hálito da matilha, ela levantou-se, correu para a janela, abriu-a e passou para o balcão.

Phoebus, bastante contrariado, acompanhou-a.

A Praça da Notre Dame, para onde dava o balcão, como sabemos, apresentava naquele instante um espetáculo sinistro e singular que mudou repentinamente a natureza do medo da tímida Fleur-de-Lys.

Uma multidão enorme, fluindo para todas as ruas adjacentes, amontoava-se na praça. A pequena mureta que cercava o adro não era suficiente para mantê-lo livre e foi reforçada por uma sólida fileira de sargentos e arcabuzeiros de colubrina em punho. Graças a esse alinhamento de espadas e arcabuzes, o adro estava vazio. A entrada era protegida por um grande número de alabardeiros com as insígnias do bispo. As amplas portas da igreja estavam fechadas, o que contrastava com as incontáveis janelas da praça, que, completamente abertas, mostravam milhares de cabeças empilhadas quase como pilhas de bolas de canhão em um parque de artilharia.

A superfície dessa multidão era cinzenta, suja e terrosa. O espetáculo que ela aguardava era obviamente daqueles que têm o privilégio de extrair o que é mais sórdido da população. Nada se compara ao hediondo barulho que escapava desse formigueiro de perucas amarelas e cabeleiras sórdidas. Naquela multidão, havia mais risos do que gritos, mais mulheres do que homens.

De vez em quando, uma voz ácida e vibrante sobressaía do rumor generalizado.

– Ei, Mahiet Baliffre! Vão enforcá-la ali?

– Imbecil! Aqui é a confissão de honra, vestida com uma túnica! O bom Deus tossirá latim na cara dela! É sempre aqui, ao meio-dia. Se é a forca que você quer, vá à Grève.

– Eu vou depois.

– Diga, Boucandry: é verdade que ela recusou um confessor?

– Ouvi dizer que sim, Bechaigne.

– Está vendo, é uma pagã!

– Senhor, é o costume. O bailio do Palácio deve entregar o condenado para execução. Se for um leigo, ao preboste de Paris; se for um clérigo, à inquisição do bispado.

– Obrigado, senhor.

– Oh! Meu Deus! – disse Fleur-de-Lys. – Pobre criatura!

Esse pensamento enchia seu olhar de dor enquanto ela observava o populacho. O capitão, muito mais interessado nela do que naquela gentalha, acariciava amorosamente sua cintura pelas costas. Ela se virou suplicante e sorridente.

– Por favor, solte-me, Phoebus! Se minha mãe voltasse, ela veria sua mão!

Nesse momento, soou meio-dia no relógio da Notre Dame. Um murmúrio de satisfação surgiu da multidão. A vibração da décima segunda pancada mal silenciou e todas as cabeças se encresparam como as ondas sob uma rajada de vento, e um imenso clamor surgiu das janelas e dos telhados:

– Lá vem ela!

Fleur-de-Lys levou as mãos aos olhos para não ver.

– Querida – disse Phoebus –, você quer entrar?

– Não – ela respondeu. E aqueles olhos que tinham sido fechados por medo, ela os reabriu por curiosidade.

Uma carroça puxada por um forte cavalo normando e coberta de cavalaria em libré violeta com cruzes brancas tinha acabado de surgir na praça pela Rua Saint-Pierre-aux-Boeufs. Os sargentos da vigilância abriam caminho no meio do povo com golpes de *boullayes*. Ao lado da carroça, estavam alguns oficiais da justiça e da polícia, reconhecíveis por suas roupas pretas e pela forma desajeitada de se manterem na sela. Mestre Jacques Charmolue desfilava à frente deles.

Na fatal carroça, uma jovem estava sentada, os braços amarrados nas costas, sem um padre ao lado dela. Ela vestia somente uma túnica, e seus longos cabelos pretos (a moda da época era cortá-los somente aos pés do patíbulo) se espalhavam pelo pescoço e pelos ombros seminus.

Através dessa ondulada cabeleira, mais brilhante do que a plumagem do corvo, era possível ver balançar, amarrada, uma espessa corda cinzenta e rugosa que arranhava suas frágeis clavículas e enrolava o encantador pescoço da pobre moça como uma minhoca numa flor. Sob essa corda brilhava um pequeno amuleto adornado com vidrilhos verdes que lhe tinham deixado provavelmente porque já não se recusa nada àqueles que vão morrer. Os espectadores nas janelas podiam ver, no fundo da carroça, as pernas nuas que ela tentava esconder, como num último instinto feminino. Aos seus pés havia uma pequena cabra também amarrada. A condenada segurava com os dentes a túnica mal fechada. Parecia que ela ainda sofria em sua miséria por ser exposta quase nua a todos os olhares. Ai de mim! Não é por tais expectativas que o pudor foi criado.

– Jesus! – disse Fleur-de-Lys, espantada, ao capitão. – Veja isso, belo primo! É aquela estranha cigana com a cabra!

Dizendo isso, ela se voltou para Phoebus. Ele tinha os olhos fixos na carroça. Estava muito pálido.

– Que cigana com cabra? – ele disse, gaguejando.

– Como! – reagiu Fleur-de-Lys. – Você não lembra?

Phoebus a interrompeu.

– Não sei do que você está falando.

Ele deu um passo para trás. Mas o ciúme de Fleur-de-Lys, outrora tão intenso por essa mesma egípcia, tinha acabado de ser despertado, e a bela prima olhou para o noivo com um olhar penetrante repleto de desconfiança. Ela então se lembrou vagamente de ouvir falar de um capitão envolvido no processo dessa feiticeira.

– O que o senhor tem? – ela perguntou a Phoebus. – Parece que essa mulher o perturbou.

Phoebus tentou escarnecer.

– A mim? Nem um pouco! Ora essa!

– Então fique! – respondeu ela imperiosamente. – E vamos assistir até o fim.

O infeliz capitão viu-se obrigado a permanecer ali. O que o tranquilizou um pouco foi que a condenada não tirou os olhos do assoalho de sua carroça. Mas era realmente Esmeralda. Naquele último grau de opróbrio e infelicidade, ela continuava bela, seus grandes olhos negros pareciam ainda maiores por causa do emagrecimento de suas bochechas, seu perfil lívido era puro e sublime. Ela se parecia com o que tinha sido, como uma Virgem do Masaccio se parece com uma Virgem de Rafael: mais frágil, mais fina, mais magra.

Além disso, não havia nada nela que não se agitasse de alguma forma. E, além de seu pudor, parecia que nada mais tinha importância de tanto que ela tinha ficado profundamente abalada pelo estupor e desespero. Seu corpo saltava com todos os solavancos da carroça como uma coisa morta ou partida. Seu olhar estava triste e louco. Ainda era possível ver uma lágrima em sua pupila, mas imóvel, parecendo congelada.

A lúgubre cavalgada então passou pela multidão em meio a gritos de alegria e atitudes de curiosidade. Devemos dizer, no entanto, como fiéis historiadores, que, ao vê-la tão bela e tão oprimida, muitos se comoveram de piedade, mesmo os mais frios.

A carroça tinha entrado no adro.

Em frente ao pórtico central, ela parou. A escolta alinhou-se em batalha de ambos os lados. A multidão silenciou, e, no meio desse silêncio cheio de solenidade e ansiedade, os dois batentes da porta central se abriram, como por vontade própria das dobradiças que rangeram com um ruído de pífano. Foi possível, então, ver em toda a sua dimensão a profunda igreja, sombria, enlutada, mal iluminada por algumas velas cintilando distantes sobre o altar-mor, aberta como a bocarra de uma taberna no meio da praça mergulhada em luminosidade. No fundo, na sombra da abside, entrevia-se uma gigantesca cruz prateada erguida sobre um pano preto que caía da abóbada até o chão. Toda a nave estava deserta. No entanto, era possível ver algumas cabeças de sacerdotes misturar-se confusamente nas distantes estalas do coro e, no momento que a grande porta se abriu, um canto grave, alto e monótono escapou da igreja, lançando fragmentos de salmos sombrios sobre a cabeça da condenada, como se fosse um sopro.

… Non timebo millia populi circumdantis me; exsurge, Domine; salvum me fac, Deus!

VICTOR HUGO

... Salvum me fac, Deus, quoniam intraverunt aquæ usque ad animam meam.

... Infixus sum in limo profundi; et non est substantia.[43]

Ao mesmo tempo, outra voz, isolada do coro, entoou no degrau do altar-mor este ofertório melancólico:

Qui verbum meum audit, et credit ei qui misit me, habet vitam æternam et in judicium non venit; sed transit a morte in vitam.[44]

Aquele cântico, que alguns velhos, perdidos em suas próprias trevas, cantavam de longe para a bela criatura, cheia de juventude e vida, acariciada pela brisa quente da primavera, inundada de sol, era a missa dos mortos.

O povo ouvia com recolhimento.

A infeliz, assustada, parecia perder o olhar e o pensamento nas entranhas obscuras da igreja. Seus pálidos lábios se mexiam como se estivessem rezando, e, quando o valete do carrasco se aproximou para ajudá-la a descer da carroça, ele a ouviu repetir em voz baixa esta palavra: Phoebus.

As mãos dela foram desamarradas, e ela desceu com sua cabra, que também havia sido desamarrada e balia de felicidade por sentir-se livre. Fizeram-na caminhar descalça sobre o chão duro até o primeiro degrau do pórtico. A corda presa ao pescoço arrastava-se atrás dela. Parecia que uma cobra a seguia.

Então o cântico da igreja foi interrompido. Uma grande cruz dourada e uma fileira de velas começaram a mover-se no escuro. Ouviu-se o toque da

---

[43] *Salmos*, III, 7-8: "Não temo as miríades de pessoas que se voltaram contra mim de todos os lados. Levanta-Te, Senhor! Salve-me, meu Deus!"

Salmos, LXIX, 2-3: "Salve-me, ó Deus, porque as águas me chegam ao pescoço. Cheguei às profundezas das águas, uma corrente me submerge". (N.T.)

[44] *João*, V, 24: "Aquele que ouve minha palavra e crê naquele que a enviou tem a vida eterna e não vem em julgamento, mas passou da morte para a vida". (N.T.)

alabarda da colorida guarda suíça, e, alguns momentos depois, uma longa procissão de padres em casulas e diáconos em dalmáticas, que caminhavam gravemente em direção à condenada e salmodiavam, surgiu pouco a pouco sob os olhares da multidão. Mas Esmeralda fixou o olhar naquele que caminhava à frente do grupo, imediatamente após o portador da cruz.

– Oh! – ela disse em voz baixa, estremecendo. – É ele outra vez! O padre!

Era de fato o arquidiácono. À sua esquerda, vinha o subchantre e, à sua direita, o chantre armado com o bastão de seu ofício. Ele avançava, a cabeça inclinada para trás, os olhos bem abertos e fixos, cantando com a voz forte:

De ventre inferi clamavi, et exaudisti vocem meam.
Et projecisti me in profundum in corde maris, et flumen circum-dedit me.[45]

No momento em que ele apareceu em plena luz do dia, sob o alto pórtico em ogiva, envolto em uma enorme capa com uma cruz preta, estava tão pálido que muitos na multidão pensaram tratar-se de um dos bispos de mármore ajoelhados sobre as pedras sepulcrais do coro que tinha se levantado e vindo receber, no limiar do túmulo, aquela que ia morrer.

Ela, não menos pálida nem menos estática, mal se deu conta de que tinham colocado em sua mão um pesado círio de cera amarela aceso. Ela não tinha ouvido a voz estridente do escrivão ler o fatal teor da confissão de honra. Quando lhe pediram para responder *Amém*, ela respondeu *Amém*. Foi preciso, para lhe restituir alguma vida e força, que ela visse o padre acenar para seus guardiões se afastarem enquanto ele avançava sozinho em sua direção.

Então ela sentiu seu sangue borbulhar na cabeça, e um resto de indignação reacendeu naquela alma já entorpecida e fria.

---

[45] *Jonas*, II, 3-4: "Das profundezas dos mortos pedi ajuda, e Vós ouvistes minha voz, lançastes-me em uma planície no coração dos mares, e as correntes de água me cercaram". (N.T.)

O arquidiácono aproximou-se dela lentamente. Mesmo nessa situação extrema, ela percebeu os olhos dele percorrerem sua nudez com luxúria, ciúme e desejo. Então lhe disse em voz alta:

– Jovem, pediu perdão a Deus por suas faltas, seus pecados? – Ele inclinou-se e disse ao ouvido da condenada (os espectadores pensavam que ele estava recebendo a última confissão dela): – Você me quer? Ainda posso salvá-la!

Ela olhou para ele fixamente:

– Vá embora, demônio, ou eu o denuncio!

Ele sorriu um sorriso horrível.

– Ninguém acreditará em você. Só vai adicionar escândalo a um crime. Responda, depressa! Você me quer?

– O que você fez com meu Phoebus?

– Ele está morto – disse o padre.

Nesse momento, o miserável arquidiácono levantou a cabeça mecanicamente e viu, na outra extremidade da praça, no balcão da residência dos Gondelaurier, o capitão, em pé, ao lado de Fleur-de-Lys. Ele cambaleou, passou a mão sobre os olhos, olhou novamente, murmurou uma maldição, e toda a sua fisionomia se contraiu violentamente.

– Pois bem, então morra! – ele disse entre os dentes. – Você não será de ninguém.

Então, erguendo a mão sobre a egípcia, ele gritou com uma voz fúnebre:

I nunc, anima anceps, et sit tibi Deus misericors![46]

Era a temida frase usada para encerrar essas cerimônias sombrias. Era também o sinal acordado entre o sacerdote e o carrasco.

O povo ajoelhou-se.

---

[46] "Vá, alma dúbia, e que Deus lhe seja misericordioso!" (N.T.)

– *Kyrie Eleison* – disseram os padres que tinham permanecido sob a ogiva do pórtico.

– *Kyrie Eleison* – repetiu a multidão num murmúrio que corre sobre todas as cabeças como o marulho de um mar agitado.

– Amém – disse o arquidiácono.

Ele virou as costas para a condenada, sua cabeça caiu sobre o peito, as mãos se cruzaram, ele se juntou ao cortejo de padres e logo desapareceu com a cruz, os círios e as capas, sob os arcos nebulosos da catedral. Sua voz sonora desvaneceu gradualmente no meio do coro cantando este verseto de desespero:

... Omnes gurgites tui et fluctus tui super me transierunt![47]

Ao mesmo tempo, a ressonância intermitente da haste de ferro das alabardas suíças, morrendo pouco a pouco sob as intercolunadas da nave, produzia o efeito de um martelo de relógio soando a última hora da condenada.

As portas da Notre Dame tinham permanecido abertas, deixando ver a igreja vazia, desolada, de luto, sem círios nem vozes.

A condenada permanecia imóvel em seu lugar, esperando que se ocupassem dela. Foi necessário que um dos sargentos da vergasta advertisse o mestre Charmolue, que, durante toda essa cena, tinha começado a examinar o baixo-relevo do grande pórtico que, de acordo com alguns, representa o sacrifício de Abraão e, de acordo com outros, a operação filosofal em que o sol é o anjo, o fogo, o feixe de lenha e o artesão, Abraão.

Foi difícil tirá-lo da contemplação, mas finalmente ele se virou, e, a um sinal dele, dois homens vestidos de amarelo, os valetes do carrasco, aproximaram-se da egípcia para amarrar suas mãos.

---

[47] "Todas as suas ondas e marés passaram por mim!" (N.T.)

VICTOR HUGO

A infeliz mulher, no momento de subir de volta na carroça fatal e seguir para sua última estação, foi talvez tomada por algum dilacerante lamento da vida. Ela ergueu os olhos vermelhos e secos para o céu, para o sol, para as nuvens prateadas e recortadas aqui e ali por trapézios e triângulos azuis, depois ela os baixou e olhou em volta, para a terra, para a multidão e para as casas. De repente, enquanto o homem de amarelo lhe amarrava os cotovelos, ela soltou um grito terrível, um grito de alegria. Naquele balcão, ali, no canto da praça, ela tinha acabado de vê-lo, seu amigo, seu senhor, Phoebus, a outra aparição de sua vida!

O juiz havia mentido! O padre havia mentido! Era ele, ela não tinha nenhuma dúvida, ele estava lá, bonito, vivo, vestindo seu brilhante libré, de penacho na cabeça, espada de lado!

– Phoebus! – ela gritou. – Meu Phoebus!

Ela quis estender para ele seus braços trêmulos de amor e arrebatamento, mas eles estavam amarrados. Então ela viu o semblante do capitão ficar sério, uma linda jovem apoiada nele olhá-lo com lábios desdenhosos e olhos irritados. Em seguida, Phoebus disse algumas palavras que ela não pôde ouvir, e ambos desapareceram apressadamente atrás da janela do balcão, que foi fechada.

– Phoebus! – ela gritou, transtornada. – Como acreditar?

Um pensamento monstruoso tomou conta de sua mente. Ela se lembrava de ter sido condenada por assassinar Phoebus de Châteaupers.

Ela tinha suportado tudo até então. Mas esse último golpe foi muito duro. Ela caiu no chão desacordada.

– Vamos – disse Charmolue –, levem-na para a carroça, e vamos acabar com isso!

Ninguém ainda tinha notado, na galeria das estátuas dos reis, esculpidas imediatamente acima das ogivas do pórtico, um estranho espectador que tinha observado tudo com tamanha impassibilidade, com o pescoço tão esticado, o rosto tão disforme, que, sem seu traje metade vermelho, metade violeta, poderia ser confundido com um desses monstros de pedra pela boca dos quais, há seiscentos anos, escorrem as águas das compridas gárgulas da catedral. Esse espectador não havia perdido nada do que tinha acontecido desde o meio-dia em frente ao pórtico da Notre Dame. E, desde os primeiros momentos, sem que ninguém percebesse, ele tinha amarrado fortemente a uma das colunas da galeria uma sólida corda de nós cuja extremidade arrastava-se até o alpendre. Tendo feito isso, ele começou a assistir a tudo calmamente e a assobiar quando um melro passava voando por perto.

De repente, no momento em que os valetes do carrasco estavam prestes a executar a ordem fleumática de Charmolue, ele saltou sobre a balaustrada da galeria, agarrou a corda com os pés, os joelhos e as mãos e, em seguida, desceu pela fachada como uma gota de chuva que escorre pela janela de vidro, correu em direção aos dois algozes com a velocidade de um gato que cai de um telhado, esmagou-os com seus dois enormes punhos, agarrou a egípcia com uma mão, como se fosse uma criança levantando sua boneca, e, com um impulso, saltou até a igreja levantando a menina acima de sua cabeça e gritando com uma formidável voz:

– Asilo!

Tudo aconteceu com tal rapidez que, se fosse à noite, teria acontecido na velocidade da luz de um único relâmpago.

– Asilo! Asilo! – a multidão repetiu, e dez mil mãos batendo palmas fizeram o único olho de Quasímodo brilhar de alegria e orgulho.

Esse choque fez a condenada voltar a si. Ela levantou a pálpebra, olhou para Quasímodo e fechou-a novamente, como se tivesse pavor do seu salvador.

Charmolue ficou estupefato, assim como os carrascos e toda a escolta. Com efeito, no recinto da Notre Dame, a condenada era inviolável. A catedral era um local de refúgio. Toda justiça humana expirava em seu limiar.

VICTOR HUGO

Quasímodo tinha parado sob o grande pórtico. Seus enormes pés pareciam tão sólidos no pavimento da igreja quanto os pesados pilares romanos. Sua grande e cabeluda cabeça afundava entre os ombros como a dos leões, que também têm uma crina em vez do pescoço. Ele segurava a jovem palpitante suspensa por suas mãos calosas como uma trouxa de panos brancos, mas a carregava tão cuidadosamente que parecia ter medo de quebrá-la ou de lhe fazer algum mal. Era como se ele sentisse que era uma coisa delicada, extraordinária e preciosa, feita para outras mãos que não as suas. Às vezes ele parecia não se atrever a tocá-la, mesmo com sua respiração. Então, de repente, ele a cerrou em seus braços, em seu peito anguloso, como se fosse um bem pessoal, como seu tesouro, como faria a mãe dessa criança. Seu olho de gnomo, abaixado sobre ela, inundava-a com ternura, dor e piedade e de repente se levantava novamente, relampejante. As mulheres riam e choravam, a multidão trotava de entusiasmo, porque naquele momento Quasímodo realmente transparecia sua beleza própria. Ele estava lindo, o órfão, a criança abandonada, o rebotalho. Ele se sentia augusto e forte, olhava de frente para essa sociedade que o havia banido e na qual ele intervinha de forma tão poderosa, essa justiça humana da qual ele tinha arrancado a presa, fazendo todos aqueles tigres mastigar no vazio, aqueles esbirros, aqueles juízes, aqueles algozes, toda aquela força do rei que ele tinha acabado de quebrar, ele, ínfimo, com a força de Deus.

E era uma coisa comovente aquela proteção vinda de um ser tão disforme e tão infeliz, uma condenada à morte salva por Quasímodo. Eram as duas misérias extremas da natureza e da sociedade que se encontravam e entreajudavam-se.

No entanto, após alguns minutos de triunfo, Quasímodo adentrou subitamente na igreja com seu fardo. O povo, encantando com todas as proezas, procurou-o com os olhos sob a sombria nave, lamentando que ele tivesse fugido tão rapidamente dos seus aplausos. De repente, ele ressurgiu em

O CORCUNDA DE NOTRE DAME – TOMO 2

uma das extremidades da galeria dos reis da França, atravessou-a correndo como um insano, levantando sua conquista em seus braços e gritando:

– Asilo!

A multidão explodiu em aplausos novamente. Depois de percorrer a galeria, ele mergulhou no interior da igreja. Um momento depois, ressurgiu na plataforma superior, sempre com a egípcia em seus braços, sempre correndo enlouquecido e sempre gritando:

– Asilo!

E a multidão aplaudia. Finalmente, ele fez uma terceira aparição no topo da torre do bordão. Lá do alto, parecia mostrar com orgulho para toda a cidade aquela que ele tinha salvado, e sua voz trovejante, essa voz que era tão raramente ouvida e que ele mesmo nunca ouviu, repetiu três vezes com frenesi, chegando às nuvens:

– Asilo! Asilo! Asilo!

– Viva! Viva! – o povo gritava de seu lado, e essa imensa aclamação chegava a surpreender, do outro lado da margem, a multidão da Grève e a reclusa, que continuava esperando, com o olhar fixo no patíbulo.

LIVRO NOVE

Febre

    Claude Frollo já não estava na Notre Dame quando seu filho adotivo tão abruptamente cortou o nó fatal com que o infeliz arquidiácono tinha amarrado o destino da egípcia e o seu próprio. Ele retornou à sacristia, tirou a alba, a capa e a estola, jogou tudo nas mãos do atônito bedel, escapou pela porta secreta do claustro, ordenou a um barqueiro do Terrain que o levasse para a margem esquerda do Sena e desapareceu nas ruas montanhosas da Université, sem saber para onde estava indo, encontrando a cada passo grupos de homens e mulheres que seguiam alegremente na direção da Ponte Saint-Michel, na esperança de chegar a tempo de ver o enforcamento da feiticeira. Ele caminhava pálido, perdido, mais agitado, mais cego e mais feroz do que um pássaro da noite perseguido por um grupo de crianças em plena luz do dia. Ele já não sabia onde estava, o que pensava ou se sonhava. Ele seguia, caminhava, corria, entrava em qualquer rua ao acaso, mas era sempre levado pela multidão na direção da Grève, da horrível Grève que ele sentia confusamente estar logo atrás.

    Ele margeou a montanha Sainte-Geneviève e saiu da cidade através da Porta Saint-Victor. Continuou a fuga enquanto podia ver, ao virar para trás, as torres da Universidade e as raras casas do subúrbio. Mas, quando finalmente um acidente do terreno escondeu de sua visão toda a odiosa Paris, quando ele acreditava estar a uma centena de léguas de distância, no campo, no deserto, ele parou e pareceu tomar um pouco de fôlego.

Foi então que ideias terríveis vieram à sua mente. Ele reviveu tudo claramente em sua alma e estremeceu. Pensou na jovem infeliz a quem havia perdido e a quem abandonou. Lançou um olhar desvairado sobre o duplo caminho tortuoso ao qual a fatalidade tinha forçado o destino de ambos até o ponto de intersecção onde ela, cruel e impiedosamente, chocou um contra o outro, quebrando-os. Ele pensou na loucura dos votos eternos, na vaidade da castidade, da ciência, da religião, da virtude, na inutilidade de Deus. Mergulhou de corpo e alma em maus pensamentos e, à medida que se afundava neles, sentia explodir dentro de si o riso de Satã.

Vasculhando assim sua alma, quando viu o amplo espaço que a natureza tinha preparado para as paixões, zombou ainda mais amargamente. Ele revolveu nas profundezas de seu coração todo o seu ódio, toda a sua maldade, e reconheceu, com o frio olhar de um médico que examina um doente, que esse ódio, essa maldade, eram um amor vicioso, que o amor, essa fonte de todas as virtudes do homem, transformava em coisas horríveis o coração de um sacerdote, e que um homem de constituição normal como ele, tornando-se um sacerdote, torna-se um demônio. Então ele riu de uma forma assustadora e empalideceu novamente, considerando o lado mais sinistro de sua paixão fatal, desse amor corrosivo, venenoso, odioso, implacável, que havia resultado em forca para um, inferno para o outro: ela, condenada, ele, desgraçado.

Riu novamente com a lembrança de que Phoebus estava vivo. Depois de tudo, o capitão vivia, estava alegre e satisfeito, tinha gibões mais bonitos do que nunca e uma nova amante a quem levou para assistir ao enforcamento da antiga. Seu escárnio redobrou quando ele refletiu que, dos seres vivos cuja morte ele desejava, a egípcia, única criatura que ele não odiava, era a única que não se salvaria.

Do capitão, seu pensamento passou para o povo, e um ciúme inusitado o invadiu. Ele pensou que também o povo, todo o povo, teve diante de seus olhos a mulher que ele amava vestindo apenas uma túnica, quase nua. Retorceu os braços pensando que essa mulher, cuja forma entrevista por ele na penumbra representaria a felicidade suprema, tinha sido entregue em plena luz do dia, ao meio-dia, a toda a população, vestida como se fosse a uma noite de volúpia. Chorou de raiva por todos esses mistérios de amor profanados, maculados, desnudados, aviltados para sempre. Chorou de raiva imaginando quantos olhares imundos teriam encontrado satisfação naquela túnica mal fechada e que aquela bela jovem, aquele lírio virgem, aquela taça de pudor e de delícias de que seus lábios não se atreveriam a se aproximar, a não ser trêmulos, tinha sido transformada em uma espécie de vaso público em que o vil populacho de Paris, os ladrões, os mendigos, os lacaios puderam beber em comum o atrevido, sujo e depravado prazer.

E, quando ele tentava imaginar a felicidade que poderia ter encontrado na terra se ela não fosse cigana e se ele não tivesse sido padre, se Phoebus não tivesse existido e se ela o amasse; quando pensava na vida serena e amorosa que ele também poderia ter, que havia naquele exato momento, espalhados pela terra, casais felizes, perdidos em longas conversas sob laranjeiras, à beira de riachos, na presença de um pôr do sol ou de uma noite estrelada, e que, se Deus assim tivesse permitido, ele poderia ter formado com ela um desses casais abençoados, seu coração se derretia de ternura e de desespero.

Oh! Ela! Somente ela! Era uma ideia fixa que voltava incessantemente e o torturava, corroía-lhe o cérebro e dilacerava-lhe as entranhas. Ele não lamentava e não se arrependia. Tudo o que tinha feito faria de novo. Preferia vê-la nas mãos do carrasco a vê-la nos braços do capitão, mas ele sofria, sofria tanto que às vezes arrancava tufos de cabelo para ver se não tinham embranquecido.

Houve um momento em que lhe ocorreu que aquele era talvez o minuto exato em que a terrível corda que ele tinha visto pela manhã estreitava seu nó de ferro em torno do frágil e gracioso pescoço. Esse pensamento fez jorrar suor por todos os seus poros.

Em outro momento, rindo diabolicamente de si mesmo, imaginou Esmeralda tal como a tinha visto da primeira vez, viva, descontraída, alegre, enfeitada, dançante, esvoaçante e harmoniosa, e a comparou à Esmeralda do último dia, de túnica, a corda em volta do pescoço, subindo lentamente, com seus pés nus, a escada angulosa do patíbulo. Ele retratou essa dupla pintura com cores tão fortes que soltou um grito de terror.

Enquanto esse furacão de desespero perturbava, quebrava, rasgava, curvava e desenraizava tudo em sua alma, Claude olhou a natureza ao seu redor. A seus pés, algumas galinhas ciscavam nos arbustos, e escaravelhos esmaltados cintilavam ao sol. Acima de sua cabeça, alguns grupos de nuvens cinzentas encarneiradas corriam pelo céu azul; no horizonte, o pináculo da Abadia Saint-Victor perfurava a curva da encosta com seu obelisco de ardósia, e o moleiro do Monte Copeaux olhava, assobiando, as asas de seu moinho girarem. Toda essa vida ativa, organizada, tranquila, reproduzida de mil formas ao seu redor lhe fez mal. Ele fugiu outra vez.

Correu pelos campos até anoitecer. Essa fuga da natureza, da vida, de si mesmo, do homem, de Deus, de tudo durou o dia todo. Às vezes, ele se jogava de cara no chão e arrancava brotos de trigo com as unhas. Outras vezes, parava em uma rua deserta do vilarejo, e seus pensamentos eram tão insuportáveis que ele segurava a cabeça com as duas mãos e tentava arrancá-la dos ombros e quebrá-la no chão.

Perto da hora em que o sol se punha, examinou-se mais uma vez e julgou estar quase louco. A tempestade que perdurava dentro dele desde o momento em que tinha perdido a esperança e a vontade de salvar a egípcia não tinha deixado em sua consciência uma única ideia saudável, um único pensamento que se sustentasse. Sua razão jazia ali, quase totalmente destruída. Ele tinha apenas duas imagens distintas em sua mente: Esmeralda e a forca. Todo o resto era escuridão. Essas duas imagens juntas apresentavam um conjunto assustador, e, quanto mais ele fixava nelas o que restava de sua atenção e pensamento, mais as via crescer com uma fantástica progressão, uma em graça, charme, beleza e luz, a outra, em horror. Em pouco tempo, Esmeralda começou a aparecer como uma estrela, e o patíbulo, como um enorme braço descarnado.

Uma coisa notável é que, durante toda essa tortura, não lhe ocorreu a ideia de morrer. Assim era aquele miserável. Ele tinha apego à vida. Talvez imaginasse realmente que o inferno o aguardava depois da morte.

Enquanto isso, o dia continuava a terminar. O ser vivo que ainda existia nele pensava confusamente em regressar. Ele pensava estar longe de Paris, mas, tentando orientar-se, percebeu que só havia atravessado os limites da Universidade. A flecha de Saint-Sulpice e as três altas agulhas de Saint--Germain-des-Prés ultrapassavam o horizonte à sua direita. Ele seguiu nessa direção. Quando ouviu o alerta dos soldados do abade em torno da circunvalação ameada de Saint-Germain, afastou-se, tomou um caminho que surgiu entre o moinho da abadia e a gafaria do burgo, e, depois de um tempo, chegou à orla do Pré-aux-Clercs. Esse prado era famoso pelos frequentes tumultos que aconteciam dia e noite. Era a **hidra** dos pobres monges de Saint-Germain, *quod monachis Sancti-Germani pratensis hydra fuit, clericis nova semper dissidiorum capita suscitantibus*[48]. O arquidiácono teve medo de encontrar alguém, temia qualquer rosto humano. Tinha acabado de evitar a Universidade, o burgo Saint-Germain, e só queria voltar para as ruas o mais tarde possível. Ele caminhou ao longo do Pré-aux-Clercs, tomou o caminho deserto que o separava de Dieu-Neuf e finalmente chegou

---

[48] "O que foi para os monges de Saint-Germain uma hidra, com os clérigos sempre suscita novos motivos de briga". (N.T.)

VICTOR HUGO

à beira da água. Ali, dom Claude encontrou um barqueiro que, por alguns denários parisis, o levou pelo Sena até a ponta da Cité. Ele desembarcou na língua de terra abandonada onde o leitor já assistiu aos devaneios de Gringoire e que se estendia para além dos jardins do rei, paralelamente à ilha do Passeur-aux-Vaches.

O monótono balanço do barco e o murmúrio da água tinham de alguma forma entorpecido o infeliz Claude. Quando o barqueiro partiu, ele permaneceu estupidamente de pé à beira do rio, olhando para a frente sem nada perceber dos objetos a não ser através das oscilações que tudo ampliavam, dando às coisas certo efeito fantasmagórico. Não é incomum que a fadiga de uma dor intensa produza esse efeito na mente.

O sol se pôs atrás da alta torre de Nesle. Era o momento do crepúsculo. O céu estava branco, a água do rio estava branca. Entre essas duas brancuras, a margem esquerda do Sena, na qual ele tinha os olhos fixados, projetava sua massa sombria, que, cada vez mais fina pela perspectiva, mergulhava nas brumas do horizonte como uma flecha preta. Estava repleta de casas das quais só se via a silhueta obscura, vividamente realçadas sobre o fundo claro do céu e da água. Aqui e ali, janelas começavam a cintilar como pequenos pontos de brasa. Esse imenso obelisco negro, isolado entre as duas camadas brancas do céu e do rio, bastante largo no ponto onde estava dom Claude, produzia nele um singular efeito, comparável ao que sentia um homem que, deitado de costas aos pés do campanário de Estrasburgo, observava o enorme ponteiro mergulhar, acima de sua cabeça, nas penumbras do crepúsculo. Mas, neste caso, era Claude que estava em pé, e o obelisco, deitado. Como o rio, refletindo o céu, prolongava o abismo abaixo dele, o imenso promontório parecia lançar-se tão ousadamente no vazio quanto qualquer flecha da catedral. E a impressão era a mesma. A impressão tinha isso de mais estranho e profundo, o fato de que se tratava do campanário de Estrasburgo, um campanário de duas léguas de altura, algo incrível, gigantesco, imensurável. Um edifício como nenhum olho

O corcunda de Notre Dame – Tomo 2

humano jamais tinha visto, uma Torre de Babel. As chaminés das casas, as ameias das muralhas, as empenas esculpidas dos telhados, a flecha dos Augustins, a torre de Nesle, todas essas saliências que quebravam o perfil do colossal obelisco somavam-se à ilusão brincando estranhamente com os olhos, movendo os recortes de uma escultura densa e fantástica.

Claude, no estado de alucinação em que se encontrava, pensou ter visto, com seus vivos olhos, o campanário do inferno. As mil luzes espalhadas por todo o comprimento da terrível torre pareciam, aos seus olhos, pórticos da imensa fornalha interior. As vozes e os rumores que dela escapavam pareciam gritos e estertores. Então ele teve medo, tapou os ouvidos com as mãos para não escutar mais nada e virou as costas para não ver mais, afastando-se a passos largos da assustadora visão.

Mas a visão estava dentro dele.

Quando adentrou nas ruas, os transeuntes que passavam diante da claridade das lojas causavam o efeito de um eterno ir e vir de espectros ao seu redor. Barulhos estranhos soavam em seu ouvido. Fantasias extravagantes perturbavam-lhe a mente. Ele não via as casas, nem o calçamento, nem as carroças, nem os homens e as mulheres, mas um caos de objetos indeterminados cujos contornos fundiam-se uns nos outros. Na esquina da Rua de la Barillerie havia uma mercearia cuja fachada, de acordo com os hábitos imemoriais, era adornada em seu contorno com aros de lata dos quais pendiam argolas de madeira que se entrechocavam, imitando o barulho de castanholas. Ele pensou ter ouvido o amontoado de esqueletos de Montfaucon bater no escuro.

– Oh! – ele murmurou. – O vento da noite os faz chocar-se uns com os outros e mistura o barulho das correntes com o dos ossos! Ela pode estar aí, entre eles!

Transtornado, ele não sabia para onde ir. Depois de dar alguns passos, viu-se sobre a Ponte Saint-Michel. Havia luz em uma janela ao rés do chão. Ele aproximou-se. Através de uma vidraça partida, entreviu uma sala sórdida que despertou uma lembrança confusa em sua mente. Nessa sala, mal iluminada por uma pequena lamparina, havia um jovem loiro e fresco, com semblante alegre, que beijava, com grandes risadas, uma moça muito descaradamente vestida. Perto da lamparina, uma velha senhora fiava e cantava com uma voz trêmula. Como o jovem rapaz não ria o tempo todo, a canção da velha chegava aos ouvidos do padre em fragmentos. Era algo ininteligível e pavoroso.

> *Grève, aboye, Grève, grouille!*
> *File, file, ma quenouille,*
> *File sa corde au bourreau*
> *Qui siffle dans le préau.*
> *Grève, aboye, Grève, grouille!*

> *La belle corde de chanvre!*
> *Semez d'Issy jusqu'à Vanvre*
> *Du chanvre et non pas du blé.*

> *Le voleur n'a pas volé*
> *La belle corde de chanvre!*
> *Grève, grouille, Grève, aboye!*
> *Pour voir la fille de joie*
> *Pendre au gibet chassieux,*
> *Les fenêtres sont des yeux.*
> *Grève, grouille, Grève, aboye!*[49]

---

[49] "Grève, ladre, Grève, fervilhe! / Fie, fie, meu rocado, / Fie a corda do carrasco / Que silva no claustro. / Grève, ladre, Grève, fervilhe! / A bela corda de cânhamo! / Semeie de Issy a Vanvre / Cânhamo e não trigo. / O ladrão não roubou / A bela corda de cânhamo! / Grève, fervilhe, Grève, ladre! / Para ver a moça de vida fácil / Pendurada no patíbulo remelento, / As janelas são olhos / Grève, fervilhe, Grève, ladre!" (N.T.)

O CORCUNDA DE NOTRE DAME – TOMO 2

Enquanto isso, o rapaz ria e acariciava a moça. A velha era Falourdel; a jovem, uma moça da vida; o rapaz, seu irmão mais novo, Jehan.

Ele continuou olhando. Era um espetáculo como qualquer outro.

Ele viu Jehan ir até uma janela que estava no fundo da sala, abri-la, olhar para o cais onde mil vidraças iluminadas brilhavam distantes e dizer ao fechar a janela:

– Pela minha alma! Já anoiteceu. Os burgueses acendem suas velas, e o bom Deus, suas estrelas.

Em seguida, Jehan voltou para junto da acompanhante e quebrou uma garrafa que estava em cima da mesa, gritando:

– Já está vazia, diabos! E não tenho mais dinheiro! Isabeau, minha querida, não ficarei feliz com Júpiter até que ele tenha transformado seus dois mamilos brancos em duas garrafas pretas nas quais vou mamar vinho Beaune dia e noite.

Essa brincadeira fez a jovem rir alegremente, e Jehan saiu.

Dom Claude teve apenas tempo de se atirar ao chão para não ser visto e reconhecido por seu irmão. Felizmente, a rua estava escura, e o estudante, bêbado. No entanto, ele percebeu o arquidiácono deitado no chão enlameado.

– Oh! Oh! – ele disse. – Aí está alguém que teve um dia feliz hoje.

Ele cutucou dom Claude com o pé, mas este susteve a respiração.

– Completamente bêbado – considerou Jehan. – Esse aí se fartou. Uma verdadeira sanguessuga descolada de um barril. É careca – acrescentou, abaixando-se. – Um velho! *Fortunate senex!*[50]

Dom Claude o ouviu dizer, enquanto se afastava:

– Dá tudo na mesma, a razão é uma bela coisa. E meu irmão, arquidiácono, é muito feliz, pois é inteligente e tem dinheiro.

---

[50] "Feliz velhaco!" (Cf. Virgílio, *Bucólicas,* I, 46 e 51.). (N.T.)

O arquidiácono então levantou-se e partiu em disparada para a Notre Dame, vendo crescer à sua frente a sombra das enormes torres por cima das casas.

Assim que chegou ofegante à praça do adro, recuou e não ousou erguer seus olhos para o funesto edifício.

– Oh! – ele disse em voz baixa. – Então é verdade que tal coisa aconteceu aqui hoje, nesta mesma manhã!

No entanto, ousou olhar para a igreja. A fachada estava escura. No céu atrás da igreja, as estrelas brilhavam. A lua crescente, que tinha acabado de escapar do horizonte, estava nesse momento parada no topo da torre direita e parecia adorná-la, como um pássaro luminoso, na borda da balaustrada com seus trevos negros recortados.

A porta do claustro estava fechada, mas o arquidiácono tinha sempre consigo a chave da torre onde ficava seu laboratório. Ele a usou para entrar na igreja.

Lá dentro, encontrou uma escuridão e um silêncio sepulcral. Entre as grandes sombras que desciam de todos os lados em grandes extensões, percebeu que os adereços da cerimônia da manhã ainda não tinham sido retirados. A grande cruz de prata cintilava no fundo das trevas, salpicada com alguns pontos brilhantes, como a Via Láctea daquela noite funesta. As amplas janelas do coro mostravam por cima dos panos pretos a extremidade superior de suas ogivas, cujos vitrais, atravessados por um raio da lua, tinham apenas as cores dúbias da noite, algo entre violeta, branco e azul, cuja tonalidade só pode ser encontrada na face dos mortos. O arquidiácono, distinguindo ao redor do coro as tênues pontas das ogivas, imaginou estar vendo mitras de bispos que caíram em danação. Ele fechou os olhos e, quando os reabriu, imaginou ver um círculo de rostos pálidos a observá-lo.

Ele partiu em fuga pela igreja. Sua impressão era de que a igreja também se movia, agitava-se, tremia, vivia, que cada espessa coluna transformava-se em uma pata enorme que batia no chão com sua base de pedra, e que a gigantesca catedral era uma espécie de elefante assombroso que soprava e caminhava tendo os pilares como pés, as duas torres como tromba e o imenso pano preto como caparação.

Assim, a febre ou a loucura chegavam a tal grau de intensidade que, para o infeliz, o mundo exterior não passava de uma espécie de Apocalipse visível, palpável e apavorante.

Houve um momento de alívio. Passando sob um dos lados inferiores, ele viu uma claridade avermelhada atrás de um maciço de pilares. Correu na direção dela como se visse uma estrela, mas era somente a pobre lamparina que iluminava, dia e noite, o breviário público da Notre Dame dentro de sua grade de ferro. Ele lançou-se avidamente sobre o livro sagrado, na esperança de encontrar algum consolo ou encorajamento. O livro estava aberto nesta passagem de Jó que seus olhos percorreram: "E um espírito passou diante de mim, e ouvi um pequeno sopro, e os pelos do meu corpo se arrepiaram".[51]

Com essa leitura lúgubre, sentiu o que sente um cego espetado por um graveto que quis pegar do chão. Seus joelhos vacilaram, e o padre caiu pensando naquela que morrera no mesmo dia. Sentia tantas fumaças monstruosas passar por seu cérebro que parecia que sua cabeça tinha se transformado em uma das chaminés do inferno.

Ele permaneceu por muito tempo nessa atitude, sem pensar em mais nada, destruído e passivo nas mãos do demônio. Mas, de repente, um ânimo voltou, e ele pensou em refugiar-se na torre junto de seu fiel Quasímodo. Como tinha medo, levantou-se e pegou a lamparina do breviário para iluminar o caminho. Era um sacrilégio, mas muito ínfimo naquela altura dos acontecimentos.

---

[51] *Jó*, IV, 12 e 15. (N.T.)

Victor Hugo

Subiu lentamente as escadas das torres, tomado por um terror secreto que provavelmente se espalharia pelos raros transeuntes que vissem a misteriosa luz de sua lamparina subir, tão tarde, de seteira em seteira, até o alto do campanário.

Subitamente, sentiu um frescor em seu rosto e viu-se diante da porta da mais alta galeria. O ar estava frio, o céu carregava nuvens cujas largas lâminas brancas transbordavam umas sobre as outras, chocando-se nas pontas, figurando a corredeira de um rio no inverno. A lua crescente, encalhada no meio das nuvens, parecia um navio celeste preso em pedaços de gelo atmosférico.

Ele baixou os olhos e contemplou por um instante, entre a grade das colunas que unem as duas torres, ao longe, através de um véu de brumas e fumaças, a imensidão silenciosa dos telhados de Paris, pontiagudos, inumeráveis, comprimidos e pequenos como as ondas de um mar tranquilo em uma noite de verão.

A lua lançava uma luz sutil que dava ao céu e à terra um tom acinzentado.

Nesse momento, o relógio ergueu sua voz fina e fendida. Era meia-noite. O padre pensou no meio-dia. As doze horas voltavam.

– Oh! – ele disse baixinho. – Ela deve estar fria agora!

De repente uma rajada de vento apagou sua lamparina e, quase ao mesmo tempo, viu aparecer, no canto oposto da torre, uma sombra, uma brancura, uma forma, uma mulher. Ele estremeceu. Ao lado dessa mulher, estava uma pequena cabra, que misturava seu balido à última badalada do relógio.

Claude encontrou força para olhar. Era ela.

Estava pálida, sombria. Seus cabelos caíam sobre os ombros, como de manhã. Mas não havia corda no pescoço nem mãos amarradas. Ela estava livre, estava morta.

Vestida de branco, usava também um véu branco na cabeça.

O CORCUNDA DE NOTRE DAME – TOMO 2

A figura caminhava até ele, lentamente, olhando para o céu. A cabra sobrenatural a seguia. O padre sentia-se como se feito de pedra, pesado demais para fugir. A cada passo que ela dava, ele recuava um, e era só. Assim ele retornou sob a abóbada escura da escadaria. O medo de que ela também entrasse ali congelava seu corpo. Se ela o fizesse, ele morreria de terror.

De fato, o vulto chegou à porta da escadaria, parou ali por alguns momentos, olhou fixamente na sombra, mas, aparentemente, não viu o padre e se foi. Ela lhe pareceu maior do que quando estava viva. Ele viu a lua através da sua túnica branca e ouviu sua respiração.

Depois que ela partiu, ele começou a descer as escadas com a mesma lentidão do espectro, acreditando ser ele mesmo um espectro, abatido, os cabelos eriçados e a lamparina apagada ainda em sua mão. Enquanto descia os degraus em espiral, ele ouviu distintamente em seu ouvido uma voz que ria e repetia:

"Um espírito passou diante de mim, e ouvi um pequeno sopro, e os pelos do meu corpo se arrepiaram".

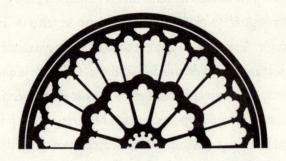

Corcunda, caolho, coxo

Todas as cidades da Idade Média e, até Luís XII, todas as cidades da França tinham seus locais de asilo. Esses santuários, no meio do dilúvio de leis penais e jurisdições bárbaras que inundavam a cidade, eram espécies de ilhas que se erguiam acima do nível da justiça humana. Todo criminoso que chegasse até esses asilos estava salvo. Nos subúrbios havia quase tantos asilos quanto patíbulos. O abuso da impunidade vivia ao lado do abuso das súplicas, duas coisas ruins que tentavam corrigir uma à outra. Os palácios do rei, as residências dos príncipes e, sobretudo, as igrejas davam direito de asilo. Às vezes, uma cidade inteira, que precisava ser repovoada, transformava-se temporariamente em um local de asilo. Luís XI transformou Paris em asilo em 1467.

Uma vez com o pé no asilo, o criminoso estava a salvo. Mas tinha que permanecer preso ali, sem poder sair. Um passo para fora do santuário e ele voltava a correr risco. A roda, o patíbulo, a estrapada protegiam o local de refúgio e vigiavam constantemente suas presas, como tubarões ao redor do navio. Muitos condenados foram vistos envelhecendo em um claustro, nas escadas de um palácio, na plantação de uma abadia, sob o alpendre de uma igreja. Ou seja, o asilo era uma prisão como qualquer outra. Às vezes acontecia de um decreto solene do parlamento violar o refúgio e devolver o condenado ao carrasco, mas era coisa rara. Os parlamentos temiam os bispos, e, quando as batinas e as togas chegavam a se enfrentar, a samarra não costumava sair-se bem. Às vezes, no entanto, como no caso dos assassinos de Petit-Jean, carrasco de Paris, e no de Emery Rousseau, assassino de Jean Valleret, a justiça passava por cima da Igreja e executava suas sentenças. Mas, a menos que fosse por ordem do parlamento, ai daquele que violasse à mão armada um local de asilo! Sabe-se como foi a morte de Robert de Clermont, marechal da França, e a de Jean de Châlons, marechal de Champagne. No entanto, tratava-se apenas de certo Perrin Marc, filho de um cambista, assassino miserável. Mas os dois marechais tinham arrombado os portões de Saint-Mery. E isso foi uma enormidade.

Havia, em relação aos refúgios, tanto respeito que, de acordo com a tradição, eles às vezes beneficiavam até mesmo os animais. Aymoin conta que um cervo, caçado por Dagobert, refugiou-se perto do túmulo de Saint Denys, e a matilha imobilizou-se imediatamente, aos uivos.

As igrejas geralmente tinham uma saleta preparada para receber os suplicantes. Em 1407, Nicolas Flamel mandou construir, sobre as abóbadas de Saint-Jacques-de-La-Boucherie, um quarto que lhe custou quatro libras, seis soldos e dezesseis denários parisis.

Na Notre Dame, havia uma célula estabelecida no sótão dos arcobotantes, em frente ao claustro, precisamente no lugar onde a esposa do atual concierge das torres mantinha seu jardim, que estava para os jardins suspensos da Babilônia assim como uma alface estava para uma palmeira, ou como uma esposa de concierge está para Semíramis[52].

---

[52] Rainha mitológica que, de acordo com as lendas gregas, fundou a Babilônia e seus jardins suspensos. (N.T.)

Foi ali que, após sua corrida desenfreada e triunfal sobre as torres e galerias, Quasímodo deixou Esmeralda. Enquanto durou a corrida, a jovem não tinha conseguido recuperar seus sentidos, meio adormecida, meio acordada, sem conseguir perceber nada, a não ser que estava sendo carregada no ar, flutuando, voando, e que algo a sustentava acima do chão. De vez em quando, ela ouvia o riso estrondoso e a voz ruidosa de Quasímodo. Abria os olhos e via, confusamente, abaixo dela, Paris salpicada de seus milhares de telhados de ardósia e telhas, como um mosaico vermelho e azul. Acima de sua cabeça, o rosto assustador e alegre de Quasímodo. Suas pálpebras se fechavam novamente. Ela acreditava que estava tudo acabado, que tinha sido executada durante seu desmaio e que o espírito disforme que regia seu destino tinha se apossado dela e a carregava. Ela não ousava olhar para ele e se deixava levar.

Mas, quando o sineiro desgrenhado e ofegante a deixou na cela do refúgio, quando ela sentiu suas mãos enormes desfazer cuidadosamente o nó da corda que feria seus braços, ela experimentou aquela espécie de sobressalto que desperta os passageiros de um navio que encalha em plena madrugada. Seus pensamentos também despertaram e voltaram um a um. Ela viu que estava na Notre Dame, lembrou-se de ter sido arrancada das mãos do carrasco, que Phoebus estava vivo, que Phoebus já não a amava. Estas duas lembranças chegaram juntas e surtiram o mesmo efeito amargo na pobre condenada, que se voltou para Quasímodo, que, por sua vez, estava de pé à sua frente e lhe dava medo. Ela perguntou:

– Por que você me salvou?

Ele a olhou com ansiedade, como se tentasse adivinhar o que ela dizia. Ela repetiu a pergunta. Ele a olhou novamente com profunda tristeza e partiu.

Esmeralda permaneceu espantada.

O CORCUNDA DE NOTRE DAME – TOMO 2

Alguns momentos depois, o corcunda voltou trazendo um pacote que depositou aos pés dela. Eram roupas que mulheres caridosas haviam deixado na entrada da igreja. Ela então abaixou os olhos e percebeu que estava quase nua. Enrubesceu. Era a vida que voltava.

Quasímodo pareceu absorver esse mesmo pudor. Escondeu o próprio olhar com a mão e se afastou novamente, mas dessa vez a passos lentos.

Ela se vestiu depressa. Era um vestido branco com um véu branco. Um hábito de noviça do Hôtel-Dieu.

Mal terminara de se arrumar quando viu Quasímodo de volta. Ele trazia um cesto debaixo de um braço e um colchão no outro. Havia no cesto uma garrafa, pão e algumas provisões. Ele colocou o cesto no chão e disse:

– Coma.

Estendeu o colchão no chão e disse:

– Durma.

Eram sua própria refeição e a sua própria cama que o sineiro tinha ido buscar.

A egípcia ergueu os olhos para agradecê-lo, mas não conseguiu articular uma palavra. O pobre-diabo era mesmo horrível. Ela baixou a cabeça com um tremor de medo.

Ele então perguntou:

– Eu lhe causo medo. Sou muito feio, não sou? Não olhe para mim. Só me ouça. Durante o dia, você fica aqui. À noite, você pode andar por toda a igreja. Mas não saia da igreja, nem durante o dia nem à noite. Estaria perdida. Seria morta, e eu também morreria.

Comovida, levantou a cabeça para responder. Ele já tinha desaparecido. Ela se viu sozinha, refletindo sobre as palavras singulares desse ser quase monstruoso e impressionada com o som da sua voz, que era tão rouca, mas tão suave.

Depois examinou a cela. Era um quarto de cerca de dois metros quadrados, com uma pequena claraboia e uma porta no plano ligeiramente inclinado do telhado de pedras chatas. Várias gárgulas pareciam debruçar-se em torno dela e esticar o pescoço para vê-la através da claraboia. À beira de seu telhado, ela podia ver o topo de mil chaminés que faziam subir diante de seus olhos as fumaças de toda Paris. Triste espetáculo para a pobre cigana, criança abandonada, condenada à morte, infeliz criatura sem pátria, sem família, sem lar.

Quando a ideia desse isolamento surgiu, mais dolorosa do que nunca, ela sentiu uma cabeça felpuda e barbuda deslizar entre suas mãos e joelhos. Ela estremeceu (tudo a assustava agora) e olhou. Era a pobre cabra, a ágil Djali, que tinha escapado atrás dela no momento em que Quasímodo dispersou a brigada Charmolue, e que se derramava em carícias a seus pés há quase uma hora, sem obter um só olhar. A egípcia a cobriu de beijos.

– Oh! Djali – ela disse –, como pude me esquecer de você? E você continua pensando em mim! Oh! Você não é ingrata como eu!

Ao mesmo tempo, como se uma mão invisível retirasse o peso que comprimia suas lágrimas em seu coração por tanto tempo, ela começou a chorar. E, conforme suas lágrimas escorriam, ela sentia que o que era mais duro e amargo em sua dor desaparecia com elas.

Quando escureceu, ela achou a noite tão bela, a lua tão doce, que caminhou em volta da alta galeria que envolve a igreja. Sentiu algum alívio com isso, de tanto que a terra parecia calma vista daquela altura.

Surdo

Na manhã seguinte, ao acordar, ela percebeu que havia dormido. Esse fato singular a surpreendeu. Há tanto tempo tinha perdido o hábito do sono. Um alegre raio de sol nascente entrava pela claraboia e batia em seu rosto. Ao mesmo tempo que o sol, ela viu pela claraboia algo que a assustou: a figura infeliz de Quasímodo. Involuntariamente fechou os olhos, mas em vão. Ela tinha a sensação de poder ver através de sua pálpebra rosa essa máscara de gnomo, caolha e desdentada. Então, ainda de olhos fechados, ouviu uma voz rude dizer muito suavemente:

– Não tenha medo. Sou seu amigo. Vim vê-la dormir. Não é incômodo, não é mesmo, que eu a veja dormir? Que mal pode lhe fazer eu estar aqui quando seus olhos estão fechados? Agora vou-me embora. Pronto, estou escondido atrás da parede. Já pode abrir os olhos.

Havia algo ainda mais doloroso do que essas palavras: o tom com que elas foram pronunciadas. A cigana abriu os olhos, comovida. De fato, ele já não estava mais na claraboia. Ela foi até lá e viu o pobre corcunda encolhido em um canto, em uma atitude dolorosa e resignada. Ela fez um esforço para superar a repugnância que ele lhe inspirava.

– Venha – ela disse com doçura.

Pelo movimento dos lábios da egípcia, Quasímodo acreditou que ela o expulsava. Então ele se levantou e se retirou, coxeando, lentamente, com a cabeça baixa, sem sequer lançar sobre a jovem seu olhar repleto de desespero.

– Volte! – ela gritou. Mas ele continuou a se distanciar. Então ela se lançou para fora da cela, correu na direção dele e pegou em seu braço. Sentindo o toque dela, Quasímodo tremeu da cabeça aos pés. Levantou o olho rogante e, vendo que ela não o afastava, todo o seu rosto irradiou alegria e ternura. Ela tentou levá-lo de volta para a cela, mas ele insistiu em permanecer no limiar.

– Não, não – disse ele –, a coruja não entra no ninho da cotovia.

A cigana então sentou-se graciosamente sobre o colchão com a cabra adormecida aos seus pés. Ambos ficaram imóveis por algum tempo, em silêncio, ele considerando tamanha graciosidade, ela, tamanha feiura. A cada momento, ela descobria em Quasímodo mais alguma deformidade. Seu olhar ia dos joelhos coxos à corcunda, da corcunda ao único olho. Ela não conseguia entender como era possível existir um ser tão desastrosamente constituído. No entanto, havia tanta tristeza e doçura naquele conjunto que ela começava a acostumar-se.

Ele foi o primeiro a romper o silêncio.

– Estava me dizendo para voltar?

Ela acenou afirmativamente com a cabeça e disse:

– Sim.

Ele compreendeu o aceno.

– Ai de mim! – ele disse, hesitante. – Sou surdo.

– Pobre homem! – exclamou a boêmia, com uma expressão de piedade afetuosa.

O CORCUNDA DE NOTRE DAME – TOMO 2

Ele deu um sorriso em que era possível ver toda a sua dor.

– Você está pensando que só me faltava isso, não é? Sim, sou surdo. É assim que eu sou. É horrível, não é mesmo? Você é tão bonita!

Havia em seu tom um sentimento tão profundo de miséria que ela não tinha forças para dizer uma palavra. Além disso, ele não a teria ouvido. Ele continuou.

– Eu nunca tinha me dado conta da minha fealdade como agora. Quando me comparo a você, tenho pena de mim mesmo, pobre monstro miserável que sou! Devo lhe causar o efeito de um bicho. Mas você é um raio de sol, uma gota de orvalho, uma canto de pássaro! Eu sou algo assustador, nem homem nem animal, um não sei quê mais duro, mais espezinhado e mais deformado do que uma pedra!

Ele começou a rir, e seu riso era a coisa mais devastadora do mundo. Continuou:

– Sim, sou surdo. Mas você pode falar comigo por gestos, por sinais. Tenho um mestre que lida comigo assim. Então eu logo saberei sua vontade pelo movimento dos seus lábios e pelo seu olhar.

– Pois bem! – ela disse sorrindo. – Então diga por que me salvou.

Ele a olhou atentamente enquanto ela falava.

– Entendi – ele respondeu. – Você me perguntou por que a salvei. Esqueceu-se de um miserável que tentou raptá-la uma noite, um miserável a quem no dia seguinte você prestou socorro no infame pelourinho. Uma gota de água e um pouco de piedade é algo que eu pagaria com a minha vida. Você se esqueceu desse miserável, mas ele não.

Ela o ouvia com profunda ternura. Uma lágrima marejou os olhos do sineiro, mas não escorreu. Pareceu que para ele era um ponto de honra engoli-la.

– Ouça – ele retomou quando não temeu mais que a lágrima pudesse escapar –, temos aqui torres bem altas. Um homem que caísse delas estaria morto antes mesmo de tocar o chão. Quando você desejar que eu me atire de uma delas, não precisa dizer uma só palavra, um simples olhar será suficiente.

Então ele se levantou. Esse ser estranho, por mais infeliz que estivesse a boêmia, ainda despertava nela alguma compaixão. Ela fez um sinal para que ele ficasse.

– Não, não – disse ele. – Não posso ficar por muito tempo. Não me sinto confortável quando olha para mim. É por pena que não desvia o olhar. Vou a algum lugar de onde possa vê-la sem que você me veja. Vai ser melhor assim.

Ele tirou um pequeno apito de metal do bolso.

– Tome – disse ele. – Quando precisar de mim, quando quiser que eu venha, quando não sentir mais tanto horror com a minha presença, apite com isso. Eu consigo ouvir esse barulho.

Ele pôs o apito no chão e partiu.

Arenito e cristal

Os dias se passaram.

A calma pouco a pouco voltou à alma de Esmeralda. O excesso de dor, como o excesso de alegria, é algo violento, que dura pouco. O coração do homem não permanece por muito tempo em um extremo. A boêmia tinha sofrido tanto que tudo o que lhe restava era o espanto.

Com a segurança, a esperança retornou. Ela estava fora da sociedade, fora da vida, mas pressentia vagamente que não seria impossível regressar a elas. Esmeralda era uma espécie de mulher morta que tinha a chave reserva do próprio túmulo.

Sentia que as terríveis imagens que durante tanto tempo a obcecaram aos poucos se afastavam dela. Todos aqueles fantasmas horrendos, Pierrat Torterue, Jacques Charmolue, apagavam-se de sua mente. Todos, inclusive o padre.

Além disso, Phoebus estava vivo, e disso ela tinha certeza, pois o vira. A vida de Phoebus era o que mais importava. Após a série de abalos fatais que causaram todo o colapso ao seu redor, apenas uma coisa mantinha-se intacta em sua alma, um único sentimento, seu amor pelo capitão. É que o amor é como uma árvore, cresce sozinho, lança suas raízes profundas por todo o nosso ser, e muitas vezes continua verdejando, mesmo em um coração destroçado.

O inexplicável é que, quanto mais cega a paixão, mais tenaz. Ela é sempre mais sólida quando não tem razão para se apoiar.

Sem dúvida, Esmeralda não pensava no capitão sem amargura. Sem dúvida, era terrível que ele também tivesse sido enganado, que tivesse acreditado nessa versão impossível, que ele imaginasse ter recebido uma punhalada daquela que mil vezes daria sua vida por ele. Mas, de todo modo, não deveria querer-lhe mal por isso: não havia ela "confessado seu crime"? Mulher frágil, ela não havia cedido diante da tortura? Era tudo culpa dela. Ela deveria ter deixado que arrancassem suas unhas em vez de dizer aquilo. Se revisse Phoebus ao menos uma vez, por um único minuto, precisaria apenas de uma palavra, de um olhar para trazê-lo de volta. Ela tinha certeza disso. Muitas coisas singulares a deixavam atordoada, como o acaso da presença de Phoebus no dia da confissão de honra, e também a moça que o acompanhava. Certamente era sua irmã. Explicação despropositada, mas que lhe bastava, pois precisava acreditar que Phoebus ainda a amava, e somente a ela. Ele não havia jurado? Ingênua e crédula como era, do que mais precisava? Além disso, em toda aquela história, as aparências não eram mais voltadas contra ela do que contra ele? Então ela aguardaria. Ela tinha esperança.

Acrescente-se que a igreja, aquela vasta igreja que a envolvia por todos os lados, que a guardava, a salvava, era um soberano calmante. As linhas solenes da arquitetura, a atitude religiosa de todos os objetos que cercavam a jovem, os pensamentos piedosos e serenos que dali se desprendiam, por assim dizer, de todos os poros agiam espontaneamente sobre ela. O edifício também tinha ruídos de tamanha graça e majestade que acalmavam a alma adoecida. O canto monótono dos oficiantes, as respostas dos fiéis aos padres, ora desarticuladas, ora estrondosas, o harmonioso brilho dos vitrais, o órgão explodindo como uma centena de trombetas, os três campanários zumbindo como colmeias de imensas abelhas, toda a orquestra sobre a qual corria uma escala gigantesca, subindo e descendo sem parar, da multidão ao campanário, ensurdeciam sua memória, sua imaginação, sua dor. Os sinos a embalavam. Era um magnetismo poderoso que aqueles vastos instrumentos espalhavam copiosamente por todo o seu ser.

Além disso, cada sol nascente a encontrava mais relaxada, respirando melhor, menos pálida. À medida que as feridas se fechavam, a graça e a beleza refletiam em seu rosto, mas mais recolhidas e tranquilas. Sua antiga personalidade também voltava, até mesmo um pouco de sua alegria, sua bela careta com a boca, o amor por sua cabra, o prazer de cantar e o pudor. Ela tinha o cuidado de se vestir de manhã no canto de seu quarto, com medo de que algum habitante dos sótãos vizinhos a espiasse pela claraboia.

Quando o pensamento em Phoebus a deixava por um momento, a egípcia por vezes pensava em Quasímodo. Ele era o único laço, a única relação, a única comunicação que lhe restava com a humanidade, com os vivos. A infeliz! Ela estava mais fora do mundo do que Quasímodo! E nada compreendia do estranho amigo que o acaso lhe dera. Muitas vezes ela se repreendia por não ser grata e fechar os olhos, mas, definitivamente, não conseguia acostumar-se com o pobre sineiro. Ele era feio demais.

Ela tinha deixado no chão o apito que ele lhe deu. O que não impediu Quasímodo de aparecer de vez em quando nos primeiros dias. Ela fazia o possível para não virar as costas com repugnância quando ele vinha trazer-lhe o cesto de provisões ou a bilha de água, mas ele sempre notava o menor movimento desse tipo e partia tristemente.

Victor Hugo

Uma vez ele surgiu quando ela acariciava Djali. Ele permaneceu alguns momentos pensativo diante do gracioso quadro da cabra e da egípcia e finalmente disse, sacudindo sua cabeça pesada e malfeita:

– Meu infortúnio é que eu ainda me pareço demais com um homem. Eu gostaria de ser totalmente animal, como essa cabra.

Ela olhou para ele com espanto, ao que ele respondeu:

– Oh! Eu sei bem por quê! – E se foi.

Outra vez, ele apareceu na porta da cela (onde jamais entrava) no momento em que Esmeralda cantava uma velha canção espanhola cuja letra ela não entendia, mas que tinha guardado em sua memória porque era com ela que as boêmias a ninavam quando era criança. Ao ver a horrenda figura aparecer de repente no meio da canção, a jovem interrompeu-se com um gesto involuntário de pavor. O infeliz sineiro caiu de joelhos no limiar da porta e juntou suas duas grandes mãos enormes com um ar de súplica.

– Oh! – ele disse dolorosamente. – Suplico que não me mande embora.

Ela não queria afligi-lo, e, tremendo, retomou sua canção. Aos poucos, porém, seu medo dissipou-se, e ela se deixou levar inteiramente pela sensação melancólica que a melodia lhe causava. Quasímodo permanecia de joelhos, as mãos juntas como se em oração, atento, quase sem respirar e com o olhar fixo nas brilhantes pupilas da cigana. Era como se ele ouvisse a canção com os olhos.

Em outra vez, ele veio ter com ela com um olhar tímido e sem graça.

– Ouça – disse ele com esforço –, tenho uma coisa a dizer.

Ela acenou para avisar que estava ouvindo. Ele então começou a suspirar, abriu seus lábios, pareceu prestes a falar, mas olhou para ela novamente, fez um gesto negativo com a cabeça e se retirou lentamente, com a testa apoiada na mão, deixando a egípcia sem reação.

O corcunda de Notre Dame – Tomo 2

Entre as personagens grotescas esculpidas na parede, havia uma de que ele gostava particularmente e com a qual ele muitas vezes parecia trocar olhares fraternos. Uma vez, a egípcia o ouviu dizer à figura:

– Oh! Eu não sou de pedra como você!

Enfim, em uma manhã, Esmeralda avançou até a borda do telhado e olhou para a praça por cima do telheiro agudo de Saint-Jean-le-Rond. Quasímodo estava lá, atrás dela. Ele se colocava dessa maneira a fim de poupar a jovem, tanto quanto possível, do desprazer de vê-lo. De repente, Esmeralda estremeceu. Uma lágrima e um brilho de alegria brotaram ao mesmo tempo de seus olhos. Ela ajoelhou-se na borda do telhado e, angustiada, estendeu os braços em direção à praça, gritando:

– Phoebus! Venha! Venha! Diga alguma coisa, uma só, em nome do céu! Phoebus! Phoebus!

Sua voz, o rosto, o gesto, todo o seu corpo tinham a expressão devastadora de um náufrago que faz um sinal de socorro à alegre embarcação que passa ao longe, num raio de sol no horizonte.

Quasímodo inclinou-se para a praça e viu que o objeto dessa terna e delirante súplica era um jovem, um capitão, um belo cavaleiro com armas e adornos reluzentes, que passava vaidoso do outro lado da praça e saudava com um penacho uma bela senhora sorrindo em um balcão. De todo modo, o oficial não conseguia ouvir a infeliz mulher que o chamava. Estava muito distante.

Mas o pobre surdo ouvia. Um suspiro profundo encheu-lhe o peito. Ele se virou. Seu coração estava prestes a transbordar com todas as lágrimas que engolia. Seus dois punhos convulsivos bateram na cabeça, e, quando tirou as mãos dela, ele tinha um punhado de cabelos ruivos em cada mão.

A cigana não prestou a menor atenção nele. Ele dizia em voz baixa, rangendo os dentes:

– Maldição! Então é assim que se deve ser! Só é preciso ser belo por fora!

Victor Hugo

Ela, no entanto, estava de joelhos e gritava, muito agitada:

– Oh! Ele está descendo do cavalo! Ele vai entrar naquela casa! Phoebus! Ele não me ouve! Phoebus! Como aquela mulher é má de falar com ele ao mesmo tempo que eu! Phoebus! Phoebus!

O surdo a observava. Ele compreendia sua pantomima. O olho do pobre sineiro estava cheio de lágrimas, mas ele não deixava nenhuma delas escorrer. De repente, puxou-a gentilmente pela ponta da manga. Ela se virou. Ele parecia calmo. Disse-lhe:

– Quer que eu vá buscá-lo?

Ela deu um grito de alegria.

– Oh! Ande! Vá! Depressa! Rápido! Aquele capitão! Aquele capitão! Traga-o para mim! Vou gostar de você para sempre!

Ela abraçou os joelhos dele. Ele não pôde deixar de sacudir a cabeça dolorosamente.

– Vou trazê-lo para você – disse ele com uma voz fraca. Então ele virou a cabeça e correu pelas escadas, sufocado de soluços.

Quando chegou à praça, não viu nada além do belo cavalo preso à porta da residência dos Gondelaurier. O capitão tinha acabado de entrar.

Ele olhou para o telhado da igreja. Esmeralda permanecia no mesmo lugar e na mesma posição. Ele acenou tristemente com a cabeça. Em seguida, apoiou-se em uma das pedras de demarcação dos Gondelaurier, determinado a esperar que o capitão saísse.

Naquele dia, estava acontecendo, na residência dos Gondelaurier, uma daquelas festas de gala que antecedem o casamento. Quasímodo viu muita gente entrar e ninguém sair. De vez em quando ele olhava para o telhado. A cigana não se movia mais do que ele. Um cavalariço veio desamarrar o cavalo e o levou para o estábulo da residência.

O dia todo transcorreu assim, Quasímodo na pedra, Esmeralda no telhado, e Phoebus, sem dúvida, aos pés de Fleur-de-Lys.

O CORCUNDA DE NOTRE DAME – TOMO 2

Finalmente anoiteceu. Era uma noite sem luar, uma noite escura. Quasímodo tentou fixar seu olhar em Esmeralda, mas logo ela se transformou em uma simples mancha branca no crepúsculo e, logo depois, mais nada. Tudo desapareceu, tudo estava escuro.

Quasímodo viu as janelas da residência dos Gondelaurier iluminar-se de cima a baixo. Viu também as outras casas da praça iluminar-se uma após a outra, e, mais tarde, todas elas apagar-se, porque ele permaneceu a noite toda em seu posto. O capitão não saía. Quando os últimos transeuntes retornaram para casa, quando todas as outras casas se apagaram, Quasímodo permaneceu completamente sozinho e no escuro. Ainda não havia iluminação no adro da Notre Dame.

No entanto, as janelas dos Gondelaurier seguiam iluminadas, mesmo depois da meia-noite. Quasímodo, imóvel e atento, via passar pelos vitrais de mil cores uma multidão de sombras vivas e dançantes. Se não fosse surdo, à medida que o rumor da Paris adormecida diminuía, ele teria ouvido mais e mais distintamente, no interior dos Gondelaurier, um barulho de festa, risos e música.

Por volta da uma da manhã, os convidados começaram a sair. Quasímodo, envolto na escuridão, observava-os sob o alpendre iluminado por tochas. Nenhum deles era o capitão.

O corcunda estava dominado por pensamentos tristes. Às vezes ele olhava para o alto, como fazem os que estão entediados. Grandes nuvens escuras, pesadas, rasgadas e arrebentadas penduravam-se como redes de dormir enganchadas sob as estrelas da noite. Pareciam teias de aranha da abóbada celeste.

Em um desses momentos, ele de repente viu a porta da janela do balcão, cuja balaustrada de pedra se recortava acima de sua cabeça, misteriosamente se abrir. A frágil porta de vidro deu passagem a duas pessoas atrás

VICTOR HUGO

das quais ela se fechou silenciosamente. Eram um homem e uma mulher. Quasímodo teve dificuldade para conseguir reconhecer o belo capitão e a jovem senhorita que, naquela manhã, ele tinha visto saudar o oficial do alto desse mesmo balcão. A praça estava totalmente às escuras, e uma cortina carmim forrada, que havia sido fechada atrás da porta quando ela se fechou, não permitia que a luz da sala chegasse ao balcão.

O casal de jovens, pelo que nosso surdo podia deduzir, já que não ouvia nada da conversa, parecia entregue a um caloroso *tête-à-tête*. A jovem parecia ter permitido que o oficial abraçasse sua cintura e resistia frouxamente a um beijo.

Quasímodo assistia de baixo à cena, ainda mais graciosa de ser vista porque não era para ser vista. Ele contemplava essa felicidade e beleza com amargor. Afinal de contas, a natureza não era muda no pobre-diabo, e sua coluna vertebral, por mais que fosse perversamente distorcida, não se agitava menos do que qualquer outra. Ele pensava no miserável quinhão que a providência lhe havia dado, que a mulher, o amor e a volúpia passariam diante de seus olhos, enquanto ele, no entanto, seria sempre um mero espectador da felicidade alheia. O que mais o dilacerava nesse espetáculo, no entanto, o que misturava indignação ao seu rancor, era pensar no sofrimento da egípcia se ela visse aquilo. É verdade que a noite estava muito escura, que Esmeralda, se tivesse permanecido em seu lugar (e ele não duvidava disso), estava muito longe, e que ele mesmo tinha dificuldade para distinguir os enamorados no balcão. Isso o consolava.

Enquanto isso, a conversa do casal parecia cada vez mais animada. A jovem parecia implorar ao oficial que não lhe pedisse mais nada. Quasímodo só conseguia entrever de toda aquela cena as belas mãos unidas, os sorrisos misturados com lágrimas, os olhares da jovem em direção às estrelas e os do capitão ardentemente fixos nela.

O corcunda de Notre Dame – Tomo 2

Felizmente, porque a moça começava a não mais resistir, a porta do balcão reabriu de repente. Uma velha senhora surgiu, a jovem pareceu confusa, o oficial, desanimado, e os três entraram.

Pouco tempo depois, um cavalo piafou sob o alpendre, e o brilhante oficial, envolto em sua capa noturna, passou rapidamente por Quasímodo.

O sineiro esperou que ele dobrasse a esquina da rua, então começou a correr atrás dele com sua agilidade de macaco, gritando:

– Ei! Capitão!

O capitão parou.

– O que é que esse patife quer comigo? – ele disse, avistando na sombra essa espécie de figura desengonçada que corria em sua direção mancando.

Quasímodo, no entanto, já o havia alcançado e havia tomado ousadamente a rédea de seu cavalo:

– Siga-me, capitão, há alguém aqui que quer lhe falar.

– Chifre de Maomé! – balbuciou Phoebus. – Eis um pássaro maroto que pareço ter visto em algum lugar. Olá! Você aí, quer fazer o favor de soltar a rédea do meu cavalo?

– Capitão – respondeu o surdo –, não vai me perguntar quem é?

– Eu disse para soltar meu cavalo – respondeu Phoebus, impaciente. – O que você quer, idiota, pendurado na cabeça do meu cavalo? Por acaso está confundindo meu cavalo com uma forca?

Quasímodo, que não cogitava soltar a rédea do cavalo, tentava fazê-lo dar meia-volta. Incapaz de compreender a resistência do capitão, apressou--se a dizer:

– Venha, capitão, há uma mulher à sua espera. – E acrescentou, fazendo um grande esforço. – Uma mulher que o ama.

– Seu patife! – disse o capitão. – Acha que sou obrigado a ir encontrar todas as mulheres que me amam? Ou que dizem que me amam? E se por acaso ela se parecer com você, seu bufo? Diga àquela que o enviou que vou me casar e que ela vá para o inferno!

– Ouça – gritou Quasímodo, acreditando vencer sua hesitação com esta frase. – Venha, capitão! É a egípcia que o senhor conhece!

Essa frase causou um grande efeito em Phoebus, mas não aquele que o surdo desejava. Lembremos que nosso galante oficial havia se retirado do balcão com Fleur-de-Lys momentos antes de Quasímodo salvar a condenada das mãos de Charmolue. Desde então, em todas as suas visitas à residência dos Gondelaurier, ele teve o cuidado de não mencionar essa mulher cuja lembrança, afinal, era dolorosa. Por sua vez, Fleur-de-Lys não tinha considerado sensato contar-lhe que a egípcia tinha sobrevivido. Então Phoebus acreditava que a pobre *Similar* já estava morta há pelo menos um ou dois meses. Acrescentemos que, por alguns momentos, o capitão se dera conta da profunda escuridão da noite, da feiura sobrenatural e da voz sepulcral do estranho mensageiro, que já passava da meia-noite e que a rua estava deserta como na noite em que o monge medonho o havia abordado, e, ainda, que seu cavalo estava assustado com a presença de Quasímodo.

– A egípcia! – ele exclamou, quase apavorado. – Ora essa, então você veio do outro mundo?

E pôs a mão no cabo de sua adaga.

– Rápido, rápido – disse o surdo, tentando puxar o cavalo. – Por aqui!

Phoebus deu-lhe um forte pontapé no peito.

O olho de Quasímodo faiscou. Ele fez um movimento para se atirar sobre o capitão. Mas então, endireitando-se, disse:

– Oh! Como o senhor é feliz por ter alguém que o ama!

Ele enfatizou a palavra **alguém** e soltou a rédea do cavalo:

– Vá embora!

Phoebus saiu em disparada, praguejando. Quasímodo o observou desaparecer na bruma da rua.

O CORCUNDA DE NOTRE DAME – TOMO 2

– Oh! – disse baixinho o pobre surdo. – Recusar isso!

Ele voltou para a Notre Dame, acendeu a lamparina e subiu até a torre.

Como já imaginava, a boêmia estava no mesmo lugar.

Assim que ela o viu, correu até ele.

– Sozinho! – ela exclamou, unindo dolorosamente suas belas mãos.

– Não consegui encontrá-lo – disse Quasímodo friamente.

– Devia ter esperado a noite toda! – ela disse, exaltada.

Ele viu seu gesto de raiva e compreendeu a reprovação.

– Vou procurá-lo melhor da próxima vez – disse ele, baixando a cabeça.

– Vá embora! – ela ordenou.

Ele a deixou. Ela estava decepcionada com ele. Ele preferia ser maltratado por ela a afligi-la e guardou toda a dor para si.

A partir desse dia, a egípcia não o viu mais. Ele deixou de ir até sua cela. No máximo, ela às vezes vislumbrava no topo de uma torre a figura do melancólico sineiro olhar em sua direção. Mas, assim que ela o via, ele desaparecia.

É importante dizer que ela estava pouco aflita com a ausência voluntária do pobre corcunda. No fundo do coração, ela achava melhor assim. E Quasímodo não tinha ilusões sobre isso.

Ela não o via mais, mas sentia a presença de um gênio benigno ao redor. As provisões eram renovadas por uma mão invisível enquanto ela dormia. Uma manhã, ela encontrou uma gaiola de passarinho na janela. Acima da cela, havia uma escultura que lhe causava medo. Ela deixou isso claro mais de uma vez diante de Quasímodo. Uma manhã (porque todas essas coisas aconteciam durante a noite), ao acordar, a estátua não estava mais lá. Ela tinha sido quebrada, e aquele que o fez arriscou sua vida subindo até lá.

Às vezes, à noite, ela ouvia uma voz escondida sob os para-ventos da torre do campanário cantar, como se a quisesse ninar, uma canção triste e estranha. Eram versos sem rima, como uma pessoa surda pode compor.

VICTOR HUGO

Ne regarde pas la figure,
Jeune fille, regarde le cœur.
Le cœur d'un beau jeune homme est souvent difforme.
Il y a des cœurs où l'amour ne se conserve pas.

Jeune fille, le sapin n'est pas beau,
N'est pas beau comme le peuplier,
Mais il garde son feuillage l'hiver.

Hélas! à quoi bon dire cela?
Ce qui n'est pas beau a tort d'être;
La beauté n'aime que la beauté,
Avril tourne le dos à janvier.

La beauté est parfaite,
La beauté peut tout,
La beauté est la seule chose qui n'existe pas à demi.

Le corbeau ne vole que le jour,
Le hibou ne vole que la nuit,
Le cygne vole la nuit et le jour.[53]

Uma manhã ela viu em sua janela, ao acordar, dois vasos com flores. Um vaso era de cristal, muito bonito e brilhante, mas rachado. A água tinha vazado pela rachadura, e as flores tinham murchado. O outro era um vaso

---

[53] "Não veja o rosto, / Moça, veja o coração. / O coração de um belo homem é quase sempre disforme. / Há corações em que o amor não se preserva. / Moça, o abeto não é belo / Não é belo como o álamo, / Mas no inverno as folhas ele conserva. / Ai de mim, para que serve dizer tudo isso? / O que não é belo deveria sê-lo, / A beleza só ama a beleza, / Abril desdenha de janeiro. / A beleza é perfeita, / A beleza tudo pode, / A beleza é a única coisa que não existe pela metade. / O corvo só voa de dia, / A coruja, só à noite, / O cisne, noite e dia". (N.T.)

de arenito, grosseiro e comum, mas que conservava toda a sua água, e as flores permaneciam frescas e vermelhas.

Não sei se foi intencional, mas Esmeralda pegou o buquê murcho e o carregou o dia todo no peito.

Naquele dia, ela não ouviu a voz da torre cantar.

Ela mal se importou. Passava os dias acariciando Djali, espreitando a porta dos Gondelaurier, pronunciando baixinho o nome de Phoebus e preparando migalhas de pão para as andorinhas.

Ela deixou de ver e ouvir Quasímodo. O pobre sineiro parecia ter desaparecido da igreja. Mas, certa noite, ela não conseguia dormir e pensava em seu belo capitão quando ouviu um suspiro próximo de sua cela. Assustada, levantou-se e viu à luz da lua uma massa disforme deitada em frente à sua porta. Era Quasímodo que dormia sobre uma pedra.

A chave da porta vermelha

A voz pública deu a conhecer ao arquidiácono a forma miraculosa como a egípcia tinha sido salva. Quando ouviu tudo, não soube traduzir exatamente o que sentia. Ele já tinha se conformado com a morte de Esmeralda. Estava então tranquilo, pois já tinha chegado ao fundo da dor possível. O coração humano (dom Claude tinha refletido sobre esses assuntos) só pode conter certa quantidade de desespero. Quando a esponja está encharcada, o mar pode passar por cima dela sem entrar mais uma gota.

Ora, com Esmeralda morta, a esponja estava encharcada, e tudo na terra estava então resolvido para dom Claude. Mas saber que ela estava viva, assim como Phoebus, era recomeçarem as torturas, os abalos, as alternativas, a vida. E Claude estava cansado de tudo isso.

Quando soube da notícia, trancou-se em sua cela do claustro. Ele não apareceu nas conferências capitulares nem nos ofícios. Fechou a porta a todos, até ao bispo. Permaneceu assim isolado por várias semanas. Acharam que ele estava doente. E de fato estava.

O que ele fazia assim, enclausurado? Com que pensamentos o infortunado se debatia? Será que travava uma última luta contra sua temível paixão? Ou maquinava um último plano de morte para a cigana e de perdição para si?

Jehan, seu irmão querido, seu filho mimado, veio à sua porta uma vez, bateu, jurou, suplicou, disse ser ele dez vezes. Claude não abriu.

Ele passava os dias com a cara colada aos vidros da janela. Dessa janela do claustro, ele via a cela de Esmeralda, e muitas vezes a viu com sua cabra, outras vezes com Quasímodo. Ele notava os pequenos cuidados do vilão surdo, sua obediência, seus modos delicados e submissos para com a cigana. Ele se lembrava, pois tinha boa memória, e a memória é o suplício dos invejosos, do olhar singular do sineiro para a dançarina, certa noite. Perguntava-se que motivo teria levado Quasímodo a salvá-la. Testemunhou milhares de pequenas cenas entre a boêmia e o surdo cuja pantomima, vista de longe e comentada por sua paixão, parecia excessivamente afetuosa. Ele desconfiava da singularidade das mulheres. Então sentiu despertar, inexplicavelmente, um ciúme para o qual ele não havia se preparado, um ciúme que o fazia corar de vergonha e indignação.

– Pelo capitão ainda é aceitável, mas por esse aí! – Esse pensamento o perturbava.

Suas noites eram horríveis. Desde que soube que a cigana estava viva, as ideias frias de espectro e tumba que o haviam obcecado por um dia inteiro tinham se dissipado, e a carne voltava a incitá-lo. Ele se contorcia na cama por saber que a morena estava tão perto.

Toda noite, sua imaginação delirante representava Esmeralda em todas as situações que mais faziam suas veias ferver. Ele a via deitada sobre o capitão apunhalado, os olhos fechados, seu lindo pescoço nu coberto pelo sangue de Phoebus, naquele momento de deleite, quando o arquidiácono deitou em seus lábios pálidos o beijo que a infeliz, embora quase morta, sentiu queimar. Ele a via novamente despida pelas mãos selvagens dos torturadores, deixando seu pezinho nu ser preso no borzeguim, junto com sua perna fina e roliça e seu joelho branco e flexível. Via ainda aquele joelho de marfim sozinho, fora da horrível aparelhagem de Torterue. Imaginava, enfim, a jovem de túnica, a corda no pescoço, os ombros nus, os pés descalços, quase completamente nua, como ele a tinha visto no último dia. Essas imagens de volúpia faziam seus punhos se crispar e um arrepio percorrer suas vértebras.

Uma noite, essas imagens aqueceram tão cruelmente o sangue de virgem e sacerdote que ele mordeu seu travesseiro, pulou da cama, jogou um sobrepeliz por cima da camisola e saiu de sua cela, com a lamparina na mão, seminu, alucinado, com os olhos ardendo em brasa.

Sabia onde encontrar a chave da porta vermelha, que comunicava o claustro com a igreja, e sempre tinha com ele, como se sabe, uma chave da escada das torres.

Continuação de "A chave da porta vermelha"

Naquela noite, Esmeralda tinha adormecido em seu cubículo, plena de esquecimento, esperança e doces pensamentos. Ela estava dormindo há algum tempo, sonhando, como sempre, com Phoebus, quando teve a impressão de ouvir um barulho ao seu redor. Seu sono era leve e inquieto, um sono de passarinho. Qualquer coisa a despertava. Abriu os olhos. A noite estava muito escura. Mesmo assim, viu pela claraboia uma figura que a observava. Havia uma lamparina que iluminava essa aparição. Quando percebeu que tinha sido vista por Esmeralda, a figura apagou a lamparina. No entanto, a jovem teve tempo de vê-lo. Suas pálpebras se fecharam aterrorizadas.

– Oh! – ela disse com uma voz fraca. – O padre!

Todo o seu infortúnio passado voltou num piscar de olhos. Ela caiu de volta na cama, gelada.

Logo em seguida, sentiu por todo o corpo um contato que a fez estremecer de tal forma que ela levantou-se, desperta e furiosa.

O padre tinha acabado de se aproximar dela. Ele a abraçou.

Ela quis gritar, mas não conseguiu.

– Vá embora, monstro! Saia daqui, assassino! – disse numa voz trêmula e baixa, em razão da raiva e do horror.

– Piedade! Piedade! – murmurou o padre, encostando os lábios nos ombros da jovem.

Ela pegou sua cabeça calva com as duas mãos, segurando-a pelos cabelos que ainda restavam, e fez um esforço para manter seus beijos distantes, como se fossem mordidas ferozes.

– Piedade! – repetia o infortunado. – Se ao menos soubesse o que é esse amor que sinto por você! É fogo, chumbo derretido, são mil facas atravessando meu coração!

E ele imobilizou os braços dela com uma força sobre-humana. Enlouquecida, ela dizia:

– Solte-me ou cuspo em seu rosto!

Ele a soltou.

– Pode me humilhar, me bater, ser cruel! Faça o que quiser! Mas, por obséquio, me ame!

Ela então o agrediu com uma fúria de criança. Retesava suas belas mãos para ferir-lhe o rosto.

– Vá embora, demônio!

– Me ame! Me ame! Piedade! – gritava o pobre padre, jogando-se sobre ela e respondendo aos seus golpes com carícias.

De repente, ela sentiu que ele era mais forte.

– É preciso acabar com isso! – ele disse, rangendo os dentes.

Ela estava subjugada, palpitante, destroçada entre seus braços, à sua mercê. Sentia uma mão lasciva passear por seu corpo. Num último esforço, começou a gritar:

– Socorro! Socorro! Um vampiro! Um vampiro!

O CORCUNDA DE NOTRE DAME – TOMO 2

Ninguém aparecia. Somente Djali tinha acordado e balia, angustiada.

– Cale a boca! – dizia o padre ofegante.

Então, debatendo-se, rastejando pelo chão, a mão da egípcia encontrou um objeto frio e metálico. Era o apito de Quasímodo. Ela o agarrou com uma convulsão de esperança, levou-o aos lábios e apitou com toda a força que lhe restava. O apito produziu um som claro, agudo e penetrante.

– O que é isso? – perguntou o padre.

Quase no mesmo instante, ele sentiu-se erguido por um braço vigoroso. A cela estava escura, ele não conseguia distinguir claramente quem o segurava daquela maneira, mas ouviu dentes ranger com raiva, e a claridade difusa na escuridão foi suficiente para que ele visse uma lâmina de facão brilhar acima de sua cabeça.

O padre pensou ter reconhecido a forma de Quasímodo e presumiu que só podia ser ele. Lembrou-se de haver tropeçado num pacote que estava estendido do lado de fora da porta. No entanto, como o estranho não dizia uma só palavra, ele não conseguia ter certeza. Lançou-se contra o braço que segurava a faca, gritando:

– Quasímodo! – Esquecia-se, naquele momento de angústia, que Quasímodo era surdo.

Em um piscar de olhos, o padre foi derrubado e sentiu um joelho de chumbo sobre seu peito. Pela forma angulosa do joelho, reconheceu ser de fato Quasímodo. Mas o que fazer? Como ser reconhecido por ele? A escuridão fazia o surdo ficar também cego.

Ele estava perdido. A jovem, impiedosa, como uma tigresa irritada, não interveio para salvá-lo. A faca se aproximava da cabeça dele. O momento era crítico. De repente, o adversário pareceu hesitar.

– Não quero sangue sobre ela! – disse com uma voz abafada.

Era mesmo a voz de Quasímodo.

Então o padre sentiu a grande mão o arrastar pelo pé para fora da cela. Era onde ele deveria morrer. Felizmente para ele, a lua tinha acabado de despontar no céu.

Quando eles atravessaram a porta do cubículo, um raio de luar pálido iluminou a figura do padre. Quasímodo olhou-o de frente, foi tomado por um tremor, soltou-o e recuou.

A egípcia, que havia chegado ao limiar da cela, viu com surpresa que os papéis tinham bruscamente se invertido. Agora era o padre quem ameaçava e Quasímodo quem suplicava.

O sacerdote, que oprimia o surdo com gestos de raiva e reprovação, acenou violentamente para que ele se retirasse.

O surdo baixou a cabeça e foi ajoelhar-se diante da porta da cigana.

– Meu amo – disse ele com uma voz grave e resignada –, faça depois o que achar melhor, mas mate-me primeiro.

Falando assim, ele estendeu seu facão ao padre. Fora de si, o padre correu para pegá-lo, mas a cigana foi mais rápida do que ele. Ela arrancou a faca das mãos de Quasímodo e gargalhou, enfurecida.

– Aproxime-se! – ela disse ao padre.

Ela segurava a lâmina no alto. O padre ficou indeciso. Ela certamente o feriria.

– Não ousa mais se aproximar, covarde! – ela gritou. Em seguida, acrescentou com uma expressão impiedosa e, sabendo bem que perfuraria o coração do sacerdote com mil ferros em brasa, acrescentou: – Ah! Eu sei que Phoebus não está morto!

O padre derrubou Quasímodo com um pontapé e desceu as escadas tremendo de raiva.

Então Quasímodo pegou o apito que tinha acabado de salvar a egípcia.

– Estava enferrujado – disse ele, devolvendo-o. Depois deixou-a.

A jovem, perturbada com toda aquela cena violenta, caiu exausta na cama e começou a chorar, aos soluços. Seu horizonte voltava a ser sinistro.

O arquidiácono, por sua vez, tinha retornado à sua cela tateando as paredes.

Estava consumado. Dom Claude tinha ciúmes de Quasímodo!

Ele repetiu, pensativo, as palavras fatais:

– Ela não será de ninguém!

LIVRO DEZ

Gringoire tem uma série de boas ideias enquanto caminha pela Rua Des Bernardins

Desde que Pierre Gringoire percebeu como todo esse caso caminhava, e que decididamente tudo acabaria em corda, enforcamento e outros inconvenientes para os personagens principais daquela comédia, ele não se deu mais ao trabalho de se envolver. Os bandidos, entre os quais ele tinha permanecido, considerando que, no fim das contas, eles eram a melhor companhia de Paris, continuavam interessados na egípcia. Ele considerou isso muito normal da parte de pessoas que, como ela, não tinham outra perspectiva além de Charmolue e Torterue e que não cavalgavam como ele, pelas regiões imaginárias, entre as duas asas de Pégaso. Soube pelos companheiros que sua esposa da moringa quebrada tinha se refugiado na Notre Dame, e isso o tranquilizava. Mas nem sequer ficou tentado a visitá-la. Às vezes, pensava na pequena cabra, mas isso era tudo. Além disso, durante o dia, ele fazia exibições de força para viver e, à noite, elucubrava um documento contra o bispo de Paris, pois se lembrava de ter sido encharcado pelas rodas de seus moinhos e tinha guardado rancor da situação. Ele também estava ocupado em comentar a bela obra de Baudry le Rouge, o bispo de Noyon e de Tournay, *De cupa petrarum*[54], que lhe deu um violento gosto pela arquitetura, inclinação que substituiu em seu coração a paixão pelo hermetismo do qual era, de fato, apenas um corolário natural, uma vez que existe uma ligação íntima entre o hermetismo e a alvenaria. Gringoire tinha passado do amor por uma ideia ao amor pela forma dessa mesma ideia.

Um dia, ele havia parado perto de Saint-Germain-l'Auxerrois, na esquina de uma residência chamada Le For-l'Évêque, que ficava de frente para outra, chamada Le For-le-Roi. Havia na primeira uma charmosa capela do século XIV cuja abside dava para a rua. Gringoire examinava devotamente as esculturas exteriores. Estava em um daqueles momentos de prazer egoísta, exclusivo, supremo, em que o artista não vê no mundo nada além da arte e vê o mundo na arte. De repente, sentiu uma mão apoiar-se pesadamente em seu ombro. Virou-se. Era seu velho amigo, seu velho mestre, o senhor arquidiácono.

Ele ficou atordoado. Há muito tempo não via o arquidiácono, e dom Claude era um daqueles homens solenes e apaixonados cuja presença sempre perturba o equilíbrio de um filósofo cético.

O arquidiácono manteve-se em silêncio por alguns instantes, e Gringoire aproveitou o momento para observá-lo. Achou dom Claude bastante diferente, pálido como uma manhã de inverno, olhos fundos, cabelos quase

---

[54] Do talhe das pedras. (N.T.)

completamente brancos. Foi o padre quem finalmente rompeu o silêncio, dizendo em um tom tranquilo, mas glacial:

– Como tem passado, mestre Pierre?

– Minha saúde? – perguntou Gringoire. – Hum! Hum! Digamos que não está nem boa nem ruim. No entanto, o conjunto vai bem. Não faço nada em exagero. Sabe, mestre? O segredo para estar bem, de acordo com Hipócrates, *id est cibi, potus, somni, Venus, omnia moderata sint*[55].

– Não tem nenhuma preocupação, mestre Pierre? – retomou o arqui-diácono, olhando fixamente Gringoire.

– Por Deus, não.

– E o que faz agora?

– O que o senhor está vendo, mestre. Examinando o talhe dessas pedras e a maneira como foi esculpido o baixo-relevo.

O padre esboçou um daqueles sorrisos amargos que só levantam um canto da boca.

– E isso o diverte?

– É o paraíso! – exclamou Gringoire. E, inclinado-se sobre as esculturas com a expressão deslumbrada de um demonstrador de fenômenos vivos, acrescentou: – O senhor não acha, por exemplo, que essa metamorfose de baixo-relevo foi executada com muita habilidade, delicadeza e paciência? Veja esta coluneta. Em que capitel já se viram folhas mais tenras e acari-nhadas pelo cinzel? Eis três esculturas em relevo de Jean Maillevin. Não são as mais belas obras desse grande gênio. No entanto, a ingenuidade, a doçura dos rostos, a alegria das atitudes e das vestes e essa graça inexplicável que se vê nas falhas tornam as pequenas figuras muito alegres e delicadas, talvez até demais. Não acha isso muito divertido?

– De fato! – disse o padre.

---

[55] "Resumem-se a comida, bebidas, sono, amor, tudo de forma moderada". (N.T.)

– Se vir o interior da capela, então! – observou o poeta com seu falatório entusiasmado. – Esculturas por todo o lado. É denso como o miolo de um repolho! A abside é tão devota e especial que nunca vi nada igual em outro lugar!

Dom Claude o interrompeu:

– Então o senhor está feliz?

Gringoire respondeu com empolgação:

– Por minha honra, sim! Primeiro amei as mulheres, depois os animais. Agora amo as pedras. É tão empolgante quanto os animais e as mulheres e menos traiçoeiro.

O padre pôs a mão na testa. Era seu gesto habitual.

– Francamente!

– Veja! – disse Gringoire. – Podemos sentir prazer! – Ele pegou no braço do sacerdote, que não resistiu, e o levou para debaixo da torrezinha da escada de For-l'Évêque. – Aqui temos uma verdadeira escadaria! Sempre que a vejo, eu me sinto feliz. É o degrau mais simples e mais raro de Paris. Todos eles são talhados por baixo. A beleza e a simplicidade estão nas pontas, que medem cerca de um pé e que estão entrelaçadas, incrustadas, encaixadas, encadeadas, engastadas, entrecortadas umas nas outras e se entredevoram de modo firme e gentil!

– E não deseja mais nada?

– Não.

– Nem se arrepende de nada?

– Nem arrependimento nem desejo. Organizei a minha vida.

– O que os homens organizam – disse Claude – as coisas desorganizam.

– Sou um filósofo pirrônico – respondeu Gringoire – e mantenho tudo em equilíbrio.

– E como ganha a vida?

– Eu ainda apresento, aqui e ali, epopeias e tragédias. Mas o que mais me traz sustento é a indústria de que o senhor foi testemunho, meu mestre. Equilibrar pirâmides de cadeiras com meus dentes.

– É uma profissão bastante grosseira para um filósofo.

– Mais uma vez, é o equilíbrio – disse Gringoire. – Quando temos um pensamento, nós o encontramos em tudo.

– Eu sei bem – respondeu o arquidiácono.

Depois de um silêncio, o padre perguntou:

– Mas o senhor continua miserável?

– Miserável, sim. Infeliz, não.

Nesse momento, um barulho de trotes de cavalos foi ouvido, e nossos dois interlocutores viram uma companhia de arqueiros da ordenança do rei desfilar no final da rua, com lanças em riste e o oficial à frente. A brilhante cavalgada ressoava no chão.

– Como olha para aquele oficial! – disse Gringoire ao arquidiácono.

– Acho que o conheço.

– Como ele se chama?

– Acredito – disse Claude – que seja Phoebus de Châteaupers.

– Phoebus! Um nome curioso! Há também um Phoebus, conde de Foix. Lembro-me de conhecer uma jovem para quem Phoebus era um nome santificado.

– Venha comigo – disse o padre. – Tenho algo a lhe dizer.

Desde a passagem da tropa, alguma agitação foi percebida sob a aparência glacial do arquidiácono. Ele começou a andar. Gringoire o seguiu, acostumado a obedecê-lo, como todos os que já se aproximaram daquele homem influente. Chegaram em silêncio à Rua des Bernardins, que estava completamente deserta. Dom Claude parou.

– O que tem para me dizer, meu mestre? – perguntou Gringoire.

– Acaso não acha – respondeu o arquidiácono, com um ar de profunda reflexão – que as vestes desses cavaleiros que acabamos de ver são mais bonitas do que as suas e as minhas?

Gringoire acenou com a cabeça.

– Por Deus! Gosto mais da minha gonela amarela e vermelha do que dessas escamas de ferro e aço. Grande prazer fazer o mesmo barulho que o cais de Ferraille durante um terremoto!

– Então, Gringoire, nunca invejou esses belos rapazes com gibões de guerra?

– Invejar o quê, senhor arquidiácono? A força, a armadura, a disciplina deles? Mais valem a filosofia e a independência esfarrapada. Prefiro ser cabeça de mosca a ser cauda de leão.

– Isso é singular – disse o padre, pensativo. – Um belo libré é, no entanto, muito bonito.

Gringoire, ao vê-lo pensativo, deixou-o e foi admirar o pórtico de uma casa vizinha. Ele voltou batendo palmas.

– Se estivesse menos ocupado com as belas vestimentas dessa gente da guerra, senhor arquidiácono, eu lhe pediria que visse essa porta. Sempre disse que a casa do senhor Aubry tem a entrada mais bela do mundo.

– Pierre Gringoire – disse o arquidiácono –, o que o senhor fez com a pequena dançarina egípcia?

– Esmeralda? O senhor está mudando completamente de assunto.

– Não é sua mulher?

– Sim, por meio de uma moringa quebrada. Deveria durar quatro anos. A propósito – acrescentou Gringoire, olhando para o arquidiácono com um ar zombeteiro –, o senhor ainda pensa nisso?

– E o senhor, não pensa mais?

– Pouco. Tenho tantas outras coisas…, mas, por Deus, como a cabritinha era bonita!

– Aquela boêmia não salvou sua vida?

– Por Deus que isso é verdade.

– Pois bem, o que aconteceu com ela? O que o senhor fez com ela?

– Não sei dizer. Acho que a enforcaram.

– Acha?

– Não tenho certeza. Quando vi que queriam enforcar pessoas, fui embora.

– É tudo o que sabe?

– Espere um pouco. Disseram-me que ela tinha se refugiado na Notre Dame e que estava segura lá. Fiquei feliz, mas não consegui descobrir se a cabra também tinha sido salva. É tudo que eu sei.

– Vou lhe contar um pouco mais – disse dom Claude, e sua voz, até então baixa, lenta e quase surda, tornou-se estrondosa. – Ela de fato refugiou-se na Notre Dame. Mas dentro de três dias a justiça irá buscá-la, e ela será enforcada na Grève. Há um decreto do Parlamento.

– Isso é lamentável – disse Gringoire.

O padre, num piscar de olhos, tornou-se frio e calmo novamente.

– E quem diabos dignou-se a solicitar um decreto de reintegração? – perguntou o poeta. – Não podiam deixar o Parlamento em paz? Por que incomoda que uma pobre jovem se refugie sob os arcobotantes da Notre Dame, ao lado dos ninhos de andorinha?

– Há satãs no mundo – respondeu o arquidiácono.

– Isso é diabolicamente errado – observou Gringoire.

O arquidiácono retomou após um silêncio:

– Então ela salvou sua vida?

– Na terra dos meus bons amigos, os bandidos. Faltava pouco para eu ser enforcado. Hoje eles estariam zangados.

– Não quer fazer nada por ela?

– Gostaria muito, dom Claude. Mas e se eu me meter em apuros?

– Que importância isso tem?

– Ora! Que importância! O senhor é muito espirituoso, meu mestre! Tenho duas grandes obras iniciadas.

O padre bateu na testa. Apesar da calma que tentava aparentar, de vez em quando um gesto violento revelava suas convulsões internas.

– Como salvá-la?

Gringoire disse:

– Meu mestre, eu lhe direi: *Il padelt*, o que significa em turco *Deus é a nossa esperança*.

– Como salvá-la? – repetiu Claude, divagando.

Foi a vez de Gringoire bater na testa.

– Ouça, meu mestre. Tenho muita imaginação. Vou encontrar uma solução. Por que não pedimos uma graça ao rei?

– A Luís XI? Uma graça?

– Por que não?

– Vá buscar um osso na boca do tigre!

Gringoire começou a pensar em novas soluções.

– Pois bem! Veja! Quer que eu envie um pedido às matronas, com uma declaração de que a jovem está grávida?

Isso fez brilharem as pupilas do padre.

– Grávida! Engraçado! Por acaso sabe de alguma coisa?

Gringoire assustou-se com essa reação. Apressou-se em dizer:

– Oh! Não está grávida de mim! Nosso casamento foi um verdadeiro *foris-maritagium*[56]. Fiquei de fora. Mas assim obteríamos uma suspensão.

– Loucura! Infâmia! Cale-se!

---

[56] "Casamento feito com pessoas de fora". (N.T.)

O CORCUNDA DE NOTRE DAME – TOMO 2

– Não há razão para se zangar – resmungou Gringoire. – Conseguimos uma suspensão, o que não faz mal a ninguém, e isso renderia quarenta denários parisis às matronas, que são mulheres pobres.

O padre não lhe deu ouvidos.

– Mas ela precisa sair de lá! – murmurou. – O decreto será executado em três dias! Mas Quasímodo não receberia suspensão! As mulheres têm gostos bem depravados! – Ele levantou a voz: – Mestre Pierre, eu pensei muito e só há um meio de salvação para ela.

– Qual? Não consigo imaginar.

– Ouça, mestre Pierre, o senhor não pode esquecer que deve a vida a ela. Vou lhe apresentar francamente minha ideia. A igreja está sob vigilância dia e noite. Só deixam sair quem viram entrar. Então o senhor poderá entrar. O senhor vem, e eu o levo até ela. Vocês trocarão de roupas. Ela fica com seu gibão, e o senhor, com a saia dela.

– Até aqui, nenhuma objeção – observou o filósofo. – E depois?

– E depois? Ela vai sair com suas roupas, e o senhor ficará com as dela. Talvez o senhor seja enforcado, mas ela será salva.

Gringoire coçou a orelha com um olhar muito sério.

– Veja só! – ele disse. – Aí está uma ideia que eu jamais teria sozinho.

Com a inesperada proposta de dom Claude, o semblante normalmente aberto e calmo do poeta mudou subitamente, como uma sorridente paisagem da Itália quando ocorre uma rajada de vento indesejada que esmaga uma nuvem contra o sol.

– E então, Gringoire? O que me diz dessa ideia?

– Eu digo, meu mestre, que não serei talvez enforcado, mas que serei certamente enforcado.

– Mas isso não importa.

– Ora essa! – exclamou Gringoire.

– Ela salvou sua vida. É uma dívida que o senhor vai saldar.

VICTOR HUGO

– Há muitas outras que não paguei!

– Mestre Pierre, é nosso dever fazer isso.

O arquidiácono falava com muita segurança.

– Ouça, dom Claude – respondeu o poeta, consternado. – O senhor acha a ideia boa, mas está enganado. Não vejo razão para me deixar enforcar no lugar de outra pessoa.

– Mas que razões o senhor tem para se sentir tão ligado à vida?

– Ah! Mil razões!

– Quais, por favor?

– Quais? O ar, o céu, a manhã, a noite, o luar, meus bons amigos, os bandidos, nossas gargantas aquecidas por mulheres fáceis, a bela arquitetura de Paris a ser estudada, três grandes livros para terminar, incluindo um contra o bispo e seus moinhos, o que mais? Anaxágoras dizia que estava no mundo para admirar o sol. Além disso, tenho a felicidade de passar todos os meus dias na companhia de um gênio, que sou eu. E isso é muito agradável.

– Mas que cabeça de vento! – balbuciou o arquidiácono. – Bem! Diga-me, essa vida que o senhor faz parecer tão encantadora, quem lhe proporcionou? A quem o senhor deve por respirar esse ar, admirar esse céu e ainda poder divertir seu espírito de andorinha com quimeras e loucuras? Sem ela, onde estaria? Se não se importa com a morte dela, por quem o senhor vive? Que morra essa criatura linda, doce, adorável, necessária à luz do mundo, mais divina do que Deus! Enquanto você, metade sábio, metade louco, vaidoso esboço de algo, espécie de vegetal que acredita que caminha e que pensa, vai continuar a viver com a vida que roubou dela, tão inútil como uma vela ao meio-dia? Vamos, tenha piedade, Gringoire! Seja generoso também. Foi ela quem fez o primeiro gesto.

O padre estava sendo veemente. Gringoire ouviu-o, no início, com um ar indeterminado, depois se enterneceu e acabou fazendo uma careta trágica que fez sua pálida figura parecer com um recém-nascido com cólicas.

– O senhor é patético – concluiu o arquidiácono, enxugando uma lágrima.

– Pois bem! Vou pensar sobre isso. Essa ideia que o senhor teve é bem estranha. Mas, de todo modo – continuou depois de um silêncio –, quem sabe? Talvez não me enforquem. Nem sempre cumprem o prometido. Quando me encontrarem no cubículo, tão grotescamente vestido, com uma saia e uma touca na cabeça, talvez caiam na gargalhada. E, afinal, se me enforcarem, o que fazer? A corda é uma morte como qualquer outra, ou, para ser mais justo, não é uma morte como qualquer outra. É uma morte digna do sábio que oscilou durante toda a sua vida, uma morte nem boa nem ruim, como o espírito do verdadeiro cético, uma morte cheia de pirronismo e hesitação, que ocupa o meio entre o céu e a terra, que nos mantém em suspensão. É a morte de um filósofo, e eu talvez estivesse predestinado a ela. É magnífico morrer como se viveu.

O padre o interrompeu:

– Estamos de acordo?

– O que é a morte, afinal? – prosseguiu Gringoire, exaltado. – Um mau momento, um pedágio, a transição do pouco para o nada. Alguém perguntou a Cercidas, de Megalópolis, se ele morreria de bom grado. "Por que não?" ele respondeu, "Pois depois da minha morte verei esses grandes homens, Pitágoras entre os filósofos, Hecateu entre os historiadores, Homero entre os poetas, Olimpo entre os músicos".

O arquidiácono estendeu-lhe a mão.

– Então estamos de acordo? O senhor virá amanhã.

Esse gesto trouxe Gringoire de volta à realidade.

– Ah! Não acredito! – ele disse, no tom de um homem que acaba de despertar. – Ser enforcado! É demasiado absurdo. Não quero.

– Então, adeus! – E o arquidiácono acrescentou entre seus dentes. – Eu o encontrarei!

"Não quero que esse homem me encontre", pensou Gringoire; e correu atrás de dom Claude.

– Por favor, senhor arquidiácono, sem ressentimentos entre velhos amigos! O senhor se interessa por essa moça, pela minha mulher, digo. Muito bem. O senhor imaginou um estratagema para tirá-la da Notre Dame em segurança, mas sua ideia é extremamente desagradável para mim, Gringoire. Se eu tivesse outra ideia! Acabo de ter, neste exato momento, uma inspiração luminosa. E se eu tivesse uma ideia para tirá-la dessa situação sem comprometer meu pescoço com qualquer nó de forca? O que o senhor diria? Não seria suficiente? É absolutamente necessário que eu seja enforcado para que o senhor fique satisfeito?

O padre arrancava impacientemente os botões de sua batina.

– Palavras e mais palavras! Qual é a sua ideia?

– Sim – disse Gringoire, falando consigo mesmo e tocando o nariz com o dedo indicador como um sinal de reflexão –, é isso! Os bandidos são rapazes bons. A tribo do Egito gosta muito dela. Eles não vão hesitar em ajudar. Nada mais fácil. Uma mãozinha a favor da desordem, e poderemos sequestrá-la facilmente. Amanhã à noite... eles não vão negar.

– E por quais meios, diga-me? – perguntou o padre, sacudindo-o.

Gringoire virou-se majestosamente para ele:

– Solte-me! Não vê que estou pensando sobre isso? – Ele refletiu por mais algum tempo. Então começou a bater palmas para sua própria ideia, gritando: – Admirável! Sucesso garantido!

– Qual é o meio? – repetiu Claude, bastante irritado.

Gringoire estava radiante.

– Aproxime-se, vou contar-lhe em voz baixa. É uma contramedida muito atrevida e que nos servirá a todos. Por Deus! Temos de concordar que não sou nenhum imbecil.

Ele fez uma pausa:

O CORCUNDA DE NOTRE DAME – TOMO 2

– Ah, já estava esquecendo! A cabritinha está com a moça?

– Sim. Mas que diabo isso importa?

– Eles também a enforcariam, não?

– E que diferença faz?

– Sim, eles a enforcariam. Enforcaram uma porca no mês passado. Aqueles estúpidos gostam disso. Depois eles comem o animal. Enforcar minha bela Djali! Pobre cordeirinho!

– Maldição! – gritou dom Claude. – Você é o carrasco. Que tipo de salvação você imaginou, engraçadinho? Será necessário arrancar essa ideia de você a fórceps?

– Muito simples, mestre! Ouça.

Gringoire inclinou-se ao ouvido do arquidiácono e contou-lhe tudo cochichando enquanto olhava, inquieto, para os dois lados da rua onde, no entanto, não havia ninguém. Quando terminou, dom Claude pegou sua mão e disse friamente:

– De acordo. Até amanhã.

– Até amanhã – respondeu Gringoire.

E, enquanto o arquidiácono seguia de um lado, ele caminhava para o outro, dizendo a meia-voz:

– Eis um caso de orgulho, senhor Pierre Gringoire. Pouco importa. Como se diz, não é porque somos pequenos que devemos temer uma grande empreitada. Bitão carregou um grande touro nos ombros; as lavandiscas, as toutinegras e os cartaxos atravessam o oceano.

Transforme-se em bandido

O arquidiácono, retornando ao claustro, encontrou seu irmão Jehan du Moulin à porta de sua cela. O jovem estava à espera dele e distraiu o tédio desenhando com um carvão na parede o perfil de seu irmão mais velho, com um nariz desproporcionalmente grande.

Dom Claude mal olhou para o irmão. Tinha outras coisas em mente. Aquele rosto alegre de malandro, que tantas vezes tranquilizou o sombrio semblante do padre, era agora impotente para dissipar a névoa que se espessava cada dia mais sobre aquela alma corrompida, mefítica e estagnante.

– Meu irmão – disse Jehan timidamente –, vim ver você.

O arquidiácono sequer o olhou.

– E...?

– Meu irmão – prosseguiu o hipócrita –, você é tão bom para mim e me dá conselhos tão bons que eu sempre recorro a você.

– E o que mais?

– Ai de mim, meu irmão, você tinha razão quando me dizia: "Jehan! Jehan! *Cessat doctorum doctrina, discipulorum disciplina.*[57] Jehan, tenha juízo, Jehan, estude, Jehan, não pernoite fora do colégio sem razão e sem a permissão do mestre. Não brigue com os picardos, *noli, Joannes, verberare picardos.* Não apodreça como um burro analfabeto, *quasi asinus illitteratus*, sobre a palha da escola. Jehan, aceite a punição do mestre. Jehan, vá todas as noites à capela e cante uma antífona com versículo e uma oração à gloriosa Virgem Maria". Ai de mim! Que esses foram avisos excelentes!

– E depois?

– Meu irmão, você está diante de um culpado, um criminoso, um miserável, um libertino, uma enormidade! Meu querido irmão, Jehan fez de seus graciosos conselhos palha e estrumeira para chafurdar os pés. Estou sendo bem castigado, e o bom Deus é extraordinariamente justo. Enquanto tive dinheiro, fiz patuscadas, loucuras e levei uma vida alegre. Oh! Como essa libertinagem, tão charmosa de frente, é feia e rabugenta de costas! Agora já não tenho um níquel, vendi minha toalha de mesa, minha camisa e minha toalha de mão. Fim da farra! A linda vela se apagou, e tudo o que me resta é o pavio de sebo que deixa a fumaça entrar pelo meu nariz. As garotas gozam de mim. Eu só bebo água. Estou atolado de remorsos e credores.

– E o que mais? – interrogou o arquidiácono.

– Ai de mim, querido irmão, eu gostaria de trilhar uma vida melhor. Venho ter com o senhor, cheio de contrição. Sou penitente. Confesso. Bato no peito com fortes socos. Tem razão em querer que um dia eu seja licenciado e me torne submonitor do Colégio Torchi. Agora sinto uma magnífica vocação para essa tarefa. Mas não tenho mais tinta, tenho de comprá-la; não tenho mais penas, tenho de comprá-las; não tenho mais

---

[57] "A doutrina dos doutores e a disciplina dos discípulos estão se perdendo". (N.T.)

papel nem livros, tenho de comprá-los. Preciso muito de dinheiro para isso. E venho ter com o senhor, meu irmão, com o coração contrito.

– E isso é tudo?

– Sim – disse o estudante –, um pouco de dinheiro.

– Não tenho.

O estudante disse, então, com um ar sério e resoluto ao mesmo tempo:

– Bem, meu irmão, estou contrariado, mas devo lhe dizer que estou recebendo ofertas e propostas muito tentadoras. Não quer me dar dinheiro? Não? Nesse caso, vou me tornar um bandido.

Proferindo essa palavra monstruosa, ele assumiu ares de um Ajax esperando ver um relâmpago cair em sua cabeça.

O arquidiácono respondeu friamente:

– Torne-se um bandido, então.

Jehan o saudou e desceu pelas escadas do claustro assobiando.

No momento em que passava pelo pátio, sob a janela da cela de seu irmão, ele ouviu a janela se abrir, ergueu o nariz e viu a cabeça severa do arquidiácono passar através da abertura.

– Vá para o diabo! – disse dom Claude. – Este é o último dinheiro que receberá de mim.

Ao dizer isso, o padre atirou para Jehan uma bolsa que fez um grande galo na testa dele, mas que fez Jehan partir ao mesmo tempo zangado e contente, como um cão que fosse atacado por ossos ainda cheios de tutano.

Viva a alegria!

O leitor não deve ter esquecido que uma parte do Pátio dos Milagres era cercada pela antiga muralha da cidade, da qual muitas torres já começavam a cair em ruínas naquela época. Uma dessas torres tinha sido convertida em lugar de diversão pelos bandidos. Havia um cabaré na sala inferior e aposentos nos andares superiores. Essa torre era o ponto mais vivo e, portanto, o mais hediondo da bandidagem. Era uma espécie de colmeia monstruosa a zumbir noite e dia. À noite, quando todo o excedente da vagabundagem dormia, quando não havia mais nenhuma janela iluminada pelas fachadas terrosas da praça, quando já não se ouvia um só grito sair dessas inúmeras casas, desses formigueiros de ladrões, crianças roubadas ou bastardas, era sempre possível identificar a alegre torre pelo barulho que ela fazia, pela luz escarlate que, irradiando dos respiros, das janelas, das rachaduras das paredes, escapava, por assim dizer, por todos os poros.

O subsolo era onde ficava o cabaré. Chegava-se nele passando por uma porta baixa e descendo por uma escada tão íngreme quanto um alexandrino clássico. Na porta, fazendo as vezes de letreiro, havia um maravilhoso rabisco que representava soldos novos e galinhas mortas, com este calembur embaixo: *Aux sonneurs pour les trépassés*[58].

Uma noite, no momento em que o toque de recolher se fez ouvir em todos os campanários de Paris, se os guardas da vigilância tivessem entrado no temido Pátio dos Milagres, eles teriam notado que havia mais tumulto na taberna dos bandidos do que o de costume, que se bebia mais e se falava mais palavrões do que o habitual. Do lado de fora, havia muitos grupos na praça, conversando em voz baixa como quando se traça um grande plano, e aqui e ali um engraçadinho agachado, com más intenções, afiava uma lâmina de ferro em alguma pedra.

Enquanto isso, na própria taberna, o vinho e a jogatina eram diversão tão poderosa para as ideias da bandidagem presente naquela noite que teria sido difícil para os próprios beberrões adivinhar qual era o foco principal. Só que eles pareciam mais alegres do que o habitual, e todos deixavam entrever uma arma reluzente entre as pernas, uma foice, uma machadinha, um estramazão, o pé de apoio de um velho arcabuz.

A sala, de formas arredondadas, era ampla, mas as mesas estavam tão próximas e os beberrões eram tão numerosos que tudo o que a taberna continha, homens, mulheres, bancos, bilhas de cerveja, gente bebendo, dormindo, jogando, os comportados, os aleijados, parecia um amontoado tão ordenado e harmonioso quanto uma pilha de conchas de ostras. Havia alguns sebos acesos sobre as mesas, mas a verdadeira iluminação da taberna, que no cabaré cumpria o papel do lustre em uma sala de ópera, era o fogo. A cave era tão úmida que nunca permitiam que a chama fosse apagada, mesmo em pleno verão. Havia uma imensa lareira com pano esculpido, equipada com morilhos de ferro e equipamentos de cozinha,

---

[58] "Aos sineiros para os mortos". (N.T.)

onde ardia um fogaréu de lenha e turfa que, à noite, nas ruas dos vilarejos, projetavam em vermelho o espectro das janelas das forjas nas paredes opostas. Um grandalhão, sentado junto às cinzas, girava nas brasas um espeto cheio de carne.

Qualquer que fosse a confusão, à primeira vista, era possível distinguir nessa multidão três grupos principais, que se aglomeravam em torno de três personagens que o leitor já conhece. Um desses personagens, estranhamente vestido com trajes orientais, era Mathias Hungadi Spicali, duque do Egito e da Boêmia. O patife estava sentado em uma mesa, as pernas cruzadas, o dedo em riste e distribuía em voz alta sua ciência em magia negra e branca para as inúmeras caras boquiabertas à sua volta.

Outra multidão se acotovelava em volta do nosso velho amigo, o valente rei de Thunes, armado até aos dentes. Clopin Trouillefou, com um ar sério e em voz baixa, organizava o saque de um enorme barril cheio de armas totalmente destruído à frente dele, de onde se via uma grande quantidade de machados, espadas, armaduras, pontas de lanças e de dardos, flechas e setas de besta, como se fossem maçãs e uvas de uma cornucópia. Cada um pegava sua parte, fosse morrião, fosse estoque ou adaga com cabo em cruz. Mesmo as crianças se armavam, e havia até aleijados que, amarrados a carriolas, passavam entre as pernas dos beberrões como gigantescos escaravelhos.

Um terceiro público, e o mais barulhento, jovial e numeroso, abarrotava os bancos e as mesas, no centro das quais uma voz de flauta perorava e praguejava, vindo de uma pesada e completa armadura, do capacete às esporas. O indivíduo que tinha parafusado a panóplia em seu corpo desaparecia de tal modo sob o hábito de guerra que só se podia ver de sua pessoa um nariz atrevido, vermelho e amassado, uma mecha de cabelos loiros, uma boca rosada e olhos audaciosos. Tinha a cintura cheia de adagas e punhais, uma grande espada no flanco, uma balestra enferrujada à sua esquerda e um grande jarro de vinho à sua frente, sem mencionar, à sua direita, uma volumosa jovem descabelada. Todas as bocas à sua volta riam, xingavam e bebiam.

Somem-se a isso ao menos vinte grupos secundários, jovens de ambos os sexos servindo, carregando jarros na cabeça, os jogadores concentrados em seus jogos de trilhas, dados, jogos da vaca e no apaixonante tabuleiro de damas, as brigas em um canto, os beijos no outro, e teremos uma vaga ideia do conjunto iluminado pela claridade oscilante das labaredas que faziam dançar, nas paredes do cabaré, mil sombras gigantes e grotescas.

O barulho assemelhava-se ao interior de um sino em plena atividade.

A pingadeira de onde gotejava uma chuva de gordura preenchia com seu chiado contínuo os intervalos dos mil diálogos que se trombavam de um extremo a outro do salão.

Havia no meio dessa algazarra, no fundo da taberna, no banco interior da lareira, um filósofo que meditava, os pés nas cinzas e os olhos nos tições. Era Pierre Gringoire.

– Vamos, depressa! Armem-se logo! Partiremos dentro de uma hora! – dizia Clopin Trouillefou a seus súditos.

Uma moça cantarolava:

Boa noite, meu pai e minha mãe!

Os últimos cobrem o fogo.

Dois jogadores de cartas brigavam.

– Valete! – gritava o mais inebriado dos dois, mostrando o punho para o adversário.

– Vou marcar você com meu paus. Assim você poderá substituir o valete de paus no jogo de cartas do rei.

– Ufa! – respondia um normando, reconhecível pelo seu sotaque nasalado. – Estamos aqui amontoados como os santos de Caillouville!

– Filhos – dizia aos seus súditos o duque do Egito, falando em falsete –, as bruxas da França vão ao sabá sem vassoura, sem sebo e sem montaria, apenas com algumas palavras mágicas. As bruxas da Itália têm sempre um bode à sua espera à porta. Todas devem sair pela chaminé.

A voz do jovem malandro, armado dos pés à cabeça, dominava o falatório.

– Viva! Viva! – ele gritava. – Estrearei minhas armas hoje! Bandido! Sou um bandido, pela barriga de Cristo! Sirvam-me uma bebida! Meus amigos, eu me chamo Jehan Frollo du Moulin e sou um fidalgo. Penso que, se Deus fosse um gendarme, seria um saqueador. Irmãos, vamos fazer uma bela expedição. Somos valentes. Cercar a igreja, arrombar as portas, salvar a bela moça, tirá-la das mãos dos juízes e dos sacerdotes, desmantelar o claustro, queimar o bispo no bispado, faremos isso em menos tempo do que um burgomestre precisa para tomar uma colherada de sopa. Nossa causa é justa, vamos pilhar a Notre Dame, e tudo estará resolvido. Vamos enforcar Quasímodo. Conhecem Quasímodo, senhoritas? Já o viram ficar sem fôlego no bordão em um dia de grande Pentecostes? Chifre do Pai! É muito bonito! Parece um diabo cavalgando uma carranca. Meus amigos, ouçam, sou um bandido no fundo do coração, tenho alma de ladrão, nasci para ser um miserável andarilho. Eu era muito rico e devorei meus bens. Minha mãe queria fazer de mim um oficial, meu pai, um subdiácono, minha tia, um conselheiro de investigações, minha avó, um protonotário do rei, minha tia-avó, um tesoureiro da magistratura. Mas me tornei um bandido. Eu disse isso ao meu pai, que cuspiu sua maldição na minha cara, à minha mãe, e a velha senhora começou a chorar e a babar como este tronco sobre o morilho. Viva a alegria! Sou um verdadeiro patife! Taberneira, minha amiga, mais vinho! Ainda tenho dinheiro para pagar. Não quero mais vinho Suresnes, ele me arranha a garganta. Chifre de boi! Gosto tanto dele quanto de gargarejar com palha!

A multidão aplaudia e gargalhava, e, vendo que o tumulto redobrava à sua volta, o estudante exclamou:

– Oh! O belo barulho! *Populi debacchantis populosa debacchatio!*[59] Então ele começou a cantar, o olho perdido em êxtase, no tom de um cônego que entoa as vésperas:

– *Quæ cantica! Quæ organa! Quæ cantilenæ! Quæ melodiæ hic sine fine decantantur! Sonant melliflua hymnorum organa, suavissima angelorum melodia, cantica canticorum mira!*[60] – Ele interrompeu-se: – Taberneira dos diabos, dê-me algo para comer.

Houve um momento de quase silêncio durante o qual se ouviu a voz amarga do duque do Egito ensinando seus boêmios:

– A doninha se chama Aduine; a raposa, Pied-Bleu ou Coureur-des-Bois; o lobo, Pied-Gris ou Pied-Doré; o urso, Vieux ou Grand-Père. O gorro de um gnomo o torna invisível e faz com que as coisas invisíveis possam ser vistas. Todo sapo que é batizado deve estar vestido de veludo vermelho ou preto, um guizo no pescoço e outro nos pés. O padrinho segura a cabeça; a madrinha, as costas. É o demônio Sidragasum que tem o poder de fazer as jovens dançar completamente nuas.

– Pela missa! – interrompeu Jehan. – Eu gostaria de ser o demônio Sidragasum.

Nesse meio-tempo, os bandidos continuavam a se armar, aos sussurros, do outro lado do cabaré.

– Pobre Esmeralda! – disse um boêmio. – É nossa irmã. Precisamos tirá-la de lá.

– Ela ainda está na Notre Dame? – interrogou um contrabandista com cara de judeu.

– Sim, por Deus!

---

[59] "Popular desprendimento do povo que furta!". (N.T.)

[60] "Que cantigas! Que instrumentos! Que cantos! Que melodias são aqui cantadas infinitamente! Os suaves instrumentos dos hinos ressoam a doce melodia dos anjos, os admiráveis cânticos dos cânticos!". (N.T.)

– Pois bem, camaradas! – gritou o contrabandista. – Para a Notre Dame! Tanto melhor, pois que há na capela dos santos Féréol e Ferrution duas estátuas, uma de São João Batista, outra de Santo Antônio, ambas de ouro e pesando juntas dezessete marcos de ouro e quinze estelinos. Eu sei do que estou falando. Sou ourives.

Nesse momento, o jantar de Jehan foi servido. Ele exclamou, olhando para o decote da moça ao lado:

– Por Saint Voult-de-Lucques, a quem o povo chama de Saint Goguelu, nunca estive tão feliz. Tenho diante de mim um tolo que me olha com o ar glabro de um arquiduque. Aqui está um à minha esquerda que tem dentes tão longos que lhe escondem o queixo. Além disso, sinto como se fosse o marechal de Gié no cerco de Pontoise, tenho meu lado direito apoiado em um mamilo. Barriga de Maomé! Camarada! Você parece um mercador de bolas de pela e vem sentar-se perto de mim! Sou um nobre, meu amigo. As mercadorias são incompatíveis com a nobreza! Saia daqui. Ei, ei! Vocês aí! Parem de se bater! Como, Baptiste Croque-Oison, você que tem um nariz tão bonito, vai arriscá-lo contra os grandes punhos desse truculento? Imbecil! *Non cuiquam datum est habere nasum.*[61] Você é mesmo divina, Jacqueline Ronge-Oreille! É pena que não tenha cabelo. Ei! Meu nome é Jehan Frollo, e meu irmão é arquidiácono. Que o diabo o carregue! Tudo o que digo é verdade. Ao me tornar bandido, renunciei de bom grado a metade de uma casa no paraíso, que meu irmão tinha me prometido. *Dimidiam domum in paradiso.* Cito o texto. Tenho um feudo na Rua Tirechappe, e todas as mulheres são apaixonadas por mim. Isso é verdade, como também é verdade que Santo Elói foi um excelente ourives e que as cinco profissões da boa cidade de Paris são relacionadas ao trato

---

[61] "Não é dado a todos ter um nariz". (N.T.)

do couro, e que São Lourenço foi queimado com cascas de ovos. Eu lhes juro, camaradas,

> *Que não beberei pimenta*
> *Durante um ano se estiver mentindo!*

"Minha querida, é noite de luar, olhe ali, pelo respiro, como o vento maltrata as nuvens! É o que eu faria com seu corselete. Meninas! Assoem as crianças e soprem as velas. Cristo e Maomé! O que estou comendo? Por Júpiter! Ei, cafetina! Os cabelos que não encontramos na cabeça das suas libertinas estão na sua omelete. Velhota! Prefiro omeletes carecas. Que o diabo a carregue! Bela hospedaria do Belzebu onde as libertinas se penteiam com garfos!"

Dito isso, ele partiu o prato no chão e começou a cantar, soltando a voz:

> *Et je n'ai, moi,*
> *Par la sang-Dieu!*
> *Ni foi, ni loi,*
> *Ni feu, ni lieu,*
> *Ni roi,*
> *Ni Dieu!*[62]

Enquanto isso, Clopin Trouillefou terminou sua distribuição de armas. Ele se aproximou de Gringoire, que parecia estar imerso em um sonho profundo, com os pés sobre um morilho.

– Amigo Pierre – disse o rei de Thunes –, em que diabos está pensando?

Gringoire se virou para ele com um sorriso melancólico:

---

[62] "Eu eu não tenho, / Pelo sangue de Deus! / Nem fé, nem lei, / Nem fogo, nem lar, / Nem rei, / Nem Deus!" (N.T.)

O corcunda de Notre Dame – Tomo 2

– Adoro o fogo, meu caro senhor. Não pela razão trivial de que o fogo aquece nossos pés ou cozinha nossas sopas, mas porque solta faíscas. Às vezes passo horas olhando as faíscas. Descubro mil coisas nessas estrelas que se espalham pelo fundo negro da lareira. Essas estrelas também são mundos.

– Com mil raios, não o compreendo! – disse o bandido. – Sabe que horas são?

– Não sei – respondeu Gringoire.

Clopin então se aproximou do duque do Egito.

– Camarada Mathias, o quarto de hora não é bom. Dizem que o rei Luís é o décimo primeiro em Paris.

– Mais uma razão para tirar a nossa irmã das garras dele – respondeu o velho boêmio.

– Você fala como um homem de verdade, Mathias – disse o rei de Thunes. – A propósito, faremos tudo com tranquilidade. Não há resistência a temer na igreja. Os religiosos são lebres, e nós somos numerosos. O povo do Parlamento ficará bem surpreso amanhã quando vier buscá-la! Tripas do papa! Não quero que enforquem aquela bela moça!

Clopin saiu do cabaré.

Enquanto isso, Jehan gritava com uma voz rouca:

– Bebo, como, estou bêbado, sou Júpiter! Ei! Pierre l'Assommeur, se me olhar assim outra vez, vou lustrar seu nariz com piparotes.

Gringoire, arrancado de suas meditações, tinha começado a considerar a cena agitada e barulhenta que o cercava, murmurando entre os dentes:

– *Luxuriosa res vinum et tumultuosa ebrietas.*[63] Ai de mim! Tenho mesmo razão em não beber, e que São Benedito diz de forma excelente: *Vinum apostatare facit etiam sapientes.*[64]

---

[63] "Coisa luxuriosa o vinho e tumultuosa a embriaguez". (N.T.)

[64] "O vinho faz apostatar até mesmo os sábios". (N.T.)

517

Nesse momento, Clopin voltou e gritou com uma voz estrondosa:

– Meia-noite!

Esse aviso surtiu o efeito do toque de clarim em um regimento em guarda. Todos os bandidos, homens, mulheres e crianças, precipitaram-se em tumulto para fora da taberna com um forte barulho de armas e ferragens.

A lua tinha se escondido. O Pátio dos Milagres estava totalmente escuro, não havia nenhuma iluminação. No entanto, estava longe de estar deserto. Uma multidão de homens e mulheres falava baixo. Era possível ouvi-los cochichar e viam-se todos os tipos de armas reluzir na escuridão. Clopin subiu numa pedra grande.

– Em seus lugares, Gíria! – ele ordenou. – Em seus lugares, Egito! Em seus lugares, Galileia!

Ouviu-se uma movimentação na penumbra. A imensa multidão parecia alinhar-se em colunas. Depois de alguns minutos, o rei de Thunes levantou sua voz novamente:

– Agora, silêncio para atravessar Paris! A senha é: "Pequena flâmula em formação!" Só acenderemos as tochas na Notre Dame! Em marcha!

Dez minutos depois, os cavaleiros da vigilância fugiam apavorados diante de uma enorme procissão de homens negros em silêncio que descia, na direção da Pont-au-Change, pelas ruas sinuosas que atravessam em todas as direções o maciço bairro do Halles.

Um amigo desajeitado

Naquela mesma noite, Quasímodo não dormia. Ele tinha acabado de fazer sua última ronda na igreja. O corcunda não percebeu, quando fechava as portas, que o arquidiácono tinha passado por ele demonstrando certo mau humor ao vê-lo aferrolhar e trancar, cuidadosamente, o cadeado da enorme armação de ferro que dava aos amplos batentes a solidez de uma muralha. Dom Claude parecia ainda mais preocupado do que o habitual. Além disso, desde o dia da aventura noturna da cela, ele maltratava constantemente Quasímodo. Mas, por mais rude que fosse, chegando a agredi-lo fisicamente algumas vezes, nada abalava a submissão, a paciência e a devota resignação do fiel sineiro. Ele suportava tudo o que viesse do arquidiácono, insultos, ameaças, agressões, sem murmurar qualquer reclamação ou fazer a menor queixa. No máximo, observava com preocupação quando dom Claude subia as escadas da torre, mas o próprio arquidiácono se absteve de aparecer diante da cigana.

Naquela noite, então, depois de visitar seus pobres sinos tão negligenciados, Jacqueline, Marie e Thibauld, Quasímodo tinha subido até o topo da torre norte, e lá, deixando sua lamparina bem fechada sobre a cobertura de chumbo do telhado, ele se pôs a admirar Paris. A noite, como já dissemos, estava bem escura. Paris, que não era, por assim dizer, muito iluminada naquela época, apresentava aos olhos um aglomerado confuso de massas negras entrecortadas em alguns pontos pela curva esbranquiçada do Sena. Quasímodo só via luz na janela de um edifício distante, cujo vago e sombrio perfil desenhava-se bem acima dos telhados, em direção à Porta Saint-Antoine. Também ali havia alguém acordado.

Enquanto deixava seu único olho vagar por esse noturno horizonte de névoa, o sineiro sentia uma inexprimível inquietação. Há dias ele estava mais alerta. Via homens de aspecto sinistro à espreita, ao redor da igreja, mantendo os olhos abertos na direção do abrigo da jovem. Ele imaginava que poderia haver alguma conspiração contra a infeliz refugiada. Pensou que havia um ódio popular contra ela, como havia contra ele, e que a qualquer momento poderia acontecer alguma coisa. Então ele permanecia em seu campanário, espreitando, **sonhando em seu sonhadouro**, como diz Rabelais, com o olho indo e vindo entre a cela e Paris, vigilante, como um bom cão de guarda, e com mil desconfianças em seu espírito.

De repente, enquanto ele perscrutava a grande cidade com aquele olho que a natureza, por uma espécie de compensação, tinha feito tão aguçado que ele quase podia suprir a ausência de outros órgãos, Quasímodo teve a impressão de que a orla do cais da Vieille-Pelleterie tinha algo de singular, um movimento que fugia do habitual, que a linha do parapeito realçada em preto sobre a brancura da água não seguia reta e tranquila como a dos outros cais, mas que ondulava como as ondas de um rio ou como as cabeças de uma multidão em marcha.

Isso lhe pareceu estranho. Ele redobrou a atenção. O movimento parecia vir na direção da Cité, sem nenhum tipo de iluminação. Perdurou por algum tempo no cais, depois começou a fluir pouco a pouco, como se avançasse pelo interior da ilha, e logo parou completamente, e a linha do cais voltou a ficar reta e imóvel.

Quando Quasímodo já se exauria em conjecturas, teve a impressão de que o movimento ressurgia na Rua du Parvis, que se estende até a Cité perpendicularmente à fachada da Notre Dame. Enfim, por mais densa que estivesse a escuridão, viu uma frente de coluna chegar por essa rua, e em um instante uma multidão espalhou-se pela praça, da qual ele nada podia distinguir nas trevas, a não ser o fato de que se tratava realmente de uma multidão.

Esse espetáculo tinha sua dose de terror. Essa singular procissão, que parecia tão interessada em se esconder sob a escuridão profunda, mantinha um silêncio igualmente profundo. No entanto, algum barulho devia escapar, nem que fosse dos passos. Mas esse ruído não chegou ao nosso surdo. A multidão, que ele mal podia ver e da qual nada ouvia, mas que se movia e caminhava tão perto dele, causava o efeito de uma tropa de mortos mudos, impalpáveis, perdidos na bruma. A impressão dele era de que uma neblina cheia de homens avançava na sua direção, como sombras na escuridão.

Seus temores então voltaram, com a possibilidade de uma investida contra a egípcia. Sentiu vagamente que uma situação de violência se aproximava. Diante desse momento crítico, ele buscou conselho em seu interior com um raciocínio melhor e mais rápido do que se esperaria de um cérebro tão mal organizado. Deveria acordar a egípcia? Fazê-la escapar? Por onde? As ruas estavam lotadas, a igreja estava encurralada pelo rio. Sem barco! Sem saída! Havia apenas uma solução: morrer no limiar da Notre Dame, resistindo pelo menos até que chegasse algum socorro – se viesse –, e não perturbar o sono de Esmeralda. A infeliz mulher seria acordada cedo demais para morrer, em qualquer circunstância. Uma vez tomada essa resolução, ele começou a examinar o "inimigo" com mais tranquilidade.

VICTOR HUGO

A multidão parecia aumentar no pátio a cada momento. Ele presumiu que ela deveria fazer muito pouco barulho, uma vez que as janelas das ruas e da praça permaneciam fechadas. De repente uma luz brilhou, e, em um instante, sete ou oito tochas acesas circularam sobre as cabeças, tremendo na sombra seus feixes de fogo. Quasímodo então viu distintamente um rebanho de homens e mulheres esfarrapados no pátio, armados com foices, espadas, gadanhas, partasanas com mil pontas brilhando. Aqui e ali, forquilhas pretas pareciam acrescentar chifres àquelas faces hediondas. Ele se lembrou vagamente desse populacho e pensou que eram as mesmas caras que, alguns meses antes, o elegeram papa dos bufos. Um homem que trazia uma tocha em uma mão e um *boullaye* na outra subiu em uma pedra da demarcação e parecia discursar. Ao mesmo tempo, o estranho exército evoluiu como se estivesse cercando o entorno da igreja. Quasímodo pegou sua lamparina e desceu até a plataforma entre as torres para ver mais de perto e pensar em como se defender.

Clopin Trouillefou chegou em frente à entrada principal da Notre Dame e ordenou sua tropa em posição de batalha. Embora ele não esperasse nenhuma resistência, sempre muito prudente, queria manter uma ordem que lhe permitisse enfrentar, se necessário, um ataque repentino da guarda. Para tanto, organizou seu regimento de tal forma que, visto de cima e de longe, parecia o triângulo romano da batalha de Ecnomo, a cabeça de porco de Alexandre ou o famoso ângulo de Gustave-Adolphe. A base desse triângulo apoiava-se no fundo da praça, de modo a barrar a Rua du Parvis. Um dos lados dava para o Hôtel-Dieu; o outro, para a rua Saint-Pierre-aux-Boeufs. Clopin Trouillefou posicionou-se na ponta, junto com o duque do Egito, o nosso amigo Jehan e os patifes mais ousados.

Não era muito raro, nas cidades da Idade Média, um acontecimento como o que os bandidos estavam tentando realizar naquele momento, na Notre Dame. O que chamamos hoje de **polícia** ainda não existia. Nas

O CORCUNDA DE NOTRE DAME – TOMO 2

cidades populosas, sobretudo nas capitais, não havia um poder central, uno, regulador. O feudalismo tinha construído essas grandes comunas de forma estranha. Uma cidade era um conjunto de mil domínios senhoriais que a dividiam em áreas de diferentes formas e tamanhos. Daí haver mil polícias contraditórias, ou seja, polícia nenhuma. Em Paris, por exemplo, além dos cento e quarenta e um senhorios reivindicando seu censo, havia vinte e cinco outros reclamando justiça e censo, do bispo de Paris, que tinha cento e cinco ruas sob sua jurisdição, ao prior da Notre Dame-des-Champs, que tinha apenas quatro. Todos esses justiceiros feudais reconheciam apenas nominalmente a autoridade soberana do rei. Todos tinham direito às taxas de ordem e limpeza das vias públicas, e todos se sentiam em casa. Luís XI, um incansável trabalhador que tão amplamente deu início à demolição do edifício feudal, continuada por Richelieu e Luís XIV em benefício da realeza e finalizada por Mirabeau em benefício do povo, tentou destruir essa rede de senhorios que dominava Paris, abalando-os violentamente através de duas ou três ordenações da polícia geral. Assim, em 1465, ordenou que os habitantes, ao anoitecer, iluminassem suas casas com velas e trancassem seus cães, sob risco de enforcamento. No mesmo ano, estabeleceu a ordem de fechar as ruas, à noite, com correntes de ferro e proibiu o porte de adagas ou armas ofensivas nas ruas. Mas, em pouco tempo, todas essas tentativas de legislação comunal caíram em desuso. Os burgueses permitiam que o vento apagasse as velas pelas janelas e que seus cães vagassem pelas ruas. As correntes de ferro estendiam-se apenas em época de estado de sítio, e a proibição de portar adagas não trouxe outras mudanças a não ser a mudança do nome da Rua Coupe-Gueule para Coupe-Gorge, o que já representava um evidente progresso. O velho andaime das jurisdições feudais permaneceu de pé, uma imensa pilha de magistraturas e de domínios senhoriais entrecruzando-se pela cidade, atrapalhando-se, emaranhando--se, enredando-se de través e chocando-se uns contra os outros. Inútil amontoado de vigilância, subvigilância e contravigilância através do qual o banditismo, a rapina e a sedição passavam de mão armada. Então, nessa desordem, não era um acontecimento inaudito esse ataque de uma parte do populacho contra um palácio, uma residência ou uma rica moradia, nos bairros mais populosos. Na maioria das vezes, os vizinhos só interferiam se o saque chegasse às suas propriedades. Eles tapavam os ouvidos para os tumultos, fechavam suas persianas, trancavam suas portas e deixavam que a coisa se resolvesse com ou sem vigilância. No dia seguinte, surgiam os seguintes rumores por Paris: "Na noite passada, Étienne Barbette foi violentado". "O marechal de Clermont sofreu agressões", etc. Além disso, não só as moradias reais, como Louvre, Palais, Bastilha, Tournelles, mas também as residências simplesmente senhoriais, Petit-Bourbon, Hôtel de Sens, Hôtel d'Angoulême, etc., tinham seus muros ameados nas paredes e seus machicólis de proteção sobre as portas. As igrejas eram poupadas por sua santidade. Algumas, no entanto, entre as quais não estava a Notre Dame, eram fortificadas. O abade de Saint-Germain-des-Prés protegia-se com ameias como um barão e usava mais cobre em bombardas do que em sinos. Sua fortaleza ainda era vista em 1610. Hoje resta apenas a igreja.

Voltemos à Notre Dame.

Quando as primeiras disposições terminaram – e precisamos admitir, em honra à disciplina bandida, que as ordens de Clopin foram executadas em silêncio e com admirável precisão –, o digníssimo líder do bando subiu no parapeito do adro e elevou sua rouca e bêbada voz, virado para a Notre Dame e agitando sua tocha, cuja luz, atormentada pelo vento e por sua própria fumaça, fazia aparecer e desaparecer a avermelhada fachada da igreja.

– A você, Luís de Beaumont, bispo de Paris, conselheiro do tribunal do parlamento, eu, Clopin Trouillefou, rei de Thunes, grande chefe, príncipe da Gíria, bispo dos bufos, digo: "Nossa irmã, equivocadamente condenada por magia, refugiou-se em sua igreja. O senhor deve a ela asilo e salvaguarda. No entanto, o tribunal do Parlamento quer levá-la de volta, e você consente, sabendo que amanhã ela seria enforcada na Grève se Deus e os bandidos não estivessem aqui. Então, recorremos a você, bispo. Se sua igreja é sagrada, assim é também nossa irmã. Se nossa irmã não é sagrada, sua igreja tampouco será. É por isso que pedimos que nos devolva a moça se quiser salvar sua igreja, ou nós a levaremos de volta e pilharemos a igreja, o que não nos desagrada. Como prova de minhas palavras, coloco aqui minha bandeira, e que Deus o proteja, bispo de Paris!

Quasímodo, infelizmente, não conseguia ouvir tais palavras, pronunciadas com uma espécie de imponência sombria e selvagem. Um bandido entregou sua bandeira a Clopin, que solenemente a plantou entre dois paralelepípedos. Era um forcado em cujos dentes estava pendurado um bom pedaço de carniça sanguinolenta.

Feito isso, o rei de Thunes virou-se e percorreu com os olhos todo o seu exército, uma multidão feroz, cujos olhos brilhavam quase tanto quanto as espadas. Depois de uma breve pausa:

– Em frente, filhos! – ele ordenou. – Ao trabalho, cabeçudos!

Trinta homens, robustos como grandes armários, com ares de serralheiros, saíram das fileiras com martelos, pés de cabra e barras de ferro nos ombros. Eles foram até a porta principal da igreja, subiram os degraus e logo foram vistos agachados sob a ogiva, trabalhando com suas ferramentas. Uma multidão de bandidos os acompanhou, para ajudá-los ou somente para observá-los trabalhar. Os onze degraus do pórtico estavam totalmente ocupados.

No entanto, a porta resistia.

– Diabo! Ela é dura e teimosa! – dizia um.

– Ela é velha, e as juntas estão emperradas – disse outro.

– Coragem, camaradas! – incentivava Clopin. – Eu aposto minha cabeça contra um pé de chinelo que vocês conseguirão abrir essa porta, salvar a moça e depenar o altar-mor antes que um sacristão acorde. Vejam! Acho que a fechadura está cedendo.

Clopin foi interrompido por um estrondo assustador que ecoou nesse momento atrás dele. Ele se virou. Uma enorme viga tinha acabado de cair do céu, esmagando uma dúzia de bandidos sobre os degraus da igreja, e quicava sobre o pavimento com o estrondo de uma bala de canhão, quebrando aqui e ali pernas da multidão de esfarrapados, que se afastavam com gritos de horror. Num piscar de olhos, o recinto em frente ao pátio esvaziou-se. Os arrombadores, embora protegidos pela profunda arqueação do pórtico, abandonaram o portão, e o próprio Clopin recuou a uma distância respeitosa da igreja.

– Escapei por pouco! – exclamou Jehan. – Cheguei a sentir o vento, cabeça de boi! Mas Pierre l'Assommeur está atordoado!

É impossível descrever o espanto misturado ao medo que se abateu junto com a viga sobre os bandidos. Eles permaneceram por alguns minutos com os olhos fixos no alto, mais consternados por esse pedaço de pau do que estariam diante de vinte mil arqueiros do rei.

– Satã! – balbuciou o duque do Egito. – Isso cheira a magia.

– Foi a lua que nos atirou esse tronco – disse Andry le Rouge.

– É por essas razões – disse François Chanteprune – que dizem que a lua é amiga da Virgem!

– Com mil papas! – exclamou Clopin. – Vocês são todos uns imbecis! – No entanto, ele também não sabia explicar a queda do tronco.

Nada foi visto na fachada, no topo da qual a clareza das tochas não chegava. A madeira pesada estava no meio do pátio e era possível escutar os gemidos dos miseráveis que tinham recebido o primeiro choque e tiveram a barriga cortada ao meio nos degraus de pedra.

O CORCUNDA DE NOTRE DAME – TOMO 2

O rei de Thunes, passado o primeiro susto, finalmente encontrou uma explicação, que parecia plausível para os companheiros.

– Por Deus! Será que os religiosos estão se defendendo? Então, ao ataque! Ao ataque!

– Ao ataque! – repetiu a multidão, enfurecida. E uma descarga de balestras e arcabuzes avançou contra a fachada da igreja.

Essa detonação despertou os pacíficos habitantes das casas vizinhas. Várias janelas se abriram, permitindo entrever toucas e mãos segurando velas.

– Atirem nas janelas! – ordenou Clopin.

As janelas foram fechadas imediatamente, e os pobres burgueses, que mal tinham tido tempo de olhar assustados para aquele cenário de clarões e tumulto, voltaram suando de medo para junto da esposa, perguntando-se se o sabá agora era organizado na frente da Notre Dame ou se era uma investida de borguinhões, como em 64. Os maridos pensavam em roubo, as esposas, em violação, e todos tremiam.

– Ao ataque! – repetiam os da Gíria. Mas não se atreviam a aproximar-se. Olhavam para a igreja, olhavam para o tronco. O tronco não se movia. O edifício conservava seu ar calmo e deserto, mas algo paralisava os bandidos.

– Ao trabalho, arrombadores! – exclamou Trouillefou. – Arrombem a porta.

Ninguém deu um passo.

– Barba e barriga! – exclamou Clopin. – Esses homens estão com medo de uma viga.

Um velho arrombador respondeu.

– Capitão, não é com a viga que estamos preocupados, é com a porta, que está completamente reforçada com barras de ferro. Os pés de cabra não conseguem dar conta.

– O que é preciso para derrubá-la? – perguntou Clopin.

– Ah! Precisaríamos de um aríete.

O rei de Thunes correu corajosamente até o formidável tronco e colocou seu pé sobre ele.

– Aqui está um – gritou ele. – Foram os religiosos que o enviaram. – E, fazendo uma saudação risível na direção da igreja: – Obrigado, reverendos!

Essa bravata surtiu efeito e quebrou o encanto do tronco. Os bandidos recuperaram a coragem. Logo a pesada viga, erguida como uma pluma por duzentos braços vigorosos, foi atirada com fúria sobre o portão que já haviam tentado arrombar. Vendo assim, na penumbra das poucas tochas dos bandidos espalhados pela praça, o longo pedaço de madeira usado pela multidão de homens que o projetava contra a igreja, podia-se pensar que era uma besta monstruosa, com mil pés, atacando de cabeça baixa o gigante de pedra.

Com o impacto da viga, a porta semimetálica ressoou como um imenso tambor. Ela não rachou, mas toda a catedral estremeceu, e ouviu-se retumbar as profundas cavidades do edifício.

No mesmo momento, uma chuva de pedras enormes começou a cair do alto da fachada sobre os assaltantes.

– Diabo! – gritou Jehan. – As torres estão atirando as balaustradas sobre nossa cabeça?

Mas o entusiasmo tinha retornado com o rei de Thunes dando o exemplo. Era decididamente o bispo que se defendia, e a porta foi atacada com mais violência, apesar das pedras que estouravam crânios aqui e ali.

É importante notar que essas pedras caíam uma depois da outra, mas em grande velocidade. Os bandidos sempre sentiam dois golpes, um nas pernas e outro na cabeça. Poucos eram os que não recebiam nenhum golpe, e já havia uma grande camada de mortos e feridos sangrando e arfando aos pés dos assaltantes, que, furiosos, se revezavam nas investidas contra a porta. A comprida viga continuava a bater na porta em um ritmo regular, como o badalo de um sino. As pedras choviam, e a porta rangia.

O leitor sem dúvida já adivinhou que essa resistência inesperada que exasperava os bandidos vinha de Quasímodo.

O acaso, por infelicidade, tinha ajudado o bravo surdo.

Quando desceu até a plataforma entre as torres, as ideias estavam confusas em sua cabeça. Durante alguns minutos, ele correu pela galeria, indo e vindo, como louco, vendo de cima a massa compacta de bandidos prontos para atacar a igreja, pedindo ao diabo ou a Deus que salvasse a egípcia. Ele chegou a pensar em subir no campanário meridional e tocar o rebate, mas, antes que ele pudesse pôr o sino em movimento, antes que a voz grossa de Marie pudesse lançar o primeiro clamor, a porta da igreja já teria sido posta abaixo. Isso aconteceu precisamente no momento em que os arrombadores avançavam contra ela com suas ferramentas. O que fazer?

De repente ele se lembrou de que pedreiros tinham trabalhado o dia todo reparando a parede, a viga principal e o telhado da torre sul. Essa lembrança foi como um clarão. A parede era feita de pedra, o telhado, de chumbo, e a viga era toda de madeira e tão espessa e forte que a chamavam de "floresta".

Quasímodo correu para essa torre. Os quartos inferiores estavam, de fato, cheios de materiais. Havia pilhas de pedras, rolos de folhas de chumbo, feixes de ripas, fortes vigas já entalhadas pela serra e montes de escombros. Um arsenal completo.

O tempo urgia. Os pés de cabra e os martelos já estavam em ação lá embaixo. Com uma força decuplicada pelo sentimento de perigo, ele levantou uma das vigas, a mais pesada e comprida, e a fez passar por uma claraboia. Então, puxando-a para fora da torre, fez com que ela deslizasse sobre a balaustrada que cerca a plataforma e a lançou no abismo. O enorme tronco, naquela queda de quase cinquenta metros de altura, rente à parede, quebrando as esculturas, girou várias vezes sobre o próprio eixo, como uma pá de moinho que partisse sozinha pelos ares. Quando finalmente tocou o chão, os gritos horríveis ergueram-se, e a tora preta, quicando no pavimento, parecia uma cobra saltitante.

Quasímodo viu os bandidos se dispersar com a queda do tronco, como cinzas sopradas por uma criança. Ele aproveitou o susto deles, e, enquanto eles olhavam com um olhar supersticioso para a moca caída do céu e atacavam os santos de pedra do pórtico com uma descarga de flechas e chumbo, ele empilhava silenciosamente os escombros, as pedras, os cascalhos e até os sacos de ferramentas dos pedreiros na borda da balaustrada de onde a viga já tinha sido lançada.

Além disso, assim que começaram a investir contra o portão principal, a saraivada de cascalhos começou a cair, e parecia-lhes que a igreja estava sendo demolida sobre a cabeça deles.

Quem visse Quasímodo naquele momento teria ficado assustado. Além de empilhar seus projéteis sobre a balaustrada, ele também acumulou uma pilha de pedras sobre a plataforma. Assim que os pedregulhos empilhados no parapeito esgotaram-se, ele recorreu à pilha de pedras. Ele se abaixava e se levantava com uma habilidade incrível. Sua grande cabeça de gnomo inclinava-se sobre a balaustrada, e uma pedra enorme caía, depois outra, e depois mais outra. De vez em quando, ele seguia uma bela pedra com o olhar, e, quando ela acertava o alvo, ele dizia:

– Isso!

No entanto, os esfarrapados não desanimavam. Já mais de vinte vezes a porta espessa sobre a qual eles investiam tinha tremido sob o impacto de seu aríete de carvalho, multiplicado pela força de cem homens. Os painéis rachavam, as cinzeladuras desfaziam-se, as dobradiças saltavam sobre seus encaixes a cada sacudidela, as ripas deterioravam-se, a madeira caía em forma de pó entre as junções de ferro. Felizmente para Quasímodo, havia mais ferro do que madeira.

O CORCUNDA DE NOTRE DAME – TOMO 2

Ele sentia, no entanto, que a grande porta começava a vacilar. Mesmo que não pudesse ouvir, cada pancada do aríete ecoava tanto nas cavernas da igreja como em suas entranhas. Do alto, ele via os bandidos triunfantes e enraivecidos mostrar o punho para a fachada escura, e invejava, pela egípcia e por ele mesmo, as asas das corujas que fugiam em bandos por cima de sua cabeça.

Sua chuva de pedras não foi suficiente para repelir os assaltantes.

Nesse momento de angústia, ele notou, um pouco abaixo da balaustrada de onde esmagava os assaltantes, duas longas goteiras de pedra que desaguavam logo acima do portão principal. O orifício interno dessas calhas dava no piso da plataforma. Então ele teve uma ideia. Correu para buscar lenha acesa no cubículo de onde tocava o sino e colocou sobre ela uma grande quantidade de ripas e rolos de chumbo, munição que ele ainda não tinha usado, e, empilhando tudo na frente da canaleta das duas sarjetas, ateou fogo com sua lamparina.

Enquanto isso, como as pedras não caíam mais, os bandidos tinham parado de olhar para o alto. Ofegantes como uma matilha que força o javali a entrar em sua toca, eles juntavam-se num tumulto em torno da porta principal, completamente deformada pelo aríete, mas ainda de pé. Eles tremiam à espera do grande golpe, o golpe que a poria abaixo. Quem estivesse mais próximo poderia entrar primeiro quando se abrisse a opulenta catedral, um vasto reservatório onde as riquezas de três séculos acumulavam-se. Eles se lembravam, com urros de alegria e apetite, das belas cruzes de prata, das belas capas de brocado, dos belos túmulos de cobre, das magnificências do coro, das deslumbrantes festas, dos natais resplandecentes, das páscoas brilhantes, de todas aquelas esplêndidas solenidades onde baús, castiçais, cibórios, tabernáculos e relicários cobriam os altares com uma camada de ouro e diamantes. Certamente, nesse belo momento, capangas e malandros, chefes da malandragem e falsos aleijados, todos pensavam muito menos na libertação da egípcia do que no saque da Notre Dame. Acreditaríamos de bom grado, até, que para muitos deles Esmeralda era apenas um pretexto, se é que ladrões precisam de pretextos.

De repente, no momento em que eles se reuniam para um último esforço em torno do aríete, cada qual contendo sua respiração e enrijecendo seus músculos a fim de imprimir toda a força possível no golpe decisivo, um urro, ainda mais terrível do que o anterior, que rebentou e extinguiu-se sob a viga, eclodiu no meio deles. Aqueles que não gritavam, que ainda viviam, olharam. Dois jatos de chumbo fundido caíram do topo do edifício sobre a espessa multidão. O mar de homens desmoronava sob o metal fervente que tinha feito, nos dois pontos onde caiu, dois buracos negros e fumegantes no meio da multidão, como faria a água quente na neve. Era possível ver os moribundos semicalcinados e gemendo de dor. Em torno dos dois jatos principais havia gotas dessa chuva horrível que se espalhava sobre os assaltantes e penetrava nos crânios como verrumas de fogo. Era um fogo pesado que crivava esses miseráveis com seus mil salpicos.

O clamor foi dilacerante. Eles tentavam fugir na maior confusão, atirando o tronco sobre os cadáveres, os mais ousados e também os mais tímidos, e o adro esvaziou-se pela segunda vez.

Todos os olhares dirigiram-se ao topo da igreja. O que eles viam era extraordinário. Do topo da galeria mais alta, acima da rosácea central, havia uma grande chama que subia entre os dois campanários lançando turbilhões de faíscas. Era uma grande chama desordenada e furiosa que o vento às vezes carregava como uma língua e que se perdia pelos ares. Por baixo dessa chama e da balaustrada escura de trevos em brasa, duas gárgulas monstruosas cuspiam incansavelmente a chuva ardente que destacava seu escoamento prateado sobre as trevas da fachada inferior. À medida que se aproximavam do solo, os dois jatos de chumbo líquido alastravam-se, como a água que jorra de mil buracos de um regador. Acima da chama, as enormes torres apresentavam suas faces duras e recortadas, uma totalmente preta, e a outra, vermelha, e pareciam ainda maiores pela imensidão da sombra que projetavam até o céu. Suas inúmeras esculturas de diabos e dragões tinham um aspecto lúgubre. A inquietante claridade da chama fazia com que eles parecessem mover os olhos. Havia serpentes que pareciam rir, gárgulas que se pensava ouvir ladrar, salamandras que sopravam fogo, tarascas que espirravam fumaça. E, entre esses monstros acordados do seu sono de pedra por essa chama, por esse barulho, havia um que caminhava e era visto de vez em quando passando diante da ardente fogueira como um morcego diante de uma vela.

Sem dúvida aquele estranho farol despertaria ao longe o lenhador das colinas de Bicêtre, aterrorizado ao ver tremular acima de suas urzes a sombra gigantesca das torres da Notre Dame.

Um silêncio de terror tomou conta dos bandidos, durante o qual se ouviram apenas os gritos de alerta dos cônegos trancados no claustro, mais agitados do que cavalos num estábulo incendiado. Ouvia-se também o barulho furtivo de janelas que se abriam rapidamente e se fechavam ainda mais rapidamente, a agitação interna das casas e do Hôtel-Dieu, o vento nas labaredas, o último estertor do moribundos e o contínuo borbulhar da chuva de chumbo sobre o calçamento.

Enquanto isso, os chefes dos bandidos tinham-se refugiado sob o alpendre da residência dos Gondelaurier e discutiam a situação. O duque do Egito, sentado sobre uma pedra de demarcação, contemplava com um pavor religioso a fantasmagórica fogueira de mais de sessenta metros de altura. Clopin Trouillefou mordia os grandes punhos com raiva.

– É impossível entrar! – ele murmurou entre os dentes.

– Uma velha igreja encantada! – completou o velho boêmio Mathias Hungadi Spicali.

– Pelos bigodes do papa! – acrescentou um fanfarrão já grisalho. – São gárgulas de igreja que cospem chumbo derretido melhor do que os machicólis de Lectoure.

– Estão vendo o demônio que vai e vem diante do fogo? – exclamou o duque do Egito.

– Por Deus – disse Clopin –, é o maldito sineiro, é Quasímodo!

O boêmio balançou a cabeça.

– Pois eu digo que é o espírito Sabnac, o grande marquês, o demônio das fortificações. Tem a forma de um soldado armado e a cabeça de um leão. Às vezes ele monta um cavalo hediondo. Transforma homens em pedras com as quais constrói torres. Ele comanda cinquenta legiões. É ele. Eu o reconheço. Às vezes ele veste um belo manto de ouro, à maneira dos turcos.

– Onde está Bellevigne de l'Étoile? – perguntou Clopin.

– Ele está morto – respondeu uma bandida.

Andry le Rouge ria de um jeito estúpido:

– A Notre Dame dá trabalho ao Hôtel-Dieu – disse.

– Não há meio de arrombar essa porta? – esbravejou o rei de Thunes, batendo o pé no chão.

O duque do Egito apontou tristemente para as duas cascatas de chumbo escaldante que continuavam estriando a fachada preta como duas longas rocas fosfóricas.

– Outras igrejas já foram vistas se defendendo dessa maneira – ele suspirou. – Sainte-Sophie, de Constantinopla, já faz quarenta anos, por três vezes seguidas derrubou o crescente de Maomé sacudindo suas cúpulas, que são as suas cabeças. Guillaume de Paris, que construiu esta, era um mago.

– Devemos ir embora lamentavelmente, então, como lacaios de estrada? – questionou Clopin. – Abandonar nossa irmã que esses lobos enchapelados vão enforcar amanhã?!

O corcunda de Notre Dame – Tomo 2

– E a sacristia, onde há um carregamento de ouro! – acrescentou um bandido cujo nome lamentamos não saber.

– Barba de Maomé! – exclamou Trouillefou.

– Vamos tentar mais uma vez – sugeriu o bandido.

Mathias Hungadi balançou a cabeça.

– Não entraremos pela porta. Precisamos encontrar o defeito da armadura dessa velha fada. Um buraco, uma falsa poterna, algum tipo de juntura.

– Quem se arrisca? – questionou Clopin. – Vou voltar. A propósito, onde está o garoto Jehan, que estava tão bem armado?

– Ele provavelmente está morto – alguém respondeu. – Já não ouvimos sua risada.

O rei de Thunes franziu a sobrancelha.

– Bem, é uma pena. Havia um coração corajoso debaixo daquela sucata. E o mestre Pierre Gringoire?

– Capitão Clopin – disse Andry le Rouge –, ele nos abandonou quando ainda estávamos na Pont-aux-Changeurs.

Clopin bateu o pé no chão.

– Por Deus! Ele nos empurra para este lugar e nos abandona no meio do trabalho! Covarde falastrão, cabeça de chinelo!

– Capitão Clopin! – gritou Andry le Rouge, olhando para a Rua du Parvis –, ali está o estudante.

– Louvado seja Plutão! – exclamou Clopin. – Mas que diabos ele está arrastando?

Era de fato Jehan, que corria tão rápido quanto permitiam suas pesadas vestes de paladino e a longa escada que ele corajosamente arrastava, mais ofegante do que uma formiga carregando um graveto vinte vezes mais pesado do que ela.

– Vitória! *Te Deum*! – o estudante gritou. – Esta é a escada dos descarregadores do Porto Saint-Landry.

Clopin se aproximou dele.

– Garoto! Chifre de Deus! O que você quer fazer com essa escada?

– Aqui está ela – respondeu Jehan, ofegante. – Eu sabia onde estava. Debaixo do hangar da casa do tenente. Há uma moça que conheço que me acha bonito como um cupido. Usei-a para conseguir a escada e consegui a escada, por Maomé! A pobre moça veio de camisola abrir a porta para mim.

– Sim – disse Clopin –, mas o que pretende fazer com a escada?

Jehan olhou para ele com um olhar astuto e corajoso e estalou os dedos como castanholas. Ele estava sublime naquele momento. Tinha na cabeça um daqueles capacetes ornamentados do século XV que assustavam o inimigo com seus cimos quiméricos. O dele era eriçado com dez bicos de ferro, de modo que Jehan poderia concorrer ao formidável epíteto de δεκέμβολος[65] no navio homérico de Nestor.

– O que pretendo fazer com ela, augusto rei de Thunes? Vê aquela fileira de estátuas com caras tolas, logo acima dos três portais?

– Sim. Então?

– É a galeria dos reis da França!

– E que diferença faz? – questionou Clopin.

– Deixe-me explicar! No fundo dessa galeria há uma porta que nunca é trancada. Com esta escada eu posso subir até ela e estou dentro da igreja.

– Filho, deixe-me ir primeiro.

– De jeito nenhum, camarada, a escada é minha. Venha e será o segundo.

– Que Belzebu o estrangule! – disse o medonho Clopin. – Não quero ir atrás de ninguém.

– Então, Clopin, procure uma escada para você!

Jehan começou a correr pela praça puxando sua escada e gritando:

– Venham comigo, rapazes!

---

[65] Armado com dez esporas. (N.T.)

O CORCUNDA DE NOTRE DAME – TOMO 2

Em um instante, a escada foi levantada e apoiada na balaustrada da galeria inferior, acima de um dos pórticos laterais. A multidão de bandidos correu para também subir, aplaudindo efusivamente. Mas Jehan manteve sua palavra e colocou o primeiro pé sobre os degraus. O trajeto era bastante longo. A galeria dos reis da França está hoje a cerca de dezoito metros do chão. Os onze degraus do alpendre aumentavam mais a altura. Jehan subia lentamente, bastante atrapalhado por sua pesada armadura, com uma mão segurando a escada, e a outra, sua balestra. Quando estava no meio do caminho, lançou um olhar melancólico aos pobres bandidos mortos que estavam espalhados pelo chão à frente da catedral.

– Ai de mim! – ele disse. – Aí estão cadáveres dignos do quinto canto da *Ilíada*!

E retomou a subida. Os bandidos o seguiam. Havia um em cada degrau da escada. Essa linha de costas encouraçadas subindo em ondulações parecia uma serpente com escamas de aço que se erguia contra a igreja. Jehan, que subia na frente assoviando, completava a ilusão.

O estudante finalmente chegou ao balcão da galeria e pulou facilmente para dentro, sob os aplausos de toda a bandidagem. Assim, mestre da fortaleza, ele deu um grito de alegria e de repente parou, petrificado. Ele tinha acabado de ver, atrás da estátua de um rei, Quasímodo escondido na escuridão, o olho brilhando.

Antes que um segundo invasor conseguisse pôr o pé na galeria, o formidável corcunda saltou até a ponta da escada e, sem dizer uma palavra, segurou as duas extremidades com suas mãos poderosas, levantou-as e as afastou da parede. Então sacudiu por um momento, em meio a gritos de angústia, a longa escada cheia de bandidos de cima a baixo. De repente, com uma força sobre-humana, jogou o bando de homens na praça. Os mais determinados tentaram resistir. A escada, empurrada para trás, ficou em linha reta, na vertical, e em seguida oscilou, descrevendo de forma assustadora um arco de vinte e cinco metros de raio, e caiu no calçamento com sua carga de bandidos, com mais rapidez do que uma ponte levadiça cujas correntes se romperam. Houve uma imensa imprecação, e então tudo se apagou, com alguns desgraçados mutilados rastejando sobre os mortos para tentar escapar.

Um rumor de dor e raiva eclodiu entre os assaltantes, substituindo os primeiros gritos de triunfo. Quasímodo, impassivo, com os cotovelos apoiados sobre a balaustrada, observava. Parecia um rei velho e cabeludo à janela.

Jehan Frollo estava em uma situação crítica, sozinho na galeria com o temível sineiro, separado de seus companheiros por uma parede vertical de vinte e cinco metros de altura. Enquanto Quasímodo brincava com a escada, o estudante correu para a poterna que ele achava que estava aberta. Mas não estava. O surdo a havia trancado ao entrar na galeria. Então, Jehan escondeu-se atrás de um rei de pedra, segurando a respiração e olhando fixamente, e com desespero, para o monstruoso corcunda, como um homem que, cortejando a esposa do guarda de um zoológico, foi uma noite a um encontro amoroso, escalou a parede errada e de repente se viu de cara com um urso branco.

Nos primeiros instantes, o surdo não se preocupou com ele; mas por fim virou a cabeça e endireitou-se de súbito. Ele tinha acabado de encontrar o estudante.

Jehan se preparou para um duro choque, mas o surdo permaneceu imóvel. Seu único movimento foi ficar de frente para ele, olhando-o.

– Ei! Ei! – fez Jehan. – Por que está me olhando com esse olhar caolho e melancólico?

E, falando assim, o jovem espertinho preparava dissimuladamente sua balestra.

– Quasímodo! – ele gritou. – Vou mudar seu apelido. Vamos chamá-lo de cegueta.

O tiro foi disparado. O virote empenado assobiou e atingiu o braço esquerdo do corcunda. Quasímodo não se incomodou mais do que se fosse um arranhão no rei Pharamond. Ele levou a mão ao virote, arrancou-o do braço e o quebrou facilmente sobre o joelho maciço. Em seguida, deixou cair, em vez de jogar, os dois pedaços no chão. Jehan não teve tempo de atirar uma segunda vez. Quebrada a flecha, Quasímodo bufou ruidosamente e, como um gafanhoto, saltou e caiu sobre o estudante, cuja armadura se achatou no choque contra a parede.

Então, nessa penumbra onde a luz das tochas flutuava, viu-se uma coisa terrível.

Quasímodo segurava com a mão esquerda os dois braços de Jehan, que não tentava resistir, de tanto que se sentia perdido. Com a mão direita, o surdo lhe arrancava, uma após a outra, em silêncio, com uma sinistra lentidão, todas as peças da armadura: espada, punhais, capacete, couraça e braçadeiras. Parecia um macaco descascando uma noz. O corcunda atirava aos seus pés, peça por peça, toda a armadura de ferro do estudante.

Quando o estudante se viu desarmado, despido, fraco e nu naquelas terríveis mãos, ele não tentou falar com o homem surdo, mas começou a rir desaforadamente na cara dele e a cantar, com a intrépida imprudência de um menino de dezesseis anos, a canção popular da época:

Elle est bien habillée,
La ville de Cambrai.
Marafin l'a pillée...[66]

Ele não terminou. Quasímodo foi visto em pé no parapeito da galeria. Com uma mão ele segurava o estudante pelos pés, fazendo-o girar sobre

---

[66] "Ela se veste bem / a cidade de Cambrai. / Marafin a saqueou...". (N.T.)

o abismo como uma funda. Depois ouviu-se um barulho como o de uma caixa óssea explodindo contra uma parede, e alguma coisa começou a cair e parou a um terço da queda, em uma saliência da fachada. Era um cadáver que ficou ali preso, dobrado ao meio, os rins partidos e o crânio vazio.

Um grito de horror se fez ouvir entre os bandidos.

– Vingança! – gritou Clopin. – Ao ataque!

A multidão respondeu.

– Atacar! Atacar!

E se ouviu, então, um enorme alvoroço em que todas as línguas, todos os regionalismos e todos os sotaques se misturavam. A morte do pobre estudante acendeu um ímpeto furioso nessa multidão. Eles foram dominados pela vergonha e pela raiva de, por tanto tempo, terem sido vencidos diante da igreja por um corcunda. A raiva os impulsionou a encontrar escadas e multiplicar as tochas, e, depois de alguns minutos, Quasímodo viu o terrível formigueiro subir por todos os lados para atacar a Notre Dame. Aqueles que não tinham escadas tinham cordas com nós, aqueles que não tinham cordas escalavam pelos relevos das esculturas. Eles se penduravam nos farrapos uns dos outros. Não havia forma de resistir à maré crescente de caras horríveis. A fúria fazia brilhar aquelas figuras ferozes; suas testas terrosas pingavam suor, e seus olhos faiscavam. Todas aquelas caras assustadoras e toda aquela feiura investia contra Quasímodo. Era como se alguma outra igreja tivesse enviado para o assalto da Notre Dame seus górgones, seus cães, seus demônios e suas mais fantásticas esculturas. Parecia uma camada de monstros vivos sobre os monstros de pedra da fachada.

A praça brilhava com a chama de mil tochas. A cena desordenada, até então oculta pela escuridão, acendeu-se de repente com as luzes. O pátio resplandecia e lançava um brilho no céu. A fogueira iluminada sobre a alta plataforma ainda ardia e clareava a cidade ao longe. A enorme silhueta das duas torres, que dominava a distância os telhados de Paris, desenhava naquela claridade um grande entalhe de sombra. A cidade parecia ter despertado. Os rebates distantes se manifestavam. Os bandidos urravam, resfolegavam, praguejavam, escalavam, e Quasímodo, impotente contra tantos inimigos, temendo pela egípcia, vendo os rostos furiosos se aproximar cada vez mais de sua galeria, pedia um milagre ao céu e contorcia os braços em desespero.

O retiro onde o senhor Luís da França reza seu livro de horas

 O leitor não deve ter-se esquecido de que, pouco antes de perceber a investida noturna dos bandidos, Quasímodo, inspecionando Paris do topo de seu campanário, via apenas uma luz brilhar em uma janela no último andar de um edifício alto e sombrio, ao lado da Porta Saint-Antoine. Esse edifício era a Bastilha. Aquela luz era a lamparina de Luís XI.

 O rei Luís XI estava de fato em Paris há dois dias. Ele deveria partir dois dias depois para sua cidadela, Montilz-lès-Tours. Ele fazia apenas raras e curtas aparições em sua boa cidade de Paris, pois não dispunha de alçapões, patíbulos e arqueiros escoceses suficientes.

 Naquele dia, ele tinha ido dormir na Bastilha. O grande quarto de cinco toesas quadradas que tinha no Louvre, com uma lareira ornamentada com doze animais ferozes e treze grandes profetas, e sua grande cama de três por quatro metros pouco lhe agradavam. Ele sentia-se perdido em meio a tanta grandeza. O bom rei burguês gostava mais da Bastilha com um quarto simples e um pequeno leito. Além disso, a Bastilha era mais segura que o Louvre.

O "quartinho" que o rei tinha reservado para si na famosa prisão estatal ainda era bastante amplo e ocupava o andar mais alto de uma torrezinha que partia do torreão. Era um reduto arredondado, atapetado com esteiras de palha brilhante, o teto tinha vigas reforçadas com flores-de-lis de estanho dourado e vãos coloridos, lambris de ricas madeiras semeadas com rosetas de estanho branco e pintadas num belo verde-claro feito de pigmento dourado e floração fina.

Havia apenas uma janela, uma longa ogiva gradeada com arame e barras de ferro, obscurecida por belos vitrais coloridos com as armas do rei e da rainha cujo painel tinha custado vinte e dois soldos.

Uma única porta fazia as vezes de entrada, uma porta moderna, com um cimbre rebaixado, forrado com uma tapeçaria por dentro e, por fora, um daqueles pórticos de madeira irlandesa, frágeis edifícios de carpintaria curiosamente trabalhados, que ainda eram vistos em grande quantidade em antigas residências há cento e cinquenta anos. "Embora desfigurem e envergonhem o lugar, nossos velhos proprietários não querem se livrar deles e desejam conservá-los", escreveu Sauval, desesperado.

Não havia nada naquele quarto que mobiliasse uma residência costumeira: bancos, estrados, estofados, escabelos comuns em forma de baú, nem belos escabelos apoiados em pilastras e contrapilastras a quatro soldos a peça. Havia apenas uma magnífica cadeira dobrável com braços: a madeira era pintada com rosas sobre um fundo vermelho, o assento era de cordovão vermelho decorado com compridas franjas de seda fixadas com mil tachas de ouro. A solidão dessa cadeira demonstrava que só uma pessoa tinha o direito de sentar-se naquele quarto. Ao lado da cadeira e perto da janela havia uma mesa coberta com uma tapeçaria com figuras de pássaros. Sobre a mesa, um tinteiro manchado de tinta, alguns pergaminhos, penas e um cálice de prata cinzelado. Mais adiante, um aquecedor e um genuflexório de veludo carmesim decorado com placas de ouro. Finalmente, mais ao fundo, um leito simples adamascado, amarelo e encarnado, sem brilhos ou passamanes e franjas disformes. Essa cama, famosa por ter embalado o sono, ou a insônia, de Luís XI, ainda podia ser contemplada, há duzentos anos, na residência de um conselheiro do Estado, onde foi vista pela velha Madame Pilou, famosa no *Cyrus* sob o nome de Arricidie ou de La Morale vivante.

Tal era o quarto conhecido como "retiro onde o senhor Luís da França reza seu livro de horas".

No momento em que introduzimos o leitor, esse retiro era ainda pouco conhecido. O toque de recolher tinha tocado havia uma hora, já era noite, e havia apenas uma vacilante vela de cera sobre a mesa para iluminar cinco personagens reunidos no quarto.

O primeiro sobre o qual a luz incidia era um senhor vestido soberbamente com calções e um gibão escarlate listrado, e uma casaca em mahonite de tecido bordado a ouro com desenhos pretos. Esse esplêndido traje no qual a luz se refletia parecia glaçado com chamas em todas as suas dobras. O homem que o vestia carregava no peito seu brasão de armas bordado em cores vivas: um galão acompanhado em uma ponta por um gamo. O brasão tinha à direita um ramo de oliveira e, à esquerda, um chifre de gamo. Esse homem trazia uma rica adaga em sua cintura, cujo cabo acobreado era cinzelado em forma de cimeira com uma coroa condal. Ele tinha uma aparência má, a expressão orgulhosa e a cabeça erguida. À primeira vista, seu rosto destacava-se pela arrogância; depois, pela astúcia.

Sua cabeça estava descoberta, ele segurava um documento na mão, atrás da cadeira de braço em que estava sentado, o corpo deselegantemente curvado, os joelhos sobrepostos, o cotovelo na mesa, uma figura muito mal vestida. Que se imaginem, sobre o opulento couro de Córdoba, duas rótulas ossudas, duas magras coxas mal cobertas por uma malha de lã preta, um torso envolto em um sobretudo de fustão com um forro em que se via menos pelo do que couro. Finalmente, para coroar esse quadro, um velho chapéu ensebado feito de um pano preto vagabundo, ornado com um cordão de medalhinhas de chumbo. Debaixo desse chapéu, um sujo solidéu que mal deixava passar um cabelo. Eis tudo o que se distinguia da personagem sentada. Ele tinha a cabeça tão curvada sobre o peito que nada se via de seu rosto coberto pela sombra, exceto a ponta de seu nariz avantajado em que um raio de luz incidia. Pela magreza de sua mão enrugada, adivinhava-se um velho. Era Luís XI.

A certa distância deles, conversavam em voz baixa dois homens vestidos à flamenga, que não estavam suficientemente escondidos pelas sombras para que alguém que tivesse assistido à representação do mistério de Gringoire não pudesse reconhecer dois dos principais emissários flamengos, Guillaume Rym, o sagaz pensionista de Gand, e Jacques Coppenole, o famoso fabricante de meias. Lembremos que esses dois homens estavam envolvidos com a política secreta de Luís XI.

Finalmente, no fundo, perto da porta, estava de pé na escuridão, imóvel como uma estátua, um vigoroso e parrudo homem, com vestes militares e casaca armoriada. Tinha o rosto quadrado, olhos esbugalhados, uma boca enorme e as orelhas escondidas sob uma boa camada de cabelos lisos que não deixava ver sua testa, e parecia uma figura entre um cão e um tigre.

Todos tinham a cabeça descoberta, exceto o rei.

O senhor que acompanhava o rei lia para ele uma espécie de longo relatório que Sua Majestade parecia ouvir atentamente. Os dois flamengos cochichavam.

– Por Deus! – balbuciava Coppenole. – Estou cansado de ficar de pé. Não há nenhuma cadeira aqui?

Rym respondia com um gesto negativo, acompanhado de um sorriso discreto.

– Por Deus! – retomava Coppenole, desgostoso por ser forçado a baixar o tom de voz. – Minha vontade é de sentar-me no chão, com as pernas cruzadas, como um bom fabricante de meias, como faço na minha loja.

– Não ouse fazê-lo, mestre Jacques!

– Sim, mestre Guillaume! Então, aqui só podemos ficar de pé?

– Ou de joelhos – observou Rym.

Nesse momento, a voz do rei se elevou. Eles se calaram.

– Cinquenta soldos para as vestes dos nossos criados e doze libras para os mantos dos clérigos da nossa coroa! É isso! Desperdiçam ouro às toneladas! Está louco, Olivier?

Falando assim, o velho levantou a cabeça. Via-se reluzir em seu pescoço as conchas de ouro do colar de Saint-Michel. A vela iluminava seu perfil descarnado e lúgubre. Ele arrancou o papel das mãos do outro.

– O senhor está nos arruinando! – ele gritou, enquanto passeava os olhos vazios pelo documento. – O que é isso tudo? Por que precisamos de uma casa tão prodigiosa? Dois capelães a dez libras por mês cada, e um clérigo da capela a cem soldos! Um criado a noventa libras por ano! Quatro escudeiros de cozinha a cento e vinte libras por ano cada um! Um cozinheiro para os assados, outro para os legumes, outro para os molhos, dois criados de somiê a dez libras por mês! Dois mensageiros de cozinha a oito libras! Um cavalariço e seus dois ajudantes a vinte e quatro libras por mês! Um portador, um confeiteiro, um padeiro, dois carreteiros, cada um a sessenta libras por ano! E o ferreiro, cento e vinte libras! O encarregado dos nossos denários, mil e duzentas libras, e o controlador, quinhentas! O que mais?

O CORCUNDA DE NOTRE DAME – TOMO 2

É um disparate! Os salários dos nossos funcionários estão saqueando a França! Todo o tesouro do Louvre será derretido nesse incêndio financeiro! Vamos ter que vender nossas louças! E no próximo ano, se Deus e Nossa Senhora (aqui ele tirou o chapéu) nos mantiverem em vida, beberemos nossas infusões de ervas em um pote de estanho!

Dizendo isso, ele olhou para o cálice de prata que brilhava sobre a mesa. Tossiu e continuou:

– Mestre Olivier, os príncipes que reinam nos grandes domínios senhoriais, como reis e imperadores, não devem permitir que a suntuosidade engendre a casa deles, pois daí o fogo se alastra pela província. Então, mestre Olivier, considere isso dito. As nossas despesas aumentam todos os anos. Isso não nos agrada. Como! Páscoa de Deus! Até 79 elas não passavam de trinta e seis mil libras. Em 80, chegaram a quarenta e três mil seiscentas e dezenove libras – tenho os números memorizados –, em 81, sessenta e seis mil seiscentas e oitenta libras, e, este ano, pela fé do meu corpo! Chegaremos a oitenta mil libras! O dobro em quatro anos! Isso é monstruoso!

Ele parou para tomar fôlego e retomou com ímpeto:

– Eu vejo ao meu redor apenas pessoas que engordam com a minha magreza! Os senhores sugam meus escudos por todos os poros!

Estavam todos em silêncio. Era um daqueles ataques de raiva que é melhor deixar passar. Continuou:

– É como este requerimento em latim do senhorio da França, para que restauremos o que eles chamam de os grandes encargos da coroa! Encargos, de fato! Encargos que esmagam! Ah! Cavalheiros! Os senhores dizem que não somos um rei para reinar *dapifero nullo, buticulario nullo*[67]! Vamos mostrar-lhes, Páscoa de Deus, se não somos esse rei!

---

[67] "Sem dapífero ou consultor para bebidas". (N.T.)

Victor Hugo

Nesse momento ele sorriu, consciente do seu poder, e seu mau humor abrandou-se. Dirigindo-se aos flamengos:

– O senhor vê, camarada Guillaume? O grande distribuidor de pães, o grande distribuidor de bebidas, o grande camareiro, o grande senescal não valem um mísero criado. Lembre-se disso, camarada Coppenole. Eles não servem para nada. Ficando assim inúteis em torno do rei, eles me fazem lembrar os quatro evangelistas que cercam o mostrador do grande relógio do Palácio que Philippe Brille acaba de reformar. São dourados, mas não marcam a hora, e o ponteiro pode muito bem passar sem eles.

Ele permaneceu pensativo por um momento e acrescentou, balançando sua velha cabeça:

– Ei! Ei! Por Nossa Senhora, não sou Philippe Brille e não vou redourar os grandes vassalos. Compartilho da opinião do rei Édouard: salvem o povo e matem o senhorio. Continue, Olivier.

O personagem a quem ele se dirigiu pegou o caderno de suas mãos e continuou a ler em voz alta:

– A Adam Tenon, comissionado da chancelaria do prebostado de Paris, pela prata, pelo feitio e pela cunhagem das referidas chancelas que foram renovadas, uma vez que as precedentes, por sua antiguidade e caducidade, não podiam mais servir de forma útil, doze libras parisis.

"A Guillaume Frère, a soma de quatro libras e quatro soldos parisis, por suas penas e salários por ter alimentado as pombas dos dois pombais do Palácio Tournelles durante os meses de janeiro, fevereiro e março deste ano, gastando para isso sete pesos de cevada.

"A um franciscano, pela confissão de um criminoso, quatro soldos parisis."

O rei ouvia em silêncio. De vez em quando tossia. Então levava o cálice aos lábios e bebia um gole fazendo uma careta.

O CORCUNDA DE NOTRE DAME – TOMO 2

– Neste ano foram feitos, por ordem da Justiça, com muita pompa, pelos cruzamentos de Paris, cinquenta e seis anúncios. Conta em aberto.

"Por ter remexido e procurado, tanto em Paris como fora da cidade, o dinheiro que diziam estar escondido, mas que não foi encontrado, quarenta e cinco libras parisis."

– Enterrar um escudo para desenterrar um soldo! – balbuciou o rei.

– Por ter instalado, no Palácio Tournelles, seis painéis de vidro branco no local onde está a gaiola de ferro, treze soldos. Por ter preparado e entregado, por ordem do rei, no dia da coleta, quatro brasões com as armas reais, cravejados de rosas em toda a volta, seis libras. Por duas mangas novas para o velho gibão do rei, vinte soldos. Por uma caixa de graxa para engraxar as botas do rei, quinze denários. Um estábulo novo para abrigar os porcos negros do rei, trinta libras parisis. Diversas divisórias, tábuas e alçapões feitos para cercar os leões de Saint-Paul, vinte e duas libras.

– São animais caros esses aí – considerou Luís XI. – Mas não tem importância! É uma bela magnificência de rei. Há um grande leão ruço de que gosto muito por sua graciosidade. O senhor já o conheceu, mestre Guillaume? Os príncipes devem ter esses animais miríficos. Para nós, reis, nossos cães são leões, e nossos gatos, tigres. A coroa deve cercar-se das grandezas. No tempo dos pagãos de Júpiter, quando o povo oferecia às igrejas cem bois e cem ovelhas, os imperadores ofertavam cem leões e cem águias. Era feroz e muito bonito. Os reis da França sempre tiveram rugidos em volta do trono. No entanto, é preciso fazer justiça e admitir que eu gasto ainda menos dinheiro do que eles e sou mais modesto com leões, ursos, elefantes e leopardos. Continue, mestre Olivier. Só queríamos dizer isso aos nossos amigos flamengos.

Guillaume Rym fez uma profunda reverência enquanto Coppenole, com seu mau humor, parecia um dos ursos de que sua Majestade falava.

O rei não lhe deu atenção. Ele tinha acabado de molhar os lábios no cálice e cuspiu a bebida, dizendo:

– Argh! Que infusão horrível!

Aquele que lia prosseguiu:

– Para a comida de um peão patife, encarcerado há seis meses no cubículo do matadouro à espera de que saibamos o que fazer com ele, seis libras e quatro soldos.

– Mas o que é isso? – interrompeu o rei. – Alimentar quem deve ser enforcado! Páscoa de Deus! Não dou mais um soldo por essa comida. Olivier, resolva isso com o senhor d'Estouteville, e ainda esta noite comece os preparativos para as núpcias do galanteador com a forca. Prossiga.

Olivier fez uma marca com o polegar no artigo do **peão patife** e continuou.

– Para Henriet Cousin, mestre executor das altas obras da Justiça de Paris, a soma de sessenta soldos parisis, a ele tributados e ordenados por sua excelência o preboste de Paris, por ter adquirido, por ordem do preboste já mencionado, uma grande espada com bainha para executar e decapitar as pessoas que, pela justiça, são condenadas por seus deméritos, e este o tem guarnecido com espadas e tudo o que é necessário. Da mesma forma, mandou-se recuperar e preparar a velha espada, que estava danificada por fazer justiça ao senhor Luís de Luxemburgo, como ficou claro…

O rei o interrompeu:

– Basta. Libero a soma de bom grado. São despesas que não economizo. Nunca me arrependi desse tipo de investimento. Continue.

– Por renovar uma grande jaula…

– Ah! – fez o rei, segurando os braços da cadeira com as duas mãos. – Eu sabia bem que tinha vindo a esta Bastilha por alguma razão. Espere, mestre Olivier. Eu quero ver a jaula pessoalmente. Leia-me o custo enquanto a examino. Senhores flamengos, vejam isso. É curioso.

Ele levantou-se, apoiou-se no braço de seu interlocutor, acenou para o tipo mudo postado diante da porta para que seguisse na frente, pediu aos dois flamengos para segui-lo e saiu do quarto.

À porta do retiro, a real companhia recrutou homens carregados de ferro e esbeltos pajens que portavam tochas. O grupo caminhou por algum tempo pelo interior do sombrio torreão, repleto de escadas e corredores espalhados pela espessa muralha. O capitão da Bastilha caminhava à frente e mandava abrir as diferentes seções intermediárias ao velho rei doente e arqueado que tossia enquanto caminhava.

A cada seção, todos eram forçados a curvar a cabeça para atravessar, exceto o velho, cuja cabeça já era curvada por causa da idade.

– Hum! – fazia ele entre as gengivas, pois não tinha mais dentes. – Já estamos na medida certa para a porta do sepulcro. Para porta baixa, passante curvado.

Finalmente, depois de atravessarem uma última seção, tão cheia de trancas que foram necessários quinze minutos para abri-las, eles entraram em uma alta e vasta sala em ogiva, no centro da qual se podia distinguir, à luz das tochas, um grande e maciço cubo de alvenaria, ferro e madeira. Seu interior era oco. Era uma daquelas famosas gaiolas de prisioneiros de Estado chamadas de "as filhinhas do rei". Havia duas ou três pequenas janelas nas paredes, tão bem gradeadas com espessas barras de ferro que não se via o vidro. A porta era uma grande laje de pedra plana, como nos túmulos. Essas portas que servem apenas para entrar. Só que, neste caso, o morto estava vivo.

O rei começou a andar lentamente em torno do pequeno edifício, examinando-o cuidadosamente, enquanto mestre Olivier, que o seguia, lia o documento em voz alta:

– Por ter renovado uma grande jaula de madeira com fortes vigas, couceiras e frechais, com três metros de comprimento por dois e meio de largura, e dois metros de altura entre dois pisos, lisa e sustentada por espessas barras de ferro, que estava assentada em um quarto de uma das torres da Fortaleza Saint-Antoine. Nessa jaula fica o prisioneiro, por ordem do rei nosso senhor, que anteriormente habitava uma velha jaula caduca e decrépita. Noventa e seis vigas horizontais e cinquenta e duas verticais e dez frechais de seis metros de comprimento foram usados nessa nova jaula. Dezenove carpinteiros trabalharam para esquadrar e esculpir toda a madeira no pátio da Bastilha por vinte dias...

– Belos corações de carvalho – considerou o rei, batendo com o punho na madeira.

– Foram usadas nessa jaula – continuou o outro – duzentas e vinte grossas barras de ferro de três metros por dois e meio, além de outras de comprimento médio, com rodelas, ferragens e fixadores servindo de apoio às barras, pesando todo o conjunto quase uma tonelada e meia, além de oito grandes esquadrias de ferro para prender a jaula, com ganchos e pregos pesando aproximadamente cem quilos, sem contar o ferro das treliças das janelas do quarto onde a jaula foi colocada, as barras de ferro da porta do quarto e outras coisas...

– Isso é bastante ferro para conter a imprudência de um espírito! – considerou o rei.

– O total é de trezentas e dezessete libras, cinco soldos e sete denários.

– Páscoa de Deus! – o rei exclamou.

Com essa exclamação, que era a favorita de Luís XI, parecia que alguém tinha acordado dentro da jaula. Ouviu-se o barulho de correntes arranhando o chão, e uma voz fraca parecia sair do túmulo:

– *Sire*! *Sire*! Piedade!

Não se podia ver quem falava.

– Trezentas e dezessete libras, cinco soldos e sete denários! – repetiu Luís XI.

A voz lamentável que tinha saído da jaula congelou todos os assistentes e até o próprio mestre Olivier. Apenas o rei parecia não ter ouvido. Ao seu comando, mestre Olivier retomou a leitura, e Sua Majestade continuou friamente a inspeção da jaula.

– Além disso, pagou-se ao pedreiro que fez os furos para colocar as grades e janelas e reforçar o piso do quarto onde está a jaula, porque o anterior não a sustentaria, devido ao seu peso, vinte e sete libras e catorze soldos parisis.

A voz começou a gemer novamente:

– Piedade! *Sire!* Juro que foi o senhor cardeal d'Angers quem cometeu a traição, não eu.

– O pedreiro é custoso! – disse o rei. – Continue, Olivier.

Olivier continuou:

– A um marceneiro, pelas janelas, pelos revestimentos, buraco de excrementos e outras coisas, vinte libras e dois soldos parisis...

A voz também continuava:

– Ai de mim! *Sire!* Não me ouve? Juro que não fui eu que escrevi aquilo ao senhor de Guyenne, foi o cardeal La Balue!

– O marceneiro é caro – disse o rei. – É tudo?

– Não, *Sire.* A um vidraceiro, pelas janelas do referido quarto, quarenta e seis soldos e oito denários parisis.

– Clemência, *Sire!* Não é suficiente que todos os meus bens tenham sido entregues aos juízes, minha louça, ao senhor de Torcy, minha livraria, ao mestre Pierre Doriolle, minha tapeçaria, ao governador de Roussillon? Sou inocente. Há catorze anos eu tremo de frio numa jaula de ferro. Clemência, *Sire!* O senhor receberá tudo de volta no céu.

– Mestre Olivier – disse o rei –, qual é o total?

– Trezentas e sessenta e sete libras, oito soldos e três denários parisis.

– Nossa Senhora! – exclamou o rei. – É uma jaula ultrajante!

Ele arrancou o caderno das mãos do mestre Olivier e começou a contar com seus dedos, examinando sucessivamente o papel e a jaula. Enquanto isso, era possível ouvir o prisioneiro soluçar. Era algo lúgubre na penumbra, e eles entreolhavam-se, pálidos.

– Catorze anos, *Sire*! Já são catorze anos! Desde abril de 1469. Em nome da santa Mãe de Deus, *Sire*, ouça-me! Durante todo esse tempo o senhor pôde desfrutar do sol. Eu, miserável, nunca mais verei a luz do dia? Piedade, *Sire*! Tenha misericórdia. A clemência é uma bela virtude real que quebra as correntes da ira. Vossa Majestade acredita que, na hora da morte, seja uma grande alegria para um rei não ter deixado nenhuma ofensa impune? Além disso, *Sire*, foi o senhor d'Angers quem traiu Vossa Majestade, não eu. Eu tenho no pé uma corrente muito pesada com uma enorme bola de ferro na ponta, muito mais pesada do que manda a razão. Hein! *Sire*! Tenha piedade de mim!

– Olivier – disse o rei, acenando com a cabeça –, eu notei que estão me cobrando vinte soldos o moio do gesso, que vale apenas doze. Refaça as contas.

Ele virou as costas para a jaula e fez menção de sair da sala. O miserável prisioneiro, longe das tochas e do barulho, julgou que o rei estava saindo.

– *Sire*! *Sire*! – ele gritou desesperado.

A porta se fechou. Ele não viu nada e não ouviu nada além da voz rouca do carcereiro, que cantava esta canção:

Maître Jean Balue
A perdu la vue
De ses évêchés;
Monsieur de Verdun
N'en a plus pas un,
Tous sont dépêchés.[68]

---

[68] "Mestre Jean Balue / Perdeu de vista / os seus bispados; / Senhor de Verdun / Não tem mais nenhum, / Todos foram dispensados". (N.T.)

O rei voltava em silêncio ao seu aposento, e seu cortejo o seguia, aterrorizado com os últimos gemidos do condenado. De repente, Sua Majestade voltou-se para o governador da Bastilha.

– A propósito – ele disse –, não havia alguém naquela jaula?

– Por Deus, *Sire*! – o governador respondeu, espantado com a pergunta.

– Quem, então?

– O senhor bispo de Verdun.

O rei sabia disso melhor do que ninguém. Mas era uma mania sua.

– Ah! – ele disse com o ar ingênuo de quem pensa nisso pela primeira vez. – Guillaume de Harancourt, o amigo do senhor cardeal La Balue. Um bom diabo de bispo!

Alguns instantes depois, a porta do retiro foi reaberta e deu passagem aos cinco personagens que o leitor conheceu lá no início deste capítulo e que tinham retomado cada qual seu lugar, suas conversas a meia-voz e suas atitudes.

Durante a ausência do rei, foram colocados em sua mesa alguns despachos, cujo lacre ele mesmo rompeu. Ele começou a ler os documentos de imediato, um após o outro, e acenou para mestre Olivier – que, ao seu lado, parecia representar o papel de ministro – para pegar uma pena. Sem dizer-lhe o conteúdo dos despachos, começou a ditar em voz baixa as respostas que seu ajudante escrevia, bem desajeitadamente, ajoelhado diante da mesa.

Guillaume Rym observava.

O rei falava tão baixo que os flamengos não ouviam nada do seu ditado, exceto aqui e ali alguns fragmentos isolados e incompreensíveis, como: "Manter os lugares férteis pelo comércio, os estéreis pelas manufaturas..."; "Mostrar aos lordes ingleses nossas quatro bombardas: Londres, Brabant, Bourg-en-Bresse, Saint-Omer..."; "A artilharia é a causa de as guerras serem agora mais judiciosas...”; “Ao senhor de Bressuire, nosso amigo...”; “Os exércitos não se sustentam sem tributações...”, etc.

Em certo momento ele levantou a voz:

– Páscoa de Deus! O senhor rei da Sicília sela suas cartas com cera amarela, como um rei da França. Talvez não devêssemos permitir isso. Meu querido primo da Borgonha não concedia brasões na cor vermelha. A grandeza das linhagens é garantida pela integridade das prerrogativas. Tome nota disso, camarada Olivier.

Outra vez:

– Oh! Oh! – ele disse. – Que mensagem importante! O que nosso irmão imperador exige?

E, percorrendo a missiva com os olhos, intercalava a leitura com interjeições:

– Claro! Os alemães são tão grandes e poderosos que é quase inacreditável. Mas não nos esqueçamos do velho ditado: “O mais belo condado é Flandres; o mais belo ducado, Milão; o mais belo reino, a França”. Não é verdade, senhores flamengos?

Dessa vez Coppenole curvou-se com Guillaume Rym. O patriotismo do fabricante de meias ficava lisonjeado.

Um último despacho fez Luís XI franzir a testa.

– O que é isso? – ele perguntou, surpreso. – Queixas e recriminações contra nossas guarnições da Picardie! Olivier, escreva imediatamente ao senhor marechal de Rouault. “Que as disciplinas descansem. Os gendarmes das ordenanças, os nobres em serviço, os franco-arqueiros, os suíços causam males infinitos aos camponeses. O homem de guerra, não se contentando com os bens que encontra na casa dos lavradores, obriga-os, sob golpes de bastão ou pauladas, a ir à cidade pedir vinho, peixe, especiarias e outras coisas excessivas. E o senhor rei tem ciência disso. Queremos poupar nosso povo dos inconvenientes, como roubos e saques. É a nossa vontade, por Nossa Senhora! Além disso, não nos agrada que qualquer músico ambulante, barbeiro ou militar vista-se como um príncipe, com veludo, seda e anéis de ouro. Essas vaidades são odiosas a Deus. Nós, que somos cavalheiros, contentamo-nos com um gibão de tecido a dezesseis soldos a alna em Paris. Os senhores grosseirões também podem rebaixar-se a isso. Notifique e ordene. Ao senhor de Rouault, nosso amigo. Que assim seja."

Ele ditou essa carta em voz alta, num tom firme e aos solavancos. Quando terminou, a porta se abriu e deu passagem a um novo personagem, que se precipitou para o quarto gritando:

– *Sire*! *Sire*! Há uma sedição popular em Paris!

Luís XI contraiu-se, acentuando sua grave figura, mas o que era visível de sua emoção passou como um relâmpago. Ele se conteve e disse com severa calma:

– Camarada Jacques, o senhor entrou muito abruptamente!

– *Sire*! *Sire*! Há uma revolta! – repetiu o camarada Jacques, esbaforido.

O rei, que tinha se levantado, pegou-o rudemente pelo braço e lhe disse ao ouvido, para que ninguém mais ouvisse, com uma ira concentrada e um olhar oblíquo para os flamengos:

– Cale-se ou fale baixo!

O recém-chegado entendeu e começou a narrar em voz baixa uma história bastante confusa que o rei escutava calmamente, enquanto Guillaume Rym chamava a atenção de Coppenole para o rosto e a roupa do recém-chegado, seu capuz forrado, *caputia furlata*, sua epítoga curta, *epitogia curta*, e a toga de veludo preto que indicava tratar-se do presidente do Tribunal de Contas.

Quando o personagem terminou seu relato, Luís XI exclamou, com uma gargalhada:

– De verdade?! Conte em voz alta, camarada Coictier! Por que falar assim em voz baixa? Nossa Senhora sabe que não temos nada a esconder dos nossos bons amigos flamengos.

– Mas, *Sire*…

– Fale mais alto!

O "compadre Coictier" permaneceu mudo de surpresa.

– Então – insistiu o rei –, fale, senhor. Há uma agitação entre o populacho de nossa boa cidade de Paris?

– Sim, *Sire*.

– E que é direcionada, segundo diz, ao senhor bailio do Palácio de Justiça?

– Aparentemente, sim – respondeu o camarada, que gaguejava, ainda atordoado pela mudança repentina e inexplicável que tinha acabado de ocorrer nos pensamentos do rei.

Luís XI retomou:

– Onde a vigilância encontrou a confusão?

– Caminhando da Grande-Truanderie na direção da Pont-aux-Changeurs. Eu mesmo a encontrei no caminho até aqui, para atender às ordens de Vossa Majestade. Alguns gritavam: "Abaixo o bailio do Palácio!"

– E que queixas têm contra o bailio?

– Ah! – disse o camarada. – Que ele tem poder direto sobre eles.

– Verdade!

– Sim, *Sire*. São bandidos do Pátio dos Milagres. Há muito tempo eles se queixam do bailio, de que são vassalos. Não querem reconhecê-lo como juiz ou chefe do policiamento das ruas.

– Entendi! – disse o rei com um sorriso de satisfação que tentou disfarçar em vão.

– Em todos os seus pedidos ao Parlamento – prosseguiu o camarada Jacques –, eles pretendem ter apenas dois mestres, Sua Majestade e o Deus deles, que é, creio eu, o diabo.

– Ora! Hein! – o rei reagiu.

Ele esfregou as mãos com um desses risos internos que fazem o rosto brilhar. Não podia esconder sua alegria, embora tentasse recompor-se em alguns momentos. Ninguém entendia nada, nem mesmo "mestre Olivier". Ele ficou em silêncio por algum tempo, com um ar pensativo, mas contente.

– São numerosos? – o rei perguntou de repente.

– Sim, *Sire* – respondeu o camarada Jacques.

– Quantos?

– Pelo menos seis mil.

O rei não pôde deixar de dizer:

– Bem! – E retomou: – Estão armados?

– Foices, espadas, arcabuzes, enxadas. Todo o tipo de armas violentas.

O rei não parecia nem um pouco preocupado com essa descrição. O camarada Jacques pensou ser importante acrescentar:

– Se Vossa Majestade não enviar socorro imediato ao bailio, ele estará perdido.

– Nós enviaremos – disse o rei com um falso ar sério. – De acordo. Certamente enviaremos. O senhor bailio é nosso amigo. Seis mil! Essa gente está bastante determinada. A ousadia é maravilhosa, e estamos muito zangados com isso. Mas temos poucas pessoas conosco nesta noite. Amanhã de manhã cuidamos disso.

O camarada Jacques agitou-se.

– Precisa ser agora, *Sire*! Amanhã o bailiado já terá sido vinte vezes saqueado, o domínio senhorial, violado, e o bailio, enforcado. Pelo amor de Deus, *Sire*! Envie socorro agora.

O rei o olhou de frente.

– Eu disse amanhã de manhã.

Era um daqueles olhares que não admitem réplica.

Depois de um silêncio, Luís XI levantou a voz novamente.

– Meu camarada Jacques, o senhor deve saber disso. Qual era... – ele se corrigiu – Qual é a jurisdição feudal do bailio?

– *Sire*, o bailio do Palácio tem a Rua de la Calandre até a Rua de l'Herberie, a Praça Saint-Michel e os lugares vulgarmente conhecidos como Les Mureaux próximos da igreja Notre Dame-des-Champs (aqui Luís XI elevou a borda de seu chapéu). Nessa área há treze hotéis, além do Pátio dos Milagres, mais a Maladerie, chamada Banlieue, e também toda a estrada que começa na Maladerie e termina na Porta Saint-Jacques. Desses vários lugares ele é chefe do policiamento, alto, médio e baixo juiz, senhor pleno.

– Sim! – disse o rei, coçando a orelha esquerda com a mão direita. – Isso é uma boa parte da minha cidade! Ah! O senhor bailio **era** o rei de tudo isso!

Dessa vez ele não se corrigiu e continuou, divagando, como se falasse consigo mesmo:

– É verdade, senhor bailio! O senhor tinha entre os dentes um belo pedaço da nossa Paris.

De repente, ele explodiu:

– Páscoa de Deus! Quem são essas pessoas que se dizem chefes, juízes senhores e mestres da nossa casa? Que têm pedágios espalhados por toda parte, justiça e carrasco em todos os cruzamentos, e contra o nosso povo? Como os gregos acreditavam ter tantos deuses quanto fontes, e os persas, tanto quanto estrelas no céu, os franceses contam com a mesma quantidade de reis e de patíbulos! Por Deus! Isso é muito ruim, e eu odeio confusão. Eu gostaria muito de saber se é da graça de Deus que em Paris haja outro chefe além do rei, outra justiça além do nosso Parlamento, outro imperador além de nós neste império! Pela fé da minha alma! É preciso que chegue o dia em que haverá na França apenas um rei, apenas um senhor, apenas um juiz, apenas um cortador de cabeças, assim como há apenas um Deus no paraíso!

O corcunda de Notre Dame – Tomo 2

Ele levantou o chapéu novamente e continuou, ainda pensativo, com o ar e a entonação de um caçador que se irrita e lança sua matilha:

– Bem, meu povo! Destrua bravamente esses falsos senhores! Faça seu trabalho. Depressa! Depressa! Saqueie, enforque, roube! Ah! Querem ser reis, cavalheiros? Ande! Povo! Ande!

Aqui ele interrompeu abruptamente seu discurso, mordeu o lábio, como se para alcançar o pensamento que lhe escapava, lançou um olhar penetrante para cada um dos cinco personagens que o cercavam e de repente agarrou seu chapéu com as duas mãos e, olhando-o de frente, disse:

– Oh! Eu queimaria você se soubesse o que passa pela minha cabeça!

Então, olhando a seu redor novamente, como uma raposa atenta que retorna sorrateiramente à sua toca:

– Não importa! Vamos ao socorro do senhor bailio. Infelizmente, neste momento, temos pouca tropa contra tantos revoltosos. Temos de esperar até amanhã. A ordem será restabelecida na Cité, e enforcaremos todos os que forem pegos.

– A propósito, *Sire*! – disse o camarada Coictier. – Estava tão perturbado que me esqueci de informar que a vigilância capturou dois retardatários do bando. Se Vossa Majestade quiser vê-los, eles estão aqui.

– Se eu quiser vê-los! – exclamou o rei. – Mas como! Páscoa de Deus! Como se esquece de tal informação? Depressa, Olivier! Vá buscá-los.

Mestre Olivier saiu e voltou em seguida com os dois prisioneiros cercados por arqueiros da ordenança. O primeiro tinha uma cara estúpida, bêbada e assustada. Vestia-se de farrapos e caminhava dobrando o joelho e arrastando o pé. O segundo era uma figura pálida e sorridente que o leitor já conhece.

O rei examinou-os por um momento sem pronunciar uma palavra, depois dirigiu-se bruscamente ao primeiro:

– Como você se chama?

VICTOR HUGO

– Gieffroy Pincebourde.

– Profissão?

– Bandido.

– O que estava indo fazer nessa maldita sedição?

O bandido olhou para o rei balançando os braços com um ar atordoado. Era uma dessas cabeças malconformadas em que a inteligência sente-se tão confortável quanto a luz sob um abafador de velas.

– Não sei – disse ele. – Todos iam, fui também.

– Não estava indo atacar e saquear o seu senhor, o bailio do Palácio?

– Sei que íamos pegar alguma coisa em algum lugar. Só isso.

Um soldado mostrou ao rei uma foice que tinha sido apreendida com o bandido.

– Reconhece esta arma? – o rei perguntou.

– Sim, é a minha foice. Sou viticultor.

– E reconhece este homem como seu companheiro? – acrescentou Luís XI, designando o outro prisioneiro.

– Não. Não o conheço.

– Basta – disse o rei. E, acenando com o dedo para o personagem silencioso, imóvel perto da porta, para o qual já chamamos a atenção do leitor:

– Camarada Tristan, esse homem é todo seu.

Tristan l'Hermite curvou-se. Ele deu uma ordem em voz baixa a dois arqueiros que levaram o pobre bandido.

Enquanto isso, o rei aproximou-se do segundo prisioneiro, que transpirava por todos os poros.

– Seu nome?

– Pierre Gringoire, *Sire.*

– Profissão?

– Filósofo, senhor.

- Como ousa, engraçadinho, atacar nosso amigo bailio do Palácio, e o que tem a dizer sobre essa agitação popular?

- *Sire*, eu não estava envolvido nisso.

- Como? Quer dizer, então, seu libertino, que não foi detido pela vigilância em má companhia?

- Não, *Sire*, houve um engano. É uma fatalidade. Eu escrevo tragédias. *Sire*, imploro a Vossa Majestade que me ouça. Sou poeta. Faz parte da melancolia das pessoas da minha profissão vagar pelas ruas à noite. Eu estava de passagem por ali nesta noite. Foi um grande acaso. Fui preso injustamente. Sou inocente em meio a essa tempestade civil. Vossa Majestade vê que o bandido não me reconheceu. Eu suplico, Vossa Majestade...

- Cale-se! - disse o rei entre dois goles de chá. - Está tirando nossa paciência.

Tristran l'Hermite avançou e apontou para Gringoire:

- Senhor, podemos enforcar este também? - Era a primeira coisa que ele dizia.

- Como queira! - o rei respondeu de forma negligente. - Não vejo nenhum inconveniente.

- Eu vejo muitos! - reagiu Gringoire.

Nesse momento, nosso filósofo estava mais verde que uma azeitona. Ele viu, na fria e indiferente expressão do rei, que não havia mais recursos do que algo bastante patético e se ajoelhou aos pés de Luís XI falando com uma gesticulação desesperada:

- *Sire*! Vossa Majestade precisa me ouvir! *Sire*! Não exploda em trovões algo tão insignificante como eu. O poderoso raio de Deus não bombardeia uma alface. *Sire*, o senhor é um augusto monarca muito poderoso, tenha piedade de um pobre homem honesto, que seria mais incapaz de fomentar uma revolta do que um cubo de gelo de produzir uma faísca! Muito gracioso

Sire, a complacência é a virtude do leão e do rei. Ai de mim! O rigor só amedronta os espíritos, os sopros impetuosos do vento seco não nos fazem deixar de lado o casaco, mas o sol, oferecendo seus raios gradualmente, aquece de tal forma que nos permite ficar só de camisola. *Sire*, o senhor é o sol. Garanto, meu soberano mestre e senhor, que não sou um bandido, ladrão ou desordenado. A revolta e a bandidagem não pertencem à tripulação de Apolo. Eu não me precipitaria naquelas brumas que se precipitam em badernas de sedições. Sou um vassalo fiel de Vossa Majestade. O mesmo zelo que o marido tem pela honra de sua esposa, a expectativa que tem o filho pelo amor de seu pai, um bom vassalo deve ter pela glória do seu rei. Ele deve ansiar pelo zelo de sua casa, pelo crescimento do seu serviço. Qualquer outra paixão que o dominasse não passaria de arrebatamento. Eis minhas máximas para o estado, *Sire*. Por isso, não me julgue sedicioso e saqueador por causa de minhas vestes rotas nos cotovelos. Se me conceder a graça, *Sire*, vou desgastá-las também nos joelhos, rezando a Deus por vossa senhoria, dia e noite! Ai de mim! Não sou extremamente rico, isso é bem verdade. Sou até um pouco pobre. Mas nem por isso sou desonesto. Não é minha culpa. Todos sabem que as grandes riquezas não vêm das belas letras e que os que mais consomem bons livros nem sempre têm um bom fogo no inverno. O advocatício colhe todos os grãos e deixa apenas palha às outras profissões científicas. Há ao menos quarenta excelentes provérbios sobre o manto furado dos filósofos. Oh! *Sire*! A clemência é a única luz que pode iluminar o interior de uma grande alma. A clemência conduz a chama à frente de todas as outras virtudes. Sem ela, as outras são apenas cegas que tateiam em busca de Deus. A misericórdia, que é o mesmo que a clemência, constrói o amor dos sujeitos, que é o mais poderoso guardião da pessoa do príncipe. Que diferença faz a Vossa Majestade, cujas faces são deslumbrantes, que haja um pobre homem a mais na Terra? Um pobre e inocente filósofo, chafurdando nas trevas da calamidade, com o bolso vazio

O corcunda de Notre Dame – Tomo 2

que ecoa em sua barriga também oca? Além disso, *Sire*, sou um letrado. Os grandes reis adicionam uma pérola às suas coroas ao protegerem as letras. Hércules não desdenhava do título de muságeta[69]. Mathias Corvin favorecia Jean de Monroyal, o príncipe das matemáticas. No entanto, é uma péssima maneira proteger as letras enforcando os letrados. Que mancha na história de Alexandre se tivesse enforcado Aristóteles! Essa característica não seria um pequeno mosquito na face de sua reputação para embelezá-lo, mas, sim, uma úlcera maligna para desfigurá-lo. *Sire*! Fiz um conveniente epitálamo para a senhora de Flandres e o muito augusto senhor delfim. Isso não é do feitio de quem ateia fogo em rebeliões. Vossa Majestade vê que não sou um escrevinhador, que estudei excelentemente e tenho eloquência natural. Conceda-me essa graça, *Sire*. Ao fazê-lo, fará uma ação agradável a Nossa Senhora, e confesso que tenho muito medo da ideia de ser enforcado!

Quando terminou sua defesa, o desolado Gringoire começou a beijar as chinelas do rei, e Guillaume Rym disse em voz baixa a Coppenole:

– Faz bem em arrastar-se no chão. Os reis são como Júpiter de Creta, só têm ouvidos nos pés.

Sem se preocupar com Júpiter de Creta, o fabricante de meias respondeu com um sorriso pesado e o olho fixo em Gringoire:

– Oh! É verdade! Tenho a impressão de que ouço o chanceler Hugonet me pedir clemência.

Quando Gringoire finalmente parou, ofegante, ele levantou a cabeça tremendo em direção ao rei, que arranhava com as unhas uma mancha nas meias, bem na altura do joelho. Então Sua Majestade começou a beber a infusão em seu cálice. Além disso, não disse uma palavra, e esse silêncio torturava Gringoire. O rei finalmente olhou para ele.

---

[69] Em latim, "condutor das musas". (N.T.)

Victor Hugo

– Eis aqui um terrível falastrão! – ele disse. Em seguida, voltando-se para Tristan l'Hermite: – Bah! Soltem-no!

Gringoire caiu de costas, completamente aparvalhado de felicidade.

– Livre! – grunhiu Tristan. – Vossa Majestade não gostaria que o mantivéssemos numa jaula por um tempo?

– Camarada – disse Luís XI –, acha que é para esses pássaros que fazemos gaiolas de trezentas e sessenta e sete libras oito soldos e três denários? Libertem logo o licencioso – Luís XI gostava dessa palavra, que, junto com "Páscoa de Deus", formava a base de sua jovialidade – e ponham-no para fora com um safanão!

– Uau! – exclamou Gringoire. – Eis um grande rei!

E, por medo de uma contraordem, ele correu para a porta, que Tristan lhe abriu a muito contragosto. Os soldados saíram com ele, dando grandes safanões que Gringoire suportou como um verdadeiro filósofo estoico.

O bom humor do rei, desde que a revolta contra o bailio tinha sido anunciada, era evidente. Essa indulgência incomum não era um sinal negligenciável. Tristan l'Hermite, no seu canto, tinha a carranca de um mastim que viu, mas não caçou.

O rei, no entanto, dedilhava feliz no braço de sua cadeira o hino de Pont-Audemer. Era um monarca dissimulado, mas sabia muito melhor esconder suas mágoas do que suas alegrias. Essas manifestações explícitas de alegria a cada boa notícia às vezes iam longe demais. Assim, à morte de Carlos, o Temerário, doou balaustradas de prata a Saint-Martin de Tours; com sua subida ao trono, esqueceu-se de mandar organizar as obséquias de seu pai.

– Ora! *Sire*! – exclamou de repente Jacques Coictier. – O que aconteceu com o sintoma agudo da doença pela qual Vossa Majestade mandou me chamar?

O CORCUNDA DE NOTRE DAME – TOMO 2

– Oh! – disse o rei. – Estou mesmo sofrendo muito, meu camarada. Há um zumbido em meu ouvido, e lâminas de fogo dilaceram meu peito.

Coictier segurou a mão do rei e começou a tomar seu pulso com uma postura de conhecedor.

– Veja, Coppenole – disse Rym em voz baixa. – Ali está ele entre Coictier e Tristan. É onde está sua corte completa. Um médico para ele, um carrasco para os outros.

Sentindo o pulso do rei, Coictier parecia cada vez mais alarmado. Luís XI olhava para ele com certa ansiedade. Coictier visivelmente entristecia--se. O bravo homem não tinha melhor garantia do que a saúde ruim do rei. Ele a usava da melhor maneira.

– Oh! Oh! – ele finalmente murmurou. – Isso é realmente grave.

– É verdade? – perguntou o rei, inquieto.

– *Pulsus creber, anhelans, crepitans, irregularis*[70] – disse o médico.

– Páscoa de Deus!

– Isso pode aniquilar um homem em três dias.

– Nossa Senhora! – exclamou o rei. – E qual é a cura, camarada?

– Estou pensando nisso, *Sire*.

Ele fez Luís XI colocar a língua para fora, acenou com a cabeça, fez uma careta e, no meio de toda essa momice:

– Por Deus! – ele exclamou. – Preciso contar que há uma recebedoria de regalias que está vaga, e eu tenho um sobrinho...

– Dou minha recebedoria ao seu sobrinho, camarada James – respondeu o rei –, mas tire essa queimação do meu peito.

– Como Vossa Majestade é muito clemente – disse o médico –, não se recusará a me ajudar na construção da minha casa na Rua Saint-André--des-Arcs.

---

[70] "Pulso acelerado, sem fôlego, crepitante, irregular". (N.T.)

– Eu...! – titubeou o rei.

– Minhas finanças estão esgotando-se – continuou o médico –, e seria realmente lamentável a casa ficar sem telhado. Não pela casa, que é simples e burguesa, mas pelas pinturas de Jehan Fourbault, que dão certa vida aos lambris. Há uma Diana voando pelos ares, mas tão excelente, tão terna, tão delicada, com uma atitude tão ingênua, a cabeça tão bem feita e coroada por um crescente, a pele tão alva, que deixa tentado quem a observa com muita curiosidade. Há também uma Ceres, outra divindade muito bonita. Ela está sentada em feixes de trigo e tem a cabeça enfeitada com uma galante guirlanda de espigas entrelaçadas com salsifis e outras flores. Nada existe de mais apaixonado do que seu olhar, mais roliço do que suas pernas, mais nobre do que sua expressão e mais belamente drapeado do que sua túnica. É uma das mais inocentes e perfeitas belezas que o pincel já produziu.

– Carrasco! – resmungou Luís XI. – Aonde quer chegar?

– Preciso de um teto sobre essas pinturas, *Sire*, e, embora seja pouco, não tenho dinheiro.

– Quanto custa o seu telhado?

– Bem... um teto de cobre ornado com figuras douradas, no máximo duas mil libras.

– Ah! Assassino! – exclamou o rei. – Ele não me arranca um dente que não seja um diamante.

– Terei meu telhado? – perguntou Coictier.

– Sim! E vá para o inferno, mas me cure.

Jacques Coictier curvou-se profundamente e disse:

– *Sire*, é um repercussivo que o salvará. Aplicaremos em seus rins um grande defensivo, composto de cerato, argila da Armênia, clara de ovo, óleo e vinagre. O senhor pode continuar com sua infusão, e nós cuidaremos de Vossa Majestade.

O CORCUNDA DE NOTRE DAME – TOMO 2

Uma vela brilhante não atrai somente um mosquito. Mestre Olivier, percebendo que o rei estava generoso e achando o momento oportuno, aproximou-se:

– *Sire*...

– O que é agora? – perguntou Luís XI.

– *Sire*, Vossa Majestade soube que mestre Simon Radin está morto?

– E daí?

– Ele era conselheiro do rei para assuntos da Justiça do Tesouro.

– E daí?

– *Sire*, o cargo dele está vago.

Falando assim, a figura arrogante de mestre Olivier tinha sido substituída por uma expressão humilde. É a única alternativa para um cortesão. O rei o olhou bem de frente e disse em tom seco:

– Entendo. – E prosseguiu. – Mestre Olivier, o marechal de Boucicaut, dizia: "Não há dom que não venha do rei, não há pesca senão no mar". Vejo que concorda com o senhor de Boucicaut. Agora ouça. Temos boa memória. Em 68, fizemos do senhor varlete de nossa residência; em 69, guarda do castelo da Ponte de Saint-Cloud a cem libras tournois (o senhor queria parisis). Em novembro de 73, por cartas dadas a Gergeole, nós o instituímos concierge do bosque de Vincennes no lugar de Gilbert Acle, escudeiro; em 75, oficial da floresta de Rouvray-lez-Saint-Cloud, no lugar de Jacques Le Maire. Em 78, graciosamente lhe concedemos, por cartas patentes seladas em duplo lacre de cera verde, uma renda de dez libras parisis, para o senhor e sua esposa, na sede dos mercadores, situado na Escola de Saint-Germain. Em 79, fizemos do senhor oficial da floresta de Senart, no lugar do pobre Jehan Daiz; em seguida, capitão do Castelo de Loches; depois governador de Saint-Quentin; capitão da Ponte de Meulan, e então passou a ser denominado conde. Dos cinco soldos de multa que cada barbeiro que barbeia num dia festivo paga, três são para o senhor, e o restante fica para nós. Aceitamos mudar seu nome para *Le Mauvais*, que combinava muito com suas feições. Em 74 lhe outorgamos, para o desprazer da nossa nobreza, brasões multicoloridos que pavoneiam seu peito. Páscoa de Deus! Está embriagado? A pesca não é suficientemente bela e milagrosa? Não teme que mais um salmão acabe por fazer o barco virar? O orgulho vai fazer o senhor se perder, meu amigo. O orgulho é sempre seguido de perto pela ruína e pela vergonha. Considere isso e se cale.

Essas palavras, pronunciadas com severidade, trouxeram de volta à insolência a deplorável fisionomia do mestre Olivier.

– Bem – ele murmurou quase em voz alta –, vê-se que o rei está doente hoje. Ele cede tudo ao médico.

Luís XI, longe de se irritar com essa afronta, retomou com alguma gentileza:

– Ah, já ia me esquecendo de que o nomeei como meu embaixador em Gand, à corte da senhora Marie. Sim, senhores – acrescentou o rei, voltando-se para os flamengos –, este homem foi embaixador. Vamos, meu camarada – continuou, dirigindo-se a mestre Olivier –, não vamos nos indispor, somos velhos amigos. Já é tarde. Terminamos o nosso trabalho. Faça minha barba.

Nossos leitores certamente não esperaram até agora para reconhecer no **mestre Olivier** o terrível fígaro que a providência, essa grande dramaturga, tão artisticamente emaranhou com a longa e sangrenta comédia de Luís XI. Não será agora que nos comprometeremos a desenvolver essa figura singular. O barbeiro do rei tinha três nomes. Na corte, ele era educadamente chamado de Olivier le Daim; entre o povo, Olivier le Diable. Seu nome verdadeiro era Olivier le Mauvais.[71]

---

[71] Respectivamente, Olivier o Gamo, Olivier o Diabo e Olivier o Mau. (N.T.)

Olivier le Mauvais então permaneceu imóvel, ignorando o rei e olhando para Jacques Coictier de través.

– Sim, sim! O doutor! – ele disse entre os dentes.

– Exato! O doutor – disse Luís XI com sua bondade singular – ainda tem mais crédito do que você. É muito simples. Ele age sobre todo o nosso corpo, e você, somente no queixo. Vamos, meu pobre barbeiro, você já tem o bastante. O que diria, então, e o que seria de seus ganhos se eu fosse um rei como Chilpérci, que tinha o hábito de segurar a barba com uma mão? Vamos, meu amigo, dedique-se ao seu ofício, faça minha barba. Vá buscar o que precisa.

Olivier, vendo que o rei tinha optado por brincar com a situação e que não havia sequer uma maneira de irritá-lo, saiu resmungando para cumprir suas ordens.

O rei levantou-se e aproximou-se da janela. De repente, abriu-a com uma agitação extraordinária:

– Oh! Sim! – Ele exclamou batendo palmas. – Há clarões no céu, na direção da Cité. É o bailio que arde em chamas. Só pode ser isso. Ah! Meu bravo povo! Finalmente está me ajudando a aniquilar os senhores feudais!

Então, voltando-se aos flamengos:

– Cavalheiros, venham ver isso. Não é um fogo que avermelha o céu?

Os dois homens de Gand aproximaram-se.

– Um grande incêndio – considerou Guillaume Rym.

– Oh! – acrescentou Coppenole, cujos olhos começaram a brilhar de repente. – Isso me lembra do incêndio da casa do senhor de Hymbercourt. Deve estar acontecendo uma grande revolta ali.

– O senhor acha, mestre Coppenole? – E o olhar de Luís XI estava quase tão alegre quanto o do fabricante de meias. – Acha que será difícil resistir?

– Por Deus, *Sire*! Vossa Majestade sacrificaria muitas companhias de homens de guerra!

Victor Hugo

– Ah! Eu! Comigo é diferente – considerou o rei. – Se eu quisesse...

O fabricante de meias respondeu ousadamente:

– Se essa revolta é o que suponho, por mais que quisesse, *Sire*!

– Camarada – disse Luís XI –, com duas companhias da minha ordenança e uma rajada de arcabuzes, liquidamos uma população de camponeses.

O fabricante de meias, apesar dos sinais que Guillaume Rym lhe fazia, parecia determinado a contestar o rei.

– *Sire*, os suíços também eram camponeses. E o senhor duque da Borgonha, um grande cavalheiro que ignorava essa gentalha. Na batalha de Grandson, senhor, ele gritava "Homens dos canhões! Disparem contra essa gentalha!" e blasfemava contra Saint-Georges. Mas o magistrado Scharnachtal atropelou o belo duque com sua maça e seu povo, e na batalha dos camponeses, vestindo peles de búfalo, o brilhante exército borguinhão rebentou como uma vidraça sob o choque de uma pedra. Muitos cavaleiros foram mortos por bandidos, e o senhor de Château-Guyon, o maior senhor da Borgonha, foi encontrado morto com seu grande cavalo cinza em um pequeno prado pantanoso.

– Amigo – disse o rei –, o senhor fala de uma batalha. Mas isto é um motim. E acabo com isso quando quiser, basta franzir o cenho.

O outro respondeu com indiferença:

– Pode ser, *Sire*. Nesse caso, é porque o momento do povo ainda não chegou.

Guillaume Rym achou necessário intervir.

– Mestre Coppenole fala com um rei poderoso.

– Eu sei – respondeu gravemente o fabricante de meias.

– Deixe-o falar, senhor Rym, meu amigo – disse o rei. – Eu gosto dessa conversa franca. Meu pai, Carlos VII, dizia que a verdade havia adoecido. Eu também acreditava que ela estava morta e que não tinha encontrado um confessor. Mestre Coppenole tira-me essa impressão.

Então, colocando familiarmente a mão no ombro de Coppenole:

– O senhor dizia, mestre Jacques...?

– Estou dizendo, *Sire*, que talvez o senhor tenha razão, que a hora do povo ainda não chegou até o senhor.

Luís XI olhou para ele com seu olhar penetrante.

– E quando chegará essa hora, mestre?

– O senhor ouvirá soar.

– Em que relógio, por gentileza?

Coppenole, com sua postura tranquila e rústica, fez o rei aproximar-se da janela.

– Ouça, *Sire*! Há um torreão, um campanário, canhões, burgueses, soldados. Quando o campanário soar, quando os canhões rugirem, quando o torreão desabar produzindo um estrondo, quando burgueses e soldados gritarem e se matarem, o senhor ouvirá o relógio tocar.

O rosto de Luís XI ficou sombrio e pensativo. Ele permaneceu em silêncio por um momento, e então passou gentilmente a mão pela espessa muralha do torreão, como se alisasse o dorso de um cavalo de guerra.

– Oh! Claro que não! – ele disse. – Não cairá assim tão facilmente, não é, minha boa Bastilha?

E virando-se para o ousado flamengo com um gesto repentino:

– O senhor já presenciou uma revolta, mestre Jacques?

– Eu já participei de uma – respondeu o fabricante de meias.

– Como se provoca uma revolta? – perguntou o rei.

– Ah! – respondeu Coppenole. – Não é muito difícil. Há centenas de maneiras. Primeiro deve-se estar descontente com a cidade, o que não é incomum. Depois, há o caráter dos habitantes. Aqueles de Gand têm um perfil conveniente para revoltar-se. Eles sempre gostam do filho do príncipe, mas nunca do príncipe. Pois bem! Suponhamos que, uma manhã, pessoas entrem na minha loja e digam: "Pai Coppenole, está acontecendo isso e aquilo, a senhorita de Flandres quer proteger seus ministros, o grande bailio duplicou os tributos", ou outra coisa do tipo. O que quiser. Deixo o trabalho de lado, saio da minha loja e vou à rua gritar: "Ao ataque!" Há sempre por perto algum barril quebrado. Subo nele e falo em voz alta as primeiras palavras que me vierem à boca, o que me pesa no coração. E quem é do povo, *Sire*, sempre tem algo que pesa no coração. Então nós nos juntamos, gritamos, soamos os rebates, armamos os camponeses com o desarmamento dos soldados, as pessoas da feira juntam-se a nós e seguimos em frente! E será sempre assim, enquanto houver senhores nos senhorios, burgueses nos burgos e camponeses nos campos.

– E contra quem vocês se rebelaram? – o rei perguntou. – Contra seus bailios? Contra os senhores?

– Às vezes, sim. Depende da situação. Contra o duque também, algumas vezes.

Luís XI foi sentar-se e disse com um sorriso:

– Ah! Estes por enquanto estão revoltados apenas contra o bailio!

Nesse momento, Olivier le Daim voltou acompanhado de dois pajens que traziam os objetos de toalete do rei. Mas o que impressionou Luís XI foi a presença do preboste de Paris e do cavaleiro da vigilância, ambos parecendo consternados. O rancoroso barbeiro também demonstrava estar consternado por fora, mas aliviado por dentro. Foi ele quem falou:

– *Sire*, peço perdão a Vossa Majestade pelas notícias calamitosas que trago.

O rei, virando-se de maneira bastante brusca, rasgou o tapete com os pés da sua cadeira:

– Como assim?

– *Sire* – disse Olivier le Daim com a expressão desagradável de um homem que se alegra por desferir um golpe violento –, essa sedição popular não é contra o bailio do palácio.

– É contra quem?

– Contra o senhor.

O velho rei se levantou com o vigor de um jovem:

– Explique-se, Olivier! Explique-se! E pense bem em sua cabeça, meu camarada, pois juro pela cruz de Saint-Lô que, se nos mente a esta hora, a espada que cortou o pescoço do senhor de Luxemburgo não está tão gasta que não possa cortar também o seu!

A ameaça era terrível. Luís XI jurou apenas duas vezes em sua vida pela cruz de Saint-Lô.

Olivier abriu a boca para responder:

– *Sire*...

– Ajoelhe-se! – interrompeu violentamente o rei. – Tristan, vigie este homem!

Olivier ajoelhou-se e disse friamente:

– *Sire*, uma bruxa foi condenada à morte por seu tribunal do Parlamento. Ela está refugiada na Notre Dame. O povo quer salvá-la à força. O senhor preboste e o senhor cavaleiro da vigilância, que vêm do motim, estão aqui para não me deixar mentir. É a Notre Dame que o povo sitia.

– Entendi! – disse o rei em voz baixa, completamente pálido e tremendo de raiva. – Notre Dame! Estão cercando a catedral Notre Dame, minha boa senhora! Levante-se, Olivier. Você tem razão. Concedo-lhe o cargo de Simon Radin. Você está certo. É a mim que eles atacam. A bruxa está sob a proteção da Igreja, a Igreja está sob minha proteção. E eu que pensava tratar-se do bailio! É contra mim!

Então, rejuvenescido pela fúria, ele começou a caminhar a passos largos. Ele não ria mais, tinha um ar terrível, ia e vinha como uma raposa transformada em hiena, parecia sufocado a ponto de ser incapaz de falar, seus lábios tremiam e seus punhos descarnados crispavam-se. De repente ele levantou a cabeça, seu olho fundo pareceu encher-se de luz, e sua voz explodiu como um clarim.

– Pulso firme, Tristan! Pulso firme contra esses patifes! Ande! Tristan, meu amigo! Mate-os! Mate-os!

Passada essa erupção, ele sentou-se novamente e disse com uma raiva fria e concentrada:

– Aqui, Tristan! Há perto de nós, na Bastilha, as cinquenta lanças do visconde de Gif, o que resulta em trezentos cavalos. Pegue-as. Há também a companhia de arqueiros da nossa ordenança, comandada pelo senhor de Châteaupers. Pegue-a. O senhor é o preboste dos marechais, tem o povo do seu prebostado. Pegue-o. No Palácio Saint-Pol, o senhor encontrará quarenta arqueiros da nova guarda do senhor Dauphin. Pegue-os. Com tudo isso, corra para a Notre Dame. Ah! Senhores camponeses de Paris, vocês se lançam de través contra a coroa da França, a santidade da Notre Dame e a paz dessa República! Extermine-os, Tristan! Extermine-os! E que ninguém escape, a não ser para Montfaucon.

Tristan curvou-se.

– Entendido, *Sire*!

E acrescentou depois de um silêncio:

– E o que devo fazer com a feiticeira?

Essa pergunta deixou o rei pensativo.

– Ah! – ele disse. – A feiticeira! Senhor d'Estouteville, o que o povo queria fazer com ela?

– *Sire* – respondeu o preboste de Paris –, imagino que, uma vez que vieram retirá-la de seu asilo na Notre Dame, é porque essa impunidade lhes é incômoda e eles desejam enforcá-la.

O rei parecia refletir profundamente. Então, com um tom bastante firme, dirigiu-se a Tristan l'Hermite:

– Muito bem! Meu camarada, extermine o povo e enforque a bruxa.

O CORCUNDA DE NOTRE DAME – TOMO 2

– É isso – disse Rym em voz baixa a Coppenole –, punir as pessoas por quererem, e fazer o que querem.

– Entendido, *Sire* – respondeu Tristan. – Se a feiticeira ainda estiver na Notre Dame, deve ser retirada de lá, apesar do asilo?

– Páscoa de Deus, o asilo! – disse o rei, coçando a orelha. – De todo modo, essa mulher tem de ser enforcada.

Aqui, como se fosse assaltado por uma ideia repentina, ajoelhou-se diante da cadeira, tirou o chapéu, colocou-o sobre o banco e, olhando devotamente para um dos amuletos de chumbo que o enfeitavam:

– Oh! – ele disse, de mãos juntas. – Nossa Senhora de Paris, minha graciosa padroeira, perdoe-me. Só o farei desta vez. Essa criminosa precisa ser punida. Asseguro-lhe, Santa Virgem, minha boa senhora, que ela é uma feiticeira e que não é digna de sua amável proteção. A Senhora sabe que muitos príncipes piedosos excederam o privilégio das igrejas pela glória de Deus e necessidade do Estado. São Hugues, bispo de Inglaterra, permitiu que o rei Édouard levasse um mágico de sua igreja. São Luís da França, meu mestre, transgrediu com o mesmo propósito a Igreja de São Paulo, e o senhor Alfonse, filho do rei de Jerusalém, a própria Igreja do Santo Sepulcro. Perdoe-me por esta vez, Notre Dame de Paris. Não voltarei a fazê-lo e lhe oferecerei uma linda estátua de prata, como a que ofereci no ano passado a Notre Dame d'Écouys. Que assim seja.

Ele fez o sinal da cruz, levantou-se, colocou o chapéu de volta na cabeça e disse a Tristan:

– Seja diligente, meu camarada. Leve junto o senhor de Châteaupers. Façam soar o rebate. Esmaguem o populacho. Enforquem a bruxa. Isso é tudo. E quero que o senhor acompanhe a execução. Mantenha-me informado. Vamos, Olivier, não vou dormir nesta noite. Faça minha barba.

Tristan l'Hermite curvou-se e saiu. Então o rei, dispensando Rym e Coppenole com um gesto:

VICTOR HUGO

– Deus os proteja, cavalheiros, meus bons amigos flamengos. Podem descansar. A noite avança, e já estamos mais perto do amanhecer do que do crepúsculo.

Ambos retiraram-se e dirigiram-se a seus aposentos conduzidos pelo capitão da Bastilha. Coppenole disse a Guillaume Rym:

– Arre! Estou farto desse rei que tosse! Vi Carlos da Borgonha bêbado, e ele era menos desumano do que Luís XI doente.

– Mestre Jacques – respondeu Rym –, é que o vinho dos reis é menos cruel do que o chá de ervas.

Pequena flâmula em formação

Deixando a Bastilha, Gringoire desceu a Rua Saint-Antoine na velocidade de um cavalo fugitivo. Quando chegou à Porta Baudoyer, caminhou direto para a cruz de pedra que ficava no meio da praça, como se pudesse distinguir na escuridão a figura de um homem vestido e encapuzado de preto sentado sobre um degrau da cruz.

– É o senhor, mestre? – perguntou Gringoire.

A figura de negro levantou-se.

– Morte e paixão! O senhor me deixa em ebulição, Gringoire. O homem sobre a torre de Saint-Gervais acaba de anunciar que é uma e meia da manhã.

– Oh! – fez Gringoire. – Não foi culpa minha, mas da vigilância e do rei. Acabo de escapar por muito pouco! Sempre escapo de ser enforcado. É minha predestinação.

– Você escapa de tudo – disse o outro. – Mas vamos depressa. Você sabe a senha?

– Imagine, mestre, que eu vi o rei. Estou vindo de lá. Ele usa uma calça de fustão. Que aventura.

– Oh! Mas que falastrão! O que me importa sua aventura? Tem a senha dos bandidos?

– Tenho. Não se preocupe. *Pequena flâmula em formação.*

– Muito bem. Caso contrário, não poderíamos penetrar na igreja. Os bandidos bloqueiam as ruas. Felizmente, soube que encontraram resistência. Talvez cheguemos a tempo.

– Sim, mestre. Mas como vamos entrar na Notre Dame?

– Tenho a chave das torres.

– E como vamos sair?

– Há atrás do claustro uma pequena porta que dá para o Terrain, e de lá chegamos até o rio. Peguei a chave e atraquei um barco lá nesta manhã.

– Escapei por muito pouco de ser enforcado! – repetiu Gringoire.

– Depressa! Vamos! – disse o outro.

Ambos desceram em grande velocidade em direção à Cité.

Châteaupers em socorro!

O leitor deve lembrar-se da situação crítica em que deixamos Quasímodo. O bravo surdo, cercado por todos os lados, tinha perdido, se não toda a coragem, toda a esperança de salvar não a ele, pois já não pensava mais em si, mas a egípcia. Ele corria pela galeria, completamente transtornado. A Notre Dame seria tomada pelos bandidos. De repente, um grande trotar de cavalos preencheu as ruas próximas, com uma longa fileira de tochas e uma ostentosa coluna de cavaleiros portando lanças e de rédeas soltas. Os brados furiosos espalharam-se pela praça como um furacão: "França! França! Ataquem os camponeses! Châteaupers, em socorro! Pelo prebostado! Pelo prebostado!".

Os bandidos, assustados, recuaram.

Quasímodo, que nada ouvia, viu as espadas desembainhadas, as tochas, as lanças, toda aquela cavalaria à frente da qual ele reconheceu o capitão Phoebus, viu a confusão dos bandidos, o pavor nos olhos de alguns, a desordem entre os mais corajosos, e, com a inesperada ajuda, recuperou as

Victor Hugo

forças e começou a lançar para fora da igreja os primeiros assaltantes que já estavam invadindo a galeria.

Eram as tropas do rei que chegavam.

Os bandidos eram valentes. Eles se defendiam, desesperados. Atacados nas laterais pela Rua Saint-Pierre-aux-Boeufs e na retaguarda pela Rua du Parvis, estavam encurralados na Notre Dame, que eles ainda atacavam e que era defendida por Quasímodo. Ou seja, eles ao mesmo tempo atacavam e eram atacados, estavam em uma situação peculiar que, posteriormente, repetiu-se no famoso cerco de Turim, em 1640, quando o conde Henrique de Harcourt, *taurinum obsessor idem et obsessus*[72], como seu epitáfio diz, viu-se entre o príncipe Tomás de Savoie, que estava sitiado, e o marquês de Leganez, que o bloqueava.

A batalha foi horrível. Para carne de lobo, dente de cão, como diz Pierre Mathieu. Os cavaleiros do rei, no meio dos quais Phoebus de Châteaupers comportava-se de modo valente, não davam trégua, e as espadas abatiam-se sobre aqueles que escapavam das lanças. Os bandidos, mal armados, espumavam e mordiam. Homens, mulheres e crianças atiravam-se sobre a garupa ou o pescoço dos cavalos e neles se agarravam como gatos, com os dentes e as unhas dos quatro membros. Outros carimbavam as caras dos arqueiros com suas tochas. Outros, ainda, enfiavam seus ganchos de ferro no pescoço dos cavaleiros e puxavam, dilacerando os que caíam.

Um deles chamou a atenção por portar uma grande foice reluzente que por um longo tempo ceifou as pernas dos cavalos. Era assustador. Ele cantava uma canção anasalada e lançava incansavelmente sua foice. A cada golpe, desenhava à sua volta um grande círculo de membros decepados. Ele avançava assim contra o grosso da cavalaria, com uma lentidão tranquila, balançando a cabeça e respirando regularmente como um ceifador que

---

[72] "De Turim sitiante e sitiado". (N.T.)

trabalha em um campo de trigo. Era Clopin Trouillefou. Um arcabuzeiro o aniquilou.

Nesse meio-tempo, as janelas foram reabertas. Os vizinhos, ouvindo os gritos de guerra dos homens do rei, intrometeram-se no caso e de todos os andares choviam balas sobre os bandidos. A Praça do Parvis estava tomada por uma fumaça espessa que os mosquetões riscavam com seus fogos. Era difícil distinguir a fachada da Notre Dame, e o Hôtel-Dieu estava decrépito, com alguns lívidos doentes que observavam tudo pela claraboia do topo de seus telhados.

Finalmente, os bandidos cederam. O cansaço, a falta de armas potentes, o susto com essa surpresa, a fuzilaria das janelas, o bravo choque do povo do rei, tudo contribuiu para abatê-los. Eles forçaram o cerco dos atacantes e começaram a fugir em todas as direções, deixando uma multidão de mortos no adro.

Quando Quasímodo, que não tinha parado de lutar nem por um momento, percebeu a debandada, caiu de joelhos e ergueu as mãos para o céu. Então, embriagado de alegria, subiu com a velocidade de um pássaro até a cela que tão corajosamente defendeu. Naquele momento, tinha apenas um pensamento: ajoelhar-se perante aquela que ele tinha acabado de salvar uma segunda vez.

Quando entrou na cela, encontrou-a vazia.

LIVRO ONZE

LIVRO ONZE

O sapatinho

Quando os bandidos atacaram a igreja, Esmeralda estava dormindo.

Logo um rumor cada vez maior em torno do edifício e o balir inquieto da cabra, acordada antes dela, despertaram-na. Ela sentou-se na cama, começou a escutar, olhar e então, assustada com os clarões e o barulho, saiu da cela para ver o que acontecia. O aspecto da praça, a visão do que lá acontecia, a desordem desse ataque noturno, a horrível multidão que ela mal distinguia na escuridão, agitada como uma nuvem de rãs, o coaxar do rouco bando, as tochas vermelhas cruzando-se na sombra como os fogos-fátuos que riscam a superfície dos pântanos, toda essa cena surtiu nela o efeito de uma misteriosa batalha entre os fantasmas do sabá e os monstros de pedra da igreja. Imbuída desde a infância das superstições da tribo boêmia, seu primeiro pensamento foi que ela tinha surpreendido a maleficência dos estranhos seres típicos da noite. Então, apavorada, entrou na cela para se proteger e pediu ao grabato um pesadelo menos horrível.

Pouco a pouco, porém, as primeiras névoas de medo dissiparam-se. Com o ruído sempre crescente e os vários outros sinais da realidade, sentia-se atacada não por espectros, mas por seres humanos. Então seu medo, sem aumentar, tinha se transformado. Ela considerou a possibilidade de um motim popular para arrebatá-la de seu asilo. A ideia de correr o risco de perder a vida novamente, Phoebus, que ela sempre imaginava em seu futuro, o profundo vazio de sua fragilidade, todas as saídas bloqueadas, sem nenhum apoio, o isolamento, todos esses pensamentos e mil outros a esmagavam. Ela caiu de joelhos, a cabeça sobre a cama, as mãos juntas sobre a cabeça, cheia de ansiedade e tremor, e, embora egípcia, idólatra e pagã, começava a pedir em oração pelo bom Deus cristão e a orar por Nossa Senhora, sua anfitriã. Pois, ainda que não se creia em nada, há momentos na vida em que a pessoa é sempre da religião do templo que tem à mão.

Ela permaneceu assim prostrada por muito tempo, tremendo mais do que rezando, congelada pelo sopro cada vez mais próximo da multidão furiosa, sem nada entender daquela balbúrdia, sem saber o que se tramava, o que faziam e queriam, mas pressentindo consequências terríveis.

Eis que, no meio de toda essa angústia, ela ouviu passos aproximar-se. Olhou. Dois homens, um dos quais segurava uma lamparina, tinham acabado de entrar na cela. Ela soltou um grito frágil.

– Não tenha medo – disse uma voz que não lhe era desconhecida –, sou eu.

– Quem é você? – ela perguntou.

– Pierre Gringoire.

Esse nome a tranquilizou. Ela ergueu os olhos e reconheceu o poeta. Mas estava com ele uma figura negra, velada da cabeça aos pés, que a inquietava por seu silêncio.

– Ah! – retomou Gringoire em um tom de censura. – Djali me reconheceu antes de você!

A pequena cabra de fato não esperou que Gringoire dissesse seu nome. Mal tinha ele entrado e ela já se esfregava ternamente em seus joelhos, cobrindo o poeta de carícias e pelos brancos, pois estava em período de muda. Gringoire retribuía-lhe o carinho.

– Quem está com o senhor? – perguntou a egípcia em voz baixa.

– Não se preocupe – respondeu Gringoire. – É um amigo meu.

Então o filósofo, colocando sua lamparina no chão, abaixou-se na laje e exclamou com entusiasmo, agarrando Djali em seus braços:

– Ah! É um gracioso bichinho, sem dúvida mais considerável por seu asseio do que por sua grandeza, mas engenhosa, sutil e letrada como um gramático! Vejamos, minha Djali, não se esqueceu de nada dos seus belos truques? Como faz mestre Jacques Charmolue...?

O homem de preto não o deixou terminar. Aproximou-se de Gringoire e o empurrou bruscamente pelo ombro. Gringoire se levantou.

– É verdade – disse ele –, esqueci-me de que estamos com pressa. No entanto, não há razão, meu mestre, para empurrar pessoas desse jeito. Minha querida e linda amiga, sua vida está em perigo, e a de Djali, também. Querem capturá-las. Somos seus amigos e viemos salvá-las. Siga-nos.

– É verdade?! – ela exclamou, perturbada.

– Sim, é verdade. Venha depressa!

– Eu quero ir – ela balbuciou. – Mas por que seu amigo não fala?

– Ah! – fez Gringoire. – É porque o pai e a mãe dele eram pessoas estranhas que o fizeram ter esse temperamento taciturno.

Ela precisou contentar-se com essa explicação. Gringoire pegou-a pela mão. Seu companheiro pegou a lamparina e caminhou na frente. O medo assombrava a jovem, e ela apenas se deixava levar. A cabra os seguia saltitando, tão feliz por ver novamente Gringoire que o fazia tropeçar a todo momento, querendo esfregar os chifres em suas pernas.

– A vida é assim – dizia o filósofo toda vez que quase caía –, muitas vezes são os nossos melhores amigos que nos fazem tropeçar!

Victor Hugo

Eles rapidamente desceram as escadas das torres, atravessaram a igreja repleta de escuridão e solidão, mas ressoando todo o barulho externo que fazia um terrível contraste, e chegaram ao pátio do claustro pela porta vermelha. O claustro estava abandonado, os cônegos haviam fugido para a diocese para orar juntos. O pátio estava vazio, alguns lacaios amedrontados amontoavam-se nos cantos escuros. Eles dirigiram-se para a pequena porta que dava para o pátio do Terrain. O homem vestido de negro abriu-a com sua chave. Nossos leitores sabem que o Terrain era um pedaço de terra fechado por muros do lado da Cité e pertencente ao cabido da Notre Dame, que limitava a ilha ao leste, atrás da igreja. Encontraram esse recinto completamente deserto. Já havia menos tumulto no ar. Os rumores do ataque dos bandidos chegavam até eles mais turvos e menos altos. A brisa fresca que acompanha o curso de água agitava as folhas da única árvore plantada na ponta do Terrain com um ruído já apreciável. No entanto, eles ainda estavam muito perto do perigo. Os edifícios mais próximos deles eram o bispado e a própria igreja. Havia visivelmente uma grande desordem interior no bispado. Sua massa sombria estava sulcada por luzes que corriam de uma janela para a outra, como quando se acaba de queimar papel e resta um amontoado de cinzas onde faíscas vivas fazem mil percursos estranhos. Ao lado, as enormes torres da Notre Dame, assim vistas de trás, com a longa nave sobre a qual elas se erguem, recortadas em preto contra o rubro luar que preenchia o pátio, assemelhavam-se aos dois morilhos gigantes de uma fogueira de ciclopes.

O que se via de Paris de todos os lados oscilava diante dos olhos numa sombra misturada com luz. Rembrandt tem telas que reproduzem esse tipo de impressão.

O homem com a lamparina caminhava direto para a ponta do Terrain. Ali, no limite extremo da água, estavam os fragmentos carcomidos de uma cerca de estacas misturada com treliças onde uma videira baixa pendurava alguns magros galhos estendidos como os dedos de uma mão aberta. Atrás, na sombra que essa estrutura produzia, estava escondido um pequeno barco. O homem fez sinal para Gringoire e sua companheira embarcarem. A cabra os seguiu. O homem foi o último a entrar no barco. Ele soltou a amarra da embarcação e a afastou da terra com uma comprida haste. Depois, tomou dois remos, sentou-se à frente e remou com toda a força em direção ao largo. A correnteza do Sena é muito forte naquele lugar, e ele teve bastante dificuldade para deixar a ponta da ilha.

O primeiro cuidado de Gringoire ao entrar no barco foi colocar a cabra sobre seus joelhos. Ele se sentou na parte de trás, e a jovem, a quem a presença do desconhecido inspirava uma estranha ansiedade, veio sentar-se bem perto do poeta.

Quando nosso filósofo sentiu o barco movimentar-se, bateu palmas e beijou Djali entre os chifres.

– Oh! – ele disse. – Nós quatro estamos salvos. – E acrescentou, como um pensador que reflete profundamente: – Devemos às vezes à fortuna, às vezes à astúcia, o sucesso das grandes realizações.

O barco navegava lentamente para a margem direita. A jovem observava o desconhecido com um temor secreto. Ele tinha cuidadosamente diminuído a luz de sua lamparina. À frente do barco, em meio à escuridão, parecia um espectro. Seu capuz, sempre abaixado sobre o rosto, formava nele uma espécie de máscara, e, cada vez que ele remava, as mangas pretas de sua veste se entreabriam, parecendo duas grandes asas de morcego. Ademais, ele ainda não tinha dito uma palavra ou dado um suspiro. Não havia outro ruído no barco, a não ser o vai e vem dos remos, misturado aos mil rumores da água ao redor da embarcação.

– Pela minha alma! – exclamou Gringoire de repente. – Estamos alegres e felizes como *ascalaphus*[73]! Observamos um silêncio pitagórico ou

---

[73] Ave popularmente conhecida como coruja-do-faraó. (N.T.)

de peixes! Páscoa de Deus! Meus amigos, eu gostaria muito que alguém falasse comigo. A voz humana é música para o ouvido humano. Não sou eu quem diz isso, mas Dídimo de Alexandria, e são palavras ilustres. Dídimo de Alexandria não é um filósofo medíocre. Uma palavra, minha linda criança! Digam ao menos uma palavra, eu imploro. A propósito, você fazia uma careta engraçadinha com a boca. Ainda faz? Sabia, minha querida, que o parlamento cobre toda a jurisdição sobre os locais de asilo e que você corria grande perigo naquela cela na Notre Dame? Ai de mim! O pequeno beija-flor *trochilus* faz seu ninho na boca do crocodilo. Mestre, veja a lua ressurgindo. Espero que não nos vejam! Fazemos uma coisa louvável salvando esta senhorita, mas seríamos enforcados pelo rei se fôssemos apanhados. Ai de mim! As ações humanas devem ser tomadas pelas duas alças, como uma jarra. O que é coroado em um é difamado em outro. Quem admira César censura Catilina. Não é verdade, mestre? O que diz dessa filosofia? Eu, pessoalmente, tenho a filosofia do instinto, da natureza, *ut apes geometriam*[74]. Vamos! ninguém me responde. Que mau humor é esse? Sou obrigado a falar sozinho. É o que chamamos na tragédia de monólogo. Páscoa de Deus! Devo informar que acabei de ver o rei Luís XI e que peguei dele a expressão. Então, Páscoa de Deus! Ainda estão fazendo uma barulheira danada na Cité. É um velho muito mau o rei. Está o tempo todo enfiado em peles. Ele ainda me deve o dinheiro do meu epitálamo e por pouco não me mandou enforcar esta noite, o que me deixaria sem o pagamento. Ele é avarento para um homem de mérito. Ele deveria ler os quatro livros de Salvien de Cologne *Adversus avaritiam*[75]. Seguramente! É um rei mesquinho em suas relações com os homens das letras e faz crueldades muito bárbaras. É uma esponja para sugar o dinheiro do povo. A poupança dele é uma infecção no baço que incha à custa da

---

[74] "Como a geometria para as abelhas". (N.T.)

[75] "Contra a avareza". (N.T.)

O CORCUNDA DE NOTRE DAME – TOMO 2

magreza de todos os outros membros. Além disso, as queixas contra o rigor do tempo tornam-se reclamações contra o príncipe. Sob esse doce e devoto *Sire*, os patíbulos racham com tantos enforcados, os cepos apodrecem com sangue, as prisões explodem como barrigas empanturradas. Esse rei tem uma mão que enclausura e outra que estrangula. É o procurador da senhora Gabelle e do senhor Gibet[76]. Os grandes são despojados da sua dignidade, e os pequenos estão constantemente sobrecarregados com novas taxas. É um príncipe exorbitante. Não gosto desse monarca. E o senhor, meu mestre?

O homem de preto deixava o poeta tagarelar. Ele continuava lutando contra a corrente violenta e estreita que separa a popa da Cité da proa da Ilha de Notre Dame, que agora chamamos de Ilha São Luís.

– A propósito, mestre! – retomou Gringoire de repente. – No momento em que chegávamos ao pátio, passando por aqueles bandidos raivosos, sua reverência reparou naquele pobre-diabo cujo cérebro o seu surdo estava esmagando na rampa da galeria dos reis? Minha visão está ruim e não consegui reconhecê-lo. Sabe quem pode ser?

O estranho não disse uma palavra. Mas de repente ele parou de remar, seus braços despencaram como se tivessem quebrado, a cabeça caiu sobre o peito, e Esmeralda o ouviu suspirar convulsivamente. Ela estremeceu. Já tinha ouvido esses suspiros antes.

O barco, abandonado à própria sorte, flutuou por alguns instantes seguindo o fluxo da água. Mas o homem de preto finalmente endireitou-se, arrumou os remos e voltou a enfrentar a correnteza. Ele dobrou a ponta da Ilha de Notre Dame e seguiu para o cais de Port-au-Foin.

– Ah! – disse Gringoire. – Lá está a residência Barbeau. Veja, mestre, aquele grupo de telhados pretos que formam ângulos singulares, ali, abaixo daquela pilha de nuvens baixas, enredadas, manchadas e sujas, onde a lua

---

[76] Respectivamente, imposto sobre o sal e forca. (N.T.)

Victor Hugo

está esmagada e espalhada como uma gema de ovo cuja casca foi quebrada. É uma bela residência. Há uma capela coroada com uma pequena abóbada cheia de belos adornos. Acima é possível ver o campanário muito delicadamente aberto. Há também um jardim agradável, que consiste de um lago, um viveiro, um muro de eco, um passeio, um labirinto, um abrigo para os animais ferozes e uma boa quantidade de aleias frondosas muito agradáveis para Vênus. Há, ainda, uma árvore marota chamada de "luxuriosa", por ter servido aos prazeres de uma princesa famosa e de um condestável francês galante e de belo espírito. Ai de mim! Nós, pobres filósofos, estamos para um condestável como uma plantação de repolho e rabanete está para o jardim do Louvre. O que isso importa, afinal? A vida humana, para os grandes como para nós, tem coisas boas e ruins. A dor está sempre ao lado da alegria; o espondeu, ao lado do dáctilo. Meu mestre, tenho que lhe contar uma história sobre a residência Barbeau. Ela termina de forma trágica. Foi em 1319, sob o reinado de Filipe V, o mais alto dos reis da França. A moral da história é que as tentações da carne são perniciosas e malignas. Não cobicemos demais a mulher do próximo, por mais suscetíveis que sejam nossos sentidos à sua beleza. A fornicação é um pensamento bastante libertino. O adultério é uma curiosidade sobre a voluptuosidade do outro... Ei! O barulho está aumentando ali!

O tumulto estava realmente crescendo em torno da Notre Dame. Eles escutaram com atenção. Distinguiam-se claramente gritos de vitória. De repente, cem tochas que faziam reluzir os capacetes de militares espalharam-se por todos os andares da igreja, nas torres, nas galerias, sob os arcobotantes. Essas tochas pareciam estar à procura de algo. Logo os clamores distantes chegaram nitidamente até os fugitivos: "A egípcia! A feiticeira! Morte à cigana!".

A infeliz mulher deixou cair a cabeça nas mãos, e o estranho começou a remar furiosamente até a margem. Enquanto isso, nosso filósofo refletia. Ele pressionava a cabra em seus braços e afastava-se lentamente da boêmia, que por sua vez colava-se cada vez mais a ele, como único asilo que lhe restava.

É certo que Gringoire estava em uma cruel perplexidade. Ele pensava que a cabra também, de acordo com a legislação vigente, seria enforcada se fosse capturada, o que seria lamentável, pobre Djali! Que duas condenadas sob sua responsabilidade era coisa demais e que, afinal, seu companheiro não se recusaria a cuidar da egípcia. Envolvido em uma luta violenta entre esses pensamentos, como o de Júpiter da *Ilíada*, ele pesava alternadamente a egípcia e a cabra. Olhava para uma e para a outra com os olhos marejados e dizia entre os dentes:

– Mas eu não posso salvar ambas.

Um solavanco avisou que o barco atracava. O sinistro tumulto continuava preenchendo a Cité. O desconhecido se levantou, foi até a egípcia e fez menção de pegar seu braço para ajudá-la a levantar-se. Ela o afastou e pendurou-se na manga de Gringoire, que, ocupado com a cabra, praticamente a afastou. Então ela saltou do barco sozinha. Estava tão perturbada que não sabia o que fazia nem para onde ia. Então ela permaneceu um momento estupefata, vendo a água fluir. Quando voltou a si, estava sozinha no porto com o desconhecido. Parece que Gringoire tinha aproveitado o momento de desembarque para esquivar-se com a cabra pelo quarteirão de casas da Rua Grenier-sur-l'Eau.

A pobre egípcia estremeceu ao ver-se sozinha com aquele homem. Quis falar, gritar, chamar Gringoire, mas a língua estava inerte em sua boca, e nenhum som saiu de seus lábios. De repente, ela sentiu a mão do estranho sobre a sua. Era uma mão fria e forte. Seus dentes rangeram, e ela ficou mais pálida do que o raio lunar que a iluminava. O homem não disse uma palavra sequer. Ele começou a subir até a Praça da Grève, segurando-a pela mão. Nesse instante, ela sentiu vagamente que o destino é uma força irresistível. Ela não tinha alternativa e se deixou levar, correndo enquanto ele caminhava. O cais do local era íngreme, no entanto ela tinha a sensação de estar descendo uma ladeira.

Olhou de todos os lados. Ninguém à vista. O cais estava absolutamente deserto. Não se ouvia barulho, nem agitação humana, exceto na tumultuada e brilhante Cité da qual estava separada apenas por um braço do Sena e onde gritavam seu nome, misturado com gritos de ameaça de morte. O resto de Paris espalhava-se a seu redor em grandes blocos de sombra.

O desconhecido continuava a conduzi-la com o mesmo silêncio e a mesma rapidez. Ela não conseguia encontrar na memória nenhum dos lugares por onde caminhava. Passando por uma janela iluminada, fez um esforço, entesou e gritou:

– Socorro!

O burguês abriu a janela, apareceu de camisola com sua lamparina, olhou para o cais com um ar atordoado, disse algumas palavras que ela não compreendeu e fechou a persiana. O último vislumbre de esperança desaparecia.

O homem de preto não proferiu sequer uma sílaba. Ele a segurava com firmeza e começou a andar mais rápido. Ela já não resistia e o seguia, destroçada.

De tempos em tempos, ela reunia um pouco de força e dizia com uma voz entrecortada por solavancos do calçamento e falta de fôlego da corrida:

– Quem é o senhor? Quem é o senhor?

Ele não respondia.

Assim chegaram, sempre ladeando o cais, a uma praça bastante ampla. Havia um pouco de luar. Era a Grève. Havia uma espécie de cruz preta em pé no meio da praça. Era o patíbulo. Ela o reconheceu e percebeu onde estava.

O homem parou, virou-se para ela e tirou o capuz.

– Oh! – ela gaguejou. – Eu sabia que era o senhor outra vez!

Era o padre. Parecia seu fantasma, por um efeito do luar. Parece que sob essa luz se vê apenas o espectro das coisas.

– Ouça – disse ele, e ela estremeceu com o som dessa voz funesta que já não ouvia há muito tempo. Ele continuou. Articulava com essas paradas breves e ofegantes que revelam, por seus espasmos, os profundos tremores internos. – Ouça. Chegamos. Preste atenção. Esta é a Grève. Este é um ponto extremo. O destino nos trouxe até aqui. Eu decido pela sua vida, e você, pela minha alma. Este é um lugar e esta é uma noite além dos quais não vemos mais nada. Por isso, ouça. Eu vou lhe falar... Primeiro, não me fale do seu Phoebus. – Dizendo isso, ele ia e vinha, sem conseguir ficar parado no mesmo lugar, e a levava junto. – Não me fale dele. Entendeu bem? Se você pronunciar esse nome, não sei o que sou capaz de fazer, mas será terrível.

Dito isso, como um corpo que recupera seu centro de gravidade, ele ficou imóvel novamente. Mas suas palavras não revelavam menos agitação. Sua voz ficava cada vez mais baixa.

– Não vire a cabeça assim. Ouça-me. É um assunto sério. Primeiro, eis o que aconteceu. Não vamos rir de tudo isso, pode ter certeza. O que eu estava dizendo? Ajude-me a lembrar! Ah! Há um decreto do Parlamento que a condena novamente à forca. Acabo de livrá-la das mãos deles. Mas eles continuam a persegui-la. Veja.

Ele apontou com o braço na direção da Cité. A perseguição, de fato, parecia continuar. Os rumores se aproximavam. A torre da casa do Tenente, localizada em frente à Grève, estava repleta de barulho e clarões, e soldados eram vistos correndo pelo cais oposto, com suas tochas e gritando:

– A egípcia! Onde está a egípcia? Morte! Morte!

– Vê como eles continuam a persegui-la? Não estou mentindo. Eu a amo. Não abra a boca, não fale comigo, sobretudo se é para dizer que me odeia. Estou determinado a não ouvir mais isso. Acabo de salvá-la. Deixe-me terminar primeiro. Posso salvá-la definitivamente. Preparei tudo. Só depende de você. O que você pedir eu faço.

Ele interrompeu-se violentamente.

– Não, não é isso que eu devo dizer.

E, correndo, fez com que ela corresse também, porque ele não a soltava, e caminhou direto para o patíbulo, apontando-o com o dedo:

– Escolha entre nós dois – ele disse friamente.

Ela soltou-se das mãos dele e caiu aos pés do patíbulo, abraçando a base fúnebre. Depois ela virou um pouco sua linda cabeça e olhou para o padre por cima do ombro. Parecia a Santa Virgem aos pés da cruz. O sacerdote ficou imóvel, o dedo ainda apontando para o patíbulo, conservando seu gesto como uma estátua.

Finalmente, a cigana lhe disse:

– Ele me causa menos horror do que o senhor.

Então ele desceu lentamente o braço e olhou para o chão em profundo desalento.

– Se estas pedras pudessem falar – murmurou ele –, elas diriam "Eis aí um homem realmente infeliz".

Ele continuou a falar. A jovem, ajoelhada à frente do patíbulo e mergulhada em sua longa cabeleira, deixou que ele falasse sem interromper. A entonação dele era agora suave e plácida, contrastando dolorosamente com a rudeza arrogante de seus traços.

– Eu a amo. Oh! Isso infelizmente é bem verdade. Então não há nada além dessa chama interna que me queima o coração! Ai de mim! Jovem donzela, noite e dia, sim, noite e dia, isso não merece alguma misericórdia? Esse amor dura dia e noite, estou dizendo, é uma tortura. Oh! Sofro em demasia, minha pobre criança! É algo digno de compaixão, admito. Veja como lhe falo com doçura. Eu gostaria que você não tivesse mais horror a mim. Afinal, um homem que ama uma mulher não tem culpa! Oh! Meu Deus! Então? Nunca me perdoará? Vai odiar-me para sempre? Tudo está acabado então! É isso que me torna mau, você entende, é horrível até para mim! Você sequer me olha! Deve estar pensando em outra coisa enquanto eu lhe falo, de pé e tremendo, sobre o limite de nossa eternidade juntos! Mas, por favor, não me fale do oficial! O quê! Eu me entrego a você de joelhos! Eu beijaria não seus pés, pois sei que não iria querer, mas a terra debaixo deles! Eu soluçaria como uma criança, arrancaria do meu peito não palavras, mas meu coração e minhas entranhas, para dizer-lhe que a amo. Todo o resto seria inútil, tudo! No entanto, não há nada em sua alma que não seja terno e misericordioso, você é radiante como a mais bela doçura, é inteiramente suave, boa, misericordiosa e charmosa. Ai de mim! Só tem maldade para mim! Oh! Que fatalidade!

Ele escondeu o rosto entre as mãos. A jovem o ouviu chorar. Era a primeira vez. Assim, de pé e abalado pelos soluços, ele parecia mais miserável e suplicante do que de joelhos. Chorou por um tempo.

– Vamos! – ele continuou após as primeiras lágrimas passadas. – Eu não consigo encontrar palavras. No entanto, pensei muito sobre o que dizer. Agora tremo e tenho calafrios, falho no momento decisivo, sinto que algo supremo nos envolve, e gaguejo. Oh! Eu vou me atirar ao chão se você não se apiedar de mim, e também de você. Não condene a nós dois. Se soubesse o quanto a amo! Que coração é o meu! Oh! Que deserção de toda a virtude! Que abandono desesperado de mim mesmo! Doutor, desprezei a ciência; fidalgo, enlameei meu nome; padre, fiz do missal um travesseiro de luxúria, cuspi na cara do meu Deus! Tudo isso por você, feiticeira! Para ser mais digno do seu inferno! E você nada quer deste condenado! Oh! Vou lhe dizer tudo! Ainda mais coisas, algo ainda mais horrível, ah! Muito mais horrível!

Ao proferir estas últimas palavras, seu aspecto ficou completamente desvairado. Ele ficou em silêncio por um momento e retomou como se falasse consigo mesmo, com uma voz firme:

– Caim, o que você fez com seu irmão?

Mais um silêncio, e ele continuou:

– O que fiz com ele, Senhor? Eu o acolhi, criei, alimentei, amei, idolatrei e matei! Sim, Senhor, eis que a cabeça dele foi esmagada diante de mim na pedra da Sua casa, e por minha culpa, por culpa desta mulher, por causa dela...

Seu olhar estava desvairado. Sua voz desaparecia, ele repetiu várias vezes, mecanicamente, a intervalos bastante longos, como um sino que prolonga sua última vibração: "Por causa dela... Por causa dela...".

Então sua língua não mais articulou nenhum som perceptível, mas seus lábios ainda se mexiam. De repente ele desabou, como algo que desmorona, e permaneceu no chão sem movimento, com a cabeça nos joelhos.

Um leve toque da jovem, que tirou o pé preso embaixo dele, trouxe-o de volta. Ele passou a mão lentamente pelas bochechas ocas e olhou por alguns instantes espantado para seus dedos molhados.

– O quê! – ele murmurou. – Eu chorei!

Subitamente, virou-se para a egípcia com uma angústia inexprimível:

– Ai de mim! Você friamente me viu chorar! Criança! Sabe que estas lágrimas são como lava? Então é verdade? Nada nos comove em quem odiamos. Você riria se me visse morrer. Oh! Não quero vê-la morrer! Uma palavra! Só uma palavra de perdão! Não diga que me ama, diga apenas que me quer bem, isso será suficiente, eu a salvarei. Do contrário, oh! A hora está passando, imploro por tudo o que é sagrado, não espere que eu volte a ser de pedra como aquele patíbulo que também a espera! Pense que tenho em minhas mãos nosso destino, que sou insensato, o que é terrível, que posso deixar tudo ruir e que há sob nós um abismo sem fundo, sua infeliz, onde a minha queda continuará a sua por toda a eternidade! Uma palavra de bondade! Diga uma palavra! Só uma palavra!

Ela abriu a boca para lhe responder. Ele precipitou-se de joelhos diante dela para recolher com adoração a palavra, talvez terna, que sairia dos seus lábios. Ela disse:

O CORCUNDA DE NOTRE DAME – TOMO 2

– O senhor é um assassino!

O padre a segurou pelo braço com fúria e começou a rir, um riso abominável.

– Sim, é verdade! Assassino! – ele disse. – E você será minha. Se não me quer como escravo, você me terá como mestre. Você será minha. Tenho um esconderijo para onde vou arrastá-la. Você vai me seguir, você tem que me seguir, senão eu a entrego! Você terá que morrer, minha bela, ou ser minha! Ser do padre! Do apóstata! Ser do assassino! A partir desta noite, ouviu? Vamos! Alegria! Vamos! Beije-me, sua louca! A sepultura ou a minha cama!

Os olhos do padre ardiam de impureza e raiva. Sua boca lasciva avermelhava o pescoço da jovem. Ela se debatia em seus braços. Ele a cobria de beijos ardentes.

– Não me morda, monstro! – ela gritava. – Oh! Odioso infecto! Solte-me! Vou lhe arrancar os cabelos grisalhos e atirá-los aos tufos na sua cara!

Ele corou, empalideceu, depois a largou e olhou para ela com um ar sombrio. Ela pensou ter vencido e continuou:

– Eu digo que pertenço ao meu Phoebus, que é a Phoebus que eu amo, que Phoebus é belo! Você, padre, é um velho! Você é feio! Vá embora daqui!

Ele soltou um grito violento, como o miserável a quem se aplica um ferro em brasa.

– Então morra! – ele disse rangendo os dentes.

Ela viu seu olhar assustador e tentou fugir. Ele a segurou novamente, sacudiu-a, jogou-a no chão e caminhou em passos rápidos na direção da Torre Roland, arrastando-a pelo chão por suas belas mãos.

Ao chegar, virou-se para ela:

– Uma última vez, quer ser minha?

Ela respondeu com força:

– Não!

Então ele gritou em voz alta:

– Gudule! Gudule! Aqui está a egípcia! Vingue-se!

A jovem sentiu-se fortemente segurada pelo cotovelo. Ela olhou. Era um braço descarnado que saía de uma claraboia na parede e a segurava como uma mão de ferro.

– Segure com força! – disse o padre. – É a egípcia fugitiva. Não a deixe escapar. Vou chamar os sargentos. Você poderá ver o enforcamento dela.

Uma gargalhada gutural respondeu de dentro da parede a essas palavras sanguinárias.

– Há! há! há!

A egípcia viu o padre correr na direção da Ponte Notre Dame. Havia uma cavalgada vindo daquele lado.

A jovem reconheceu a maléfica reclusa. Ofegante de terror, tentou soltar-se. Ela contorceu-se e deu vários sobressaltos de agonia e desespero, mas a outra a segurava com uma força sem precedentes. Os dedos ossudos e magros que a feriam apertavam-lhe a carne e davam a volta no seu braço. Parecia que a mão estava cravada nela. Era mais do que uma corrente, mais do que uma argola, mais do que um anel de ferro, era uma tenaz viva e inteligente que saía de uma parede.

Exausta, a jovem caiu contra a parede, e o medo da morte apoderou-se dela. Ela pensou na beleza da vida, na juventude, na visão do céu, nos aspectos da natureza, no amor, em Phoebus, em tudo o que fugia e em tudo o que se aproximava, no padre que a denunciava, no carrasco que chegaria e no patíbulo que lá estava. Então ela sentiu o medo chegar até as raízes de seu cabelo e ouviu o riso lúgubre da reclusa, que lhe dizia baixinho:

– Há! há! há! Você vai ser enforcada!

Ela se virou agonizante para a claraboia e viu a figura selvagem da *sachette* através das barras.

– O que eu lhe fiz? – ela perguntou, quase inanimada.

O corcunda de Notre Dame – Tomo 2

A reclusa não respondeu e começou a murmurar com uma entonação cantante, irritada e zombeteira:

– Filha do Egito! Filha do Egito! Filha do Egito!

A infeliz Esmeralda deixou a cabeça cair sob os cabelos, percebendo que não estava lidando com um ser humano.

De repente, a reclusa gritou, como se a pergunta da egípcia tivesse levado todo esse tempo para chegar ao seu entendimento:

– O que você me fez? É isso que você pergunta! Ah! O que você me fez, egípcia? Pois bem! Eu vou contar. Eu tinha uma filha! Entendeu bem? Eu tinha uma filha! Uma filhinha, estou dizendo! Uma linda menininha! Minha Agnès – ela repetiu, desvairada e beijando alguma coisa na escuridão.

– Pois bem! Está ouvindo, filha do Egito? Levaram minha filha, roubaram minha filha, comeram minha filha. Foi isso que você me fez.

A jovem respondeu como o cordeiro de La Fontaine:

– Ai de mim! Eu provavelmente nem havia nascido!

– Oh! Sim! – respondeu a reclusa. – Você já devia ter nascido. Com certeza. Ela teria a sua idade! Perto disso! Estou aqui há quinze anos. Há quinze anos eu sofro, há quinze anos eu rezo, há quinze anos eu bato a cabeça contra as quatro paredes. Estou dizendo que foram as egípcias que a roubaram de mim, você ouviu? E que a devoraram com seus dentes. Você tem coração? Imagine o que é uma criança que brinca, uma criança que mama, uma criança que dorme. É tão inocente! Pois bem! Foi o que tiraram de mim e que mataram! O bom Deus sabe disso! Hoje é a minha vez de comer uma egípcia. Oh! Eu bem que a morderia se as barras não me impedissem. Minha cabeça é muito grande! Pobre criança! Enquanto ela dormia! E se a acordaram ao pegá-la, se ela gritou, eu não estava lá! Ah! Mães egípcias, vocês comeram minha filha! Venham ver agora a de vocês.

Então ela começou a rir ou a ranger os dentes – as duas coisas pareciam iguais nessa furiosa figura. O dia começou a raiar. Um reflexo cinza iluminava vagamente a cena, e o patíbulo ficava cada vez mais visível no centro da praça. Do outro lado, em direção à Ponte Notre Dame, a pobre condenada pensou ter ouvido o som da cavalaria se aproximar.

– Senhora! – ela gritou, juntando as mãos e caindo de joelhos, desorientada, perturbada, louca de medo. – Senhora! Tenha piedade. Eles estão vindo. Não lhe fiz nada. Quer me ver morrer dessa maneira horrível diante dos seus olhos? Tenho certeza de que a senhora é piedosa. É assustador. Permita que eu me salve, solte-me! Piedade! Não quero morrer assim!

– Devolva minha filha! – disse a reclusa.

– Piedade! Piedade!

– Devolva minha filha!

– Solte-me, pelo amor de Deus!

– Devolva minha filha!

Novamente, a moça caiu exausta, destruída, tendo o olhar vidrado de alguém que está no fosso.

– Ai de mim! – ela gaguejou. – A senhora procura a sua filha. Eu estou à procura dos meus pais.

– Devolva minha pequena Agnès! – continuou Gudule. – Não sabe onde ela está? Então morra! Eu vou lhe contar. Eu era uma moça feliz, tinha uma filha, e a tiraram de mim. Foram as egípcias. Vê como precisa morrer? Quando sua mãe, egípcia, vier perguntar de você, eu direi: "Mãe, olhe para esse patíbulo!" Ou devolva minha filha. Sabe onde ela está, minha menina? Eu vou lhe mostrar. Aqui está o sapatinho dela, é tudo o que me resta. Sabe onde está o outro pé? Se sabe, diga, e, ainda que esteja do outro lado da terra, eu vou buscá-lo andando de joelhos.

Falando assim, com seu outro braço estendido para fora da claraboia, ela mostrou à egípcia o sapatinho bordado. O dia já estava claro o suficiente para distinguir a forma e as cores.

– Deixe-me ver esse sapato – disse a egípcia tremendo. – Meu Deus! Meu Deus!

O CORCUNDA DE NOTRE DAME – TOMO 2

Ao mesmo tempo, com a mão livre, ela abriu bruscamente o saquinho adornado com miçangas verdes que usava pendurado ao pescoço.

– Vá! Ande! – resmungou Gudule. – Pegue logo esse seu amuleto do demônio!

De repente ela se calou, todo o seu corpo estremeceu, e ela gritou com uma voz que vinha das profundezas de suas entranhas:

– Minha filha!

A egípcia tinha acabado de tirar do saquinho um sapatinho absolutamente semelhante ao outro. Havia um pergaminho amarrado a ele, no qual estava escrito este *encantamento*:

Quando o semelhante encontrar,
Sua mãe seus braços lhe estenderá.

Em um tempo menor que o de um relâmpago, a reclusa havia comparado os dois sapatos, lido a inscrição do pergaminho e colado às barras da claraboia seu rosto radiante de alegria celestial, gritando:

– Minha filha! Minha filha!

– Minha mãe! – respondeu a egípcia.

Aqui nós renunciamos a descrever o que se seguiu.

A parede e as barras de ferro estavam entre elas.

– Oh! A parede! – gritou a reclusa. – Oh! Vê-la e não poder beijá-la! Dê-me sua mão! Dê-me sua mão!

A menina passou o braço através da claraboia. A reclusa se atirou sobre essa mão, colou seus lábios nela e permaneceu perdida nesse beijo sem dar nenhum outro sinal de vida além de um soluço que sacudia seu corpo de vez em quando. Ela chorava torrentes de lágrimas, em silêncio, à sombra, como uma chuva noturna. A pobre mãe encharcava a mão adorada com o poço negro e profundo das lágrimas que guardava em seu peito, onde toda a sua dor gotejava durante quinze anos.

Victor Hugo

De repente ela se levantou, tirou os longos cabelos grisalhos da testa e, sem dizer uma palavra, começou a sacudir com as duas mãos as barras da sua cela, mais furiosamente do que uma leoa. As barras não se mexeram. Ela então procurou em um canto de sua cela um grande paralelepípedo que lhe servia de travesseiro e o atirou contra as grades de forma tão violenta que uma das barras quebrou, lançando mil faíscas. Um segundo golpe derrubou completamente a velha cruz de ferro que bloqueava a claraboia. Depois, com as duas mãos, terminou de partir e afastar as barras enferrujadas que restavam. Há momentos em que as mãos femininas ganham uma força sobre-humana.

A passagem foi aberta em menos de um minuto, e ela agarrou a filha pelo meio do corpo e puxou-a para dentro de sua cela.

– Venha! Deixe-me tirá-la do abismo! – ela murmurou.

Quando sua filha entrou na cela, ela a colocou gentilmente no chão. Em seguida, pegou-a em seus braços como se ainda fosse sua pequena Agnès. Ela ia e vinha pelo cubículo, inebriada, forte, alegre, gritando, cantando, beijando sua filha, falando com ela, gargalhando, derretendo em lágrimas, tudo ao mesmo tempo, arrebatada.

– Minha filha! Minha filha! – ela dizia. – Tenho minha filha de volta! Aqui está ela. Meu bom Deus a devolveu. Ei, vocês! Venham todos! Tem alguém aí para ver que estou com minha filha? Senhor Jesus, como ela é bonita! O senhor me fez esperar por quinze anos, meu Deus, mas foi para devolvê-la linda. Então as egípcias não a comeram! Quem disse isso? Minha filhinha! Minha filhinha! Beije-me. Essas boas egípcias! Eu adoro as egípcias. É você mesmo! Então era por isso que meu coração acelerava cada vez que você passava. E eu que pensava que fosse ódio! Perdoe-me, minha Agnès, perdoe-me. Você deve ter-me achado muito perversa, não é mesmo? Eu a amo. O sinalzinho no pescoço, você ainda tem? Deixe-me ver. Sim, aqui está ele. Oh! Como você é bonita! Fui eu quem lhe dei

O CORCUNDA DE NOTRE DAME – TOMO 2

esses grandes olhos, mocinha. Beije-me. Eu a amo. Não me importa que as outras mães tenham filhos, eu agora não ligo para isso. Elas podem vir agora, pois a minha está aqui. Aqui estão o pescoço, os olhos, o cabelo, a mão. Encontrem-me algo mais belo do que isso! Oh! Eu lhes digo que muitos se apaixonarão por ela! Chorei por quinze anos. Toda a minha beleza desapareceu e voltou com você. Beije-me!

Ela proferia milhares de outros discursos extravagantes em que o tom imprimia toda a beleza, desarrumava as roupas da pobre menina até fazê--la corar, alisava seus cabelos sedosos, beijava seus pés, os joelhos, a testa, os olhos, extasiada com tudo. A menina permitia que ela fizesse tudo isso, repetindo em voz baixa e com uma infinita doçura:

– Minha mãe!

– Está vendo, minha filhinha – continuava a reclusa, intercalando todas as palavras com beijos –, vê como vou amá-la muito? Nós vamos embora daqui. Seremos muito felizes. Tenho alguma herança em Reims, na nossa região. Você conhece Reims? Ah! Não, você não deve se lembrar, era muito pequena! Se ao menos soubesse como era bonita quando tinha quatro meses! Os pés tão pequeninos que as pessoas vinham de Épernay, a sete léguas de distância, para ver por curiosidade! Teremos um campo onde plantar, e uma casa. Você vai dormir na minha cama. Meu Deus! Meu Deus! Quem acreditaria nisso? Tenho minha filha de volta!

– Ah, minha mãe! – disse a jovem, finalmente encontrando forças para falar em meio à sua emoção. – A egípcia tinha me dito isso. Há uma boa egípcia que morreu no ano passado e que sempre cuidou de mim como uma ama de leite. Foi ela quem pendurou esse saquinho no meu pescoço. Ela sempre me dizia: "Querida, cuide bem dessa joia. É um tesouro. Ele vai ajudá-la a encontrar sua mãe. Você carrega sua mãe no pescoço". Ela tinha pressagiado, a egípcia!

A *sachette* abraçou novamente a filha.

– Venha aqui, deixe-me beijá-la! Você diz isso com delicadeza. Quando estivermos em nossa região, vamos calçar um Menino Jesus da igreja com esses sapatinhos. Devemos isso à Virgem Santíssima. Meu Deus! Que linda voz você tem! Quando você falava comigo há pouco, parecia uma melodia! Ah! Senhor meu Deus! Encontrei minha filha! Dá para acreditar nessa história? Não morremos à toa, porque eu não morri de felicidade.

Depois começou a bater palmas, a rir e a gritar:

– Vamos ser felizes!

Nesse momento, a cela começou a ecoar uma agitação de armas e galopes de cavalos que parecia vir da Ponte Notre Dame e avançar cada vez mais pelo cais. A egípcia atirou-se angustiada nos braços da *sachette*.

– Salve-me! Salve-me! Minha mãezinha! Aí vêm eles!

A reclusa empalideceu.

– Céus! O que você está dizendo? Eu já tinha me esquecido! Você está sendo perseguida! O que você fez?

– Não sei – respondeu a infeliz criança –, mas estou condenada a morrer.

– Morrer! – disse Gudule, cambaleando como se tivesse sido atingida por um raio. – Morrer! – ela repetiu lentamente e olhou fixamente para a filha.

– Sim, minha mãe – disse a garota, perturbada –, eles querem me matar. Estão vindo me buscar. Esta forca é para mim! Salve-me! Salve-me! Eles estão chegando! Salve-me!

A reclusa ficou imóvel por alguns momentos, como se estivesse petrificada. Então ela balançou a cabeça em sinal de dúvida e de repente, dando uma risada alta, o mesmo riso assustador de antes:

– Ei! Ei! Não! Está me contando um sonho. Ah! Sim! Eu a teria perdido, isso teria durado quinze anos, e, depois de reencontrá-la, isso não duraria mais do que um minuto! E eles a tirariam de mim novamente! E agora que ela é linda, está grande e fala comigo, que ela me ama, agora eles viriam devorá-la diante dos meus olhos. Eu, que sou a mãe! Oh, não! Coisas desse tipo não são possíveis. O bom Deus não permite que isso aconteça.

O CORCUNDA DE NOTRE DAME – TOMO 2

Nesse instante, a cavalgada pareceu parar, e uma voz distante foi ouvida dizendo:

– Por aqui, senhor Tristan! O padre disse que a encontraremos no Buraco dos Ratos.

O som do trotar dos cavalos recomeçou.

A reclusa se levantou e soltou um grito desesperado.

– Salve-se! Salve-se! Minha filha! Lembro-me de tudo. Você tem razão. É a sua morte! Horror! Maldição! Salve-se!

Ela passou a cabeça pela claraboia e rapidamente a tirou.

– Fique aqui – disse a *sachette* com a voz baixa, breve e lúgubre, apertando convulsivamente a mão mais morta do que viva da egípcia. – Fique aqui! Não respire! Há soldados por todo lado. Não pode sair. Está muito claro lá fora.

Os olhos dela estavam secos e ardentes. Ela ficou por um tempo sem falar. Apenas caminhava rápido pela cela e parava em intervalos para arrancar tufos de cabelo grisalho que ela depois arrebentava com os dentes.

De repente ela disse:

– Eles estão se aproximando. Vou falar com eles. Esconda-se aqui neste canto. Eles não vão conseguir ver você. Vou dizer que você fugiu, que a deixei ir, qualquer coisa!

Ela deitou a filha, pois ainda a carregava no colo, em um canto da cela que não se podia ver do lado de fora. Fez a jovem se agachar, arrumou-a cuidadosamente, de modo que nem o pé nem a mão dela ultrapassassem a sombra, soltou seus cabelos pretos e os espalhou pelo vestido branco para escondê-la, colocou a bilha e o paralelepípedo na frente dela, os únicos móveis que tinha, imaginando que eles a esconderiam. Quando acabou, mais tranquila, ajoelhou-se e rezou. O dia, que continuava raiando, ainda deixava bastante escuridão no Buraco dos Ratos.

Nesse instante, a voz do padre, aquela voz infernal, passou muito perto da cela, gritando:

– Por aqui, capitão Phoebus de Châteaupers!

Ao ouvir esse nome e essa voz, Esmeralda, escondida no seu canto, fez um movimento.

– Não se mexa! – disse Gudule.

Ela mal terminou a frase e um motim de homens, espadas e cavalos parou em volta da cela. A mãe rapidamente se levantou e foi para a frente da claraboia, para ocultar seu interior. Ela viu um grande grupo de homens armados, a pé e a cavalo, alinhados na Grève. Aquele que os comandava saltou do cavalo e foi ter com ela.

– Velha – disse esse homem, que tinha uma figura atroz –, estamos à procura de uma feiticeira que será enforcada. Disseram que ela estaria com você.

A pobre mãe assumiu a expressão mais indiferente que conseguiu e respondeu:

– Não sei do que o senhor está falando.

O outro disse:

– Cabeça de Deus! Que história é essa que o arquidiácono contou, então? Onde está ele?

– Senhor – disse um soldado –, ele desapareceu.

– Ora, sua velha tola – disse o comandante –, não minta. Entregaram-lhe uma feiticeira para que a vigiasse. O que fez com ela?

A reclusa não quis negar tudo por medo de levantar suspeitas e respondeu com um tom sincero e ríspido:

– Se o senhor está falando de uma jovem moça que deixaram agarrada em minhas mãos há pouco, digo que ela me mordeu e tive de soltá-la. É isso. Deixem-me em paz.

O comandante fez uma cara de desapontamento.

– Não minta, velho espectro – ele insistiu. – Meu nome é Tristan l'Hermite, sou camarada do rei. Tristan l'Hermite, a senhora ouviu? – Ele acrescentou, olhando para a Praça da Grève à sua volta. - É um nome muito conhecido por aqui.

- O senhor poderia ser Satã l'Hermite - respondeu Gudule, retomando um pouco a esperança - e eu não teria mais nada para dizer, tampouco teria medo do senhor.

- Cabeça de Deus! - disse Tristan. - Essa é uma bisbilhoteira! Ah! A jovem feiticeira fugiu! E para onde ela foi?

Gudule respondeu num tom despreocupado:

- Acho que pela Rua do Mouton.

Tristan virou a cabeça e fez sinal à sua tropa para se preparar para se pôr em marcha. A reclusa respirou aliviada.

- Senhor - um arqueiro de repente disse -, pergunte à velha bruxa por que as barras da claraboia estão quebradas dessa forma.

Essa pergunta trouxe angústia ao coração da miserável mãe. No entanto, ela não perdeu a presença de espírito.

- Elas sempre foram assim - ela gaguejou.

- Ora! - reagiu o arqueiro. - Ainda ontem elas formavam uma bela cruz negra que inspirava devoção.

Tristan lançou um olhar oblíquo para a reclusa.

- Acredito que a mexeriqueira esteja se complicando!

A infortunada percebeu que tudo dependia de sua boa atuação e, sentindo a morte na alma, começou a escarnecer. As mães têm essa coragem.

- Bah! - fez ela. - Esse homem está bêbado. Há mais de um ano, a traseira de uma carroça de pedras bateu contra minha claraboia e destruiu a grade. Eu até insultei o carroceiro!

- Isso é verdade - disse outro arqueiro -, eu estava presente.

Há sempre pessoas por todo o lado que viram tudo. Esse testemunho inesperado do arqueiro reanimou a reclusa, a quem esse interrogatório fez atravessar um abismo no fio de uma lâmina.

Mas ela estava condenada a alternar entre a esperança e o susto.

– Se uma carroça tivesse feito isso – retomou o primeiro soldado –, as barras estariam entortadas para dentro, não para fora.

– Ora! Hein! – disse Tristan ao soldado. – Tem um faro de investigador de Châtelet. Responda ao que ele diz, velhota!

– Meu Deus! – ela exclamou, sentindo-se encurralada e com uma voz aflita, apesar do seu esforço. – Eu juro que foi uma carroça que partiu estas barras. O senhor ouviu que aquele homem confirmou. E depois, o que isso tem a ver com a tal egípcia?

– Hum! – balbuciou Tristan.

– Diabos! – retomou o primeiro soldado, lisonjeado com o elogio do preboste. – As marcas desse ferro arrebentado estão bem frescas!

Tristan acenou com a cabeça. Ela empalideceu.

– Há quanto tempo a senhora disse que a carroça bateu nas grades?

– Um mês, talvez quinze dias, meu senhor. Já não me lembro.

– Ela tinha dito mais de um ano – observou o soldado.

– Isso é muito suspeito! – disse o preboste.

– Senhor – gritou a reclusa, sempre colada à claraboia e temendo que a suspeita os impulsionasse a passar a cabeça e olhar dentro da cela –, eu juro que foi uma carroça que quebrou estas grades. Juro pelos santos anjos do paraíso. Se não foi uma carroça, que eu seja amaldiçoada para sempre e renegue a Deus!

– Você jura muito efusivamente! – considerou Tristan com seu olhar inquisitivo.

A pobre mulher sentia sua segurança se desvanecer cada vez mais. Ela estava cometendo erros e compreendeu com terror que não dizia o que deveria dizer.

Nesse momento, veio outro soldado, gritando:

O corcunda de Notre Dame – Tomo 2

– Senhor, a velha bruxa está mentindo. A feiticeira não escapou pela Rua Mouton. A corrente da rua permaneceu esticada durante toda a noite, e o guardador da corrente não viu ninguém passar.

Tristan, cuja fisionomia tornava-se cada vez mais sinistra, interpelou a reclusa:

– O que você tem a dizer?

Ela tentou novamente enfrentar esse novo incidente:

– Eu não sei, meu senhor, eu posso ter me enganado. Talvez ela tenha escapado pela água.

– É do lado oposto – disse o preboste. – No entanto, não me parece que ela quisesse voltar para a Cité, onde estava sendo perseguida. Você está mentindo, velha!

– Além disso – acrescentou o primeiro soldado –, não há barco em nenhuma das margens.

– Ela nadaria – respondeu a reclusa, tentando não se contradizer.

– As mulheres sabem nadar? – perguntou o soldado.

– Cabeça de Deus! Velhota! Está mentindo! Está mentindo! – insistiu Tristan, furioso. – Está me dando vontade de deixar a feiticeira para lá e enforcar você. Quinze minutos de interrogatório podem arrancar a verdade da sua garganta. Vamos! Venha conosco.

Ela absorveu avidamente essas palavras.

– Como desejar, senhor. Pergunte. Pergunte. Vamos à questão. Podem me levar. Depressa, depressa! Vamos partir imediatamente.

Ela pensava que, enquanto isso, sua filha poderia escapar.

– Morte de Deus! – disse o preboste. – Que apetite para o cavalete! Não entendo essa mulher maluca.

Um velho sargento da vigilância, de cabeça grisalha, saiu de sua fileira e dirigiu-se ao preboste:

– Maluca de fato, meu senhor! Se soltou a egípcia, a culpa não é dela, porque ela não gosta das mulheres egípcias. Há quinze anos faço a guarda, e todas as noites eu a ouço amaldiçoar as mulheres boêmias com inúmeras imprecações. Se a que estamos perseguindo é, como acredito, a dançarina da cabra, ela odeia especialmente essa.

Gudule fez um esforço e disse:

– Especialmente essa.

O testemunho unânime dos guardas confirmou ao preboste as palavras do velho sargento. Tristan l'Hermite, desesperado por não conseguir tirar nada da reclusa, deu-lhe as costas, e, com uma ansiedade inexprimível, ela o viu dirigir-se lentamente ao seu cavalo.

– Vamos – ele ordenou entre os dentes –, em marcha! Voltemos às buscas. Não dormirei até que a egípcia seja enforcada.

No entanto, ele hesitou por algum tempo antes de montar no cavalo. Gudule palpitava entre a vida e a morte vendo-o vagar pela praça com a expressão de um cão de caça que sente por perto o cheiro do animal procurado e resiste a se afastar. Finalmente ele abanou a cabeça e saltou para a sela. O coração horrivelmente comprimido de Gudule expandiu-se, e ela disse em voz baixa, ousando olhar para sua filha pela primeira vez desde que eles haviam chegado:

– Salva!

A pobre criança tinha ficado todo esse tempo no seu canto, sem respirar, sem se mexer, vendo a morte à sua frente. Ela não tinha perdido nada da cena entre Gudule e Tristan, e todas as ansiedades de sua mãe ressoaram nela. A jovem ouviu todos os estalidos sucessivos do fio que a segurava suspensa sobre o abismo, e vinte vezes achou que esse fio rebentaria, e finalmente começou a respirar e sentir o seu pé em terra firme. Nesse momento, ouviu uma voz dizer ao preboste:

O corcunda de Notre Dame – Tomo 2

– Diabos! Senhor preboste, não é minha função, como militar, enforcar feiticeiras. A gentalha está em ação. Vou deixá-lo trabalhar sozinho. Permita que me junte à minha companhia, que no momento está sem um capitão.

Essa voz era de Phoebus de Châteaupers. O que se passou dentro de Esmeralda é inefável. Então ele estava lá, seu amigo, seu protetor, seu apoio, seu asilo, seu Phoebus! Ela se levantou e, antes que a mãe pudesse impedir, lançou-se à claraboia gritando:

– Phoebus! Estou aqui, meu Phoebus!

Phoebus não estava mais lá. Tinha acabado de passar a galope pela esquina da Rua de la Coutellerie. Mas Tristan ainda não tinha partido.

A reclusa se precipitou sobre a filha com um rugido. Ela a puxou violentamente para trás, cravando-lhe as unhas no pescoço. Uma mãe tigresa não tem tanto cuidado com seus filhotes. Mas era tarde demais, Tristan a tinha visto.

– Ora! Hein! – ele exclamou com um riso que revelava todos os seus dentes e fazia sua figura parecer o focinho de um lobo. – Dois ratos na mesma ratoeira!

– Eu sabia – disse o soldado.

Tristan bateu-lhe no ombro:

– Você é um bom gato! Vamos – acrescentou –, onde está Henriet Cousin?

Um homem que não tinha nem a vestimenta nem a aparência dos soldados saiu das fileiras. Ele usava um traje bipartido cinzento e marrom, tinha os cabelos lisos, mangas de couro e um maço de cordas na mão. Esse homem sempre acompanhava Tristan, que por sua vez sempre acompanhava Luís XI.

– Amigo – disse Tristan l'Hermite –, presumo que essa é a feiticeira que estávamos procurando. Pode enforcá-la. Tem a sua escada?

615

– Há uma ali debaixo do hangar da Maison-aux-Piliers – respondeu o homem. – É nessa justiça que vamos fazer a coisa? – ele perguntou, apontando para o patíbulo de pedra.

– Sim.

– Hein, hein! – fez o homem, com uma gargalhada ainda mais bestial que a do preboste. – Não teremos que nos deslocar muito.

– Depressa! – disse Tristan. – Depois você ri.

No entanto, desde que Tristan tinha visto sua filha e toda a esperança estava perdida, a reclusa ainda não tinha dito uma palavra. Ela tinha atirado a pobre egípcia desfalecida em um canto da cela e tinha voltado para a claraboia, as duas mãos apoiadas no entablamento como duas garras. Nessa atitude, ela passeava sem medo seu olhar sobre todos os soldados, recuperando seu ar feroz e insensato. Quando Henriet Cousin se aproximou da cela, ela assumiu uma expressão tão agressiva que ele recuou.

– Senhor – disse ele, voltando-se ao preboste –, qual delas deve ser capturada?

– A jovem.

– Tanto melhor. Porque a velhota parece trabalhosa.

– Pobre dançarina da cabra! – disse o velho sargento da vigilância.

Henriet Cousin aproximou-se da claraboia. O olhar da mãe o fez baixar o seu. Ele disse muito timidamente:

– Senhora…

Ela o interrompeu com uma voz muito baixa e furiosa:

– O que você quer?

– Não é a senhora – disse ele –, é a outra.

– Que outra?

– A jovem.

Ela começou a sacudir a cabeça gritando:

– Não tem ninguém! Não tem ninguém! Não tem ninguém!

– Tem, sim! – respondeu o carrasco. – E a senhora sabe muito bem disso. Deixe-me levar a jovem. Não quero fazer-lhe mal.

Ela disse com um estranho escárnio:

– Ah! Você não quer me fazer mal!

– Entregue-me a outra, senhora. É o senhor preboste quem ordena.

Ela repetiu com um ar de loucura:

– Não tem ninguém.

– Pois eu digo que tem, sim! – o carrasco respondeu. – Todos vimos que vocês são duas.

– Olhe você mesmo! – disse a reclusa, rindo. – Enfie a cabeça pela claraboia.

O carrasco examinou as unhas da mãe e não se atreveu.

– Depressa! – gritou Tristan, que tinha acabado de organizar sua tropa em um círculo em torno do Buraco dos Ratos e mantinha-se perto do patíbulo, montado em seu cavalo.

Henriet dirigiu-se mais uma vez ao preboste, bastante envergonhado. Ele tinha colocado sua corda no chão e girava seu chapéu nas mãos com um ar de constrangimento.

– Senhor – ele perguntou –, por onde posso entrar?

– Pela porta.

– Não há porta.

– Pela janela.

– É muito estreita.

– Alargue-a – disse Tristan furiosamente. – Não tem enxada?

Do fundo do seu covil, a mãe, sempre alerta, observava. Ela não esperava mais nada, não sabia o que queria, mas sabia que não queria que lhe tirassem a filha.

Henriet Cousin foi buscar a caixa de ferramentas de suas obras sob o hangar da Maison-aux-Piliers. Ele também removeu a dupla escada, que levou imediatamente ao patíbulo. Cinco ou seis homens do prebostado armaram-se com picaretas e alavancas, e Tristan seguiu com eles até a claraboia.

– Velha – disse o preboste em tom severo –, entregue-nos essa menina por bem.

Ela olhou para ele como se não entendesse.

– Cabeça de Deus! – reagiu Tristan. – Por que insiste em impedir que essa feiticeira seja enforcada, como ordena o rei?

A miserável começou a rir com seu riso feroz.

– Por que insisto? Ela é minha filha.

A entonação com que ela disse essa palavra fez até o próprio Henriet Cousin estremecer.

– Sinto muito – retorquiu o preboste –, mas é a ordem do rei.

Ela gritou, redobrando seu riso terrível.

– O que me importa o seu rei? Estou dizendo, ela é minha filha!

– Derrubem a parede – ordenou Tristan.

Para fazer uma abertura bastante larga, bastava retirar uma base de pedra abaixo da claraboia. Quando a mãe ouviu as picaretas e alavancas escavar sua fortaleza, soltou um grito terrível e começou a caminhar em uma velocidade assustadora em torno da cela, um hábito de fera selvagem que ela havia adquirido em sua clausura. Ela não dizia mais nada, mas seus olhos ardiam. Os soldados, no fundo, estavam apavorados.

De repente, ela pegou seu paralelepípedo, riu e o atirou com os dois braços sobre os trabalhadores. O paralelepípedo, mal lançado, porque suas mãos tremiam, não atingiu ninguém e foi parar debaixo das patas do cavalo de Tristan. Ela rangeu os dentes.

Enquanto isso, embora o sol ainda não tivesse surgido, já era dia claro, e um belo tom rosa animava as velhas chaminés maltratadas da Maison--aux-Piliers. Era o momento em que as janelas mais matinais da grande cidade abriam-se alegremente nos telhados. Alguns camponeses e alguns vendedores de frutas, que iam para os mercados montados em seus asnos, começavam a atravessar a Grève e paravam por um momento diante do grupo de soldados amontoados em torno do Buraco dos Ratos, consideravam-no com um olhar atônito e seguiam caminho.

A reclusa tinha ido se sentar perto da filha, cobrindo-a com seu corpo na frente dela, o olhar fixo, ouvindo a pobre criança que não se movia e que murmurava em voz baixa:

– Phoebus! Phoebus!

À medida que o trabalho dos demolidores parecia avançar, a mãe mecanicamente recuava e apertava mais a menina contra a parede. De repente, a reclusa viu a pedra (pois estava de sentinela e não tirava os olhos dela) se mover e ouviu a voz de Tristan encorajando os trabalhadores. Então ela saiu do abatimento em que havia mergulhado há alguns instantes e começou a gritar. Conforme ela falava, sua voz ora rasgava os tímpanos como uma serra, ora balbuciava. Era como se todas as maldições pressionassem seus lábios para explodir de uma só vez.

– Ei! Ei! Ei! Mas isso é horrível! Vocês são uns malfeitores! Vocês vão mesmo tomar minha filha de mim? Estou dizendo que ela é minha filha! Oh! Covardes! Oh! Lacaios de carrascos! Malditos pulhas assassinos! Socorro! Socorro! Socorro! Socorro! Alguém me ajude! Vão mesmo levar minha filha assim? Então, a quem chamam de bom Deus?

Dirigindo-se, então, a Tristan, espumando, o olhar desvairado, de quatro como uma pantera, e toda eriçada:

– Aproxime-se para pegar minha filha! Não compreende que esta mulher diz que é a filha dela? Sabe o que é ter um filho? Hein! Lobo comedor de gazelas, nunca dormiu com sua loba? Nunca teve filhotes? Se tem filhos pequenos, quando eles choram, não há nada que revire suas entranhas?

– Derrubem a pedra – disse Tristan –, ela não se sustenta mais.

VICTOR HUGO

As alavancas suspenderam a pesada base. Como dissemos, esse era o último baluarte da mãe. Ela se atirou sobre ela, tentou segurá-la, arranhou a pedra com as unhas, mas o bloco maciço, movido por seis homens, escapou das mãos dela e deslizou suavemente pelas alavancas de ferro até chegar ao chão.

A mãe, vendo a entrada aberta, caiu na frente da abertura, barricando a brecha com seu corpo, torcendo seus braços, batendo com a cabeça no chão e gritando com a voz rouca de fadiga que mal podia ser ouvida:

– Socorro! Alguém me ajude! Alguém me ajude!

– Agora peguem a moça – disse Tristan, sempre impassível.

A mãe olhou para os soldados de uma forma tão assustadora que eles estavam mais inclinados a recuar do que a avançar.

– Vamos logo com isso – insistiu o preboste. – Henriet Cousin, ande!

Ninguém deu um passo.

O preboste protestou:

– Cabeça de Cristo! Meus homens de guerra com medo de uma mulher!

– Senhor – disse Henriet –, o senhor chama isso de mulher?

– Ela tem uma juba de leão! – disse outro.

– Ora! – respondeu o preboste. – A abertura é bastante larga. Entrem três, lado a lado, como na brecha de Pontoise. Vamos acabar com isso, morte de Maomé! O primeiro que recuar eu corto em pedacinhos!

Encurralados entre o preboste e a mãe, ambos ameaçadores, os soldados hesitaram por um momento, então, escolhendo um lado, avançaram em direção ao Buraco dos Ratos.

Quando a reclusa os viu, ela se colocou bruscamente de joelhos, tirou os cabelos do rosto e deixou as duas mãos magricelas e esfoladas cair sobre as pernas. Então espessas lágrimas começaram a cair uma a uma de seus olhos, descendo por uma ruga ao longo das faces, como uma torrente pelo sulco que elas mesmas abriram. Ao mesmo tempo, pôs-se a falar, com uma voz tão suplicante, doce, submissa e comovente que, em volta de Tristan, mais de um velho beleguim, capaz de comer carne humana, enxugou os olhos.

– Senhores! Senhores sargentos, deixem-me dizer uma coisa! É uma coisa que preciso que saibam. Ela é minha filha, compreendem? Minha querida menina que eu havia perdido! Escutem. É uma história. Saibam que conheço muito bem os senhores sargentos. Eles sempre foram bons para mim quando os meninos me atiravam pedras porque eu levava a vida do amor. Entendem? Os senhores me deixarão minha filha quando souberem de tudo! Sou uma pobre mulher da vida. As boêmias a roubaram de mim. Eu guardei o sapatinho dela por quinze anos. Vejam, aqui está ele. Ela tinha um pezinho desse tamanho. Em Reims! Eu era a Chantefleurie! Da Rua Folle-Peine! Os senhores já devem ter ouvido falar disso. Era eu. Os senhores deviam ser jovens. Era uma boa época. Tínhamos bons momentos. Vão ter piedade de mim, não vão, cavalheiros? As egípcias a roubaram de mim e a esconderam durante quinze anos. Eu pensava que ela estivesse morta. Imaginem, meus bons amigos, que eu achava que ela estava morta e passei quinze anos aqui, nesta cela, sem aquecimento no inverno. Foi muito difícil. Pobre sapatinho! Mas eu gritei tanto que o bom Deus me ouviu. Nesta noite, ele me devolveu minha filha. É um milagre de Deus. Ela não estava morta. Tenho certeza de que não vão tirá-la de mim. Se quisessem me levar, eu não protestaria, mas ela, uma criança de dezesseis anos! Permitam que ela tenha tempo de ver o sol! O que ela lhes fez? Absolutamente nada. Tampouco eu. Se soubessem que ela é tudo o que tenho, que sou velha, que é uma bênção que a Virgem Santíssima me envia. Além disso, os senhores são homens bons! Não sabiam que era a minha filha, mas agora sabem. Oh! Eu a amo! Senhor preboste, eu preferiria um buraco em minhas entranhas a um arranhão no dedo dela! Parece ser um bom homem! O que estou dizendo explica tudo, não é mesmo? Oh! Se o senhor teve uma mãe! O senhor é o capitão, deixe minha filha comigo! Considere que estou implorando de joelhos, como fazemos quando rezamos a Jesus Cristo! Não peço nada. Sou de Reims, cavalheiros, tenho um pequeno campo do meu tio Mahiet Pradon. Não sou uma mendiga. Não quero nada, mas quero minha filha! Oh! Quero ficar com minha filha! O bom Senhor, que é o mestre de todas as coisas, não a devolveu em vão! O rei! Os senhores falam em nome do rei! Mas não deve ser mais tão prazeroso para ele matar minha filhinha! Além disso, o rei é bom! Ela é minha filha! Minha filhinha! Ela não pertence ao rei! Nem a vocês! Eu quero ir embora! Nós queremos ir embora! Também, duas mulheres quando passam, uma sendo a mãe, e a outra, a filha, todos as deixam passar! Deixem-nos passar! Somos de Reims. Oh! Os senhores são muito bons, senhores sargentos. Eu os amo. Não é possível que levem minha querida filhinha! Não é completamente impossível? Minha filha! Minha filha!

Não vamos tentar dar uma ideia de seus gestos, da entonação, das lágrimas que ela bebia ao falar, das mãos que ela juntava e depois retorcia, dos sorrisos pungentes, dos olhares afogados, dos gemidos, dos suspiros, dos gritos miseráveis e comoventes que ela misturava com suas palavras desordenadas, loucas e desarticuladas. Quando ela ficou em silêncio, Tristan l'Hermite franziu a testa, mas foi para esconder uma lágrima que rolava de seu olho de tigre. No entanto, ele superou essa fraqueza e disse em um tom breve:

– É a vontade do rei.

Em seguida, ele se inclinou ao ouvido de Henriet Cousin e disse baixinho:

– Termine rápido com isso!

O temível preboste talvez também se sentisse mal com tudo aquilo.

O carrasco e os sargentos entraram no recinto. A mãe não tentou resistir, apenas rastejou até a filha e se atirou sobre ela com seu próprio corpo.

A egípcia viu os soldados se aproximar. O horror da morte a reanimou.

O CORCUNDA DE NOTRE DAME – TOMO 2

– Minha mãe! – ela gritou com um indescritível tom de angústia. – Minha mãe! Eles estão vindo! Por favor, proteja-me!

– Sim, meu amor, eu a protejo! – a mãe respondeu com uma voz quase extinta e, cerrando-a firmemente em seus braços, cobriu-a de beijos. Ambas no chão, mãe sobre filha, era um espetáculo digno de pena.

Henriet Cousin pegou a jovem pelo meio do corpo, sob os belos ombros. Quando sentiu aquela mão, ela deu um pequeno grito e desmaiou. O carrasco, que derramava grandes lágrimas sobre ela, tentou pegá-la em seus braços. Ele tentou desprender a mãe, que tinha, por assim dizer, amarrado ambas as mãos em volta da cintura de sua filha, mas ela estava tão fortemente presa à criança que era impossível separá-las. Então, Henriet Cousin arrastou a moça para fora da cela, levando junto a mãe, que também tinha os olhos fechados.

O sol surgia nesse momento, e já havia na praça uma multidão considerável que assistia a distância o que estava sendo arrastado assim pela rua em direção ao patíbulo. Porque essa era a moda do preboste Tristan para execuções. Ele tinha o hábito de impedir que os curiosos se aproximassem.

Não havia ninguém nas janelas. Só se podiam ver de longe, no topo das torres da Notre Dame que dá para a Grève, dois homens de preto que se destacavam no céu claro da manhã e que pareciam observar.

Henriet Cousin parou junto da escada fatal com o fardo que arrastava e, mal respirando, de tanto que aquilo lhe dava pena, passou a corda em volta do adorável pescoço da jovem. A infeliz criança sentiu o horrível toque do cânhamo, ergueu as pálpebras e viu o braço descascado do patíbulo de pedra estendido sobre sua cabeça. Então ela estremeceu e gritou com a voz alta e devastadora:

– Não! Não! Não quero!

A mãe, cuja cabeça estava enterrada e perdida sob as roupas da filha, não disse uma palavra. Era possível ver seu corpo estremecer, e ela redobrou

623

os beijos em sua criança. O carrasco aproveitou o momento para desatar vivamente os braços que ainda estavam agarrados à condenada. Ou por exaustão ou por desespero, ela deixou que o fizessem. Em seguida, ele pegou a garota em seu ombro, de onde a encantadora criatura caiu, graciosamente dobrada, junto de sua rude cabeça. Depois ele pôs o pé no primeiro degrau da escada.

Nesse momento, a mãe, agachada no chão, abriu completamente os olhos. Sem emitir nenhum som, ela se levantou com uma expressão terrível e depois, como um animal sobre a presa, atirou-se sobre a mão do carrasco e a mordeu. Foi um relâmpago. O homem urrou de dor. Acudiram-no. A mão ensanguentada foi removida com dificuldade dos dentes da mãe. Ela manteve um silêncio profundo e foi bruscamente empurrada para trás. Notou-se que sua cabeça caiu pesadamente no pavimento. Ergueram-na. Ela se deixou cair outra vez. Estava morta.

O carrasco, que não tinha soltado a garota, voltou a subir a escada.

"La creatura bella bianco vestita"[77] (Dante)

Quando Quasímodo viu que a cela estava vazia e que a egípcia não estava mais lá, que enquanto ele a defendia ela tinha sido levada, agarrou os cabelos com duas mãos e começou a bater os pés de surpresa e dor. Então pôs-se a correr por toda a igreja à procura de sua boêmia, dando gritos estranhos por todos os cantos e semeando o chão com seus cabelos ruivos. Era o momento preciso em que os arqueiros do rei entravam vitoriosos na Notre Dame, também à procura da egípcia. Quasímodo os ajudou sem suspeitar, pobre surdo, das fatais intenções deles. Ele acreditava que os inimigos da egípcia eram os bandidos. Ele mesmo levou Tristan l'Hermite a todos os esconderijos possíveis, abriu as portas secretas para ele, as falsas laterais do altar e os fundos das sacristias. Se a infeliz mulher ainda estivesse lá, ele a teria entregado sem saber.

---

[77] Dante, "Purgatório", XII, 88-89, *A divina comédia*. (N.T.)

Victor Hugo

Quando o cansaço por nada encontrar aborreceu Tristan, que não se aborrecia à toa, Quasímodo continuou sua busca por conta própria. Vinte vezes, cem vezes ele percorreu a igreja, por toda a sua extensão, de cima a baixo, subindo, descendo, correndo, chamando, gritando, farejando, vasculhando, enfiando a cabeça em todos os buracos, penetrando sua tocha em todas as abóbadas, desesperado, enlouquecido. Um macho que tivesse perdido sua fêmea não estaria mais feroz ou desvairado. Quando finalmente teve certeza de que ela já não estava lá, que de fato ela tinha sido roubada dele, ele subiu lentamente as escadas das torres, a mesma escada que ele tinha subido com tanta euforia e triunfo no dia em que a salvou. Ele voltou pelos mesmos lugares, com a cabeça baixa, sem voz, sem lágrimas, quase sem fôlego. A igreja estava novamente deserta e envolta em silêncio. Os arqueiros tinha partido para caçar a feiticeira pela Cité. Quasímodo, sozinho na vasta Notre Dame, tão sitiada e tumultuada momentos antes, retomou o caminho da cela onde a egípcia tinha dormido por tantas semanas sob sua proteção.

Enquanto se aproximava, ele imaginou que pudesse talvez encontrá-la. Quando, ao contornar a galeria que tem vista para o telhado das naves laterais, ele viu a estreita saleta com sua pequena janela e sua pequena porta, ajeitada sob um grande arcobotante como um ninho de pássaro sob um galho, seu coração de pobre homem falhou, e ele teve de se apoiar em uma pilastra para não cair. Ele imaginou que ela talvez tivesse voltado, que algum gênio do bem a tivesse trazido de volta, que a cela parecia demasiado tranquila, segura e charmosa para que ela ali não se encontrasse, e não se atreveu a dar um passo a mais, com medo de romper essa ilusão.

– Sim – disse ele a si mesmo –, talvez ela esteja dormindo. Ou rezando. Não vamos incomodá-la.

Finalmente ele reuniu toda a sua coragem, avançou na ponta dos pés, olhou, entrou. Ninguém! A cela continuava vazia. O infeliz surdo percorreu

O corcunda de Notre Dame – Tomo 2

todo o espaço silenciosamente, levantou a cama e olhou por baixo, como se a cigana pudesse estar escondida entre a laje e o colchão, depois abanou a cabeça e ficou parado com um ar estúpido. De repente, ele esmagou furiosamente sua tocha com o pé e, sem dizer uma palavra, sem dar um suspiro, lançou sua cabeça contra a parede e caiu no chão desmaiado.

Quando voltou a si, ele se jogou na cama, rolou sobre ela, beijou com frenesi o lugar acolhedor onde a jovem tinha dormido, ficou ali por alguns minutos, imóvel, como se fosse expirar. Então ele se levantou, pingando de suor, ofegante, atordoado, e começou a bater com a cabeça nas paredes com a assustadora regularidade do badalo de seus sinos e com a determinação de um homem que deseja dar cabo de sua infelicidade. Caiu uma segunda vez, exausto. Arrastou-se de joelhos para fora da cela e ficou encolhido à frente da porta, em uma atitude de espanto.

Ele assim permaneceu por mais de uma hora, sem fazer um movimento, o olho fixo na cela deserta, mais sombrio e pensativo do que uma mãe sentada entre um berço vazio e um caixão cheio. Não pronunciava uma palavra. Algumas vezes, em intervalos longos, um soluço agitava violentamente todo o seu corpo, mas era um soluço sem lágrimas, como aqueles relâmpagos de verão que não fazem barulho.

Foi então que, procurando nas profundezas do seu devaneio desolado quem poderia ser o inesperado sequestrador da egípcia, pensou no arquidiácono. Ele se lembrou de que dom Claude era o único que tinha a chave da escadaria que levava à cela e se lembrou também das investidas noturnas do padre contra a moça, e de que ele, Quasímodo, ajudou a primeira e impediu a segunda. Outros mil detalhes surgiram, e logo ele teve certeza de que o arquidiácono havia raptado a egípcia. No entanto, seu respeito pelo sacerdote era tamanho, e sua gratidão, sua devoção e seu amor por esse homem estavam tão profundamente enraizados em seu coração, que, mesmo nesse momento, ele resistiu às garras do ciúme e do desespero.

Ele desconfiava de que o arquidiácono tivesse feito aquilo, e o ímpeto de sangue e morte que teria sentido contra qualquer outro, quando se tratava de Claude Frollo, transformava-se, no pobre surdo, em uma sensação de dor ainda maior.

No momento em que seu pensamento se fixou no sacerdote, enquanto a alvorada iluminava os arcobotantes, ele viu no andar superior da Notre Dame, na quina da balaustrada exterior que contorna a abside, uma figura caminhando.

Essa figura vinha em sua direção. Ele a reconheceu. Era o arquidiácono.

Claude caminhava com passos graves e lentos. Ele não olhou para a frente enquanto caminhava e seguia em direção à torre norte, mas seu rosto estava virado para o lado, em direção à margem direita do Sena. Ele mantinha a cabeça erguida, como se tentasse ver alguma coisa por cima dos telhados. A coruja muitas vezes tem essa atitude oblíqua. Ela voa para um ponto e olha para outro. O padre passou logo acima de Quasímodo sem o ver.

O surdo, que essa aparição repentina tinha petrificado, viu quando ele desapareceu sob a porta da escadaria da torre norte. O leitor sabe que essa é a torre de onde se vê o Hôtel de Ville. Quasímodo levantou-se e seguiu o arquidiácono.

O corcunda subiu as escadas da torre sem saber a razão, ou para descobrir por que o padre havia subido. Além disso, o pobre sineiro não sabia o que faria, o que diria, o que queria. Ele estava cheio de fúria e medo. O arquidiácono e a egípcia se chocavam em seu coração.

Quando chegou ao topo da torre, antes de sair da sombra das escadas e entrar na plataforma, ele examinou com precaução onde estava o sacerdote. Claude estava de costas. Há uma balaustrada vazada que cerca a plataforma do campanário. O padre, cujos olhos estavam mergulhados na cidade, tinha o peito apoiado contra a balaustrada que dá para a Ponte Notre Dame.

Quasímodo, caminhando sorrateiramente por trás dele, foi ver o que ele olhava daquela forma.

A atenção do padre estava tão absorvida fora dali que ele não ouviu o surdo aproximar-se.

É um espetáculo magnífico e charmoso Paris, e a Paris daquela época especialmente, vista do topo das torres da Notre Dame sob o fresco brilho de uma aurora de verão. Devia ser mês de julho. O céu estava perfeitamente sereno. Algumas estrelas atrasadas extinguiam-se em vários pontos, e havia uma muito brilhante no levante, na parte mais clara do céu. O sol estava prestes a surgir. Paris começava a agitar-se. Uma luz muito clara e pura realçava aos olhos todos os planos que suas mil casas apresentavam a leste. A sombra gigante dos campanários ia de telhado em telhado, de uma ponta a outra da grande cidade. Já havia bairros com falatórios e fortes barulhos. Ouvia-se um sino aqui, uma martelada ali, o agitar das carroças em movimento acolá. Algumas fumaças já surgiam em certos pontos da superfície de telhados como fendas de uma imensa solfatara. O rio, que franzia suas águas sob tantas pontes e na ponta de tantas ilhas, estava todo ondulado com dobras prateadas. Em torno da cidade, do lado de fora das muralhas, a vista perdia-se em um grande círculo de vapores granulares através dos quais se distinguia confusamente a linha indefinida das planícies e a graciosa curvatura dos morros. Todo tipo de rumores propagava-se pela cidade ainda não totalmente desperta. Na direção leste, o vento da manhã conduzia pelo céu alguns filamentos de algodão arrancados da bruma das colinas.

Na Praça do Parvis, algumas boas mulheres com seus potes de leite na mão estavam surpresas com o estrago singular da porta central da Notre Dame e com os dois rios de chumbo solidificado entre as fendas de arenito. Era tudo o que restava do tumulto daquela noite. A fogueira que foi acesa por Quasímodo entre as torres estava apagada. Tristan já tinha desobstruído a praça e ordenado que os mortos fossem atirados no Sena. Reis como Luís XI têm o cuidado de lavar o pavimento rapidamente após um massacre.

Por fora da balaustrada da torre, precisamente abaixo do ponto onde o padre estava parado, havia uma dessas gárgulas de pedra fantasticamente esculpidas que preenchem os edifícios góticos, e em uma fenda dessa gárgula floresciam dois belos cravos que balançavam com a brisa e pareciam vivos, como se alegremente se cumprimentassem. Acima das torres, no alto, bem longe no firmamento, eram ouvidos pios distantes de pássaros.

Mas o sacerdote nada via ou ouvia de tudo isso. Ele era um daqueles homens para quem não há manhãs, nem pássaros, nem flores. Nesse imenso horizonte que assumia variados aspectos a seu redor, sua contemplação concentrava-se num único ponto.

Quasímodo ardia de vontade de perguntar o que ele tinha feito com a egípcia. Mas, naquele momento, o arquidiácono parecia estar fora do mundo. Ele estava visivelmente num daqueles violentos minutos da vida em que não perceberia se a terra desabasse. Com os olhos invariavelmente fixados em um determinado lugar, ele permanecia imóvel e silencioso. Esse silêncio e essa imobilidade tinham algo de tão terrível que o selvagem sineiro estremecia e não ousava aproximar-se mais. Ele apenas acompanhou a direção de seu raio de visão – o que ainda era uma forma de interrogar o arquidiácono – e, dessa forma, o olhar do desafortunado surdo encontrou a praça da Grève.

Assim ele viu o que o padre via. A escada estava erguida no patíbulo permanente. Havia algumas pessoas na praça e muitos soldados. Um homem arrastava pelo chão uma coisa branca à qual uma coisa preta estava agarrada. Esse homem parou aos pés do patíbulo.

Ali aconteceu algo que Quasímodo não viu bem. Não era que seu único olho não conservasse seu longo alcance, mas havia um grande número de soldados que o impediam de distinguir tudo. Além disso, naquele

O homem começou a subir a escada. Então Quasímodo conseguiu vê-lo distintamente. Ele carregava uma mulher no ombro, uma jovem vestida de branco e com uma corda no pescoço. Quasímodo a reconheceu.

Era ela.

O homem chegou ao topo da escada e arrumou a corda. Aqui, para ver melhor, o padre subiu de joelhos sobre a balaustrada.

De repente, o homem empurrou abruptamente a escada com o calcanhar, e Quasímodo, que não respirava há algum tempo, viu balançar na ponta da corda, a uns quatro metros do chão, a infeliz criança com o homem agachado em cima dos ombros dela. A corda girou várias vezes, e Quasímodo viu terríveis convulsões percorrer todo o corpo da egípcia. O padre, por sua vez, com o pescoço esticado e os olhos saltados, contemplava esse grupo pavoroso, o homem e a jovem, a aranha e a mosca.

No momento mais pavoroso, um riso demoníaco, um riso que só se pode ter quando já não se é um homem, rebentou no rosto lívido do padre. Quasímodo não o ouviu, mas viu. O sineiro recuou alguns passos atrás do arquidiácono e de repente, precipitando-se sobre ele com toda a fúria, com as duas mãos enormes, empurrou o padre pelas costas para o abismo em que dom Claude estava debruçado.

O padre gritou:

– Maldição! – E caiu.

A calha sobre a qual ele estava interrompeu sua queda. Ele se agarrou a ela com as mãos desesperadas e, quando abriu a boca para lançar um segundo grito, viu a figura formidável e vingativa de Quasímodo passar pela balaustrada, acima de sua cabeça.

Ele então se calou.

O abismo estava abaixo dele. Uma queda de mais de sessenta metros, e o chão.

Nessa terrível situação, o arquidiácono não disse uma palavra, não deu um só gemido. Ele apenas se contorcia, fazendo um esforço descomunal para subir. Mas suas mãos não tinham aderência ao granito, os pés arranhavam a parede enegrecida sem conseguir se firmar. As pessoas que já subiram até as torres da Notre Dame sabem que há uma saliência na pedra imediatamente abaixo da balaustrada. E era nessa angulação negativa que o arquidiácono se encontrava, exausto. Ele não estava lidando com uma parede reta, mas, sim, com uma que lhe escapava logo abaixo.

Quasímodo só precisaria estender a mão e puxá-lo para longe do abismo, mas ele sequer o olhava. Ele olhava para a Grève. Olhava o patíbulo. Olhava a egípcia.

O homem surdo tinha apoiado os cotovelos na balaustrada, no lugar onde estava o arquidiácono um momento antes, e ali, sem desconectar seu olhar do único objeto que lhe importava no mundo naquele momento, estava imóvel e mudo como um homem fulminado. Um longo fluxo de lágrimas corria em silêncio do olho que até então não havia derramado uma única lágrima.

Enquanto isso, o arquidiácono ofegava. Sua careca pingava de suor, suas unhas sangravam agarradas à pedra, e seus joelhos se esfolavam contra a parede.

Ele ouvia a batina presa à goteira rasgar e se descosturar a cada movimento que fazia. Para coroar a desgraça, a calha terminava em um cano de chumbo que cedia sob o peso do seu corpo. O arquidiácono sentia esse cano vergar lentamente. O miserável pensava que, quando suas mãos estivessem arrebentadas da fadiga, quando sua batina rasgasse, quando o chumbo terminasse de dobrar, ele cairia, e o medo retorcia-lhe as entranhas. Às vezes ele olhava, desvairado, para uma espécie de planalto estreito formado cerca de três metros abaixo por acidentes da escultura, e pedia ao céu, do fundo de sua alma em sofrimento, para ser capaz de acabar com sua vida naquele espaço de poucos centímetros quadrados, mesmo que ela ainda durasse cem anos. Uma única vez ele olhou para baixo, para a praça, para o abismo, e a cabeça que ele depois levantou estava com os olhos fechados e os cabelos eriçados.

Era algo assustador o silêncio desses dois homens. Enquanto o arquidiácono, a poucos metros dele, agonizava desse pavoroso modo, Quasímodo chorava e olhava a Grève.

O arquidiácono, vendo que todos os seus sobressaltos só serviam para piorar a fragilidade do apoio que lhe restava, optou por não se mexer. Ele estava ali, agarrado à calha, mal respirando, não se mexendo mais, sem fazer outros movimentos além da convulsão involuntária da barriga que temos quando sonhamos que estamos caindo de grandes alturas. Seus olhos mantinham-se abertos e fixos de forma doentia e assombrada. Pouco a pouco, porém, ele cedia, seus dedos escorregavam pela calha, ele sentia cada vez mais a fraqueza de seus braços e o peso de seu corpo, a curvatura do chumbo que o sustentava o inclinava cada vez mais na direção do abismo.

Ele via por baixo dele, coisa terrível, o telhado de Saint-Jean-le-Rond, pequeno como um cartão dobrado ao meio. O padre olhava também, uma após a outra, as esculturas impassivas da torre, suspensas como ele no precipício, mas sem manifestarem medo por elas ou piedade por ele. Tudo a seu redor era de pedra. Diante de seus olhos, monstros boquiabertos; abaixo, no fundo, na praça, o chão; acima de sua cabeça, Quasímodo, que chorava.

Havia na Praça do Parvis alguns grupos de curiosos que procuravam tranquilamente adivinhar quem poderia ser o tolo que se divertia de forma tão estranha. O sacerdote os ouviu dizer, porque as vozes chegavam até ele, claras e agudas:

– Mas ele vai quebrar o pescoço!

Quasímodo chorava.

Enfim o arquidiácono, espumando de raiva e medo, percebeu que tudo era inútil. No entanto, reuniu tudo o que restava de suas forças para fazer uma última tentativa. Ele se endireitou na calha, empurrou a parede com os dois joelhos, firmou as mãos em uma fenda entre as pedras e conseguiu subir a altura de talvez um pé. Mas essa movimentação fez a base de chumbo em que ele se apoiava ceder bruscamente. Ao mesmo tempo, a batina terminou de rasgar. Então, sentindo não haver mais nada debaixo dele, tendo apenas suas mãos feridas e dormentes conseguindo ainda se segurar a alguma coisa, o desafortunado fechou os olhos e soltou a calha. Ele caiu.

Quasímodo o viu cair.

Uma queda tão alta raramente é perpendicular. O arquidiácono, lançado no espaço, primeiro caiu de cabeça, com as mãos estendidas, depois deu várias voltas no próprio eixo. O vento o empurrou para o telhado de uma casa no qual o infeliz se chocou. No entanto, ele não estava morto quando lá chegou. O sineiro viu que ele tentava agarrar-se à empena com as unhas. Mas o teto era muito íngreme, e ele já não tinha forças: escorregou rapidamente sobre o telhado, como uma telha que se desprende, e estatelou-se no chão. Não se mexeu mais.

Quasímodo então voltou a olhar a egípcia. Ele via o corpo dela suspenso no patíbulo, estremecendo de agonia sob o vestido branco. Em seguida, olhou o arquidiácono estendido sob a torre, já sem forma humana, e disse, com um soluço que ergueu profundamente seu peito:

– Oh! Tudo o que eu amei!

Casamento de Phoebus

Na noite desse mesmo dia, quando os oficiais judiciais do bispo foram buscar o cadáver do arquidiácono na Praça do Parvis, Quasímodo tinha desaparecido da Notre Dame. Não havia dúvida de que chegara o dia em que, conforme o pacto estabelecido, Quasímodo, ou seja, o diabo, levara embora Claude Frollo, ou seja, o bruxo. Presumiu-se que ele destroçara o corpo ao tirar-lhe a alma, como fazem os macacos ao quebrar a casca para comer o coco. É por isso que o arquidiácono não foi enterrado em terra santa.

Luís XI morreu no ano seguinte, em agosto de 1483.

Quanto a Pierre Gringoire, ele conseguiu salvar a cabra e obteve sucesso com suas tragédias. Depois de tentar astrologia, filosofia, arquitetura, hermenêutica e outras loucuras, ele voltou à tragédia, que é a mais louca de todas. Era o que ele chamava de "ter um final trágico". A respeito de seus triunfos dramáticos, eis o que se podia ler, já em 1483, na contabilidade do prebostado: "A Jehan Marchand e Pierre Gringoire, carpinteiro e compositor, que montaram e encenaram o mistério apresentado no

Châtelet de Paris, em razão das boas-vindas ao senhor legado, ordenando os personagens, vestidos e ornados como bem exigia o referido mistério, e, da mesma forma, tendo construído os respectivos cenários. Valor pago: cem libras".

Phoebus de Châteaupers também teve um fim trágico. Casou-se.

Casamento de Quasímodo

Acabamos de dizer que Quasímodo tinha desaparecido da Notre Dame no dia da morte da egípcia e do arquidiácono. De fato, ele nunca mais foi visto, e ninguém soube o que havia acontecido com ele.

Na noite seguinte ao suplício de Esmeralda, as pessoas responsáveis pelas tarefas inferiores tiraram seu corpo do patíbulo e o levaram, de acordo com os costumes, para a cave de Montfaucon.

Montfaucon era, segundo Sauval, "o mais antigo e mais esplêndido patíbulo do reino". Entre os bairros do Templo e de Saint-Martin, a cerca de trezentos metros das muralhas de Paris, a poucas balestras da Courtille, via-se, no topo de uma suave e quase imperceptível elevação, mas alta o suficiente para ser vista a alguns quilômetros de distância, um edifício de forma estranha, que muito se assemelhava a um cromeleque celta, e onde também se realizavam sacrifícios humanos.

Que se imagine, no alto de uma colina calcária, um enorme paralelepípedo de alvenaria de quase cinco metros de altura, dez de largura e doze de comprimento, com uma porta, uma rampa externa e uma plataforma.

Sobre essa plataforma, dezesseis enormes pilastras de pedra bruta, em pé, com aproximadamente doze metros, dispostas em colunata em torno de três dos quatro lados do maciço que as sustenta, ligadas entre si e no topo por fortes vigas de onde pendem correntes intervaladas. Em todas essas correntes, há esqueletos. Ao redor, na parte plana, uma cruz de pedra e dois patíbulos inferiores que parecem ter crescido como excrescência da forca principal. Acima de tudo isso, no céu, um voo perpétuo de corvos. Assim era o Montfaucon.

No final do século XV, o formidável patíbulo, que datava de 1328, já estava muito decrépito. As vigas estavam carcomidas, as correntes, enferrujadas, e as pilastras, verdes de bolor. As bases de pedra talhada estavam rachadas em suas junturas, e a grama crescia sobre essa plataforma onde os pés não tocavam. Esse monumento produzia uma silhueta horrível no céu, sobretudo à noite, quando havia um pouco de luar refletindo naqueles crânios brancos, ou quando a brisa da noite balançava as correntes e os esqueletos na penumbra. Bastava a presença do patíbulo para que todo o arredor se tornasse sinistro.

O maciço de pedra que servia de base para o odioso edifício era oco. Haviam construído ali uma ampla cave, fechada por uma velha grade de ferro corroída, onde não só os restos humanos que se desprendiam das correntes de Montfaucon, mas também os corpos de todos os infelizes executados nos outros patíbulos permanentes de Paris eram lançados. Nesse profundo ossário, onde tanta poeira humana e tantos crimes apodreceram, muitos poderosos e muitos inocentes vêm, sucessivamente, depositar seus ossos, de Enguerrand de Marigni, que inaugurou Montfaucon e que era um justo, até o almirante de Coligni, que o encerrou e que era um justo também.

Quanto ao misterioso desaparecimento de Quasímodo, aqui está tudo o que conseguimos descobrir.

O corcunda de Notre Dame – Tomo 2

Cerca de dois anos ou dezoito meses após os acontecimentos que encerram esta história, quando foram procurar na cave de Montfaucon o cadáver de Olivier le Daim, que tinha sido enforcado dois dias antes e a quem Carlos VIII concedeu a graça de ser enterrado em Saint-Laurent em melhor companhia, entre todos os horríveis cadáveres foram encontrados dois esqueletos, um dos quais abraçava de maneira bastante singular o outro. Um desses dois esqueletos, que era de uma mulher, ainda tinha alguns farrapos de vestido de um tecido que já tinha sido branco, e no pescoço havia um colar de grãos de plátano com um saquinho de seda enfeitado com miçangas verdes, que estava aberto e vazio. Esses itens tinham tão pouco valor que o carrasco provavelmente não os quis. O outro esqueleto, que abraçava o primeiro, pertencia a um homem. Era possível notar que sua coluna vertebral tinha um desvio, a cabeça era enfiada entre as omoplatas, e uma perna era mais curta que a outra. Além disso, ele não tinha nenhuma vértebra rompida na nuca, e era evidente que não tinha sido enforcado. Então o homem a quem o esqueleto pertencia chegou até ali, e ali morreu. Quando quiseram separá-lo do esqueleto que ele abraçava, ele se desmanchou em pó.